É essa a realidade, não é?
Vinte anos depois, a sua beleza já
foi para o lixo, especialmente
quando arrancaram fora metade
das suas entranhas.
O tempo é cruel, não é?
Não é assim que se diz?

"Como um disco perfeito, esse livro pede uma repetição imediata." *San Francisco Chronicle*

"Brilhantemente construído. Uma escritora audaz, que não tem medo de usar tanto suas poderosas habilidades intuitivas quanto seus projetos ambiciosos."
Elle

"Em meio a todos os floreios pós-modernos, *A visita cruel do tempo* é tão tradicional quanto um romance de Dickens. O objetivo [de Egan] não é explodir a narrativa convencional, mas explorar como essa narrativa responde às pressões e às oportunidades da época digital."
Newsweek

"Incrível. O tom do livro é perfeito. Sombrio e espetacularmente engraçado. Egan tem o olhar de um sátiro e o coração de um romancista."
The New York Times Book Review

"Um romance esplêndido e inesquecível sobre decadência e resignação, sobre indivíduos em um mundo em constante mudança. Egan é uma das escritoras mais talentosas da atualidade."
The New York Review of Books

"O ROMANCE DE JENNIFER EGAN É ENGRAÇADO DE UM JEITO SÉRIO, COMPLEXO DE MANEIRA DIRETA... E CONTÉM UMA DAS PROSAS MAIS EFERVESCENTES DO ANO."
The Telegraph

"Inteligente. Mordaz. Um livro fundador... Personagens marcantes com os quais você se envolverá à medida que lhes assiste fazer coisas que não deveriam, agir gloriosamente, ser irritantemente humanos."
The Chicago Tribune

JENNIFER EGAN

A VISITA CRUEL DO TEMPO

Tradução de Fernanda Abreu

intrínseca

TÍTULO ORIGINAL
A Visit From the Goon Squad

PREPARAÇÃO
Ana Kronemberger

REVISÃO
Taís Monteiro
Bruno Fiuza

DIAGRAMAÇÃO
Julio Moreira | Equatorium Design

CIP-BRASIL. CATALOGAÇÃO-NA-FONTE
SINDICATO NACIONAL DOS EDITORES DE LIVROS, RJ

E27v

Egan, Jennifer, 1962-
A visita cruel do tempo / Jennifer Egan ; tradução Fernanda Abreu. - 2. ed. - Rio de Janeiro : Intrínseca, 2022.
368 p. ; 21 cm.

Tradução de: A visit from the goon squad.
ISBN 978-65-5560-446-7.

1. Ficção americana. I. Abreu, Fernanda. II. Título.

22-79986 CDD: 813
CDU: 82-3(73)

Gabriela Faray Ferreira Lopes - Bibliotecária - CRB-7/6643

[2022]

Editora Intrínseca Ltda.
Rua Marquês de São Vicente, 99, 6º andar
22451-041 – Gávea
Rio de Janeiro – RJ
Tel./Fax: (21) 3206-7400
www.intrinseca.com.br

Para Peter M.,
com gratidão

"Alegam os poetas que, ao adentrar alguma casa ou algum jardim onde moramos quando jovens, reencontramos por um instante aquilo que já fomos. São peregrinações muito arriscadas, que produzem em igual medida sucessos e desilusões. Esses lugares fixos, contemporâneos de outros anos, é dentro de nós mesmos que mais convém encontrá-los."

"O desconhecido na vida alheia é como o da natureza, que cada nova descoberta científica só faz reduzir sem jamais abolir por completo."

Marcel Proust, *Em busca do tempo perdido*

A

A

1

Achados e perdidos

Começou como sempre começa, no banheiro do Hotel Lassimo. Sasha estava retocando a sombra amarela dos olhos no espelho quando reparou em uma bolsa no chão ao lado da pia, que devia pertencer à mulher cujo jato de urina se podia vagamente escutar através da porta do cubículo semelhante à de um cofre-forte. Na borda da bolsa, quase imperceptível, havia uma carteira de couro verde-claro. Ao relembrar o ocorrido, ficava evidente para Sasha que a confiança cega da mulher a provocara: *Nós moramos em uma cidade onde as pessoas são capazes de roubar os cabelos da sua cabeça se tiverem a mínima chance, mas mesmo assim você deixa seus pertences totalmente à vista e conta com que estejam à sua espera quando você voltar?* Aquilo lhe deu vontade de ensinar uma lição à mulher. Mas esse desejo só fez camuflar a sensação mais profunda que Sasha sempre tinha: aquela carteira gorda e macia, oferecendo-se à sua mão — parecia tão sem graça, tão lugar-comum simplesmente deixá-la ali em vez de aproveitar a ocasião, aceitar o desafio, dar o salto, sair correndo, mandar a cautela às favas, viver perigosamente ("Já entendi", disse Coz, seu terapeuta) e *pegar* a porcaria da carteira.

— Roubar, você quer dizer.

Ele estava tentando fazer Sasha usar essa palavra, que era mais difícil de evitar no caso de uma carteira do que no de muitas outras coisas que ela havia furtado ao longo do último ano, quando o seu distúrbio (era assim que Coz o chamava) começara a se intensificar: cinco chaveiros, 14 óculos escuros, um cachecol infantil listrado, um binóculo, um ralador de queijo, um canivete, 28 sabonetes e 85 canetas, desde as esferográficas baratas do tipo que ela usava para assinar os recibos do cartão de débito até a Visconti cor de berinjela que custava 260 dólares na internet e que ela havia roubado do advogado de seu ex-patrão durante uma reunião para assinar contratos. Sasha agora não roubava mais em lojas — suas mercadorias frias e inertes não a seduziam. Só roubava de pessoas.

— Tá, é, roubar — disse ela.

Sasha e Coz haviam batizado a sensação que a acometia de "desafio pessoal", ou seja: pegar a carteira era para Sasha uma forma de afirmar sua coragem, sua individualidade. O que precisavam fazer era modificar seu pensamento para que o desafio não fosse mais pegar a carteira, mas sim *deixá-la onde estava*. Isso seria a cura, embora Coz nunca usasse palavras como "cura". Ele vestia suéteres moderninhos e a deixava chamá-lo pelo apelido, mas era muito tradicional e tão inescrutável que Sasha não saberia dizer se era gay ou hétero, se havia escrito livros famosos ou se (como ela às vezes desconfiava) era um daqueles presidiários foragidos que se fazem passar por cirurgiões e acabam esquecendo bisturis e outros instrumentos dentro da cabeça dos pacientes. Essas dúvidas, é claro, poderiam ter sido solucionadas no Google em menos de um minuto, mas (segundo Coz) eram dúvidas úteis, e até ali Sasha havia resistido.

O divã da sala dele em que ela se deitava era de couro azul e muito macio. Coz havia lhe dito que gostava do divã porque este poupava ambos do fardo de um contato visual.

— Você não gosta de contato visual? — perguntara Sasha. Parecia algo estranho para um terapeuta admitir.

— Acho cansativo — respondera ele. — Assim nós dois podemos olhar para onde quisermos.

— E para onde você vai olhar?

Ele sorriu.

— Você está vendo as minhas alternativas.

— Para onde costuma olhar? Quando as pessoas estão deitadas no divã?

— Em volta da sala — respondeu Coz. — Para o teto. Para nada.

— Você dorme de vez em quando?

— Não.

Sasha em geral olhava para a janela que dava para a rua, e nessa noite, enquanto continuava a contar sua história, a janela estava riscada pela chuva. Sasha então tinha visto a carteira, macia e madura feito um pêssego. Tinha tirado a carteira da bolsa da mulher e posto dentro da própria bolsa diminuta, cujo zíper havia fechado antes de o som da urina silenciar. Havia aberto a porta do banheiro e tornado a cruzar o saguão até o bar. Ela e a dona da carteira não haviam chegado a se ver.

Antes da carteira, Sasha estava tendo uma noite difícil: um encontro ruim (mais um) com um cara emburrado escondido atrás de uma franja escura, espiando de vez em quando a TV de tela plana em que uma partida dos Jets parecia ser mais interessante do que as histórias notoriamente exageradas de Sasha sobre Bennie Salazar, seu ex-patrão, famoso por ter criado o selo fonográfico Sow's Ear, e que também (como Sasha por acaso sabia) salpicava flocos de ouro no café — como afrodisíaco, desconfiava ela — e passava repelente no sovaco.

Depois da carteira, porém, a cena toda pulsava com interessantes possibilidades. Sasha sentiu o olhar dos garçons quando estava andando de volta para a mesa e segurava a bolsa com seu peso secreto. Sentou-se, tomou um gole de seu Melon Madness Martini e inclinou a cabeça para Alex. Sorriu seu sorriso de sim/não.

— Olá — disse ela.

O sorriso de sim/não era espantosamente eficaz.

— Você está feliz — disse Alex.

— Eu estou sempre feliz — disse Sasha. — É que às vezes eu esqueço.

Alex havia pagado a conta enquanto ela estava no banheiro — indício claro de que estava prestes a abortar o programa. Mas então examinou seu rosto.

— Está a fim de ir para outro lugar?

Os dois se levantaram. Alex estava usando uma calça preta de veludo cotelê e uma camisa branca social. Era auxiliar de advocacia. Por e-mail, era um cara divertido, quase engraçado, mas pessoalmente parecia ao mesmo tempo nervoso e entediado. Sasha podia ver que tinha uma ótima forma física, não porque frequentasse a academia, mas porque era jovem o suficiente para o seu corpo ainda carregar as marcas dos esportes que havia praticado no ensino médio e na faculdade. Sasha, aos 35 anos, já havia passado dessa fase. Apesar disso, nem mesmo Coz sabia a sua verdadeira idade. O mais perto que alguém já chegara tinha sido 31, e a maioria ainda achava que ela não tinha chegado aos trinta. Sasha malhava diariamente e nunca tomava sol. Todos os seus perfis na internet informavam a idade de 28 anos.

Enquanto seguia Alex para fora do bar, ela não pôde resistir à tentação de abrir o zíper da bolsa e tocar a carteira verde e gorda só por um segundo, saboreando a contração que isso provocou em volta de seu coração.

— Você tem consciência do que o ato de roubar a faz *sentir* — disse Coz. — A ponto de lembrar isso a si mesma para melhorar o seu humor. Mas alguma vez pensa no que esse ato provoca na outra pessoa?

Sasha inclinou a cabeça para trás e olhou para o terapeuta. Fazia questão de agir assim de vez em quando simplesmente para lembrar a Coz que não era uma idiota — sabia que a pergunta tinha uma resposta certa. Ela e Coz eram colaboradores e estavam escrevendo uma história cujo fim já estava predeterminado: ela iria ficar boa. Pararia de roubar coisas dos outros e recomeçaria a valorizar as coisas que outrora lhe eram caras: a música; a rede de amigos que tinha formado ao chegar a Nova York; uma série de objetivos que havia rabiscado em uma grande folha de papel-jornal e pregado com fita adesiva nas paredes de seus primeiros apartamentos.

Arrumar uma banda para agenciar
Entender o noticiário
Aprender japonês
Praticar harpa

— Eu não penso nas pessoas — respondeu Sasha.

— Mas não é por falta de empatia — disse Coz. — Nós sabemos disso por causa do bombeiro.

Sasha deu um suspiro. Fazia mais ou menos um mês que havia contado a Coz a história do bombeiro, e desde então ele dava um jeito de se referir a ela em quase todas as sessões. O bombeiro era um velhote mandado pelo proprietário do apartamento de Sasha para investigar um vazamento no apartamento embaixo do seu. Fora bater na porta de Sasha com sua cabeça cheia de tufos de cabelos grisalhos e, em menos de um minuto, *bum*, jogara-se no chão e rastejara para debaixo da sua banheira como um animal que se enfia dentro de um buraco conhecido. De tão encardidos, os dedos que ele esticou para os parafusos atrás da banheira pareciam guimbas de charuto, e o ato de erguer os braços fez seu suéter de moletom se levantar e deixar aparecerem as costas brancas. Sasha virou-se para o outro lado, chocada com a humilhação daquele velho e ansiosa para sair de casa rumo a seu emprego temporário, mas o bombeiro já estava falando com ela, querendo saber a duração e a frequência de seus banhos de chuveiro.

— Eu nunca uso esse chuveiro — respondeu ela, sucinta. — Sempre tomo banho na academia. — Ele aquiesceu sem tomar conhecimento do tom grosseiro dela, aparentemente acostumado com isso. O nariz de Sasha começou a coçar; ela fechou os olhos e apertou as mãos com força nas têmporas.

Ao abrir os olhos, viu o cinturão de ferramentas jogado no chão a seus pés. Dentro do cinturão havia uma linda chave de fenda cujo cabo laranja translúcido reluzia qual um pirulito dentro de seu compartimento de couro surrado, e cuja haste prateada e esculpida cintilava. Sasha sentiu-se contrair ao redor daquele objeto em um espasmo de ânsia: precisava segurar aquela chave de fenda, nem que fosse apenas por um minuto. Dobrou os joelhos e a removeu do cinturão sem fazer barulho. Nada produziu qualquer ruído; em geral, suas mãos ossudas eram desajeitadas, mas ela era boa naquilo — *fora feita para aquilo*, como sempre pensava nos primeiros e embriagantes segundos depois de pegar alguma coisa. Uma vez com a chave de fenda nas mãos, sentiu um alívio instantâneo da dor de ter um velho de costas flácidas remexendo debaixo da sua banheira, e depois algo mais do que alívio: sentiu uma abençoada indiferença, como se a simples ideia de sentir dor por um motivo assim fosse incompreensível.

— E depois que ele foi embora? — perguntara Coz após Sasha lhe contar a história. — O que você pensou sobre a chave de fenda depois que ele foi embora?

Ela demorou a responder.

— Que era normal — falou.

— É mesmo? Não era mais especial?

— Igual a qualquer chave de fenda.

Sasha tinha ouvido Coz se mexer atrás dela e sentido alguma coisa acontecer na sala: a chave de fenda, que ela havia posto em cima da mesa (recentemente complementada com uma segunda mesa) na qual colocava os objetos que roubava e para a qual mal havia olhado desde então, pareceu ficar suspensa no ar do consultório. A chave flutuava entre eles: era como um símbolo.

— E o que você sentiu? — perguntou Coz em voz baixa. — O que sentiu depois de roubar a chave de fenda daquele bombeiro do qual tinha pena?

O que ela sentiu? *O que ela sentiu?* É claro que havia uma resposta certa para aquela pergunta. Às vezes, Sasha precisava lutar contra o impulso de mentir apenas para privar Coz dessa resposta.

— Eu me senti mal — respondeu. — Tá bom? Me senti mal. Porra, eu estou indo à falência para pagar você... é claro que sei que isso não é um jeito muito bom de se viver.

Mais de uma vez, Coz havia tentado relacionar o bombeiro ao pai de Sasha, que tinha desaparecido quando ela estava com 6 anos. Ela tomava cuidado para não embarcar nessa linha de pensamento.

— Eu não me lembro do meu pai — disse ela a Coz. — Não tenho nada a dizer. — Fazia isso tanto para a proteção de Coz quanto para a sua própria: eles estavam escrevendo uma história de superação, de novos começos e segundas chances. Mas essa era uma direção na qual só havia tristeza.

Sasha e Alex atravessaram o saguão do Hotel Lassimo em direção à rua. Sasha segurava a bolsa agarrada ao ombro, com o volume morno da carteira aninhado junto à axila. Quando passaram pelos galhos angulosos cheios de brotos junto às grandes portas de vidro que davam para a rua, uma mulher cruzou seu caminho.

— Esperem aí — disse ela. — Vocês não viram... Estou desesperada.

Sasha sentiu uma pontada de pânico. Era a mulher cuja carteira ela havia roubado — percebeu isso na hora, embora a pessoa à sua frente não se parecesse em nada com a esguia dona da carteira que ela havia imaginado, com os cabelos pretos retintos. Aquela mulher tinha olhos castanhos vulneráveis e usava sapatos baixos e pontudos que estalavam alto demais no piso de mármore. Seus cabelos castanhos frisados tinham vários fios grisalhos.

Sasha segurou o braço de Alex para tentar conduzi-lo pelas portas. Sentiu o espasmo de surpresa dele quando o tocou, mas ele aguentou firme.

— Não vimos o quê? — perguntou ele.

— Alguém roubou minha carteira. Minha identidade estava lá dentro, e amanhã de manhã tenho que pegar um avião. Estou desesperada! — Ela encarava ambos com uma expressão de súplica. Era o tipo de apelo franco que os nova-iorquinos aprendiam rapidamente a reprimir e Sasha se retraiu. Em nenhum momento havia lhe ocorrido que a mulher pudesse ser de fora da cidade.

— A senhora chamou a polícia? — perguntou Alex.

— O recepcionista do hotel disse que vai chamar. Mas também estou pensando... será que a minha carteira poderia ter caído em algum lugar? — Ela olhou para o piso de mármore sob seus pés com um ar indefeso. Sasha relaxou um pouco. Aquela mulher era do tipo que incomodava os outros sem ter a intenção de fazê-lo. Mesmo naquela situação, enquanto seguia Alex até a mesa do recepcionista, cada gesto seu era permeado por uma atitude de quem pedia desculpas. Sasha foi atrás deles.

— Alguém está ajudando esta senhora? — ouviu Alex perguntar.

O recepcionista era jovem e tinha os cabelos espetados.

— Já chamamos a polícia — disse ele, na defensiva.

Alex virou-se para a mulher.

— Onde foi?

— No banheiro. Eu acho.

— Quem mais estava lá?

— Ninguém.

— Não tinha mais ninguém no banheiro?

— Talvez tivesse, mas eu não vi.

Alex virou-se para Sasha.

— Você acabou de ir ao banheiro — disse ele. — Por acaso não viu alguém?

— Não — ela conseguiu responder. Tinha um ansiolítico dentro da bolsa, um Xanax, mas não podia abrir a bolsa. Mesmo com o zíper fechado, tinha medo de que a carteira fosse aparecer de alguma forma que ela não pudesse controlar, desencadeando uma cascata de horrores: prisão, vergonha, miséria, morte.

Alex virou-se para o recepcionista.

— Por que sou eu quem está fazendo essas perguntas, e não o senhor? — indagou ele. — Uma pessoa acaba de ser roubada dentro do seu hotel. Aqui por acaso não tem segurança?

As palavras "roubada" e "segurança" conseguiram penetrar o ruído de fundo tranquilizador que permeia não apenas o Lassimo, mas todos os hotéis de Nova York. Ouviu-se uma leve onda de interesse percorrer o saguão.

— Eu já chamei a segurança — disse o recepcionista, ajeitando o pescoço. — Vou chamar outra vez.

Sasha olhou de relance para Alex. Ele estava com raiva, e a raiva dele o tornava reconhecível de um jeito que uma hora de conversa fiada (a maior parte mantida por ela, é bem verdade) não fora capaz de fazer: estava em Nova York há pouco tempo. Vinha de alguma cidade menor. Tinha uma ou duas coisinhas a provar sobre como as pessoas deveriam tratar umas às outras.

Surgiram então dois agentes de segurança, iguais aos que se veem na TV: uns caras grandões cuja boa educação esmerada estava de alguma forma ligada à sua capacidade de partir cabeças. Eles se afastaram para verificar o bar. Sasha desejou com afã ter deixado a carteira lá, como se isso fosse um impulso ao qual ela quase não houvesse resistido.

— Vou dar uma olhada no banheiro — disse ela a Alex e forçou-se a dar a volta lentamente na coluna do elevador. O banheiro estava vazio. Sasha abriu a bolsa, tirou a carteira, achou seu frasco de Xanax e pôs um comprimido entre os dentes. O remédio funcionava mais rápido quando mastigado. Enquanto o gosto amargo enchia sua boca, ela olhou em volta, tentando decidir onde jogar a carteira: no cubículo da privada? Debaixo da pia? Tomar essa decisão a paralisava. Para sair ilesa, precisava fazer aquilo direito, e se conseguisse, se saísse ilesa — sentiu-se tomada pela ideia delirante de fazer uma promessa a Coz.

A porta do banheiro se abriu e a dona da carteira entrou. Seus olhos frenéticos cruzaram com os de Sasha no espelho do banheiro: estreitos, verdes, igualmente frenéticos. Houve uma pausa, e durante essa pausa Sasha sentiu que estava sendo confrontada: a mulher sabia, sempre soubera. Sasha entregou-lhe a carteira. Pela sua expressão chocada, viu que estava errada.

— Desculpe — falou rapidamente. — É um problema que eu tenho.

A mulher abriu a carteira. Seu alívio físico por tê-la recuperado varou Sasha em uma onda quente, como se os corpos das duas houvessem se fundido.

— Está tudo aí, eu juro — disse ela. — Eu nem abri. É um problema que eu tenho, mas já estou me tratando. Eu só... por favor, não diga nada. Eu estou por um fio.

A mulher ergueu a cabeça e seus suaves olhos castanhos examinaram o rosto de Sasha. O que ela viu? Sasha desejou poder se virar e tornar a se olhar no espelho, como se alguma coisa nela fosse finalmente ser revelada — alguma coisa perdida. Mas ela não se virou. Ficou parada e deixou a mulher olhar. Surpreendeu-se ao constatar que esta era mais ou menos da sua idade — da sua idade real. Provavelmente tinha filhos.

— Tá bom — disse a mulher, baixando os olhos. — Fica tudo entre nós.

— Obrigada — disse Sasha. — Obrigada, obrigada. — O alívio e as primeiras ondas suaves do Xanax fizeram-na sentir uma fraqueza, e ela se apoiou na parede. Sentiu a aflição da mulher para ir embora dali. Teve vontade de deslizar até o chão.

Alguém bateu na porta e uma voz masculina perguntou:

— Acharam alguma coisa?

Sasha e Alex saíram do hotel para uma Tribeca deserta e ventosa. Ela havia sugerido o Lassimo por hábito. Ficava mais perto da Sow's Ear Records, onde ela trabalhara por 12 anos como assistente de Bennie Salazar. Mas ela detestava o bairro à noite sem o World Trade Center, cujos ofuscantes e retos fachos de luz sempre a haviam enchido de esperança. Estava cansada de Alex. Em meros vinte minutos, eles haviam passado de uma conexão significativa causada por uma experiência compartilhada para o estado menos atraente de pessoas que se conhecem bem demais. Alex estava usando um gorro de malha na cabeça. Seus cílios eram longos e pretos.

— Isso foi estranho — comentou ele por fim.

— É — concordou Sasha. Então, depois de uma pausa, completou: — Encontrar a carteira, você diz?

— A situação toda. Mas sim. — Ele se virou para ela. — A carteira estava tipo escondida?

— Estava caída no chão. No canto. Quase atrás de um vaso de planta. — A enunciação dessa mentira fez gotas de suor brotarem de seu couro cabeludo anestesiado pelo Xanax. Ela pensou em dizer: *Na verdade não havia vaso de planta*, mas conseguiu se conter.

— Foi quase como se ela tivesse feito de propósito — disse Alex. — Para chamar atenção, sei lá.

— Ela não parecia esse tipo de pessoa.

— Não dá para saber. Estou aprendendo isso aqui em Nova York: não dá para ter a menor ideia de como as pessoas são. Não que elas tenham duas caras... Elas têm, sei lá, personalidade múltipla.

— Ela não era de Nova York — disse Sasha, irritada com esse equívoco ao mesmo tempo em que tentava preservá-lo. — Lembra? Ela ia pegar um avião.

— É verdade — disse Alex. Ele fez uma pausa e inclinou a cabeça, olhando para Sasha na calçada mal-iluminada ao seu lado. — Mas entende o que estou falando? Sobre as pessoas?

— Entendo — respondeu ela, cautelosa. — Mas acho que a gente se acostuma.

— Eu preferiria que a gente fosse para outro lugar.

Sasha levou alguns instantes para entender.

— A gente não tem mais nenhum lugar para ir — disse ela.

Alex virou-se para ela, espantado. Então sorriu. Sasha sorriu de volta — não seu sorriso de sim/não, mas outro parecido.

— É claro que tem — disse Alex.

Pegaram um táxi e subiram de escada os quatro andares até o apartamento de Sasha no Lower East Side. Fazia seis anos que ela morava lá. O apartamento recendia a velas aromatizadas e havia um pano de veludo cobrindo seu sofá-cama e várias almofadas, além de uma velha TV em cores com uma imagem muito boa e vários suvenires de suas viagens espalhados pelos peitoris das janelas: uma concha branca, um par de dados vermelhos, uma latinha vermelha de pomada chinesa que endurecera até ficar com textura de borracha, um minúsculo bonsai que ela regava religiosamente.

— Olha só! — disse Alex. — Tem uma banheira na sua cozinha! Eu já tinha ouvido falar nisso... quer dizer, tinha lido a respeito, mas não sabia muito bem se ainda existia alguma. O chuveiro é novo, não é? Este é um apartamento com banheira na cozinha, certo?

— É — respondeu Sasha. — Mas eu quase nunca uso. Tomo banho na academia.

A banheira estava coberta com uma tábua de madeira sobre a qual Sasha empilhava seus pratos. Alex correu as mãos pela borda da banheira e examinou os pés em forma de garra. Sasha acendeu as velas, pegou uma garrafa de grapa no armário da cozinha e encheu dois copinhos.

— Adorei seu apartamento — disse Alex. — Parece coisa da Nova York de antigamente. A gente sabe que esse tipo de lugar existe, mas como encontrar?

Sasha se apoiou na banheira ao lado dele e tomou um golinho de grapa. A bebida veio com gosto de Xanax. Ela estava tentando se lembrar da idade que Alex havia informado em seu perfil. Achava que fosse 28, mas ele parecia mais jovem, talvez bem mais jovem. Ela viu o próprio apartamento como ele devia estar vendo

— um lugar pitoresco que logo iria se apagar em meio ao turbilhão de aventuras que todos tinham ao chegar a Nova York pela primeira vez. Pensar que ela seria um pequeno clarão em meio às lembranças difusas que Alex tentaria organizar dali a um ou dois anos deixou Sasha abalada: *Onde era mesmo aquele apartamento da banheira? Quem era aquela garota?*

Ele se levantou da banheira para explorar o resto do apartamento. Em um dos lados da cozinha ficava o quarto de Sasha. No outro, de frente para a rua, ficava sua sala de estar-quartinho--escritório, onde cabiam duas poltronas estofadas e a mesa que ela usava para projetos externos — divulgação de bandas nas quais acreditava, resenhas curtas para as revistas *Vibe* ou *Spin* —, embora estes houvessem diminuído drasticamente nos últimos anos. Na verdade, o apartamento inteiro, que seis anos antes lhe parecera um ponto intermediário no caminho para algum lugar melhor, havia acabado por se solidificar ao redor de Sasha, ganhando massa e peso, até ela se sentir ao mesmo tempo atolada ali e sortuda por estar naquele lugar — como se não apenas fosse incapaz de se mexer, mas também não quisesse fazê-lo.

Alex inclinou o corpo para examinar a pequena coleção nos peitoris das janelas. Parou diante do retrato de Rob, o amigo de Sasha que havia morrido afogado na faculdade, mas não comentou nada. Não havia reparado nas mesas sobre as quais ela guardava a pilha de coisas que havia furtado: canetas, binóculo, chaves, o cachecol infantil que havia roubado simplesmente deixando de devolvê-lo quando ele caíra do pescoço de uma menininha que a mãe conduzia pela mão para sair de uma Starbucks. Naquela época, Sasha já fazia terapia com Coz, de modo que reconheceu a litania de desculpas conforme estas passaram latejando por sua cabeça: o inverno já está quase no fim; crianças crescem muito depressa; crianças odeiam cachecol; já é tarde, elas foram embora; estou com vergonha de devolver; eu poderia facilmente não ter visto o cachecol cair — na verdade não vi, só estou reparando nele agora: *Olha, um cachecol! Um cachecol de criança amarelo-ovo com listras cor-de-rosa — que pena, de quem poderia ser? Bom, vou só pegar e ficar segurando um instante...* Em casa, havia lavado o cachecol à mão e dobrado a peça com cuidado. Era um dos seus objetos preferidos.

— O que são essas coisas todas? — perguntou Alex.

Ele agora havia descoberto as mesas e estava com os olhos grudados na pilha de objetos. Aquilo parecia obra de um castor miniaturista: uma pilha de objetos incompreensível, mas obviamente não aleatória. Aos olhos de Sasha, as mesas quase tremiam tamanha sua carga de constrangimentos, escapadas por um triz, pequenas vitórias e instantes de puro arrebatamento. Eram anos de sua vida ali condensados. A chave de fenda estava perto da borda. Sasha chegou mais perto de Alex, atraída pela visão dele em pé olhando para tudo aquilo.

— E o que você sentiu ali em pé com Alex diante de todas aquelas coisas que havia roubado? — quis saber Coz.

Sasha virou o rosto e o encostou no divã azul, porque suas bochechas estavam quentes e ela detestava quando isso acontecia. Não queria explicar para Coz a mistura de sentimentos que a invadira enquanto estava ali em pé com Alex: o orgulho que sentia daqueles objetos, uma ternura superada apenas pela vergonha da maneira como tinham sido adquiridos. Ela havia arriscado tudo, e ali estava o resultado: aquele era o núcleo sensível, distorcido de sua vida. Ver Alex passear os olhos pela pilha de objetos despertou alguma coisa dentro de Sasha. Ela passou os braços em volta dele por trás e ele se virou, surpreso, mas receptivo. Ela lhe deu um beijo na boca, em seguida abriu sua braguilha e descalçou as próprias botas. Alex tentou conduzi-la até o outro cômodo, onde poderiam se deitar no sofá-cama, mas Sasha caiu de joelhos ao lado das mesas e o puxou para o chão, sentindo o tapete persa pinicar suas costas e vendo a luz do poste da rua entrar pela janela e iluminar o rosto ávido e esperançoso dele, e as coxas brancas nuas.

Depois, os dois passaram um longo tempo deitados ali. As velas começaram a crepitar. Sasha distinguiu a forma espinhosa do bonsai destacada contra a janela junto à sua cabeça. Toda a sua animação havia se esvaído, deixando em seu lugar uma terrível tristeza, um vazio que tinha um quê de violência, como se ela estivesse oca. Levantou-se cambaleando e torcendo para Alex ir embora logo. Ele ainda estava de camisa.

— Sabe o que eu queria fazer? — disse ele, levantando-se. — Tomar um banho naquela banheira.

— Pode tomar — disse Sasha com uma voz sem timbre. — Está funcionando. O bombeiro veio aqui outro dia.

Ela subiu a calça jeans e deixou-se cair sobre uma cadeira. Alex foi até a banheira, retirou cuidadosamente os pratos de cima da tábua e a removeu. A torneira pôs-se a esguichar água. A força do jato sempre havia espantado Sasha nas poucas vezes em que ela havia usado a banheira.

A calça preta de Alex estava embolada no chão aos pés de Sasha. A forma quadrada de sua carteira havia puído o veludo em um dos bolsos de trás, como se ele usasse muito aquela calça e sempre com a carteira no mesmo bolso. Sasha olhou de relance para ele. Um vapor se erguia da banheira quando ele pôs a mão para testar a água. Tornou então a se aproximar da pilha de objetos e curvou-se para mais perto como quem procura algo específico. Sasha ficou olhando-o, torcendo para sentir o mesmo estremecimento de euforia que tinha sentido antes, mas nada aconteceu.

— Posso usar isto aqui? — Ele segurava um pacotinho de sais de banho que Sasha havia roubado alguns anos antes de sua melhor amiga, Lizzie, antes que elas parassem de se falar. Os sais ainda repousavam dentro de seu invólucro com estampa de bolinhas. Estavam bem no meio da pilha, que havia desabado um pouco quando Alex os removeu. Como ele os tinha visto?

Sasha hesitou. Ela e Coz já tinham conversado muitas vezes sobre o motivo que a levava a manter os objetos roubados separados do restante de sua vida: porque usá-los significaria ganância ou interesse próprio; porque deixá-los intactos dava a impressão de que ela um dia iria devolvê-los; porque formar uma pilha com eles impedia a dissipação de seu poder.

— Acho que sim — disse ela. — Acho que pode. — Estava consciente de ter feito um movimento na história que estava escrevendo com Coz, de ter dado um passo simbólico. Mas seria um movimento em direção ao final feliz ou no sentido contrário?

Sentiu a mão de Alex em sua nuca, afagando seus cabelos.

— Você gosta da água quente ou morna? — perguntou ele.

— Quente — respondeu ela. — Muito, muito quente.

— Eu também. — Ele voltou para junto da banheira, mexeu nas torneiras e despejou na água um pouco dos sais de banho, e o cômodo se encheu na mesma hora com um aroma vaporoso de plantas que era intimamente conhecido de Sasha: o cheiro do banheiro de Lizzie na época em que Sasha tomava uma chuveirada lá depois de as duas irem correr juntas no Central Park.

— Cadê as suas toalhas? — perguntou Alex da cozinha.

Ela guardava as toalhas dobradas dentro de um cesto no banheiro. Alex foi pegá-las, em seguida fechou a porta do banheiro. Sasha ouviu quando ele começou a fazer xixi. Ajoelhou-se no chão, tirou a carteira dele do bolso da calça e a abriu, sentindo o coração se acender com uma pressão repentina. Era uma carteira preta comum, meio ruça nas bordas. Ela percorreu rapidamente o conteúdo: um cartão de débito, um crachá de trabalho, uma carteirinha da academia. Em uma divisória lateral, uma fotografia desbotada de dois meninos e uma menina de aparelho nos dentes posando em uma praia, com os olhos apertados. Um time esportivo de uniforme amarelo, com as cabeças tão pequenas que ela mal podia saber se uma delas pertencia a Alex. Entre as fotografias com orelhas nos cantos, um pedacinho de papel de fichário caiu no colo de Sasha. Parecia muito antigo, com as bordas rasgadas e as linhas azuis quase apagadas. Sasha desdobrou o papel e viu, escritas com um lápis grosso, as palavras EU ACREDITO EM VOCÊ. Congelou ao ler aquilo. As palavras pareceram avançar do pedacinho de papel na sua direção, como se fosse por um túnel, trazendo consigo uma onda de constrangimento por Alex, que havia guardado aquele tributo surrado dentro daquela carteira surrada, seguida por uma vergonha de si mesma por tê-las lido. Distinguia vagamente as torneiras da pia sendo abertas e a necessidade de agir depressa. Com gestos rápidos e mecânicos, tornou a arrumar a carteira, mantendo o pedaço de papel na mão. Vou só ficar segurando, teve consciência de dizer a si mesma enquanto tornava a guardar a carteira no bolso da calça dele. Depois eu devolvo; ele provavelmente nem se lembra de que estava guardando esse papel; na verdade, vou lhe fazer um favor por tirar isso daqui antes que alguém encontre. Vou dizer: *Ei, eu vi isso caído no tapete, é seu?* E ele vai dizer: *Esse papel? Eu nunca vi isso antes — deve ser seu, Sasha.* E talvez seja mesmo. Talvez alguém tenha me dado esse papel anos atrás e eu tenha me esquecido.

— E você fez isso? Devolveu? — perguntou Coz.

— Não tive oportunidade. Ele saiu do banheiro.

— E depois? Depois do banho? Ou na vez seguinte em que vocês se encontraram?

— Depois do banho, ele vestiu a calça e foi embora. Não falei com ele desde então.

Houve uma pausa durante a qual Sasha teve a nítida sensação da presença de Coz atrás dela, à espera. Queria muito agradá-lo, dizer algo do tipo: *Foi um momento decisivo; tudo agora está diferente*, ou então *Liguei para Lizzie e finalmente fizemos as pazes*, ou ainda *Voltei a tocar harpa*, ou simplesmente *Estou mudando, estou mudando, estou mudando: mudei!* Superação, transformação — Deus bem sabia quanto ela ansiava por essas coisas. A cada dia, a cada minuto. Todo mundo não ansiava por isso?

— Por favor — disse ela a Coz. — Não pergunte como estou me sentindo.

— Tudo bem — respondeu ele baixinho.

Ficaram ambos sentados em silêncio, o silêncio mais longo que já houvera entre os dois. Sasha olhou para a vidraça da janela, continuamente varrida pela chuva, embaçando as luzes sob o crepúsculo. Permaneceu deitada com o corpo tensionado, apoderando--se do divã, de seu espaço naquela sala, de sua vista da janela e das paredes, do leve murmúrio que sempre havia ali quando ela escutava, e daqueles minutos do tempo de Coz: um, depois outro, depois mais outro.

2

Ouro que cura

Naquele dia, as lembranças da vergonha começaram cedo para Bennie, durante a reunião matinal, enquanto ele escutava uma de suas executivas seniores defender a extinção da Stop/Go, banda formada por duas irmãs que Bennie havia contratado para gravar três discos alguns anos antes. Na época, a Stop/Go parecia uma aposta excelente; as irmãs eram jovens e adoráveis, seu som era corajoso, simples e grudava nos ouvidos ("uma mistura de Cyndi Lauper com Chrissie Hynde", fora a primeira definição de Bennie), com um baixo potente e percussões divertidas — lembrava a ele um *cowbell*. Além disso, elas compunham músicas bem boazinhas; ora, tinham vendido 1.200 CDs só fazendo shows, antes mesmo de Bennie as ver tocar. Um tempinho para trabalhar alguns singles em potencial, um pouco de marketing inteligente e um clipe decente poderiam levá-las ao topo.

Agora, porém, como informou a Bennie sua produtora executiva, Collette, as irmãs já estavam com quase 30 anos e ninguém mais acreditava que tivessem acabado de sair do ensino médio, sobretudo porque uma delas tinha uma filha de 9 anos. Os outros integrantes da banda estudavam direito. Elas haviam mandado embora dois produtores, e um terceiro tinha jogado a toalha. E ainda não havia nenhum disco.

— Quem é o empresário delas? — quis saber Bennie.

— O pai. Recebi a demo nova das duas — disse Collette. — Os vocais estão enterrados debaixo de sete camadas de guitarra.

Foi então que a lembrança dominou Bennie (teria sido a palavra "irmãs"?): ele viu a si próprio agachado atrás de um convento em Westchester enquanto o dia raiava depois de uma noite de esbórnia — fazia o quê, uns vinte anos? Mais? Agachado e escutando ondas de um som puro, cristalino e assustadoramente melodioso se erguerem rumo ao céu cada vez mais claro: eram freiras enclausuradas entoando a missa, freiras que não viam ninguém a não ser umas às outras, freiras que tinham feito voto de silêncio. A grama molhada sob seus joelhos, sua iridescência a pulsar diante de seus globos oculares cansados. Até hoje, Bennie podia ouvir a doçura transcendental das vozes daquelas freiras ecoarem bem fundo em seus ouvidos.

Ele havia agendado uma reunião com a madre superiora — a única das freiras com quem se podia falar —, levara consigo duas moças do escritório como disfarce, e ficara aguardando em uma espécie de antessala até a madre surgir do outro lado de uma abertura quadrada na parede que parecia uma janela sem vidro. Ela estava toda vestida de branco, e um pano apertado circundava seu rosto. Bennie se lembrava de que a madre ria muito, e de que suas bochechas rosadas se erguiam para formar duas grandes bolas, talvez de alegria ao pensar em levar Deus a milhões de lares, ou talvez por nunca ter visto um caçador de talentos de gravadora vender seu peixe com uma calça roxa de veludo cotelê. O acordo foi fechado em questão de minutos.

Ele havia se aproximado da janelinha quadrada para se despedir (nesse ponto, Bennie se remexeu na cadeira da sala de reunião em que estava sentado, pois já sabia a que momento aquela história toda estava conduzindo). A madre superiora se inclinou ligeiramente para a frente, curvando a cabeça de um jeito que deve ter despertado alguma coisa em Bennie, porque ele avançou por cima do parapeito e sapecou-lhe um beijo na boca: no meio segundo antes de a freira gritar e se afastar com um safanão, pôde sentir a textura macia da penugem que cobria seu rosto e um cheiro de talco de bebê. Então se lembrava de ter se afastado e sorrido, arrasado, enquanto olhava para o semblante indignado e ofendido da religiosa.

— Bennie? — Collette estava em pé diante de um console segurando o CD da Stop/Go. Todos pareciam estar aguardando. — Quer escutar?

Mas Bennie estava preso à lembrança de vinte anos antes: do dia em que havia avançado pela janelinha para cima da madre superiora como o pássaro de um relógio cuco, outra vez. E outra. E mais outra.

— Não — respondeu ele com um grunhido. Virou o rosto suado na direção da brisa do rio que entrava pelas janelas da antiga fábrica de café em Tribeca, para onde a Sow's Ear Records havia se mudado seis anos antes e onde agora ocupava dois andares. Ele nunca havia gravado as freiras. Ao chegar do convento, havia encontrado um recado à sua espera. — Não — disse ele a Collette. — Não quero ouvir a demo. — Sentia-se abalado, sujo. Bennie vivia dispensando artistas, às vezes três na mesma semana, mas agora sua própria vergonha maculava o fracasso das irmãs da Stop/Go, como se o culpado fosse *ele*. E essa sensação foi seguida por uma necessidade nervosa e contraditória de relembrar o que inicialmente o havia atraído nas irmãs, de sentir novamente essa euforia. — Por que não faço uma visita a elas? — falou, de repente.

Collette pareceu espantada, depois desconfiada e então preocupada, uma sucessão de expressões que Bennie teria achado divertida caso não estivesse tão abalado.

— Sério? — indagou ela.

— Claro. Vou hoje mesmo, depois de ver meu filho.

A assistente de Bennie, Sasha, trouxe-lhe um café: com creme, dois cubinhos de açúcar. Ele tirou do bolso uma pequena caixa vermelha esmaltada, abriu o fecho chatinho de destravar, segurou alguns flocos de ouro entre os dedos trêmulos e os deixou cair dentro da xícara. Havia iniciado esse regime dois meses antes, depois de ler em um livro de medicina asteca que ouro e café juntos eram tidos como garantia de potência sexual. O objetivo de Bennie era mais básico que isso: o *apetite* sexual, uma vez que o seu havia desaparecido misteriosamente. Ele não sabia ao certo quando ou por que isso havia acontecido: teria sido o divórcio de Stephanie? A briga pela guarda de Christopher? Seriam os 44 anos recém-completados? Ou as queimaduras redondas e doloridas em seu antebraço esquerdo, herança da "Festa", fracasso recente orquestrado por ninguém menos do que a ex-chefe de Stephanie, que agora cumpria uma pena de prisão?

O ouro aterrissou na superfície leitosa e pôs-se a girar loucamente. Bennie era fascinado por aquele redemoinho, que interpretava como uma prova da química explosiva entre o ouro e o café. Um frenesi de atividade que praticamente só o havia feito andar em círculos: essa não era uma descrição bastante exata da luxúria? Em alguns momentos, Bennie nem sequer lamentava o seu sumiço: não viver querendo comer alguém era uma espécie de alívio. O mundo era sem dúvida um lugar mais tranquilo sem a ereção meia bomba que havia sido sua companheira constante desde os 13 anos de idade, mas será que Bennie queria mesmo viver em um mundo assim? Ele tomou um gole do café salpicado de ouro e relanceou os olhos para os seios de Sasha, que haviam se transformado no teste que usava para avaliar seu progresso. Bennie a havia desejado durante quase todo o tempo que ela passara trabalhando para ele, primeiro como estagiária, depois como recepcionista, e enfim como sua assistente (cargo em que havia permanecido, relutando estranhamente em se tornar uma executiva) — e ela, de alguma forma, havia conseguido se esquivar desse desejo sem nunca dizer não, nem magoar Bennie, nem deixá-lo puto. E agora ali estavam os seios de Sasha, debaixo de um fino suéter amarelo, e Bennie não sentia nada. Nem sequer um tremor de excitação inofensiva. Seria ele capaz de ter uma ereção, mesmo que quisesse?

* * *

No som do carro, a caminho de ir buscar o filho, Bennie alternava Sleepers e Dead Kennedys, duas bandas de São Francisco que havia crescido escutando. Ouvia aquelas bandas por causa do som sujo, da sensação de estar ouvindo músicos de verdade tocando instrumentos de verdade em uma sala de verdade. Hoje em dia, essa qualidade de som (se é que existia) em geral era efeito de um sinal analógico, e não de uma gravação de verdade — no som construído e sem alma que Bennie e seus colegas de ramo produziam, tudo era efeito. Ele trabalhava de forma incansável e febril para que tudo desse certo, para seguir tendo sucesso, para produzir canções que as pessoas amassem, comprassem e baixassem (e pirateassem, claro) como toques de celular — acima de tudo, para satisfazer à multinacional extratora de petróleo bruto para a qual tinha vendido seu selo cinco anos antes. Mas Bennie sabia que o que estava dando ao mundo era uma merda. Um som cristalino demais, limpo demais. O problema era a precisão, a perfeição; o problema era a *digitalização*, que sugava a vida de tudo o que passasse por sua peneira microscópica. Filmes, fotos, músicas: tudo morto. *Um holocausto estético!* Bennie sabia que jamais poderia dizer essas coisas em voz alta.

Para ele, porém, o mais atraente nessas canções antigas eram as lembranças enlevadas de quando tinha 16 anos que elas provocavam; Bennie e sua galera da escola — Scotty e Alice, Jocelyn e Rhea —, pessoas que ele não via há décadas (tirando um encontro perturbador com Scotty em seu escritório, anos antes), mas que ainda acreditava que encontraria na fila em frente ao Mabuhay Gardens (fechado há muito tempo) de São Francisco, com os cabelos pintados de verde e vários alfinetes presos às roupas, caso resolvesse aparecer por lá em um sábado à noite.

Então, enquanto Jello Biafra se esgoelava cantando "Too Drunk to Fuck", Bennie recordou uma cerimônia de premiação alguns anos antes, quando havia tentado apresentar uma pianista de jazz qualificando-a de "incomparável" e acabara chamando-a de "incompetente" diante de uma plateia de 2.500 pessoas. Jamais deveria ter tentado dizer "incomparável" — não era uma palavra sua, era rebuscada demais; sua língua havia tropeçado nela todas as vezes em que ele treinara o discurso com Stephanie. Mas a palavra agradava à pianista, que tinha quilômetros e mais quilômetros de cabelos louros brilhantes, além de (conforme havia deixado escapar) ter se formado em Harvard. Bennie acalentara um sonho audacioso de levá-la para a cama, de sentir aqueles cabelos deslizarem por seus ombros e por seu peito.

Agora estava parado em frente à escola de Christopher, esperando aquele espasmo de memória passar. Ao chegar de carro, tinha visto de relance o filho atravessando o campo de atletismo com os amigos. Chris saltitava um pouco — não, saltitava mesmo — enquanto lançava uma bola no ar, mas, quando afundou no assento do Porsche amarelo de Bennie, qualquer traço de leveza havia desaparecido. Por quê? Será que Chris de alguma forma sabia sobre a cerimônia de premiação fracassada? Bennie disse a si mesmo que isso era uma loucura, mas mesmo assim se sentiu movido por um impulso de confessar a gafe para o filho do quarto ano do ensino fundamental. A Ânsia de Revelar, era como o Dr. Beet chamava esse impulso, e ele havia incentivado Bennie a anotar as coisas que desejava revelar, em vez de sobrecarregar o filho com elas. Foi o que Bennie fez nesse momento, escrevendo com um garrancho a palavra *incompetente* no verso de uma multa por estacionamento irregular recebida na véspera. Então, relembrando a humilhação mais antiga, acrescentou à lista *beijar a madre superiora*.

— E aí, bacana? — indagou ele. — O que você quer fazer?

— Sei lá.

— Alguma vontade especial?

— Na verdade, não.

Bennie olhou pela janela, sentindo-se impotente. Alguns meses antes, Chris tinha perguntado se poderiam cancelar a sessão semanal com o Dr. Beet e, em vez disso, passar a tarde "fazendo qualquer coisa". Não haviam retomado as sessões, decisão da qual Bennie agora se arrependia; "fazer qualquer coisa" havia conduzido a tardes aleatórias, muitas vezes abreviadas quando Chris anunciava que tinha dever de casa para fazer.

— Que tal um café? — sugeriu Bennie.

Uma centelha de sorriso.

— Posso tomar um frappuccino?

— Não conta para a sua mãe.

Stephanie não gostava que Chris tomasse café — natural, dado que o menino tinha 9 anos —, mas Bennie não conseguia resistir à deliciosa cumplicidade advinda do fato de os dois desafiarem sua ex-mulher ao mesmo tempo. Vínculo por Traição, era como o Dr. Beet chamava aquilo, que, assim como a Ânsia de Revelar, estava no topo da lista de coisas a serem evitadas.

Os dois pegaram cada qual seu café e voltaram para tomá-lo no Porsche. Chris sorvia gulosamente seu frappuccino. Bennie sacou sua caixinha vermelha esmaltada, pegou alguns flocos de ouro e soltou-os por baixo da tampa de plástico de seu copo.

— O que é isso? — perguntou Chris.

Bennie se assustou. O ouro estava se tornando um hábito tão comum que ele havia parado de disfarçar.

— Um remédio — respondeu depois de alguns instantes.

— Remédio para quê?

— Para uns sintomas que ando tendo. — *Ou não tendo*, acrescentou ele mentalmente.

— Que sintomas?

Seria o frappuccino fazendo efeito? Chris não estava mais afundado no assento: havia endireitado o corpo e agora estava sentado ereto, olhando para Bennie com os olhos grandes, escuros, simplesmente lindos.

— Dor de cabeça — disse Bennie.

— Posso ver? — pediu Chris. — O remédio? Nesse negocinho vermelho?

Bennie estendeu-lhe a caixinha. Em poucos segundos, o menino já havia descoberto como acionar o fecho chatinho e aberto a caixa.

— Nossa, pai! — disse ele. — Que negócio é este?

— Já falei.

— Parece ouro. Ouro em flocos.

— Tem uma consistência de flocos.

— Posso provar um?

— Filho, você não...

— Só unzinho?

Bennie deu um suspiro.

— Só um.

O menino catou cuidadosamente um floco de ouro e o depositou sobre a língua.

— Tem gosto de quê? — Bennie não pôde evitar perguntar. Só havia consumido o ouro no café, onde não tinha gosto nenhum.

— De metal — respondeu Chris. — Que incrível. Posso provar outro?

Bennie deu a partida no carro. Será que era tão evidente a farsa na história de o ouro ser um remédio? Era óbvio que o menino não estava acreditando.

— Só mais um — disse ele. — Depois chega.

Seu filho pegou um bom punhado de flocos de ouro e levou-o à boca. Bennie tentou não pensar no dinheiro. A verdade era que havia gastado 8 mil dólares em ouro nos últimos dois meses. Um vício em cocaína teria saído mais em conta.

Chris saboreou o ouro e fechou os olhos.

— Pai — disse ele —, isso está... tipo, está me acordando por dentro.

— Que interessante — refletiu Bennie. — É exatamente isso que deveria acontecer.

— Então está funcionando?

— Parece que sim.

— Mas e em você? — quis saber Chris.

Bennie tinha quase certeza de que o filho havia lhe feito mais perguntas nos últimos dez minutos do que no ano e meio desde que ele e Stephanie haviam se separado. Seria a curiosidade um efeito colateral do ouro?

— Eu continuo com dor de cabeça — respondeu.

Ele estava dirigindo sem rumo pela frente das mansões de Crandale ("fazer qualquer coisa" envolvia muita direção sem rumo), todas as quais pareciam ter quatro ou cinco crianças louras brincando na frente usando roupas da Ralph Lauren. Ao vê-las, ficou mais claro do que nunca para Bennie que ele não tinha a menor chance de durar naquele bairro, encardido e mal-ajambrado como era mesmo depois de tomar banho e se barbear. Stephanie, por sua vez, havia conseguido se tornar o melhor time de duplas de tênis do clube local.

— Chris — disse Bennie —, eu tenho que visitar uma banda... duas irmãs bem novinhas. Bom, meio novinhas. Estava planejando ir mais tarde, mas, se você estiver interessado, a gente poderia...

— Claro.

— Sério?

— Sério.

Será que "claro" e "sério" significavam que Chris estava cedendo para agradar a Bennie, como o Dr. Beet havia observado que fazia com frequência? Ou teria a curiosidade despertada pelo ouro gerado um interesse renovado pelo trabalho de Bennie? Chris, é claro, havia crescido rodeado por bandas de rock, mas fazia parte da geração pós-pirataria, para a qual conceitos como "copyright" e "propriedade artística" não existiam. É claro que Bennie não *culpava* Chris: os destruidores que haviam assassinado a indústria da música pertenciam à geração anterior a do seu filho, e agora já adulta. Mesmo assim, havia seguido o conselho do Dr. Beet e parado de intimidar Chris (a expressão era do Dr. Beet) em relação ao declínio da indústria, concentrando-se, em vez disso, no prazer compartilhado por músicas das quais ambos gostavam — Pearl Jam, por exemplo, que Bennie pôs para tocar em volume máximo durante todo o trajeto até Mount Vernon.

As irmãs da Stop/Go ainda moravam com os pais em uma casa espaçosa e malconservada, sob frondosas árvores suburbanas. Bennie tinha ido lá dois ou três anos antes, quando havia descoberto as irmãs, antes de confiá-las ao primeiro de uma série de executivos que haviam fracassado na tentativa de operar um milagre musical. Quando ele e Chris desceram do carro, a lembrança dessa última visita provocou em Bennie uma convulsão de raiva que fez uma onda de calor subir em direção à sua cabeça — por que é que nada havia acontecido durante todo esse tempo, cacete?

Sasha os esperava na porta da casa; ela havia pegado o trem na Grand Central Station depois de Bennie lhe telefonar e dera um jeito de chegar antes dele.

— E aí, Crisco? — disse Sasha, bagunçando os cabelos do menino. Ela conhecia Chris desde que ele era um bebê; já tinha corrido à farmácia para lhe comprar chupetas e fraldas. Bennie relanceou os olhos para seus seios; nada. Ou pelo menos nada sexual; sentiu por sua assistente uma onda de gratidão e apreço, em contraste com a raiva assassina que lhe despertava o resto de sua equipe.

Houve uma pausa. Uma luz amarela ziguezagueava entre as folhas. Bennie ergueu os olhos dos seios de Sasha para seu rosto. Seus malares eram saltados e seus olhos verdes, estreitos, e os cabelos ondulados variavam entre o ruivo e o arroxeado, dependendo do mês. Nesse dia, estavam ruivos. Ela sorria para Chris, mas Bennie detectou preocupação em algum lugar desse sorriso. Ele raramente pensava em Sasha como uma pessoa independente e, além de uma vaga ideia de namorados que iam e vinham (vaga em primeiro lugar por respeito à sua privacidade, mas ultimamente por indiferença), conhecia poucos detalhes sobre sua vida. No entanto, ao vê-la ali na frente daquela casa de família, Bennie sentiu a curiosidade despertar: Sasha ainda estudava na NYU quando ele a havia conhecido em um show do Conduits no Pyramid Club; isso significava que tinha agora trinta e poucos anos. Por que não havia se casado? Será que queria ter filhos? Ela de repente lhe pareceu mais velha, ou seria só porque Bennie raramente olhava para seu rosto?

— O que foi? — perguntou ela, sentindo o olhar dele.

— Nada.

— Você está bem?

— Estou mais do que bem — respondeu Bennie, e bateu firme na porta.

As irmãs eram duas gatas — mesmo que não parecessem recém--saídas do colégio, pelo menos pareciam recém-saídas da faculdade, sobretudo se tivessem tirado um ou dois anos sabáticos ou mudado de curso algumas vezes. Usavam os cabelos escuros presos, afastados do rosto, os olhos delas cintilavam e tinham um book inteiro de material novo — *olha só para isso, porra!* A fúria que Bennie sentia em relação à sua equipe aumentou, mas era uma fúria agradável, motivadora. O entusiasmo nervoso das irmãs se espalhava pela casa; ambas sabiam que aquela visita era sua última e maior chance. Chandra era a mais velha, Louisa, a mais nova. A filha de Louisa, Olivia, andava de velocípede em frente à casa na última visita de Bennie, mas agora usava um jeans muito justo e uma tiara de pedrinhas brilhantes que parecia ser um adereço de moda, não uma fantasia. Bennie sentiu Chris ficar mais alerta quando Olivia entrou na sala, como se uma serpente encantada houvesse saído de um cesto dentro dele.

Desceram todos em fila indiana um curto lance de escada até o estúdio de gravação das irmãs, que ficava no subsolo. O ambiente era minúsculo, com um carpete cor de laranja que cobria o chão, o teto e as paredes. Bennie sentou-se na única cadeira disponível, reparando com um ar de aprovação no *cowbell* junto ao teclado.

— Café? — perguntou-lhe Sasha.

Chandra a conduziu até o andar de cima para preparar a bebida. Louisa sentou-se diante do teclado e começou a tirar melodias. Olivia pegou uns bongôs e passou a acompanhar a mãe. Estendeu um pandeiro para Chris e, para espanto de Bennie, seu filho começou a tocar o instrumento em um compasso perfeito. Bom, pensou ele. Muito bom. O dia havia tomado um rumo inesperadamente bom. A filha quase adolescente não era um problema, decidiu ele; poderia entrar para a banda como se fosse uma irmã mais nova ou uma prima, para fortalecer o apelo junto ao público pré-adolescente. Talvez Chris também pudesse fazer parte da banda, embora ele e Olivia precisassem trocar de instrumento. Um menino tocando pandeiro...

Sasha lhe trouxe o café, e Bennie sacou a caixinha vermelha esmaltada e acrescentou um punhado de flocos à bebida. Ao tomar o primeiro gole, uma sensação de prazer preencheu seu peito por completo, do mesmo jeito que uma nevasca preenche o céu. Meu Deus, como ele estava se sentindo bem. Vinha delegando demais. Ouvir a música *sendo feita*, era isso que importava: pessoas, instrumentos e equipamentos de aspecto surrado, tudo alinhado abruptamente para formar uma só estrutura de som, flexível e viva. Ao teclado, as irmãs preparavam o arranjo de sua canção e Bennie sentiu uma pontada de expectativa; algo estava prestes a acontecer ali. Ele sabia. Sentia isso formigar nos braços e no peito.

—Vocês têm Pro Tools nessa máquina, não têm? — perguntou, apontando para o laptop sobre a mesa entre os instrumentos. — Está tudo plugado? Dá para gravar umas pistas agora?

As irmãs aquiesceram e verificaram o laptop; estavam prontas para gravar.

— Os vocais também? — perguntou Chandra.

— Claro — respondeu Bennie. —Vamos gravar tudo ao mesmo tempo. Vamos explodir o telhado da porra desta casa.

Sasha estava em pé à direita de Bennie. Aquela quantidade toda de corpos havia aquecido o pequeno cômodo, fazendo a pele dela exalar um perfume de damasco — ou seria uma loção? — que ela vinha usando há muitos anos; não apenas a parte doce da fruta, mas o leve amargor em volta do caroço. Quando Bennie sentiu o cheiro da loção de Sasha, seu pau se retesou de repente, como um cachorro velho que leva um chute certeiro. Seu espanto foi tal que ele quase pulou da cadeira, mas manteve a calma. Não apresse as coisas, deixe acontecer naturalmente. Não assuste o pobrezinho.

Então as irmãs começaram a cantar. Ah, o som cru, quase esgarçado, de suas vozes misturadas às batidas dos instrumentos — essas sensações se chocavam com algo mais profundo em Bennie do que o julgamento objetivo ou mesmo o prazer; comungavam diretamente com seu corpo, cuja reação trêmula e intumescida o deixou tonto. Ali estava sua primeira ereção em muitos meses — e provocada por Sasha, que estivera perto demais de Bennie durante todos aqueles anos para que ele realmente a *visse*, como naqueles romances do século XIX que ele tinha lido escondido porque só meninas deviam gostar de livros assim. Ele pegou o *cowbell* e uma baqueta e começou a batucar com gestos precisos. Sentiu a música na boca, nas orelhas, nas costelas — ou seria a sua própria pulsação? Ele estava em chamas!

E nesse ápice de alegria lasciva e irresistível ele se lembrou de ter aberto um e-mail que fazia parte de uma correspondência entre dois colegas e no qual tinha sido copiado por engano, em que era qualificado de "cabeludo intragável". Nossa, a sensação transparente de vergonha que havia se acumulado dentro de Bennie ao ler aquilo... Não sabia ao certo o que significava: que ele era cabeludo? (Verdade.) Que era sujo? (Mentira!) Ou seria alguma coisa literal do tipo: ele entupia a garganta das pessoas e lhes dava ânsia de vômito, assim como acontecia a Sylph, a gata de Stephanie, que às vezes vomitava bolas de pelo no carpete? Bennie tinha ido cortar os cabelos no mesmo dia e cogitara seriamente depilar com cera as costas e os braços até Stephanie conseguir dissuadi-lo acariciando-lhe os ombros com as mãos frescas na mesma noite, na cama, e dizendo-lhe que adorava o fato de ele ser cabeludo — e que a última coisa de que o mundo precisava era mais um cara depilado.

Música. Bennie estava ouvindo música. As irmãs gritavam, e o pequeno estúdio implodia com seu som, e Bennie tentou encontrar outra vez o mesmo contentamento que sentira um minuto antes. Mas a expressão "cabeludo intragável" o havia desconcertado. O recinto lhe pareceu desconfortavelmente apertado. Bennie largou o *cowbell* e tirou do bolso a multa de estacionamento. Escreveu *cabeludo intragável*, torcendo para conseguir exorcizar a lembrança. Inspirou profundamente e pousou os olhos em Chris, que tocava o pandeiro tentando acompanhar o ritmo irregular das irmãs, e na mesma hora aconteceu de novo: lembrou-se do dia, alguns anos antes, em que tinha levado o filho para cortar os cabelos com seu barbeiro de muito tempo, Stu, e de como este havia pousado a tesoura e puxado Bennie de lado.

— Tem um problema no cabelo do seu filho — dissera Stu.

— Problema?

Stu levou Bennie até a cadeira em que Chris estava sentado e afastou os cabelos do menino para expor alguns insetos marrons do tamanho de sementinhas de papoula passeando por seu couro cabeludo. Bennie achou que fosse desmaiar.

— Piolho — sussurrou o barbeiro. — Eles pegam na escola.

— Mas ele estuda em uma escola particular! — disparou Bennie. — Em Crandale, Nova York!

Os olhos de Chris haviam se arregalado de medo.

— O que foi, pai?

Outras pessoas já os encaravam, e Bennie, com sua própria cabeleira desgrenhada, havia se sentido responsável a tal ponto que até hoje borrifava OFF! nas axilas todos os dias de manhã e guardava um frasco extra no escritório — uma loucura! Ele sabia que era! Lembrou-se de que tinham recolhido os casacos enquanto todos na barbearia os observavam, Bennie com o rosto afogueado. Meu

Deus, como lhe doía pensar nisso agora — uma dor física, como se a lembrança o estivesse arranhando e deixando sulcos abertos. Ele escondeu o rosto nas mãos. Quis tapar os ouvidos para abafar a cacofonia da Stop/Go, mas em vez disso se concentrou em Sasha, que estava logo à sua direita com seu aroma agridoce, e pegou-se recordando uma moça que havia paquerado em uma festa assim que chegara a Nova York, quando ainda vendia discos de vinil no Lower East Side no século passado, uma loura deliciosa — Abby, não era esse o nome dela? Enquanto tentava não perder Abby de vista, Bennie tinha cheirado várias carreiras de pó e fora tomado por uma vontade instantânea de cagar. Estava justamente sentado na privada, rodeado pelo que deveria ser (embora o cérebro de Bennie doesse ao recordar o fato) uma nuvem de fedor insuportável, quando a porta do banheiro, que não tinha tranca, se abrira e Abby aparecera olhando para ele. Houvera um instante medonho e interminável no qual seus olhares haviam se cruzado; ela então havia fechado a porta.

Bennie tinha ido embora da festa com outra pessoa — sempre havia outra pessoa —, e a diversão de sua noite juntos, que ele se sentia à vontade supondo ter sido assim, havia apagado o confronto com Abby. Mas agora aquilo tinha voltado — ah, tinha voltado sim, trazendo consigo ondas de vergonha tão imensas que pareciam engolfar partes inteiras da vida de Bennie e arrastá-las para longe: realizações, sucessos, momentos de orgulho, tudo aniquilado a ponto de não restar nada — a ponto de *ele* não ser nada — senão um cara sentado em uma privada olhando para a expressão enojada de uma mulher que desejava impressionar.

Bennie se levantou com um pulo do banco em que estava sentado, amassando o *cowbell* com um dos pés. O suor fazia seus olhos arderem. Seus cabelos se emaranhavam perceptivelmente com o carpete do teto.

— Está tudo bem? — perguntou Sasha.

— Desculpe — disse Bennie, ofegante, enxugando a testa. — Desculpe. Desculpe. Desculpe.

* * *

De volta ao térreo da casa, ele se postou diante da porta da frente para encher os pulmões com um pouco de ar fresco. As irmãs e a menina da Stop/Go se reuniram ao redor dele, desculpando-se pelo abafamento do estúdio de gravação, pelo fracasso permanente do pai em arejá-lo de forma adequada, e lembrando umas às outras em um tom de voz arrebatado todas as vezes em que elas próprias tinham passado mal enquanto tentavam trabalhar lá embaixo.

— A gente pode cantarolar as melodias — disseram, e foi o que fizeram de maneira muito harmoniosa, inclusive Olivia, todas em pé não muito longe do rosto de Bennie, com o desespero fazendo seus sorrisos tremerem. Um gato cinza se enroscava em volta das canelas de Bennie, golpeando-o voluptuosamente com a cabeça ossuda. Foi um alívio entrar no carro outra vez.

Ele levaria Sasha até a cidade, mas antes precisava deixar Chris em casa. Seu filho estava encolhido no banco de trás, olhando para a janela aberta. Parecia a Bennie que sua ideia de uma aventura vespertina tinha saído errado. Ele resistiu à tentação de olhar para os seios de Sasha e ficou esperando se acalmar, recuperar o equilíbrio antes de fazer esse teste. Por fim, em um sinal vermelho, olhou de relance, devagar, na direção dela, de forma quase casual, no início sem nem mesmo focar a visão, depois observando atentamente. Nada. Foi dominado por uma sensação de perda tão intensa que teve de fazer um esforço físico para não soltar um uivo. Ele tinha conseguido, *tinha conseguido*! Mas onde aquilo tinha ido parar?

— Pai, o sinal está verde — disse Chris.

Depois de recomeçar a dirigir, Bennie se forçou a perguntar ao filho:

— Então, bacana, o que você achou?

O garoto não respondeu. Talvez estivesse fingindo não escutar, ou talvez o vento em seu rosto estivesse fazendo barulho demais. Bennie olhou de relance para Sasha.

— E você?

— Ah, elas são péssimas — respondeu Sasha.

Bennie piscou os olhos, ofendido. Sentiu uma onda de raiva por Sasha que passou em alguns segundos, deixando em seu lugar apenas alívio. É claro. Elas eram um horror. Era esse o problema.

— Impossível escutar — continuou Sasha. — Não é de espantar que você quase tenha enfartado.

— Eu não entendo — disse Bennie.

— Não entende o quê?

— Dois anos atrás elas pareciam... diferentes.

Sasha lançou-lhe um olhar de quem não estava entendendo.

— Não foram dois anos, foram cinco — disse ela.

— Como é que você tem tanta certeza?

— Porque da última vez eu fui à casa delas logo depois de uma reunião no Windows on the World.

Bennie levou um minuto para entender. Era o restaurante que ficava no alto do World Trade Center.

— Ah — disse ele por fim. — Quantos dias antes do...

— Quatro.

— Nossa. Eu não sabia. — Ele deixou passar um intervalo respeitoso antes de prosseguir. — Mesmo assim, dois anos ou cinco...

Sasha virou-se para encará-lo. Parecia zangada.

— Com quem é que eu estou falando, mesmo? — perguntou ela. — O seu nome é Bennie Salazar! E a gente está falando de música. "Cinco anos são *quinhentos*"... foi você mesmo quem disse.

Bennie não respondeu. Estavam chegando perto da sua ex-casa, como ele costumava pensar. Não conseguia dizer "antiga casa", mas tampouco era capaz de dizer apenas "casa", embora certamente tivesse pago por ela. Sua ex-casa ficava recuada em relação à rua sobre um aclive coberto de grama: era uma construção reluzente e branca em estilo colonial que o deixara assombrado em cada uma das vezes que ele havia tirado uma chave do bolso para abrir a porta da frente. Bennie parou junto ao meio-fio e desligou o motor. Não conseguia se forçar a subir o acesso para carros.

Ainda no banco de trás, Chris estava inclinado para a frente, com a cabeça entre Bennie e Sasha. Bennie não sabia ao certo quanto tempo fazia que o menino estava ali.

— Pai, eu acho que você precisa de um pouco daquele seu remédio — disse ele.

— Boa ideia — disse Bennie. Começou a tatear os bolsos, mas não conseguiu encontrar a caixinha vermelha.

— Toma, tá aqui — disse Sasha. — Você deixou cair quando saiu do estúdio.

Era algo que ela vinha fazendo cada vez com mais frequência: encontrar objetos que ele havia perdido — às vezes antes mesmo de Bennie saber que estavam sumidos. Isso aumentava a dependência que ele sentia em relação a Sasha, que era quase um feitiço.

— Valeu, Sash — agradeceu.

Ele abriu a caixa. Nossa, como os flocos brilhavam. Ouro não escurecia, era essa a diferença. Dali a cinco anos, os flocos teriam o mesmo aspecto que tinham agora.

— Será que é melhor eu pôr uns flocos na língua, como você fez? — perguntou ao filho.

— Tá. Mas eu também quero.

— Sasha, quer experimentar um remedinho? — perguntou Bennie.

— Ahn, tá bom — disse ela. — Qual é o efeito?

— Ele soluciona os seus problemas — respondeu Bennie. — Quer dizer, dor de cabeça. Não que você tenha isso.

— Nunca tive — disse Sasha com o mesmo sorriso cauteloso.

Cada um pegou um punhado de flocos de ouro e o pôs sobre a língua. Bennie tentou não calcular o valor monetário do que tinham dentro da boca. Concentrou-se no gosto: seria um gosto metálico, ou esse era apenas o gosto que ele estava esperando? Seria um gosto de café, ou isso era apenas o resíduo que ainda estava em sua boca? Usando a língua, ele formou uma bolinha dura com o ouro e sugou toda a umidade que havia lá dentro; era azedo, pensou. Amargo. Doce? Bennie teve a impressão de estar sentindo um gosto metálico, como pedra. Ou mesmo terra. Então a bolinha se desfez.

— Tenho que ir, pai — disse Chris.

Bennie deixou-o descer do carro e lhe deu um forte abraço. Como sempre, Chris se imobilizou em seus braços, mas Bennie nunca sabia dizer se estava aproveitando ou suportando o abraço.

Ele recuou e olhou para o filho. O bebê que ele e Stephanie tinham afagado e beijado agora era aquela presença dolorosa, cheia de mistério. Bennie sentiu-se tentado a dizer: *Não fale para a sua mãe sobre o remédio*, ansiando por uma conexão momentânea com Chris antes de o garoto entrar em casa. No entanto, hesitou, fazendo um cálculo mental que o Dr. Beet havia lhe ensinado: será que ele achava mesmo que o menino fosse contar a Stephanie sobre o ouro? Não. E era esse o seu alerta: Vínculo por Traição. Bennie não disse nada.

Tornou a entrar no carro, mas não girou a chave. Estava olhando Chris escalar o gramado ondulante em direção à sua ex-casa. A grama tinha um brilho fluorescente. Seu filho parecia curvado sob a enorme mochila. Que porcaria havia lá dentro? Bennie já tinha visto fotógrafos profissionais menos carregados. Quando Chris se aproximou da casa, ficou mais embaçado, ou talvez tenham sido os olhos de Bennie ficando marejados. Ele achou aquilo uma tortura, assistir à longa jornada do filho até a porta da frente. Teve medo de que Sasha abrisse a boca, de que dissesse algo do tipo *Esse menino é demais* ou *Foi divertido* — algo que obrigaria Bennie a se virar e olhar para ela. Mas Sasha era esperta demais para fazer isso; ela sabia tudo. Ficou sentada com Bennie, em silêncio, vendo Chris subir a grama espessa e brilhante até a porta da frente, depois abri-la sem se virar e entrar na casa.

Os dois não tornaram a falar até saírem da Henry Hudson Parkway e entrarem na West Side Highway a caminho da parte sul de Manhattan. Bennie tinha posto para tocar um pouco de The Who e The Stooges em começo de carreira, bandas que ele já escutava antes mesmo de ter idade para frequentar shows. Depois passou para Flipper, The Mutants, Eye Protection — bandas da Bay Area da década de 1970 ao som das quais ele e sua galera tinham dançado no Mabuhay Gardens, isso quando não estavam ensaiando com sua própria banda inaudível chamada The Flaming Dildos. Sentiu que Sasha estava prestando atenção e brincou com a ideia de lhe confessar sua desilusão — o *ódio* pela indústria à qual havia dedicado a vida. Começou a pesar cada escolha musical, reforçando seu argumento com as próprias canções — a poesia abrasiva de Patti Smith (mas por que ela havia parado de compor, mesmo?), o hardcore aplicado do Black Flag e do Circle Jerks que dera lugar ao estilo alternativo, essa grande acomodação, e que depois fora decaindo, decaindo, decaindo até chegar aos singles que naquele dia mesmo ele tinha tentado vender às estações de rádio, verdadeiras cascas musicais, ocas, frias e sem vida como os quadrados de luz néon dos escritórios recortados no azul do crepúsculo.

— Incrível como simplesmente não tem nada ali — comentou Sasha.

Bennie se virou para ela, espantado. Seria possível que ela houvesse acompanhado sua arenga musical até a desoladora conclusão? Sasha estava olhando na direção do centro da cidade, e ele seguiu seu olhar até o espaço vazio em que antes se erguiam as Torres Gêmeas do World Trade Center.

— Devia ter *alguma coisa*, sabe? — disse ela sem olhar para Bennie. — Um eco. Ou um contorno.

Bennie deu um suspiro.

— Eles vão acabar construindo alguma coisa — disse ele. — Quando finalmente pararem de brigar.

— Eu sei. — Mas ela continuou olhando para o sul, como se ali houvesse um problema que a sua mente não estivesse conseguindo solucionar. Bennie ficou aliviado por ela não ter entendido o que ele dissera. Lembrou-se de seu mentor, Lou Kline, dizendo-lhe nos anos 1990 que o auge do rock and roll tinha sido no festival Monterey Pop. Os dois estavam na casa de Lou, em Los Angeles, cheia de cascatas e das garotas bonitas que Lou sempre tinha por perto, com sua coleção de carros em frente à casa, e Bennie tinha olhado para o rosto famoso de seu ídolo e pensado: *Você acabou.* A nostalgia era o fim da linha — todo mundo sabia disso. Lou tinha morrido três meses antes, depois de ficar paralisado devido a um derrame.

Em uma placa de parada obrigatória, Bennie lembrou-se de sua lista. Sacou a multa do bolso e a terminou.

— O que você tanto escreve nessa multa? — quis saber Sasha.

Bennie entregou-lhe o papel, e sua relutância em mostrar a lista para qualquer par de olhos humanos chegou meio segundo atrasada. Para seu horror, ela começou a ler a lista em voz alta:

— Beijo na madre, incompetente, cabeludo intragável, sementinhas, sentado no trono.

Bennie escutou mortificado, como se as palavras em si tivessem o poder de provocar uma catástrofe. Mas estas foram neutralizadas assim que Sasha as pronunciou com sua voz áspera.

— Nada mau — disse ela. — São títulos, não são?

— Claro — respondeu Bennie. — Pode ler outra vez? — Ela o fez, e as palavras então também lhe soaram como títulos. Ele se sentiu em paz, purificado.

— "Beijo na madre" é o meu preferido — disse ela. — A gente tem que dar um jeito de usar esse título.

Eles haviam parado em frente ao prédio de Sasha na Forsyth Street. A rua parecia deserta e mal iluminada. Bennie desejou que ela pudesse morar em um lugar melhor. Sasha recolheu sua indefectível bolsa preta, um poço dos desejos disforme do qual ela conseguira pescar qualquer arquivo, número de telefone ou pedaço de papel de que ele havia precisado nos últimos 12 anos. Bennie segurou suas mãos finas e brancas.

— Escuta — disse ele. — Sasha, escuta.

Ela ergueu os olhos. Bennie não sentia qualquer desejo, não estava sequer de pau duro. O que sentia por Sasha era amor, uma segurança e uma proximidade como a que tinha com Stephanie antes de a decepcionar tantas vezes que ela não conseguiu parar de ficar brava.

— Sasha, eu sou louco por você — disse ele. — Louco.

— Ah, Bennie, por favor — repreendeu Sasha com suavidade. — Para com isso.

Ele usou as duas mãos para segurar a dela. Os dedos de Sasha estavam trêmulos e frios. Sua outra mão estava na porta.

— Espera — pediu Bennie. — Por favor.

Ela se virou para ele, agora séria.

— Não tem a menor chance, Bennie — falou. — A gente precisa um do outro.

Eles se entreolharam à luz do dia que caía. Os ossos delicados do rosto de Sasha eram cobertos por leves sardas — um rosto de menina, mas ela havia deixado de ser menina enquanto ele estava distraído.

Sasha inclinou-se para a frente e beijou o rosto de Bennie: um beijo casto, beijo de irmãos, de mãe e filho, mas Bennie sentiu a maciez de sua pele, o sopro cálido de sua respiração. Então ela desceu do carro. Acenou para ele pela janela e disse alguma coisa que ele não entendeu. Bennie se esticou por cima do assento vazio, com o rosto junto ao vidro, e a encarou até ela repetir o que dissera. Mesmo assim, não entendeu. Enquanto ele tentava abrir a porta, Sasha repetiu mais uma vez, articulando as palavras muito vagarosamente:

— A gente. Se vê. Amanhã.

3

Não estou nem aí

Tarde da noite, quando não há mais para onde ir, vamos todos para a casa de Alice. Scotty ao volante de sua picape, dois de nós espremidos no banco da frente junto com ele, fitas piratas do The Stranglers, The Nuns ou Negative Trend tocando aos berros, e os outros dois na caçamba, onde faz um frio infernal durante o ano todo, sendo projetados no vazio quando Scotty chega ao topo das ladeiras. Apesar disso, quando estamos Bennie e eu sempre torço para nos sentarmos atrás, para eu poder me encostar em seu ombro no frio e abraçá-lo por um segundo sempre que passamos por algum buraco.

Na primeira vez em que fomos a Sea Cliff, bairro em que Alice mora, ela apontou para o alto de um morro onde a névoa serpenteava entre os eucaliptos e disse que a sua antiga escola ficava lá em cima: uma escola só para meninas, onde agora suas irmãs menores estudavam. Do jardim de infância até a quinta série, o uniforme era um vestido verde quadriculado e sapatos marrons, e depois disso uma saia azul com blusa branca de marinheiro e os sapatos que a aluna quisesse. Mostra pra gente, pede Scotty, e Alice devolve: os uniformes? Mas Scotty diz: não, essas suas supostas irmãs.

Ela segue na frente escada acima, com Scotty e Bennie logo atrás. Ambos são fascinados por Alice, mas quem a ama de verdade é Bennie. E Alice, naturalmente, ama Scotty.

Bennie já tirou os sapatos, e vejo seus calcanhares morenos afundarem no carpete branco feito algodão-doce, tão grosso que abafa todos os nossos rastros. Jocelyn e eu chegamos por último. Ela se inclina para perto de mim e dentro de seu sussurro sinto o cheiro do chiclete de cereja disfarçando os quinhentos cigarros que fumamos. Não consigo sentir o cheiro do gim que roubamos da reserva secreta do meu pai no início da noite e que fora derramado em latas de Coca-Cola para podermos bebê-lo na rua.

Presta atenção, Rhea, diz Jocelyn. As irmãs dela vão ser louras.

Quem disse? pergunto eu.

Filhos de rico são sempre louros, diz Jocelyn. Tem a ver com vitaminas.

Não confundo isso com informação genuína, acreditem. Eu conheço todo mundo que Jocelyn conhece.

O cômodo está escuro com exceção de uma luz noturna cor-de-rosa. Paro no limiar da porta e Bennie também se detém, mas os outros três entram e ocupam o espaço exíguo entre as camas. As irmãs mais novas de Alice estão dormindo de lado, com as cobertas enfiadas em volta dos ombros. Uma delas se parece com Alice, de cabelos claros e ondulados, e a outra é morena como Jocelyn. Tenho medo de que acordem e fiquem com medo de nós, com nossas coleiras de cachorro, alfinetes e camisetas esfarrapadas. Penso: não deveríamos estar aqui, Scotty não deveria ter pedido para entrar, Alice não deveria ter dito sim, mas ela diz sim a tudo o que Scotty pede. Penso: quero me deitar em uma dessas camas e dormir.

Aham, sussurro para Jocelyn enquanto saímos do quarto. Cabelo preto.

Rebelde, sussurra ela de volta.

Graças a Deus, o ano de 1980 está quase chegando. Os hippies estão ficando velhos, fritaram os cérebros com ácido, e agora pedem esmola nas esquinas de toda São Francisco. Têm cabelos embaraçados e pés descalços, grossos e cinzentos feito sapatos. Estamos fartos deles.

Na escola, passamos cada minuto livre no Poço. Não é um poço no sentido literal da palavra; é uma faixa de concreto acima das quadras de esportes. Nós o herdamos da Galera do Poço do ano passado que já se formou, mas ainda ficamos nervosos ao entrar quando alguém da Galera do Poço já está lá: Tatum, que a cada dia usa uma meia-calça de cor diferente, Wayne, que cultiva maconha dentro do armário, ou Boomer, que vive abraçando todo mundo desde que a sua família foi tratada com eletrochoques. Fico nervosa ao entrar lá a menos que Jocelyn já esteja, ou (no caso dela) eu esteja. Nós desempenhamos o papel uma da outra.

Nos dias quentes, Scotty toca guitarra. Não a que ele usa para as apresentações do Flaming Dildos, mas uma guitarra havaiana que precisa ser segurada de um jeito diferente. Na verdade, foi Scotty quem fabricou o instrumento: foi ele quem curvou, colou e envernizou a madeira. Todos se reúnem à sua volta, não há como evitar isso quando Scotty começa a tocar. Certa vez, o time de futebol júnior da liga universitária subiu inteiro do campo para ouvi-lo tocar, olhando em volta com seus uniformes e meiões vermelhos como se não soubessem como tinham ido parar ali. Scotty tem um magnetismo. E digo isso como alguém que não está apaixonada por ele.

O Flaming Dildos já teve muitos nomes: Crabs, Croks, Crimps, Crunch, Scrunch, Gawks, Gobs, Flaming Spiders, Black Widows. Sempre que Scotty e Bennie trocam o nome da banda, Scotty pinta o case de sua guitarra e do baixo de Bennie com Color Jet preto, depois faz um molde vazado com o novo nome e o escreve nos cases. Não sabemos como eles decidem que devem manter um nome, porque Bennie e Scotty na verdade não chegam a falar. Mas eles concordam em tudo, talvez por percepção extrassensorial. Jocelyn e eu escrevemos todas as letras e fazemos a música com Bennie e Scotty. Cantamos com eles nos ensaios, mas não gostamos de subir no palco. Alice também não gosta — é a única coisa que temos em comum com ela.

Bennie foi transferido no ano passado de uma escola de ensino médio em Daly City. Não sabemos onde ele mora, mas de vez em quando vamos visitá-lo depois da aula na Revolver Records da Clement Street, onde ele trabalha. Quando Alice vai conosco, Bennie faz uma pausa e vem comer um salgado de porco conosco na padaria chinesa ao lado da loja de discos enquanto a névoa passa galopando pela vitrine. Bennie tem a pele marrom-clara e olhos esplêndidos, e passa os cabelos a ferro para fazer um moicano de um preto tão reluzente quanto um disco que nunca foi tocado. Ele, em geral, está prestando atenção em Alice, de modo que posso observá-lo à vontade.

Descendo o caminho que conduz ao Poço fica o lugar em que se reúnem os alunos de ascendência indígena, com seus casacos de couro preto, seus sapatos que estalam no chão e seus cabelos pretos presos por redes quase invisíveis. Às vezes eles falam com Bennie em espanhol, e ele sorri de volta, mas nunca responde. Por que falam com ele em espanhol, pergunto a Jocelyn, e ela olha para mim e responde: Rhea, Bennie é índio. Não está na cara?

Você pirou, respondo, sentindo o rosto ficar quente. Ele usa um moicano. E não é nem amigo deles.

Nem todos os índios são amigos entre si, continua Jocelyn. Então ela diz: a boa notícia é que meninas ricas não namoram índios. Então ele nunca vai namorar Alice, fim de papo.

Jocelyn sabe que estou esperando Bennie. Mas Bennie está esperando Alice, que está esperando Scotty, que está esperando Jocelyn, que conhece Scotty há mais tempo e o faz se sentir seguro, acho eu, porque mesmo com todo o magnetismo de Scotty, com seus cabelos oxigenados e um belo peitoral másculo que ele gosta de exibir quando faz sol, a mãe dele morreu faz três anos de tanto tomar soníferos. Desde então, Scotty está mais calado, e sempre que faz frio ele treme como se alguém o estivesse sacudindo.

Jocelyn também ama Scotty, mas não é *apaixonada* por ele. Jocelyn está esperando Lou, um adulto que um dia lhe deu carona. Lou mora em Los Angeles, mas disse que ligaria da próxima vez que viesse a São Francisco. Isso já faz várias semanas.

Ninguém está me esperando. Nessa história, eu sou a menina por quem ninguém está esperando. Em geral essa menina é gorda, mas o meu problema é mais raro do que isso: eu sou sardenta. Parece que alguém jogou vários punhados de lama no meu rosto. Quando eu era pequena, minha mãe me dizia que as sardas eram especiais. Graças a Deus vou poder mandar tirá-las quando tiver idade suficiente e puder pagar do meu bolso. Até lá, tenho minha coleira de cachorro e minha tinta verde para o cabelo, porque como é que alguém vai poder me chamar de "a menina sardenta" enquanto meu cabelo for verde?

Jocelyn tem cabelos pretos repicados que parecem estar sempre molhados, e 12 furos na orelha que eu mesma fiz com um brinco pontudo, sem usar gelo. Ela tem um rosto lindo, meio chinês. Faz diferença.

Jocelyn e eu fazemos tudo juntas desde a terceira série: brincamos de amarelinha, pulamos corda, fizemos pulseiras da sorte, enterramos tesouros, lemos histórias em quadrinhos, fizemos um pacto de irmãs de sangue, passamos trotes pelo telefone, fumamos maconha, cheiramos cocaína, tomamos Quaalude. Ela viu meu pai vomitar na sebe em frente ao nosso prédio; e eu estava com ela na Polk Street na noite em que ela reconheceu um dos homens vestidos de couro em frente ao White Swallow e era o pai dela, que estava "viajando a trabalho", antes de ele ir embora de casa. Então ainda não consigo acreditar que perdi o dia em que ela conheceu o tal cara, Lou. Ela estava pedindo carona do centro para casa, e ele encostou com um Mercedes vermelho e a levou para um apartamento que usa quando vem a São Francisco. Desatarraxou o fundo de um frasco de desodorante, e um papelote de cocaína caiu lá de dentro. Lou deu uns tecos em cima da bunda de Jocelyn e eles transaram de verdade duas vezes, sem contar quando ela pagou um boquete. Fiz Jocelyn repetir cada detalhe dessa história até saber tudo o que ela sabia, para podermos ser iguais outra vez.

Lou é um produtor musical que conhece Bill Graham pessoalmente. Havia discos de ouro e de prata pregados nas suas paredes, além de umas mil guitarras elétricas.

O ensaio do Flaming Dildos é no sábado, na garagem de Scotty. Quando Jocelyn e eu chegamos, Alice já estava arrumando o novo gravador que seu padrasto lhe deu de presente, com um microfone de verdade. Ela é uma daquelas meninas que gostam de máquinas — mais um motivo para Bennie amá-la. Joel, o baterista fixo dos Dildos, chega logo depois, trazido pelo pai, que passa o ensaio inteiro esperando na van do lado de fora da casa lendo livros sobre a Segunda Guerra Mundial. Joel é aluno da turma avançada em todas as matérias do colégio e já se inscreveu em Harvard, então imagino que o pai não queira correr nenhum risco.

Onde nós moramos, no bairro de Sunset, é sempre possível ver o mar, e as casas têm as mesmas cores de ovos de Páscoa. Apesar disso, assim que Scotty deixa a porta da garagem cair e bater com um estrondo, somos todos tomados por uma súbita fúria. O baixo de Bennie ganha vida aos poucos, e logo estamos gritando as músicas com títulos como "Rock do cachorro", "Faz as contas" e "Me passa o Kool-Aid", mas quando as gritamos na garagem de Scotty as letras poderiam muito bem ser assim: *vai se foder vai se foder vai se foder vai se foder vai se foder vai se foder.* De vez em quando, algum aluno que toca na banda da escola bate à porta da garagem para fazer um teste (a convite de Bennie), e sempre que Scotty levanta a porta nós apertamos os olhos por causa do dia claro que bate na nossa cara.

Hoje nós testamos um sax, uma tuba e um banjo, mas o sax e o banjo não paravam de monopolizar o palco, e a tuba tapou os ouvidos assim que começamos a tocar. O ensaio estava quase no fim quando ouvimos outra batida na porta da garagem e Scotty a levantou. Um garoto imenso e todo espinhento usando uma camiseta do AC/DC estava em pé do lado de fora segurando um case de violino. Estou procurando Bennie Salazar, diz ele.

Jocelyn, Alice e eu nos entreolhamos, chocadas, e por um segundo pareceu que nós três éramos amigas, como se Alice fizesse parte da nossa dupla.

— Oi, cara — diz Bennie. — Chegou bem na hora. Galera, esse é o Marty.

Mesmo sorrindo, o rosto de Marty não tem jeito. Mas fico com medo de ele pensar a mesma coisa de mim, então não retribuo seu sorriso.

Marty pluga seu violino e começamos a tocar nossa melhor música, chamada "Que porra é essa?".

Você disse que era uma princesa de conto de fadas
Você disse que era uma estrela cadente
Você disse que a gente ia pra Bora Bora
Porra, olha só onde a gente veio parar...

Bora Bora foi ideia de Alice — nunca tínhamos ouvido falar nesse lugar. Enquanto todo mundo berra o refrão (*Que porra é essa?/ Que porra é essa?/ Que porra é essa?*), fico olhando Bennie escutar, de olhos fechados, com o moicano parecendo um milhão de antenas espetadas em sua cabeça. Quando a música termina, ele abre os olhos e dá um sorriso.

— Espero que você tenha gravado isso, Al — diz ele, e Alice rebobina a fita para ter certeza.

Alice leva embora todas as nossas fitas e as transforma em uma única fita master que Bennie e Scotty levam a todas as casas de show para tentar arrumar apresentações para o Flaming Dildos. Nossa grande esperança, é claro, é o Mab: Mabuhay Gardens, na Broadway, onde tocam todas as bandas punk. Scotty fica esperando na picape enquanto Bennie conversa com os babacas mal-educados das casas de show. Temos de ter cuidado com Scotty.

Na quarta série, na primeira vez em que sua mãe foi embora de casa, ele passou o dia inteiro sentado no gramado em frente à sua casa olhando direto para o sol. Recusou-se a ir à escola ou a entrar em casa. O pai foi se sentar com ele para tentar proteger seus olhos e, depois da aula, Jocelyn foi até lá e também se sentou com ele. Agora Scotty tem manchas cinzentas permanentes em seu campo de visão. Ele diz que gosta das manchas — na verdade, o que diz é o seguinte: "Eu considero essas manchas um incremento visual." Nós achamos que as manchas lhe lembram a mãe.

Todo sábado, depois do ensaio, nós vamos ao Mab. Já vimos shows do Crime, do The Avengers, do The Germs e de um trilhão de outras bandas. O bar é caro demais, então nós bebemos antes, do estoque de algum pai. Jocelyn precisa de mais bebida do que eu para ficar bêbada, e quando sente a birita bater dá uma longa inspirada, como se finalmente houvesse voltado a ser ela mesma.

No banheiro todo pichado do Mab, ficamos ouvindo as conversas das pessoas dizendo que Ricky Sleeper caiu do palco durante um show, que Joe Rees da Target Video está fazendo um filme inteiro sobre punk rock, que duas irmãs que sempre vemos na casa começaram a se prostituir para comprar heroína. Saber isso tudo nos deixa um passo mais perto de sermos reais, mas não completamente. Quando é que um moicano de mentira vira um moicano de verdade? Quem decide? Como é que você sabe que isso aconteceu?

Durante os shows, abrimos uma roda punk na fila do gargarejo. Saltamos uns por cima dos outros, empurramos, somos derrubados e levantados outra vez até nosso suor se misturar ao suor dos punks de verdade e nossa pele tocar a pele deles. Bennie não faz tanto isso. Acho que ele de fato escuta a música.

Numa coisa eu reparei: nenhum punk tem sardas. Punks sardentos não existem.

* * *

Uma noite, Jocelyn atende o telefone da sua casa e ouve Lou dizer: Oi, linda. Ele diz que está ligando há dias e dias, mas que o telefone toca, toca e ninguém atende. Por que ele não tentou ligar *à noite*?, pergunto eu quando Jocelyn me diz isso.

Nesse sábado, depois do ensaio, ela sai com Lou em vez de sair conosco. Depois do Mab, vamos todos para a casa de Alice. A essa altura, nós já nos comportamos como se a casa fosse nossa: comemos os iogurtes que a mãe dela prepara em potinhos de vidro dentro de uma iogurteira, deitamos no sofá da sala com os pés calçados só com meias e pousados em cima dos braços. Certa noite, a mãe dela nos preparou um chocolate quente e trouxe a bebida até a sala em cima de uma bandeja dourada. A mãe de Alice tinha grandes olhos cansados e músculos que se agitavam no pescoço. Jocelyn sussurrou no meu ouvido: gente rica gosta de receber para poder exibir a louça.

Nessa noite, sem Jocelyn presente, pergunto a Alice se ela ainda tem os tais uniformes escolares sobre os quais falou muito tempo atrás. Ela faz cara de surpresa. Tenho, responde, tenho sim.

Subo com ela a escada felpuda até seu quarto de verdade, cômodo que nunca vi antes. É menor do que o quarto das irmãs, com um carpete azul grosso e um papel de parede quadriculado de azul e branco. A cama está submersa em uma montanha de bichos de pelúcia, e percebo que são todos sapos: verde-vivo, verde-claro, verde-fluorescente, alguns com moscas de pelúcia presas à língua. A luminária da mesa de cabeceira tem a forma de um sapo, assim como o travesseiro.

Não sabia que você gostava tanto de sapos, Alice, digo, e ela responde: Como iria saber?

Eu na verdade nunca estivera sozinha com Alice antes. Ela não parece tão simpática quando Jocelyn está presente.

Alice abre o armário, fica em pé sobre uma cadeira e puxa uma caixa cheia de uniformes: uma peça única xadrez de quando era pequena, um conjunto de marinheiro de duas peças de quando era maior. Qual era o seu preferido?, pergunto.

Nenhum, responde ela. Quem gosta de usar uniforme?

Eu gostaria, digo.

Está de sacanagem?

Que tipo de sacanagem seria?

Do tipo em que você e Jocelyn ficam rindo porque fizeram uma piada e eu não entendi.

Minha garganta fica muito seca. Eu não vou fazer isso, digo. Rir com Jocelyn.

Alice dá de ombros. Não estou nem aí, diz ela.

Vamos nos sentar as duas sobre o tapete, com os uniformes sobre os joelhos. Alice está usando uma calça jeans rasgada e a maquiagem preta dos olhos está borrada, mas seus cabelos são compridos e dourados. Ela também não é uma punk de verdade.

Depois de algum tempo eu pergunto: Por que os seus pais deixam a gente vir aqui?

Eles não são meus pais. São minha mãe e meu padrasto.

Tá.

Acho que eles querem ficar de olho em vocês.

As buzinas são mais altas do que o normal ali em Sea Cliff, e é como se estivéssemos sozinhas em um navio cruzando a mais densa das névoas. Abraço os joelhos, desejando muito que Jocelyn estivesse ali conosco.

E eles estão agora?, pergunto, com a voz suave. De olho na gente?

Alice respira fundo e solta o ar outra vez. Não, responde ela. Eles estão dormindo.

O violinista, Marty, nem está mais no segundo grau — está no segundo ano da Universidade Estadual de São Francisco, onde Jocelyn, eu e Scotty vamos estudar no ano que vem (se ele passar em Álgebra II). Se você puser esse otário no palco, vai ser como jogar merda no ventilador, diz Jocelyn para Bennie.

Acho que vamos ter que pagar para ver, diz Bennie, e olha para o relógio como se estivesse pensando. Daqui a duas semanas, quatro dias, seis horas, e não sei muito bem quantos minutos.

Ficamos encarando-o sem entender. Então ele diz: Dirk Dirksen do Mab me ligou. Jocelyn e eu damos um grito e abraçamos Bennie, o que para mim é como tocar em alguma coisa eletrificada, sentir aquele corpo entre as minhas mãos. Eu me lembro de cada abraço que lhe dei. A cada vez aprendo alguma coisa: como a pele dele é quente, como ele é musculoso feito Scotty, embora nunca tire a camisa. Dessa vez descubro as batidas de seu coração, que pressiona minha mão pousada em suas costas.

Quem mais sabe?, pergunta Jocelyn.

Scotty, claro. Alice também, mas é só mais tarde que isso nos incomoda.

Eu tenho primos em Los Angeles, então Jocelyn liga para Lou do nosso apartamento, onde o número não vai se destacar na conta de telefone. Estou a cinco centímetros de distância, sobre a colcha florida da cama dos meus pais, quando ela disca o número com uma unha preta comprida. Ouço uma voz masculina atender, e fico chocada com o fato de ele ser real, de Jocelyn não o ter inventado, muito embora nunca tenha imaginado isso. Só que ele não diz *Oi, linda*. Ele diz: Eu falei para você deixar eu te ligar.

Jocelyn diz: Desculpe, com uma vozinha oca. Arranco o telefone da mão dela e pergunto: Que alô é esse? E Lou pergunta: Quem é, pelo amor de Deus? E eu respondo: Rhea. Então, com uma voz mais calma, ele diz: Prazer, Rhea. Agora pode passar o telefone de volta para Jocelyn?

Dessa vez, Jocelyn puxa o fio para longe. Lou parece ser praticamente o único a falar. Depois de um ou dois minutos de conversa, Jocelyn sibila para mim: Você tem que sair do quarto. Vai!

Saio do quarto dos meus pais e vou até a cozinha. Há uma samambaia pendurada no teto por uma corrente e suas folhinhas marrons caem dentro da pia. As cortinas têm uma estampa de abacaxi. Meus dois irmãos estão na varanda transplantando mudas de pés de feijão para o trabalho de ciências do meu irmão menor. Saio para junto deles e o sol agride meus olhos. Tento me forçar a olhar direto para ele, como Scotty fez.

Depois de algum tempo, Jocelyn sai do quarto. A felicidade emana de seus cabelos e de sua pele. Não estou nem aí, penso.

Mais tarde, ela me conta que Lou disse sim: vai assistir ao show do Dildos no Mab, e talvez nos arrume um contrato para um disco. Avisou-lhe que não estava prometendo nada, mas mesmo assim nós vamos nos divertir, não vamos, linda? Nós não nos divertimos sempre?

Na noite do show, vou com Jocelyn encontrar Lou para jantar no Vanessi's, um restaurante na Broadway ao lado do Enrico's, onde os turistas e os ricos ficam sentados na varanda tomando irish coffee e nos comendo com os olhos quando passamos. Poderíamos ter convidado Alice, mas Jocelyn falou: Os pais dela provavelmente a levam ao Vanessi's o tempo todo. Eu digo: A mãe e o padrasto dela, você quer dizer.

Um homem está sentado em uma mesa de canto redonda com um sorriso cheio de dentes para nós, e esse homem é Lou. Ele parece ter a idade do meu pai, ou seja, 43 anos. Tem cabelos louros despenteados e um rosto bonito, acho eu, do jeito que os pais às vezes são bonitos.

Vem cá, linda, Lou realmente diz, e ergue um braço para Jocelyn. Ele está usando uma camisa jeans azul-clara e algum tipo de pulseira de cobre. Ela desliza pela lateral da mesa e vai se encaixar bem debaixo do braço dele. Rhea, diz Lou erguendo o outro braço para mim, de modo que, em vez de deslizar para o lado de Jocelyn como estava prestes a fazer, acabo indo parar do outro lado de Lou. O braço dele se abaixa sobre o meu ombro. E assim, nós viramos as meninas de Lou.

Uma semana atrás, olhei o cardápio afixado em frente ao Vanessi's e vi um linguine com mariscos. Passei a semana inteira planejando pedir esse prato. Jocelyn escolhe a mesma coisa e, depois de fazermos o pedido, Lou lhe entrega alguma coisa por baixo da mesa. Ambas saímos da mesa e vamos até o banheiro feminino. É um frasquinho marrom cheio de cocaína. Há uma colher em miniatura presa a uma corrente, e Jocelyn enche a colher duas vezes para cada narina. Ela cheira, emite um barulhinho e fecha os olhos. Então torna a encher a colher e a segura para mim. Quando volto para a mesa, meus olhos parecem piscar por todos os lados da minha cabeça e ver tudo no restaurante ao mesmo tempo. Talvez o pó que tínhamos cheirado antes disso não fosse pó de verdade. Tornamos a nos sentar e contamos para Lou sobre uma nova banda que escutamos chamada Flipper, e Lou nos conta sobre quando andou em um trem na África que não parava completamente nas estações — apenas diminuía a velocidade para as pessoas poderem saltar ou subir. Eu quero conhecer a África, falei! E Lou diz: Quem sabe nós vamos juntos, nós três, e realmente parece que isso pode acontecer. A terra das colinas é vermelha de tão fértil, diz ele, e eu digo: Meus irmãos estão transplantando pés de feijão, mas a terra é uma terra marrom comum, e Jocelyn pergunta: E os mosquitos? Lou diz: Eu nunca vi um céu mais negro ou uma lua mais brilhante, e eu percebo que estou começando minha vida de adulta ali, naquela noite.

Quando o garçom traz meu linguine com mariscos, não consigo comer sequer uma garfada. Só quem come é Lou: um bife quase cru, uma salada Caesar, vinho tinto. Ele é daquelas pessoas que nunca param de se mexer. Em três ocasiões, desconhecidos se aproximam da mesa para cumprimentar Lou, mas ele não nos apresenta. Ficamos conversando, conversando até nossa comida esfriar e, quando Lou termina de comer, vamos embora do restaurante.

Na Broadway, ele mantém um braço em volta de cada uma de nós. Passamos pelas coisas de sempre: o cara sujinho usando um fez na cabeça tentando atrair gente para dentro do Casbah, as strippers recostadas nos vãos de porta das boates Condor e Big Al's. Punks se acabam de rir, empurrando cervejas para as mãos uns dos outros. O tráfego avança lentamente pela Broadway e as pessoas buzinam e acenam de seus carros como se fôssemos todos uma única e imensa festa. Com meus mil olhos, tudo isso parece diferente, como se eu fosse uma pessoa diferente vendo essa cena. Quando minhas sardas sumirem, penso, minha vida inteira vai ser assim.

O cara na porta do Mab reconhece Lou e nos deixa entrar na frente da sinuosa fila de pessoas à espera do Cramps e do Mutants, que vão tocar mais tarde. Dentro da casa de shows, Bennie, Scotty e Joel estão no palco montando tudo com Alice. Jocelyn e eu vamos ao banheiro pôr nossas coleiras de cachorro e nossos alfinetes. Quando saímos, Lou já está se apresentando à banda. Bennie aperta a mão de Lou e diz: É uma honra, senhor.

Depois da apresentação sarcástica habitual de Dirk Dirksen, o Flaming Dildos inicia o show com a música "Cobra na grama". Ninguém dança ou mesmo escuta. As pessoas ainda estão chegando ou matando tempo até as bandas que as fizeram ir até lá começarem a tocar. Normalmente, Jocelyn e eu estaríamos bem em frente ao palco, mas nessa noite ficamos nos fundos da sala, encostadas em uma parede junto com Lou. Ele nos pagou drinques: gim-tônica. Não sei dizer se o som do Dildos está bom ou ruim, pois mal consigo escutá-lo, já que meu coração está batendo forte demais e meus mil olhos observam a sala inteira. A julgar pelos músculos na lateral do rosto de Lou, ele está com os dentes cerrados.

Marty sobe ao palco para a música seguinte, mas de tão doido faz um movimento em falso e deixa cair o violino. A plateia, quase indiferente, se interessa o bastante para xingar um pouco enquanto ele se agacha, a fim de tornar a plugar o instrumento, e paga cofrinho. Não consigo nem olhar para Bennie, de tão grave que é a situação.

Quando eles começam a tocar "Faz as contas", Lou grita no meu ouvido: Quem teve a ideia do violino?

Bennie, respondo.

O moleque do baixo?

Inclino a cabeça e Lou passa um minuto encarando Bennie, e eu também. Ele não toca grande coisa, diz Lou.

Mas ele é... Eu tento explicar. O fato é que ele...

Algo parecido com vidro é arremessado no palco, mas quando o objeto acerta o rosto de Scotty dou graças a Deus por ser apenas gelo. Scotty se esquiva, mas continua a tocar, e então uma lata de Budweiser sai voando e acerta Marty bem na testa. Jocelyn e eu nos entreolhamos, em pânico, mas, quando tentamos nos mexer, Lou nos impede. O Dildos começa a tocar "Que porra é essa?", mas agora está chovendo lixo no palco jogado por quatro caras com correntes de alfinetes ligando as narinas aos lóbulos das orelhas. De tantos em tantos segundos, outra bebida acerta o rosto de Scotty. Por fim, ele simplesmente começa a tocar de olhos fechados, e eu me pergunto se ele está vendo as manchas da cicatriz em sua retina. Alice agora está tentando controlar os atiradores de lixo, e de repente as pessoas abrem uma roda punk, e se batem *forte*, como se fosse praticamente uma luta. Joel martela sua bateria enquanto Scotty tira a camiseta empapada de suor e a estala feito um chicote para cima de um dos caras que estão jogando lixo, bem na cara do sujeito, um estalo molhado, depois outro — *schlep* —, feito meus irmãos com toalhas molhadas, só que mais certeiro. O magnetismo de Scotty está começando a surtir efeito: as pessoas admiram seus músculos expostos reluzentes de suor e cerveja. Então um dos caras que jogava lixo tenta invadir o palco, mas Scotty lhe dá um chute no peito com a sola da bota — a plateia solta uma espécie de arquejo quando o cara sai voando para trás. Scotty agora está sorrindo, mostrando os dentes como quase nunca o vi fazer, com uns dentes de lobo a reluzir, e percebo que, de nós todos, Scotty é o que realmente tem raiva.

Viro-me para Jocelyn, mas ela sumiu. Talvez sejam os meus mil olhos que me dizem para olhar para baixo. Vejo os dedos de Lou abertos por cima de seus cabelos pretos. Ela está ajoelhada na frente dele, pagando um boquete, como se a música fosse um disfarce e ninguém pudesse vê-los. Talvez ninguém esteja vendo. O outro braço de Lou está em torno a mim, e imagino que seja por isso que eu não saio correndo, embora pudesse sair, a verdade é essa. Mas eu fico parada ali enquanto Lou aperta a cabeça de Jocelyn contra o próprio corpo repetidas vezes, a tal ponto que não sei como ela consegue respirar, até começar a parecer que ela sequer é Jocelyn, mas sim algum tipo de animal ou máquina impossível de quebrar. Forço-me a olhar para a banda, e Scotty golpeia os olhos das pessoas com sua camiseta e as chuta com sua bota, e Lou segura meu ombro e o aperta com mais força, vira a cabeça em direção ao meu pescoço e deixa escapar um gemido quente e entrecortado que consigo ouvir mesmo com a música. Ele está perto assim. Um soluço se libera dentro de mim. Lágrimas brotam dos meus olhos, mas só dos meus dois olhos do rosto. Meus outros mil olhos estão fechados.

As paredes do apartamento de Lou são cobertas por guitarras elétricas e discos de ouro e prata, exatamente como Jocelyn disse. Mas ela nunca falou que o apartamento ficava no trigésimo quinto andar a seis quarteirões de distância do Mab, nem falou sobre o piso de mármore verde do elevador. Acho que isso foi muita coisa para omitir.

Na cozinha, Jocelyn serve uns salgadinhos em uma travessa e pega uma tigela de maçãs verdes na geladeira. Ela já distribuiu Quaaludes, que ofereceu a todos os presentes menos a mim. Acho que ela está com medo de olhar para mim. *Quem é a anfitriã agora?*, sinto vontade de perguntar.

Na sala, Alice está sentada com Scotty, que veste uma camisa xadrez de Lou e parece muito pálido e trêmulo, talvez por causa de todas as coisas que foram arremessadas em cima dele, ou talvez por ter entendido claramente que Jocelyn tem um namorado e que esse namorado não é ele, e nunca vai ser. Marty também está lá. Tem um corte na bochecha, um olho quase roxo, e não para de dizer Nossa, que demais, para alguém em especial. Joel, é claro, foi levado direto para casa. Todos concordam que o show foi um sucesso.

Quando Lou conduz Bennie por uma escada em caracol até seu estúdio de gravação no andar de cima, eu vou atrás. Ele fica chamando Bennie de "moleque" e explicando cada aparelho da sala, que é pequena e quente, com revestimento de espuma preta nas paredes. As pernas de Lou se movem de forma irrequieta e ele come uma maçã verde fazendo muito barulho, como se mordesse pedras. Bennie espia pela porta em direção ao balcão gradeado que dá para a sala, tentando ver Alice. Eu continuo à beira das lágrimas. Estou preocupada pensando se o que aconteceu na casa de show foi equivalente a transar com Lou — tenho medo de ter participado.

Por fim, torno a descer para a sala. Reparo em uma porta parcialmente aberta com uma cama grande logo atrás. Vou até lá e me deito de bruços sobre uma colcha de veludo. Um cheiro de incenso apimentado flutua à minha volta. O quarto está fresco e escuro, e há fotos emolduradas de ambos os lados da cama. Meu corpo inteiro dói. Depois de alguns minutos, alguém entra e se deita ao meu lado, e eu sei que é Jocelyn. Não dizemos nada, apenas ficamos deitadas lado a lado no escuro. Afinal, eu digo: Você deveria ter me falado.

Falado o quê, pergunta ela, mas eu nem sei. Então ela diz: Tem coisa demais, e eu tenho a sensação de que algo está se acabando bem naquele instante.

Depois de algum tempo, Jocelyn acende uma luminária ao lado da cama. Olha, diz ela. Está segurando uma fotografia emoldurada de Lou em uma piscina cercado por crianças, as duas menores quase bebês. Conto seis crianças ao todo. São os *filhos* dele, diz Jocelyn. Esta menina loura, que todo mundo chama de Charlie, ela tem 20 anos. E Rolph, este aqui, tem a nossa idade. Eles foram à África com ele.

Inclino-me mais para perto da foto. Lou parece tão feliz, cercado pelos filhos como um pai normal, que não consigo acreditar que o Lou que está conosco é a mesma pessoa. Então reparo em seu filho, Rolph. Ele tem olhos azuis, cabelos pretos, e um sorriso largo e encantador. Sinto um calafrio na barriga. Rolph é bem gatinho, digo, e Jocelyn ri e diz: É mesmo. Então ela diz: Não conta para o Lou que eu disse isso.

Lou entra no quarto no minuto seguinte, comendo mais uma maçã. Percebo que as maçãs são só para Lou, ele as come sem parar. Deslizo para fora da cama sem olhar para ele e ele fecha a porta depois que eu saio.

Demoro um segundo para entender o que está acontecendo na sala. Scotty está sentado de pernas cruzadas, dedilhando uma guitarra dourada que tem o formato de uma chama. Alice está atrás dele com os braços em volta de seu pescoço e o rosto colado ao dele, cabelos caindo sobre o seu colo. Os olhos dela estão fechados de alegria. Por um segundo, esqueço-me de quem realmente sou — tudo em que consigo pensar é no que Bennie vai sentir quando vir isso. Olho ao redor à sua procura, mas vejo apenas Marty, examinando os discos pregados na parede, tentando passar despercebido. Então reparo na música que inunda cada centímetro do apartamento ao mesmo tempo — o sofá, as paredes, até mesmo o chão — e entendo que Bennie está sozinho no estúdio de Lou, despejando música à nossa volta. Um minuto antes, era "Don't Let Me Down". Depois foi "Heart of Glass", do Blondie. E agora é "The Passenger", do Iggy Pop:

I am the passenger
and I ride and I ride
I ride through the city's backsides
*I see the stars come out of the sky**

---

* *Eu sou o passageiro / e vou seguindo, seguindo / Vou seguindo pelas sarjetas da cidade / E vejo as estrelas caírem do céu* (N. do E.)

Ao ouvir isso, penso: Você nunca vai saber quanto eu o entendo.

Vejo Marty olhando para mim com uma expressão meio hesitante, e entendo como aquilo deve funcionar: eu sou o patinho feio, então quem sobra para mim é Marty. Abro uma porta de correr e saio para a varanda do apartamento. Nunca vi São Francisco de tão alto: a cidade tem um tom suave, preto-azulado, com luzes coloridas e uma névoa que parece fumaça cinzenta. Longos píeres adentram a baía escura e chapada. O vento está soprando forte, então entro correndo para pegar meu casaco e depois torno a sair e me encolho, bem encolhidinha, em uma cadeira de plástico branca. Fico olhando para a vista até começar a me acalmar. Penso: O mundo na verdade é imenso. Essa é a parte que ninguém consegue explicar totalmente.

Depois de algum tempo, a porta de correr se abre. Não ergo os olhos, pensando que é Marty, mas na verdade é Lou. Ele está descalço, de short. Mesmo no escuro, tem as pernas bronzeadas. Cadê a Jocelyn?, pergunto.

Dormindo, responde Lou. Ele está em pé diante da balaustrada, olhando para fora. É a primeira vez que o vejo ficar parado.

Você se lembra de quando tinha a nossa idade?, pergunto.

Lou sorri para mim, sentada na cadeira, mas é uma cópia do sorriso que exibia no jantar. Eu *tenho* a sua idade, diz ele.

Aham, respondo. Você tem seis filhos.

É, tenho, diz ele. Vira-se de costas, esperando que eu desapareça. Eu penso: Não transei com esse homem. Eu sequer o conheço. Então ele diz: Eu nunca vou envelhecer.

Você já é velho, digo.

Ele dá meia-volta e me encara, encolhida na cadeira. Você é de dar medo, diz. Sabia?

É por causa das sardas, respondo.

Não é por causa das sardas, é por causa de *você*. Ele continua olhando para mim, e então alguma coisa muda em sua expressão e ele diz: Eu gosto disso.

Gosta nada.

Gosto, sim. Você vai me obrigar a continuar honesto, Rhea.

Fico surpresa por ele se lembrar do meu nome. Está tarde para isso, Lou, digo eu.

Então ele ri, ri com vontade, e eu entendo que somos amigos, Lou e eu. Mesmo que eu o odeie, como de fato odeio. Levanto-me da cadeira e vou até a balaustrada onde ele está.

Rhea, as pessoas vão tentar mudar você, diz Lou. Não as deixe fazerem isso.

Mas eu quero mudar.

Não, diz ele, sério. Você é linda. Fique assim.

Mas as sardas, digo, e sinto aquela dor na garganta.

As sardas são a melhor parte, diz Lou. Algum cara vai enlouquecer por causa delas. Vai beijar essas sardas uma a uma.

Começo a chorar, não tento nem esconder.

Ei, diz Lou. Ele se abaixa até nossos rostos ficarem colados e me encara bem nos olhos. Parece cansado, como se alguém tivesse caminhado sobre a sua pele e deixado pegadas. O mundo está cheio de babacas, Rhea, diz ele. Não ouça o que eles dizem, ouça só o que eu digo.

E eu sei que Lou é um desses babacas. Mas mesmo assim ouço o que ele diz.

Duas semanas depois desse dia, Jocelyn fugiu de casa. Fico sabendo ao mesmo tempo que todo mundo.

A primeira coisa que a mãe dela faz é ir ao nosso apartamento. Ela, meus pais e meu irmão mais velho me obrigam a sentar: o que eu sei? Quem é o tal novo namorado? Lou, respondo. Ele mora em Los Angeles e tem seis filhos. Conhece Bill Graham pessoalmente. Acho que Bennie talvez saiba quem é Lou de verdade, então a mãe de Jocelyn vai à nossa escola conversar com Bennie Salazar. Mas ele é difícil de encontrar. Agora que Alice e Scotty estão juntos, Bennie parou de frequentar o Poço. Ele e Scotty ainda não estão se falando, mas antes eram unha e carne. Agora é como se não se conhecessem.

Não consigo parar de me perguntar: se eu tivesse me esquivado de Lou e brigado com os caras que estavam jogando lixo, será que Bennie teria me escolhido como Scotty escolheu Alice? Será que esse único detalhe teria feito toda a diferença?

Eles levam poucos dias para encontrar Lou. Ele diz à mãe de Jocelyn que ela pediu carona até a sua casa sem nem ao menos lhe avisar. Diz que ela está bem, que está cuidando dela, que é melhor isso do que ela estar na rua. Lou promete trazê-la de volta quando vier a São Francisco na semana seguinte. Por que não *nesta* semana?, penso.

Enquanto estou esperando por Jocelyn, Alice me convida para ir à sua casa. Pegamos o ônibus depois da escola e fazemos o longo trajeto até Sea Cliff. À luz do dia, a casa parece menor. Na cozinha, misturamos mel com os iogurtes caseiros de sua mãe e comemos dois cada uma. Subimos até seu quarto, aquele cheio de sapos, e vamos nos sentar no banco embutido debaixo de sua janela. Alice me diz que está planejando arrumar sapos de verdade e criá-los em um terrário. Agora que Scotty a ama, ela está calma e feliz. Não sei dizer se ela é realmente sincera, ou se parou de se importar se é sincera ou não. Ou será o fato de não se importar que *torna* uma pessoa sincera?

Pergunto-me se Lou mora perto do mar. Será que Jocelyn vê as ondas? Será que eles saem do quarto de Lou? Será que Rolph mora lá também? Não paro de me perder nessas perguntas. Então ouço risadinhas vindo de algum lugar. Quem é?, pergunto a Alice.

Minhas irmãs, responde ela. Estão jogando bola.

Descemos a escada e saímos para o pátio dos fundos da casa, onde só estive no escuro. Nesse dia faz sol, as flores formam desenhos, e há um limoeiro repleto de frutos. No final do pátio, duas menininhas golpeiam uma bola amarelo-vivo amarrada em um poste prateado. Elas se viram para nós, rindo, vestidas com seus uniformes verdes.

4

Safári

I. Planície

— Lembra, Charlie? No Havaí? Quando a gente foi à praia de noite e começou a chover?

Rolph está conversando com a irmã mais velha, Charlene, que despreza o próprio nome de batismo. No entanto, como estão os dois encolhidos em volta de uma fogueira junto com os outros integrantes do safári, e como Rolph não costuma falar muito, e como seu pai, Lou, sentado atrás deles em uma cadeira dobrável (enquanto eles desenham com gravetos no chão de terra batida), é um produtor musical cuja vida pessoal é de interesse público, as pessoas que estão perto o suficiente para escutar estão prestando muita atenção.

— Lembra? A mamãe e o papai ficaram na mesa para tomar mais um drinque...

— Impossível — intervém seu pai, piscando o olho para as senhoras que observam pássaros à sua esquerda. Ambas carregam os binóculos mesmo no escuro, como se esperassem conseguir ver algum pássaro na árvore iluminada pela fogueira logo acima delas.

— Lembra, Charlie? Como a praia ainda estava quente e um vento doido estava soprando?

Mas Charlie está concentrada nas pernas do pai que, atrás dela, estão entrelaçadas com as de sua namorada, Mindy. Eles logo vão dar boa-noite ao grupo e se recolher para a barraca deles, onde farão amor sobre as estreitas camas de campanha ou talvez no chão. Da barraca ao lado, onde dorme com Rolph, Charlie pode ouvi-los — não exatamente sons, mas movimentos. Rolph é jovem demais para perceber.

Charlie joga a cabeça para trás, e seu pai se assusta. Lou tem trinta e tantos anos, quase quarenta, e seu rosto de surfista de maxilar quadrado já está um pouco flácido sob os olhos.

—Você era casado com a mamãe nessa viagem — ela lhe informa com a voz distorcida pela posição torta do pescoço, enfeitado com uma gargantilha de conchas.

— É, Charlie — diz Lou. — Eu sei.

As senhoras idosas observadoras de pássaros trocam um sorriso triste. Lou é um daqueles homens cujo charme irrequieto deu origem a um rastro de problemas pessoais que praticamente se pode ver atrás dele: dois casamentos fracassados e mais dois filhos em Los Angeles, onde ele mora, que não tinham idade para participar daquele safári de três semanas. O safári é um novo empreendimento profissional do velho amigo de exército de Lou, Ramsey, com quem ele bebeu, aprontou, e quase não conseguiu escapar de servir na Coreia cerca de vinte anos antes.

Rolph dá um puxão no ombro da irmã. Quer que ela se lembre, que torne a sentir: o vento, o mar negro e sem fim, os dois olhando para a escuridão como quem aguarda um sinal de suas distantes vidas de adulto.

— Lembra, Charlie?

— Lembro — diz Charlie, estreitando os olhos. — Lembro, sim.

Os guerreiros samburu chegaram — são quatro, dois dos quais seguram tambores, enquanto uma criança nas sombras cuida de uma vaca amarela de chifres longos. Eles apareceram na véspera, também, depois da expedição matinal para observar animais, enquanto Lou e Mindy estavam "tirando um cochilo". Foi então que Charlie trocou olhares com o mais belo dos guerreiros, que tem cicatrizes em forma de desenhos enroscados, feito trilhos de trem sobre a rigorosa arquitetura de seu peito, seus ombros e suas costas.

Charlie se levanta e chega mais perto dos guerreiros: uma menina bem magra usando um short e uma camisa de algodão cru com pequenos botões redondos de madeira. Seus dentes são ligeiramente tortos. Quando os percussionistas começam a tocar seus tambores, o guerreiro de Charlie e o outro começam a cantar: ruídos guturais, vindos do fundo da barriga. Ela ondula o corpo na sua frente. Durante os dez dias em que está na África, começou a agir como uma garota diferente — o tipo de garota que, no seu país, a deixa intimidada. Em uma cidade toda feita de blocos de concreto que eles visitaram alguns dias antes, ela bebeu um líquido de aspecto lamacento em um bar e acabou dando seus brincos de borboleta de prata (presente de aniversário do pai) em um casebre onde morava uma mulher muito jovem cujos seios pingavam leite. Atrasou-se muito na hora de voltar para os jipes. Albert, que trabalha para Ramsey, teve de ir procurá-la.

— Pode se preparar — avisou ele. — Seu pai está parindo um mico preto. — Charlie não tinha se importado nem se importava agora; o simples fato de atrair a atenção volátil do pai lhe provocava um estremecimento de euforia, como agora, ao sentir a preocupação dele enquanto ela dança sozinha junto à fogueira.

Lou solta a mão de Mindy e senta-se mais ereto. Tem vontade de agarrar o braço magro da filha e puxá-la para longe daqueles homens negros, mas é claro que não faz nada disso. Seria como assumir a derrota.

O guerreiro sorri para Charlie. Tem 19 anos, apenas cinco a mais do que ela, e mora longe de sua aldeia desde os dez. Mas ele já cantou para um número suficiente de turistas americanos para saber que, no mundo dela, Charlie é uma criança. Trinta e cinco anos depois disso, em 2008, esse mesmo guerreiro vai se ver envolvido na violência tribal entre os kikuyu e os luo, e morrerá em um incêndio. A essa altura, terá tido quatro esposas e 63 netos, um dos quais, um menino chamado Joe, herdará sua *lalema*: a adaga de caça feita de ferro agora pendurada em uma bainha de couro ao lado de seu corpo. Joe fará faculdade em Columbia e estudará engenharia para se tornar especialista em tecnologia robótica visual capaz de detectar o mais leve traço de movimento irregular (legado de uma infância passada vasculhando o mato em busca de leões). Vai se casar com uma americana chamada Lulu e permanecer em Nova York, onde inventará um equipamento de scanner que se tornará padrão para a segurança de multidões. Ele e Lulu comprarão um loft em Tribeca, onde a adaga de caça de seu avô ficará exposta dentro de um cubo de acrílico bem debaixo de uma claraboia.

— Filho — diz Lou no ouvido de Rolph. — Vamos dar uma volta.

O menino se levanta do chão de terra batida e se afasta da fogueira junto com o pai. Doze barracas, cada qual com capacidade para dois integrantes do safári, formam um círculo ao redor do fogo, além de três cabines de toalete e um chuveiro, onde a água aquecida sobre a fogueira é liberada de um saco quando se puxa uma corda. Fora do campo de visão, perto da cozinha, ficam algumas barracas menores para os empregados, seguidas pela vastidão negra e murmurante da selva, onde todos foram alertados a nunca ir.

— Sua irmã está se comportando feito uma doida — diz Lou, avançando rumo à escuridão.

— Por quê? — pergunta Rolph. Ele não percebeu nada de doido no comportamento de Charlie. Mas seu pai ouve a pergunta de outra forma.

— As mulheres são doidas — diz ele. — Dá para passar a porcaria da vida inteira tentando entender por quê.

— A mamãe não é doida.

— Não, mesmo — pondera Lou, agora mais calmo. — Na verdade, a sua mãe não é doida *o suficiente*.

O canto e as batidas de tambores cessam subitamente, o que deixa Lou e Rolph sozinhos sob uma lua fina.

— E a Mindy? — indaga Rolph. — Ela é doida?

— Boa pergunta — responde Lou. — O que você acha?

— Ela gosta de ler. Trouxe vários livros.

— Foi mesmo?

— Eu gosto dela — diz Rolph. — Mas não sei se ela é doida. Nem qual é a medida certa.

Lou passa o braço em volta de Rolph. Se ele fosse um homem introspectivo, teria entendido anos antes que o filho é a única pessoa no mundo com o poder de acalmá-lo. E que, embora torça para Rolph ser igual a ele, aquilo de que mais gosta no filho são as suas muitas diferenças: um rapaz calado, pensativo, conectado com a natureza e com as dores dos outros.

— Quem está ligando para isso? — diz Lou. — Certo?

— Certo — concorda Rolph, e as mulheres desaparecem como as batidas dos tambores, deixando a ele e ao pai juntos, uma invencível unidade. Aos 11 anos de idade, Rolph tem certeza de duas coisas em relação a si mesmo: ele pertence ao pai. E o pai lhe pertence.

Ficam os dois parados, cercados pela selva cheia de sussurros. O céu está apinhado de estrelas. Rolph fecha os olhos e torna a abri-los. Vou me lembrar desta noite pelo resto da vida, pensa ele. E está certo.

Quando finalmente voltam para o acampamento, os guerreiros já foram embora. Apenas alguns membros mais resistentes da Facção Phoenix (que é como Lou se refere aos integrantes do safári originários dessa duvidosa cidade) continuam sentados junto à fogueira, trocando impressões sobre os animais avistados durante o dia. Rolph entra em sua barraca de fininho, tira a calça e sobe na cama de campanha de camiseta e cueca. Imagina que Charlie esteja dormindo. Quando ela fala, ele percebe pela sua voz que a irmã chorou.

— Onde você estava? — pergunta ela.

II. Montanhas

— Mas o que tanto você carrega nessa mochila, afinal?

Quem faz a pergunta é Cora, agente de viagens de Lou. Ela detesta Mindy, mas Mindy não leva isso para o lado pessoal — é um Ódio Estrutural, expressão que ela própria inventou e que está achando muito útil nessa viagem. Uma mulher solteira de quarenta e poucos anos que usa camisas de gola alta para esconder os músculos saltados do pescoço irá desprezar estruturalmente a namorada de 23 anos de um macho poderoso que não apenas é o chefe da mulher de meia-idade em questão, mas também está pagando a sua viagem.

— Livros de antropologia — diz ela a Cora. — Estou fazendo doutorado em Berkeley.

— E por que não lê os livros?

— Eu fico enjoada no carro — responde Mindy, o que Deus sabe ser plausível naqueles jipes sacolejantes, embora não seja verdade. Ela não sabe ao certo por que não abriu seu Boas, seu Malinowski ou seu John Murra, mas imagina que deva estar aprendendo de outras formas que irão se mostrar igualmente férteis. Nos momentos de mais coragem, animada pelo café preto coado que servem todas as manhãs na barraca das refeições, Mindy chegou a se perguntar se os seus insights sobre a ligação entre estrutura social e reação emocional poderiam na verdade ser mais do que uma releitura de Lévi-Strauss — um refinamento: uma aplicação contemporânea. Ela está apenas no segundo ano do curso.

O jipe em que está é o último de uma fila de cinco e avança por uma estrada de terra em meio a um mato cujo marrom aparente esconde um amplo espectro interno de cores: roxos, verdes, vermelhos. Quem dirige é Albert, o inglês carrancudo que é o braço direito de Ramsey. Mindy passou vários dias conseguindo evitar o jipe de Albert, mas ele desenvolveu uma reputação de rastrear os melhores bichos, de modo que, embora nesse dia não haja nenhuma expedição de observação de animais — eles estão transferindo o acampamento para as montanhas, onde passarão a noite em um hotel pela primeira vez na viagem —, as crianças imploraram para ir no carro dele. E manter os filhos de Lou felizes, ou tão felizes quanto estruturalmente possível, faz parte do trabalho de Mindy.

Ressentimento Estrutural: a filha adolescente de um homem divorciado será incapaz de tolerar a presença de sua nova namorada e fará tudo o que estiver dentro de seu limitado poder para distraí-lo da presença da namorada em questão, usando como principal arma a própria sexualidade nascente.

Afeto Estrutural: o filho pré-adolescente (e preferido) de um homem duas vezes divorciado irá acolher e aceitar a nova namorada do pai, porque ainda não aprendeu a separar os amores e desejos do pai dos seus. Em certo sentido, ele também irá amá-la e desejá-la, e ela nutrirá sentimentos maternais em relação a ele, embora não tenha idade suficiente para ser sua mãe.

Lou abre o grande estojo de alumínio dentro do qual sua nova câmera fotográfica está aninhada na divisória de espuma como se fosse um fuzil desmontado. Ele usa a câmera para afastar o tédio que o aflige quando não pode se movimentar. Plugou um pequeno par de fones de ouvido feitos de espuma a um minúsculo toca-fitas para escutar demos e *rough mixes*. De vez em quando, passa os fones para Mindy querendo saber sua opinião, e a cada vez a sensação da música se derramando diretamente em seus tímpanos — e só nos seus — é um choque que a faz ficar com os olhos marejados; a privacidade dessa experiência, a forma como esta transforma o ambiente em que ela está em uma montagem dourada, como se ela estivesse recordando essa aventura na África com Lou em algum futuro distante.

Incompatibilidade Estrutural: um macho poderoso duas vezes divorciado será incapaz de reconhecer, muito menos aceitar, as ambições de uma companheira muito mais jovem. Por definição, o seu relacionamento será temporário.

Desejo Estrutural: a companheira temporária muito mais jovem de um macho poderoso será inexoravelmente atraída para o macho solteiro que desdenha o poder de seu companheiro em sua área de ação.

Albert dirige com um dos cotovelos apoiado na janela do jipe. Ele tem sido uma presença quase inteiramente silenciosa no safári, come sempre depressa na barraca das refeições e dá respostas sucintas às perguntas dos outros. ("Onde você mora?" "Mombaça." "Quanto tempo faz que está na África?" "Oito anos." "Por que veio para cá?" "Por vários motivos.") É raro ele participar do grupo em volta da fogueira depois do jantar. Certa noite, durante uma ida ao banheiro, Mindy viu Albert junto à outra fogueira perto das barracas dos empregados, bebendo cerveja e rindo na companhia dos motoristas kikuyu. Com os integrantes da excursão, ele raramente sorri. Sempre que seu olhar cruza com o de Mindy, ela tem a impressão de que ele sente vergonha por ela: vergonha de sua beleza; vergonha do fato de ela dormir com Lou; vergonha do fato de ela dizer continuamente a si mesma que aquela viagem representa uma pesquisa antropológica sobre dinâmica de grupo e enclaves etnográficos, quando na verdade ela está atrás de luxo, aventura e umas férias de suas quatro insones companheiras de apartamento.

Ao lado de Albert, no banco do carona, Chronos reclama dos animais. Ele é o baixista do Mad Hatters, uma das bandas de Lou, e viajou a convite deste último junto com o guitarrista do Hatters e as respectivas namoradas. Os quatro estão obcecados com uma competição visceral de observação de animais (*Fixação Estrutural*: obsessão coletiva induzida pelo contexto que se torna foco temporário de cobiça, competição e inveja). Toda noite, desafiam uns aos outros para saber quem viu mais bichos e a que distância, convocando testemunhas de seus respectivos jipes e prometendo provas definitivas quando revelarem as fotos ao voltar para casa.

Atrás de Albert está sentada Cora, a agente de viagens, e ao seu lado, espiando por sua janela, está Dean, um ator louro cujo talento para afirmar o óbvio — "Está fazendo calor", ou "O sol está se pondo", ou "Tem poucas árvores aqui" — é uma fonte inesgotável de diversão para Mindy. Dean acabou de fazer um filme cuja trilha sonora Lou está ajudando a criar; a suposição parece ser que o seu lançamento valerá a Dean uma fama imediata e estratosférica. No banco atrás dele, Rolph e Charlie mostram sua revista *Mad* para Mildred, uma das senhoras observadoras de pássaros. Ela, ou então sua companheira Fiona, em geral pode ser encontrada ao lado de Lou, que não se cansa de flertar com as duas e de provocá-las para que o levem consigo para observar pássaros. Sua tolerância com essas senhoras de setenta e poucos anos (que ele não conhecia antes da viagem) deixa Mindy intrigada; ela não consegue achar nenhum motivo estrutural para tal atitude.

Na última fileira de assentos, ao lado de Mindy, Lou põe o tronco para fora pelo teto do jipe e tira fotos, ignorando a regra que manda permanecer sentado quando o veículo está em movimento. Albert faz uma curva repentina e Lou cai sentado de volta no banco e a câmera bate em sua testa. Ele xinga Albert, mas as palavras se perdem nos solavancos e sacolejos do jipe em meio ao mato alto. Eles agora saíram da estrada de terra. Chronos se estica para fora da janela aberta e Mindy percebe que Albert deve estar fazendo esse desvio por sua causa, para dar a Chronos a oportunidade de abrir uma frente em relação a seus adversários. Ou será que a tentação de derrubar Lou foi deliciosa demais para Albert poder resistir?

Depois de um ou dois minutos de direção caótica, o jipe emerge do mato a poucos metros de um grupo de leões. Todos encaram os felinos, boquiabertos — é o mais perto que chegaram de um animal em toda a viagem. O jipe continua ligado e Albert tem a mão pousada de leve sobre o volante, mas os leões parecem tão relaxados, tão indiferentes, que ele desliga o motor. No silêncio pontuado por estalos do motor que esfria, eles podem ouvir os leões respirando: duas fêmeas, um macho, três filhotes. Os filhotes e uma das fêmeas se fartam com uma carcaça sanguinolenta de zebra. Os outros dois cochilam.

— Eles estão comendo — diz Dean.

A mão de Chronos treme enquanto ele põe o filme na câmera.

— Puta que pariu — ele não para de sussurrar. — Puta que pariu.

Albert acende um cigarro — o que é proibido na mata — e aguarda, tão indiferente àquela cena quanto se estivesse parado em frente à porta de um banheiro.

— A gente pode ficar em pé? — perguntam as crianças. — É seguro?

— Eu com certeza vou ficar — diz Lou.

Lou, Charlie, Rolph, Chronos e Dean sobem todos no banco e passam metade do corpo para fora pelo teto do jipe. Mindy agora está efetivamente sozinha lá dentro com Albert, Cora e Mildred; esta última espia os leões pelo binóculo que usa para observar pássaros.

— Como é que você sabia? — pergunta Mindy depois de um silêncio.

Na outra ponta do jipe, Albert se vira para olhá-la. Seus cabelos estão despenteados e ele tem um bigodinho castanho. Sua expressão exibe uma leve sugestão de bom humor.

— Um palpite.

— De quase um quilômetro de distância?

— Depois de tantos anos aqui, ele provavelmente tem um sexto sentido — diz Cora.

Albert torna a se virar e sopra fumaça pela janela aberta.

— Você viu alguma coisa? — insiste Mindy.

Ela imagina que Albert não vá tornar a se virar, mas ele o faz, inclinando-se para trás por sobre o encosto do banco e encarando-a nos olhos por entre as pernas nuas das crianças. Mindy sente um golpe de atração mais ou menos como se alguém tivesse agarrado seus intestinos e torcido. Entende então que a atração é mútua: pode ver isso na expressão de Albert.

— Arbustos quebrados — diz ele, com os olhos fixos nela. — Como se algum bicho tivesse sido perseguido. Podia não ser nada.

Sentindo a própria exclusão, Cora dá um suspiro cansado.

— Alguém pode descer para eu também poder olhar? — diz ela para os que estão em pé para fora do teto.

— Já vai — diz Lou, mas Chronos é mais rápido: ele se encolhe de volta para o banco da frente e em seguida se espicha pela janela. Cora fica em pé com sua ampla saia florida. O sangue lateja pelo rosto de Mindy. Sua janela, assim como a de Albert, fica do lado esquerdo do jipe, de costas para os leões. Mindy o vê lamber os dedos para apagar o cigarro. Eles ficam sentados em silêncio, com as mãos dependuradas separadamente nas respectivas janelas e uma brisa morna a soprar os pelos de seus braços, ignorando a observação de animais mais espetacular de todo o safári.

— Você está me deixando maluco — diz Albert bem baixinho. Sua voz parece sair pela sua janela e tornar a entrar pela de Mindy, como em um daqueles tubos pelos quais o som viaja. — Você deve saber disso.

— Eu não sabia — murmura ela de volta.

— Bom, mas está.

— Minhas mãos estão atadas.

— Para sempre?

Ela sorri.

— Claro que não. Por um tempo.

— E depois?

— Pós-graduação. Em Berkeley.

Albert dá uma risadinha. Mindy não tem certeza do que significa essa risada — será que o fato de ela cursar doutorado é engraçado ou será que a graça está no fato de Berkeley e Mombaça, onde ele mora, serem lugares muito distantes um do outro?

— Chronos, seu doido, volta aqui, porra.

É a voz de Lou, vinda do teto. Mas Mindy se sente lenta, quase drogada, e só reage quando ouve a mudança na voz de Albert.

— Não — sibila ele. — *Não!* Volte para o jipe.

Mindy gira o corpo em direção à janela do outro lado. Chronos está caminhando sorrateiramente entre os leões, segurando a câmera bem perto do focinho do macho e da fêmea adormecidos, tirando fotos.

— Para trás — diz Albert com um sussurro urgente. — Anda para trás, Chronos, devagar.

O movimento vem de uma direção que ninguém esperava: a fêmea que estava comendo a zebra. Ela se atira em cima de Chronos com um salto ágil, um desafio à lei da gravidade que qualquer pessoa que tenha um gato em casa seria capaz de reconhecer. Aterrissa bem na cabeça dele, esmagando-o no chão na mesma hora. Ouvem-se gritos, um tiro, e os que estão em pé caem de volta sobre os assentos com tanta violência que no início Mindy pensa que *eles* haviam sido atingidos. Mas foi a leoa. Albert a matou com uma espingarda que tinha escondida em algum lugar, talvez debaixo do assento. Os outros leões fugiram; tudo o que resta é a carcaça da zebra e o corpo da leoa, com as pernas de Chronos escancaradas debaixo dela.

Albert, Lou, Dean e Cora saltam do jipe. Mindy começa a segui-los, mas Lou a empurra para trás e ela entende que ele quer que ela fique com as crianças. Ela inclina o corpo por cima do encosto de seu banco e passa um braço em volta de cada um. Enquanto eles olham pela janela aberta, uma onda de náusea vara o corpo de Mindy; ela tem medo de que vá desmaiar. Mildred continua sentada em seu lugar ao lado das crianças, e Mindy pensa, sem prestar muita atenção, que a senhora observadora de pássaros estava dentro do jipe durante toda a sua conversa com Albert.

— O Chronos morreu? — pergunta Rolph com uma voz neutra.

— Tenho certeza que não — responde Mindy.

— Por que ele não está se mexendo?

— A leoa está em cima dele. Está vendo? Eles estão tentando tirar. Provavelmente está tudo bem com ele lá embaixo.

— Tem sangue na boca da leoa — diz Charlie.

— É da zebra. Ela estava comendo a zebra, lembra? — É necessário um esforço imenso para impedir seus dentes de baterem, mas

Mindy sabe que precisa esconder das crianças o terror que sente, e sua crença de que seja lá o que tenha acontecido foi culpa sua.

Eles ficam esperando, rodeados por um isolamento pulsante, cercados pelo dia quente e branco. Mildred pousa uma das mãos ossudas sobre o ombro de Mindy, e esta sente os olhos se encherem de lágrimas.

— Ele vai ficar bem — diz a velha senhora mansamente. — Você vai ver só.

Quando o grupo lota o bar do hotel da montanha depois de jantar, todos parecem ter ganhado alguma coisa. Chronos ganhou uma vitória acachapante sobre o companheiro de banda e as duas namoradas, a um custo de 32 pontos na bochecha esquerda que também poderiam ser defendidos como um ganho (afinal de contas, ele é um astro do rock) e vários comprimidos imensos de antibiótico prescritos por um médico inglês com olhos fundos e bafo de cerveja — um velho amigo de Albert que ele havia desencavado em uma cidade toda feita de blocos de concreto a cerca de uma hora de onde estavam os leões.

Albert ganhou o status de herói, mas não daria para perceber isso olhando para ele. Ele entorna uma dose de bourbon e balbucia suas respostas às perguntas animadas da Facção Phoenix. Ninguém ainda lhe fez as perguntas básicas e malditas: *O que vocês estavam fazendo no mato? Como você conseguiu chegar tão perto dos leões? Por que não impediu Chronos de saltar do jipe?* Mas Albert sabe que Ramsey, seu chefe, fará essas perguntas, e que elas provavelmente o levarão a perder o emprego: o último de uma série de fracassos causados pelo que sua mãe, lá em Minehead, chama de "suas tendências autodestrutivas".

Os integrantes do safári de Ramsey ganharam uma história que irão contar pelo resto da vida. Esta fará alguns deles, anos mais tarde, procurarem os outros no Google ou no Facebook, incapazes de resistir à fantasia de realização de desejos que esses sites oferecem: *O que terá acontecido com...?* Alguns deles irão se reencontrar para trocar lembranças e se maravilhar com suas respectivas transformações físicas, que parecerão deixar de existir com o passar dos minutos. Dean, cujo sucesso virá apenas na meia-idade, quando ele conseguir o papel de um bombeiro hidráulico barrigudo e tagarela em uma sitcom de sucesso, tomará um expresso com Louise (hoje uma menina gorducha de 12 anos da Facção Phoenix), que irá procurá-lo no Google depois de se divorciar. Após o café, os dois irão a um Days Inn perto de San Vicente, onde terão uma transa inesperadamente comovente, então irão passar um fim de semana jogando golfe em Palm Springs, e enfim subirão ao altar acompanhados pelos quatro filhos adultos de Dean e pelos três adolescentes de Louise. Mas esse desfecho será a exceção — em sua maioria, os reencontros levarão à descoberta mútua de que ter feito um safári juntos 35 anos antes não significa que se tenha muita coisa em comum, e eles irão se separar perguntando-se o que exatamente esperavam do encontro.

Os passageiros do jipe de Albert ganharam o status de testemunhas e terão de responder a incansáveis perguntas sobre o que viram, ouviram e sentiram. Um grupo de crianças que inclui Rolph, Charlie, uma dupla de meninos gêmeos de 8 anos de Phoenix e Louise, a gorducha de 12, sobe correndo um caminho de tábuas de madeira até um ponto de observação escondido junto a um local onde os animais costumam beber água: uma cabana de madeira cheia de bancos compridos com uma fenda pela qual se pode olhar sem ser visto pelos animais. Está escuro lá dentro. As crianças correm até a fenda, mas não há nenhum animal bebendo água nessa hora.

—Vocês viram mesmo o leão? — pergunta Louise, assombrada.

— Leoa — corrige Rolph. — Eram duas, mais um leão. E três filhotes.

— Ela está perguntando sobre a que levou o tiro — diz Charlie, impaciente. — É claro que a gente viu. Ela estava a poucos centímetros!

— Metros — corrigiu Rolph.

— Metros são *feitos* de centímetros — diz Charlie. — A gente viu tudo.

Rolph já começou a detestar essas conversas — o entusiasmo ofegante que as acompanha, a forma como Charlie parece saboreá-las. Uma ideia o vem incomodando.

— Estou pensando no que vai acontecer com os filhotes — disse ele. — A leoa que levou o tiro devia ser a mãe... eles estavam comendo juntos.

— Não necessariamente — argumenta Charlie.

— Mas se fosse...

— Talvez o pai fique cuidando deles — diz Charlie com um tom de quem duvida. As outras crianças estão caladas, refletindo sobre o assunto.

— Os leões costumam criar os filhotes em comunidade — diz uma voz vinda do outro canto da cabana. Mildred e Fiona já estavam lá dentro ou então acabaram de entrar; por serem velhas e mulheres, é fácil passarem despercebidas. — É provável que o grupo tome conta dos filhotes — diz Fiona —, mesmo que a leoa que morreu fosse mãe deles.

— Mas ela podia não ser — acrescenta Charlie.

— Podia não ser — concorda Mildred.

Não ocorre às crianças perguntar a Mildred, que também estava no jipe, o que ela viu.

— Vou voltar — diz Rolph à irmã.

Ele torna a percorrer o caminho de volta até o hotel. O pai e Mindy continuam no bar enfumaçado; aquele estranho clima de celebração deixa Rolph incomodado. O pensamento dele não para de retornar ao jipe, mas as lembranças estão confusas: a leoa saltando; o solavanco do impacto da espingarda; Chronos gemendo durante o trajeto até o médico e o sangue se acumulando até formar uma verdadeira poça sob sua cabeça no chão do jipe, como em uma história em quadrinhos. Tudo isso permeado pela sensação de Mindy a segurá-lo por trás, com a bochecha encostada em sua cabeça, e de seu cheiro: não um cheiro comum como o de sua mãe, mas salgado, quase amargo — um cheiro parecido com o dos próprios leões.

Ele fica em pé ao lado de Lou, que para no meio da história sobre o Exército que está contando a Ramsey.

— Está cansado, filho?

— Quer que eu leve você lá para cima? — pergunta Mindy, e Rolph aquiesce: quer, sim.

A noite azul cheia de mosquitos pressiona as janelas do hotel. Assim que sai do bar, Rolph de repente se sente menos cansado. Mindy pega a chave na recepção e diz:

— Vamos sair pela varanda.

Eles saem. Por mais escura que esteja a noite, a silhueta das montanhas contra o céu é ainda mais escura. Rolph pode distinguir sem muita precisão a voz das outras crianças na cabana de observação. Está aliviado por ter conseguido escapar delas. Fica em pé com Mindy na extremidade da varanda e olha para as montanhas. O cheiro salgado e um pouco amargo que emana dela o envolve. Rolph sente que ela está esperando alguma coisa e põe-se a esperar também, com o coração aos pulos.

Ouve-se um tossido mais adiante na varanda. Rolph vê a ponta alaranjada de um cigarro se mover no escuro, e Albert se aproxima deles com as botas rangendo.

— Oi — diz ele a Rolph. Não se dirige a Mindy, e Rolph conclui que aquele oi deve valer para os dois.

— Oi — diz ele para Albert.

— O que vocês estão fazendo? — pergunta Albert.

Rolph se vira para Mindy.

— O que a gente está fazendo?

— Admirando a noite — responde ela, ainda virada para as montanhas, mas sua voz sai tensa. — É melhor a gente subir — diz ela a Rolph, e torna a entrar no hotel com passos abruptos. Rolph fica abalado com seu jeito grosseiro.

— Vamos? — pergunta ele a Albert.

— Por que não?

Os três sobem a escada enquanto os ruídos de pessoas que se divertem sobem do bar. Rolph sente uma pressão esquisita para puxar conversa.

— Seu quarto fica aqui em cima também? — pergunta ele.

— No final do corredor — responde Albert. — Número três.

Mindy destranca a porta do quarto de Rolph e entra, deixando Albert no corredor. De repente, Rolph sente raiva dela.

— Quer ver o meu quarto? — pergunta ele a Albert. — Meu e da Charlie?

Mindy emite uma risada de uma sílaba só — a risada que sua mãe costuma dar quando está tão irritada que a situação chega às raias do absurdo. Albert entra em seu quarto. É um quarto simples, com móveis de madeira e cortinas floridas empoeiradas, mas depois de dez noites dormindo em barracas, parece um luxo.

— Muito legal — comenta Albert. Com seus cabelos castanhos um pouco compridos e bigode, ele parece um explorador de verdade, pensa Rolph. Mindy cruza os braços e olha pela janela. O quarto é invadido por uma sensação que Rolph não consegue identificar. Ele está zangado com Mindy, e imagina que Albert também deva estar. *As mulheres são doidas*. O corpo de Mindy é esguio e flexível; ela poderia passar por um buraco de fechadura ou por debaixo de uma porta. O seu leve suéter roxo sobe e desce ao ritmo acelerado de sua respiração. Rolph fica surpreso com o tamanho da raiva que sente.

Albert tira um cigarro do maço, mas não acende. É um cigarro sem filtro, e o tabaco escapa pelas duas pontas.

— Bom — diz ele —, boa noite para vocês.

Rolph tinha imaginado que Mindy fosse enfiá-lo na cama e passar o braço em volta dele outra vez, como no jipe. Isso agora parece fora de cogitação. Ele não pode vestir o pijama com Mindy ali presente; não quer nem que ela *veja* o seu pijama, estampado com pequenos elfos azuis.

— Eu estou bem — diz ele a Mindy, ouvindo a frieza na própria voz. — Pode ir.

— Tá bom — diz ela. Abre o lençol da cama para ele, afofa o travesseiro, ajeita a janela aberta. Rolph sente que ela está tentando encontrar motivos para não sair do quarto.

— Seu pai e eu estamos bem no quarto ao lado — diz Mindy. — Você sabe disso, não sabe?

— Dã — murmura ele. Então, contrito, emenda-se. — Eu sei.

III. Areia

Cinco dias depois, eles pegam um trem noturno comprido e muito lento até Mombaça. A cada poucos minutos, o trem diminui a velocidade justo o suficiente para pessoas saltarem das portas com suas trouxas presas ao peito, enquanto outras pulam para dentro do trem. O grupo de Lou e a Facção Phoenix estão acomodados no vagão-restaurante abarrotado, que dividem com africanos de terno e chapéu-coco. Charlie tem permissão para tomar uma cerveja, mas consegue duas outras com a ajuda do bonitão Dean, que está em pé ao lado de seu banco estreito no balcão.

— Você está queimada — diz ele, apertando a bochecha de Charlie com os dedos. — O sol da África é forte.

— É mesmo — responde Charlie, sorrindo ao tomar um gole de cerveja. Agora que Mindy chamou sua atenção para os comentários banais de Dean, ela o acha hilário.

— Você tem que passar protetor — diz ele.

— Eu sei... eu passei.

— Uma vez só não basta. Você tem que passar de novo.

Charlie cruza olhares com Mindy e desata a rir. Seu pai se aproxima.

— Que graça toda é essa?

— A graça da vida — responde Charlie, recostando-se nele.

— *A graça da vida!* — Lou dá um muxoxo. — Quantos anos você tem?

Ele a puxa para um abraço. Quando Charlie era pequena, fazia isso o tempo todo, mas à medida que foi crescendo passou a acontecer menos. Seu pai está morno, quase quente, e o seu coração parece alguém batendo em uma porta pesada.

— Ai — reclama Lou. — Seu espeto está me espetando. — É um espeto de porco-espinho, preto e branco; ela o encontrou nas montanhas e usa para prender os cabelos compridos. Seu pai o retira e a massa dourada e emaranhada dos cabelos de Charlie desaba sobre seus ombros como uma janela estilhaçada. Ela tem consciência de que Dean está olhando.

— Gostei — comenta Lou, apertando os olhos para a ponta translúcida do espeto. — É uma arma perigosa.

— Armas são necessárias — diz Dean.

Na tarde seguinte, os integrantes do safári já estão acomodados em um hotel a meia hora de Mombaça subindo o litoral. Em uma praia branca atravessada por homens de peito ossudo que vendem contas e cabaças, Mildred e Fiona surgem muito dispostas, trajando roupas de banho floridas, com os binóculos ainda pendurados no pescoço. A Medusa desbotada tatuada no peito de Chronos chama menos atenção do que sua pequena pança — traço decepcionante que ele compartilha com vários dos homens, sobretudo os pais. Mas Lou não; ele é magro, um pouco musculoso e bronzeado por surfar de vez em quando. Caminha em direção ao mar espumante com o braço em volta de Mindy, cuja aparência no biquíni azul vistoso é ainda melhor do que as expectativas (que já eram altas).

Charlie e Rolph estão deitados juntos debaixo de uma palmeira. Charlie está odiando o maiô vermelho da Danskin que comprou com a mãe especialmente para essa viagem, e decide que vai pedir emprestada na recepção uma tesoura bem afiada e cortá-lo para fazer um biquíni.

— Eu não quero voltar para casa nunca — diz ela, sonolenta.

— Estou com saudades da mamãe — diz Rolph. O pai e Mindy estão nadando. Ele pode ver o brilho do biquíni dela através da água clara.

— Mas se a mamãe pudesse vir para cá...

— O papai não gosta mais dela — diz Rolph. — Ela não é doida o suficiente.

— Que história é essa?

Rolph dá de ombros.

— Você acha que ele gosta da Mindy?

— Não, de jeito nenhum. Ele está cansado da Mindy.

— E se a Mindy estiver gostando dele?

— E daí? — diz Charlie. — Todas gostam dele.

Depois de nadar, Lou sai da praia para buscar arpões e o equipamento de mergulho, resistindo à tentação de acompanhar Mindy de volta ao quarto deles, embora ela obviamente queira que ele faça isso. Ela tem se mostrado insaciável na cama desde que deixaram as barracas (mulheres às vezes não gostam de barracas) — agora está ávida por sexo e arranca as roupas de Lou nos momentos mais estranhos, pronta para começar outra vez quando ele mal terminou. Agora que a viagem está chegando ao fim, sente carinho por Mindy. Ela vai estudar alguma coisa em Berkeley e Lou nunca viajou por causa de mulher nenhuma. É pouco provável que torne a vê-la.

Rolph está lendo deitado na areia quando Lou volta com o equipamento de mergulho, mas deixa *O Hobbit* de lado sem protestar e se levanta. Charlie ignora os dois, e Lou se pergunta por um instante se deveria tê-la incluído no programa. Ele e Rolph caminham até a beira do mar, põem as máscaras e pés de pato, penduram os arpões em cintos na lateral do corpo. Rolph está magro; precisa se exercitar mais. Na água, ele é tímido. A mãe gosta de leitura e jardinagem, e Lou vive precisando combater a influência dela. Queria que Rolph pudesse morar com ele, mas sempre que fala nisso os advogados só fazem balançar a cabeça.

Os peixes coloridos que mordiscam o coral são alvos fáceis. Lou já pegou sete quando percebe que Rolph não matou nenhum.

— Qual é o problema, filho? — pergunta ele quando sobem à superfície.

— Eu gosto de olhar para eles, só isso — diz Rolph.

Os dois foram levados na direção de uma ponta de pedras que avança mar adentro. Saem da água com cuidado. Há poças de água salgada coalhadas de estrelas-do-mar, ouriços e pepinos-do-mar; Rolph se agacha para observá-los. Os peixes de Lou estão pendurados em uma bolsa de rede presa à cintura. Da praia, Mindy os observa pelo binóculo de Fiona. Ela acena para eles, e Lou e Rolph acenam de volta.

— Pai, o que você acha da Mindy? — pergunta Rolph, erguendo um minúsculo caranguejo verde de uma das poças.

— A Mindy é ótima. Por quê?

O caranguejo abre as pequenas pinças; com um ar de aprovação, Lou repara que o filho sabe segurá-lo como deve. Rolph ergue os olhos semicerrados para ele.

— Você sabe. Ela é doida o suficiente?

Lou solta uma ruidosa gargalhada. Havia se esquecido da conversa de antes, mas Rolph não esquece nada — qualidade que deixa seu pai encantado.

— Sim, ela é doida o suficiente. Mas ser doida não é tudo.

— Eu acho ela mal-educada — diz Rolph.

— Com *você*?

— Não. Com o Albert.

Lou vira-se para o filho e inclina a cabeça.

— Albert?

Rolph solta o caranguejo e começa a contar a história. Ele se lembra de cada detalhe — a varanda, a escada, o "quarto três" —, e enquanto fala percebe quanto queria contar isso ao pai, como uma punição para Mindy. Lou escuta com atenção, sem interrompê-lo. No entanto, à medida que Rolph prossegue, sente que a história é recebida com um peso que ele não compreende.

Quando ele termina de falar, seu pai dá um longo suspiro e solta o ar. Vira-se para trás e olha para a praia. O sol está quase poente, e as pessoas sacodem a areia fina das toalhas e recolhem suas coisas para ir embora. O hotel tem uma boate e o grupo fez planos de ir dançar depois do jantar.

— Quando foi isso exatamente? — pergunta Lou.

— No mesmo dia dos leões... de noite. — Rolph aguarda alguns instantes, então torna a falar. — Por que você acha que ela foi mal-educada assim?

— Porque as mulheres são umas escrotas — responde seu pai. — Só por isso.

Rolph o encara, boquiaberto. Seu pai está bravo, com um músculo a se agitar em sua mandíbula, e de forma inesperada Rolph também fica bravo: é assaltado por uma raiva profunda e nauseante que desperta dentro dele bastante ocasionalmente — quando ele e Charlie voltam de um fim de semana festivo ao redor da piscina do pai, com astros do rock dançando sobre o telhado, guacamole e grandes tigelas de chili com carne, e encontram a mãe sozinha na casa onde moram, tomando chá de hortelã. Raiva desse homem que descarta todo mundo.

— Elas não são... — Ele não consegue se forçar a repetir a palavra.

— São, sim — diz Lou, com a voz tensa. — Muito em breve você vai ter certeza disso.

Rolph vira as costas para o pai. Não há para onde ir, então ele pula no mar e começa a remar lentamente de volta à praia. O sol está baixo, a água, encrespada e cheia de sombras. Rolph imagina tubarões logo abaixo de seus pés, mas não se vira nem olha para trás. Continua a nadar em direção à areia branca, sabendo instintivamente que sua luta para permanecer na superfície é a tortura mais intensa que pode infligir ao pai — e também que, se ele afundar, Lou pulará dentro d'água na mesma hora para salvá-lo.

⋆ ⋆ ⋆

Nessa noite, Rolph e Charlie recebem permissão para tomar vinho no jantar. Rolph não gosta do sabor azedo, mas gosta da vertigem indistinta em que a bebida transforma o ambiente ao seu redor: as gigantescas flores que parecem bicos espalhadas pelo salão de jantar; os peixes que seu pai arpoou preparados pelo chef com azeitonas e tomates; Mindy usando um vestido verde cintilante. Seu pai tem o braço em volta dela. Ele não está mais bravo, então Rolph também não está.

Lou passou a hora anterior na cama, fodendo Mindy até fazê-la perder os sentidos. Agora mantém uma das mãos pousada sobre sua coxa esguia, subindo por baixo da barra do vestido, à espera daquela expressão enevoada que toma conta de seu rosto. Lou é um homem que não suporta a derrota — que não consegue *perceber* na derrota nada além de uma espora a instigar sua inevitável vitória. Ele precisa ganhar. Está cagando para Albert — Albert é invisível, Albert não é nada (na verdade, Albert deixou o grupo e voltou para seu apartamento em Mombaça). O importante agora é *Mindy* entender isso.

Ele torna a encher os copos de vinho de Mildred e Fiona até as bochechas das senhoras ficarem vermelhas e coradas.

— Vocês ainda não me levaram para observar pássaros — diz ele, provocando-as. — Eu vivo pedindo, mas isso nunca acontece.

— Podemos ir amanhã — diz Mildred. — Estamos torcendo para conseguir ver algumas espécies de pássaros costeiros.

— Isso é uma promessa?

— Uma promessa solene.

— Vamos — sussurra Charlie para Rolph. — Vamos lá para fora.

Eles saem de fininho do salão de jantar lotado e começam a andar pela praia cor de prata. As palmeiras produzem um som de palmas, como se estivesse chovendo, mas o ar está seco.

— Aqui parece o Havaí — diz Rolph, querendo que isso seja verdade. Todos os ingredientes estão presentes: a escuridão, a praia, sua irmã. Mas a sensação não é a mesma.

— Mas sem a chuva — diz Charlie.

— E sem a mamãe — diz Rolph.

— Eu acho que ele vai casar com a Mindy — diz Charlie.

— Não é possível! Você disse que ele não gostava dela.

— E daí? Mesmo assim pode casar com ela.

Os dois afundam na areia ainda um pouco morna que irradia um brilho lunar. O mar fantasmagórico rola por cima dela.

— Ela não é tão ruim — diz Charlie.

— Eu não gosto dela. E desde quando você é especialista nesse assunto?

Charlie dá de ombros.

— Eu conheço o papai.

Charlie não conhece a si mesma. Dali a quatro anos, aos 18, vai entrar para um culto do outro lado da fronteira mexicana cujo carismático líder defende uma dieta de ovos crus; quase morrerá de intoxicação por salmonela antes de Lou a resgatar. O vício em cocaína exigirá uma reconstrução parcial de seu nariz, modificando sua aparência, e uma série de homens fracos e dominadores a deixará sozinha aos quase 30 anos tentando negociar a paz entre Rolph e Lou, que terão parado de se falar.

Mas Charlie *conhece* o pai. Ele se casará com Mindy, porque é isso que significa vencer, e porque a pressa de Mindy em concluir aquele estranho episódio e voltar aos estudos durará exatamente até o instante em que ela abrir a porta de seu apartamento em Berkeley e sentir o cheiro das lentilhas no fogo: uma das comidas baratas que garantem a sua sobrevivência e a de suas colegas de apartamento. Ela irá se jogar sobre um sofá de encosto curvo que elas encontraram na rua e desembalar seus muitos livros, percebendo que, ao longo das semanas durante as quais os transportou consigo pela África afora, não leu praticamente nada. E, quando o telefone tocar, seu coração dará um pulo.

Insatisfação Estrutural: retornar a circunstâncias outrora agradáveis depois de ter experimentado uma forma de vida mais emocionante ou mais opulenta, e descobrir que não consegue mais suportá-las.

Mas estamos nos afastando do assunto.

Rolph e Charlie correm pela praia, atraídos pela pulsação de luz e pela música da discoteca ao ar livre. Correm descalços para o meio das pessoas, salpicando de areia fina a pista de dança translúcida revestida com losangos de cores vivas. O baixo que faz tremer as caixas de som parece interferir nas batidas do coração de Rolph.

—Vem — diz Charlie. —Vamos dançar.

Ela começa a ondular o corpo na sua frente — do jeito que a nova Charlie pretende dançar quando voltar para casa. Mas Rolph sente vergonha; não consegue dançar desse jeito. O resto do grupo os rodeia; a gorducha Louise, um ano mais velha do que ele, está dançando com o ator chamado Dean. Ramsey tem o braço em volta de uma das mães da Facção Phoenix. Lou e Mindy dançam colados, com o corpo inteiro se tocando, mas Mindy está pensando em Albert, como fará periodicamente depois de se casar com Lou e ter duas meninas em rápida sucessão, os filhos número cinco e seis dele, como quem corre na direção contrária do inevitável declínio da atenção do marido. No papel, ele não terá um tostão, e Mindy acabará trabalhando como agente de viagens para sustentar as filhas. Durante algum tempo, sua vida será desprovida de alegria; ela terá a impressão de que as meninas choram demais e pensará com nostalgia nessa viagem à África como o último instante de felicidade em sua vida, quando ainda podia escolher, quando era livre e sem amarras. Sonhará de forma tola e fútil com Albert, imaginando o que ele poderia estar fazendo em momentos específicos, e como teria sido a sua vida caso tivessem fugido juntos como ele mesmo havia sugerido, quase brincando, quando ela fora visitá-lo no quarto três. Mais tarde, é claro, reconhecerá em "Albert" nada mais do que um foco de arrependimento em relação à própria imaturidade e às escolhas desastrosas que fez. Quando as duas filhas estiverem na faculdade, finalmente retomará os estudos para concluir o doutorado na UCLA, e aos 45 anos dará início a uma carreira acadêmica e passará longas temporadas dos trinta anos seguintes fazendo trabalho de campo em estruturas sociais na Floresta Amazônica brasileira. Sua filha mais nova irá trabalhar para Lou, tornando-se sua protegida e herdando seu negócio.

— Olha — diz Charlie para Rolph, mais alto do que a música. — As observadoras de pássaros estão observando a gente.

Mildred e Fiona estão sentadas com seus vestidos estampados compridos em cadeiras ao lado da pista de dança, acenando para Rolph e Charlie. É a primeira vez que as crianças as veem sem os binóculos.

— Acho que elas devem ser velhas demais para dançar — diz Rolph.

— Ou talvez a gente faça elas pensarem nos pássaros — diz Charlie.

— Ou talvez não tenha pássaro nenhum e elas observem pessoas — diz Rolph.

—Vem, Rolphus — diz Charlie. —Vem dançar comigo.

Ela segura as mãos dele. Conforme os dois vão se movendo juntos, Rolph sente a vergonha desaparecer como por milagre, como se estivesse virando adulto bem ali na pista, tornando-se um menino que dança com meninas feito a irmã. Charlie também sente a mesma coisa. Na verdade, essa lembrança é aquela que irá revisitar vezes sem conta, pelo resto da vida, muito depois de Rolph ter se matado com um tiro na cabeça na casa do pai aos 28 anos de idade: seu irmão ainda menino, com os cabelos colados à cabeça, os olhos brilhando, aprendendo timidamente a dançar. Mas a mulher que se lembrará disso não será Charlie; depois que Rolph morrer, ela recomeçará a usar seu nome de verdade — Charlene —, desassociando-se para sempre da menina que dançou com o irmão na África. Charlene vai cortar os cabelos curtos e estudar direito. Quando tiver um filho, vai querer batizá-lo de Rolph, mas seus pais ainda estarão traumatizados demais. Ela então chamará o filho assim na intimidade, apenas em pensamento, e anos depois estará em pé com a mãe junto a um grupo de pais torcedores ao lado de uma quadra esportiva vendo-o jogar e olhar para o céu com uma expressão sonhadora em seu rosto de menino.

— Charlie! — diz Rolph. — Adivinha o que eu acabei de sacar.

Charlie se inclina mais para perto do irmão, que sorri com a nova descoberta. Ele leva as duas mãos até junto de seus cabelos para se fazer ouvir em meio à batida forte da música. O hálito morno e doce de Rolph enche seu ouvido.

— Eu acho que essas senhoras nunca observaram pássaro nenhum — diz ele.

5

Vocês

Continua tudo ali: a piscina de azulejos portugueses azuis e amarelos, com a água a cascatear suavemente por uma parede preta de pedra. A casa é a mesma, só que silenciosa. O silêncio não faz sentido. Gás lacrimogêneo? Overdoses? Prisões coletivas? Vou pensando nisso enquanto seguimos uma empregada por uma curva de cômodos acarpetados, com a piscina reluzindo para nós em cada janela. O que mais poderia ter posto fim às festas intermináveis?

Mas não é nada disso. Vinte anos se passaram.

Ele está no quarto, deitado em uma cama de hospital, com tubos enfiados no nariz. O segundo derrame o derrubou de verdade — o primeiro não foi tão grave, só deixou uma das pernas um pouco bamba. Foi o que Bennie me disse ao telefone. Bennie, nosso velho amigo do ensino médio. O protegido de Lou. Ele conseguiu me encontrar na casa da minha mãe, apesar de ela ter se mudado de São Francisco anos antes para ir morar perto de mim em Los Angeles. Bennie, que sempre organizava tudo, reunindo a antiga turma para se despedir de Lou. Parece que é possível encontrar qualquer um pelo computador. Ele encontrou Rhea lá longe em Seattle, com outro sobrenome.

Da nossa galera de antigamente, Scotty foi o único a desaparecer. Nenhum computador é capaz de encontrá-lo.

Rhea e eu ficamos em pé junto à cama de Lou, sem saber ao certo o que fazer. Nós o conhecêramos em uma época na qual pessoas normais morrerem era algo que não existia.

Havia pistas, indícios de alguma alternativa pior a estar vivo (nós os recordamos juntas enquanto tomávamos um café, Rhea e eu, antes de ir visitar Lou — encarando o rosto novo uma da outra por cima da mesa de plástico, nossos traços conhecidos lavados pela estranheza da idade adulta). Houvera a mãe de Scotty, claro, morta por overdose de soníferos quando ainda estávamos no colégio, mas ela não era normal. Meu pai, de aids, mas a essa altura eu já mal o via. De qualquer modo, essas eram catástrofes. Não era como aquilo ali: comprimidos na cabeceira da cama, o cheiro metálico de remédio e carpete aspirado. Isso me faz lembrar de quando fiquei internada. Não o cheiro exatamente (no hospital não tem carpete), mas o ar amortecido, a sensação de estar muito longe de tudo.

Ficamos as duas ali sem dizer nada. Todas as minhas perguntas soam erradas: como foi que você ficou tão velho? Foi tudo de uma vez, em um dia só, ou você foi se apagando aos poucos? Quando parou de dar festas? Todo mundo envelheceu também ou só você? Os outros ainda estão lá, escondidos entre as palmeiras ou prendendo a respiração debaixo d'água? Quando foi a última vez em que você nadou na piscina? Seus ossos estão doendo? Você sabia que ia acontecer e escondeu que sabia, ou isso o pegou por trás, de emboscada?

Em vez disso, falei:

— Oi, Lou.

E Rhea falou ao mesmo tempo:

— Nossa, está tudo igualzinho! — E nós duas rimos.

Lou sorri, e mesmo com os dentes amarelos apinhados lá dentro o formato do sorriso é conhecido, como um dedo quente cutucando minha barriga. O sorriso dele a se abrir nesse lugar estranho.

— Meninas. Vocês continuam lindas — diz ele com um arquejo.

É mentira. Eu tenho 43 anos e Rhea também, casada e com três filhos em Seattle. Ainda não consigo acreditar: três filhos. Eu voltei outra vez para a casa da minha mãe e estou tentando terminar a graduação no departamento de cursos de extensão da UCLA depois de alguns longos e conturbados desvios. "Seus vinte anos desregrados", é como minha mãe chama meu tempo perdido, tentando fazê-lo soar natural e divertido, mas esse tempo começou antes de eu fazer 20 anos e durou bem mais. Rezo para que tenha terminado. Em alguns dias, de manhã, do lado de fora da minha janela o sol parece falso. Fico sentada à mesa da cozinha jogando sal nos pelos do meu braço e uma sensação me sacode por dentro: acabou. Tudo passou sem mim. Nesses dias, sei que não devo fechar os olhos por muito tempo ou então a diversão vai começar para valer.

— Ah, Lou, estamos duas velhas caquéticas... pode falar — diz Rhea, dando um tapinha em seu ombro frágil.

Ela lhe mostra as fotos dos filhos, segurando-as junto ao rosto dele.

— Que gata — diz ele sobre a mais velha, Nadine, que tem 16 anos. Tenho a impressão de vê-lo piscar o olho, mas talvez seja só um espasmo.

— Nem vem com essa — diz Rhea.

Não digo nada. Sinto o dedo outra vez. Na barriga.

— E os seus filhos? — pergunta Rhea. — Você os vê bastante?

— Alguns — disse ele com sua nova voz sufocada.

Lou teve seis filhos de três casamentos diferentes, que suportou e em seguida chutou longe. Rolph, o segundo, era o seu preferido. Rolph morou ali, naquela casa, um menino doce de olhos azuis que minguava um pouco toda vez que encarava o pai. Rolph e eu tínhamos exatamente a mesma idade. Mesma data de aniversário, mesmo ano. Eu costumava imaginar nós dois, bebês minúsculos em hospitais diferentes, chorando ao mesmo tempo. Certa vez, ficamos os dois pelados lado a lado em frente a um espelho de corpo inteiro, tentando ver se ter nascido no mesmo dia tinha deixado algum tipo de marca. Algum tipo de marca visível.

No final de tudo, Rolph parou de falar comigo e saía da sala quando eu entrava.

A grande cama de Lou com a colcha roxa amarfanhada não existe mais — graças a Deus. A televisão é nova, de tela plana e comprida, e o jogo de basquete que está passando tem uma agilidade nervosa que faz o quarto e até mesmo nós parecermos borrados. Um sujeito vestido de preto com um brinco de diamante na orelha aparece, começa a mexer nos tubos de Lou e verifica sua pressão. Debaixo das cobertas, tubos vindos de outras partes de seu corpo se retorcem para dentro de bolsas plásticas transparentes para as quais eu tento não olhar.

Um cachorro late. Lou está de olhos fechados, roncando. O enfermeiro-mordomo estiloso checa o relógio de pulso e sai do quarto.

Então é isso — foi isso que me custou tanto tempo. Um homem que no final das contas se revelou velho, uma casa que se revelou vazia. Não consigo me segurar e começo a chorar. Rhea me abraça. Mesmo depois de tantos anos, ela não hesita em fazê-lo. Sua pele está flácida — a pele sardenta envelhece mais cedo, disse-me Lou certa vez, e Rhea é *toda* sardenta. "Nossa amiga Rhea está perdida", disse ele.

— Você tem três filhos — soluço eu junto aos cabelos dela.

— Shhh.

— E eu, tenho o quê?

Colegas de escola de quem me lembro estão fazendo filmes, fabricando computadores. Fazendo filmes *em* computadores. Uma revolução, vivo escutando as pessoas dizerem. Eu estou tentando aprender espanhol. À noite, minha mãe me testa com fichas.

Três filhos. A mais velha, Nadine, tem quase a minha idade quando conheci Lou. Dezessete anos, pegando carona. Ele estava dirigindo um Mercedes vermelho. Em 1979, isso podia ser o início de uma história emocionante, uma história em que tudo poderia acontecer. Hoje em dia é um prenúncio de tragédia.

— Foi tudo em vão — digo.

— Isso nunca é verdade — diz Rhea. — Você ainda não encontrou o motivo, só isso.

Rhea sabia o que estava fazendo o tempo todo. Mesmo dançando, mesmo soluçando. Mesmo com uma agulha espetada na veia, ela estava em parte fingindo. Eu não.

— Eu me perdi — continuo.

Esse dia está se revelando um dia ruim, um daqueles em que o sol parece uma boca cheia de dentes. Hoje à noite, quando minha mãe chegar do trabalho e olhar para mim, vai dizer "Vamos esquecer o espanhol" e nos preparar dois Virgin Marys com pequenos guarda-sóis. Vamos jogar dominó ou baralho ouvindo Dave Brubeck no aparelho de som. Sempre que eu olhar para minha mãe, ela vai me dar um sorriso. Mas a exaustão deixou seu rosto marcado.

O silêncio adquire um tipo de conhecimento e vemos que Lou está nos olhando. Seus olhos estão tão vazios que penso que ele poderia estar morto.

— Faz tempo. Que não saio. Semanas — diz ele, tossindo de leve. — Não tenho vontade.

Rhea empurra a cama. Eu sigo logo atrás, puxando o suporte de rodinhas da medicação intravenosa. Enquanto o levamos para percorrer a casa, sinto pânico, como se a combinação entre luz do sol e cama de hospital pudesse causar uma explosão. Tenho medo de o verdadeiro Lou estar à beira da piscina, onde praticamente morava, com um telefone vermelho de fio bem comprido e uma tigela de maçãs verdes, e o verdadeiro Lou e esse Lou de agora briguem. *Como você se atreve? Nunca tive ninguém velho nesta casa, e não é agora que vou ter.* A idade, a feiura — nada disso cabia aqui. Nada disso conseguia entrar.

— Ali — diz ele, querendo dizer à beira da piscina, como sempre.

Ainda existe um telefone: preto, sem fio, sobre uma pequena mesa de vidro com um shake de frutas ao lado. Deve ter sido o enfermeiro-mordomo ou algum outro empregado, apropriando-se da casa deserta.

Ou terá sido Rolph? Será que Rolph ainda está por aqui cuidando do pai? Rolph, aqui nesta casa? E eu o sinto, então, exatamente como antes, quando podia dizer se ele tinha entrado em algum recinto sem precisar nem olhar. Apenas pelo modo como o ar se movia. Certa vez, fomos nos esconder atrás da casa de máquinas da piscina depois de um show, e Lou gritava meu nome: "Joce-lyn! Joce-lyn!" Rolph e eu ríamos enquanto a bomba da piscina zumbia em nosso peito. Mais tarde, pensei: meu primeiro beijo. Um pensamento louco. A essa altura, tudo o que havia para fazer, eu já havia feito.

No espelho, o peito de Rolph era liso. Não havia marca nenhuma. A marca estava por toda parte. A marca era a juventude.

Então aconteceu, no quarto apertado de Rolph, com o sol a se esgueirar em listras por entre as persianas. Eu fingi que aquilo era novo para mim. Ele olhou dentro dos meus olhos e eu senti quanto ainda podia ser normal. Éramos lisos, os dois.

— Cadê aquele. Negócio — pergunta Lou, querendo se referir aos botões que controlam a cama. Ele quer se sentar e olhar para fora, como costumava fazer com sua sunga vermelha, as pernas bronzeadas cheirando a cloro. Sua mão segura o telefone e eu estou entre as suas pernas, com a palma da mão dele sobre a minha cabeça. Os passarinhos deviam estar cantando nesse dia também, mas a música não nos deixava escutá-los. Ou será que hoje em dia há mais passarinhos?

A cama geme enquanto o eleva. Ele olha para fora, com os olhos compridos.

— Eu fiquei velho — diz.

O cachorro está latindo outra vez. A água da piscina ondula como se alguém tivesse acabado de entrar, ou de sair.

— E Rolph? — pergunto, minhas primeiras palavras desde que eu disse "oi".

— Rolph? — repete Lou, e pisca os olhos.

— Rolph. Seu filho.

Rhea balança a cabeça para mim — minha voz está alta demais. Sinto uma espécie de raiva que de vez em quando enche a minha cabeça e apaga meus pensamentos como se estivessem escritos a giz. Quem é esse velho morrendo ali na minha frente? Eu quero aquele outro, aquele homem egoísta, predatório, aquele que me fazia virar entre as suas pernas bem ali, ao ar livre, empurrando minha nuca com a mão livre enquanto ria ao telefone. Sem ligar para o fato de que todos os cômodos da casa davam para aquela piscina — como o do seu filho, por exemplo. Tenho uma ou duas coisinhas a dizer a esse outro homem.

Lou está tentando dizer alguma coisa. Nós chegamos mais perto para escutar. Por hábito, imagino.

— Rolph não conseguiu — diz ele.

— Como assim? — pergunto.

O velho agora está chorando. Lágrimas escorrem por suas faces.

— Que diferença faz, Jocelyn? — pergunta-me Rhea, e nesse segundo duas partes distintas do meu cérebro se conectam e percebo que eu já sabia sobre Rolph. Rhea também sabia; todo mundo sabia. Uma tragédia antiga.

— Vinte e oito anos. Ele tinha — diz Lou.

Fecho os olhos.

— Faz muito tempo — diz ele, e as palavras saem chiadas de seu peito congestionado. — Mas.

Sim, faz muito tempo. Vinte e oito anos foi há muito tempo. O sol machuca meus olhos, então os mantenho fechados.

— Perder um filho — murmura Rhea. — Não posso nem imaginar.

A raiva me aperta, me esmaga por dentro. Meus braços doem. Levo a mão até debaixo da cama de hospital de Lou e a levanto, fazendo-o escorregar para dentro da piscina azul-turquesa e fazendo a agulha da medicação intravenosa ser arrancada de seu braço, espirrando sangue em seu rastro, manchando a água e deixando-a com um tom amarelado. Ainda sou forte, mesmo depois de tudo. Pulo na água atrás dele, com Rhea agora aos gritos, pulo para dentro d'água e o seguro lá embaixo, prendo sua cabeça entre os meus joelhos e o seguro lá embaixo até tudo ficar mole e nós dois ficarmos só esperando, Lou e eu, só esperando, e então ele estremece e se agita entre as minhas pernas, sacudindo-se enquanto a vida se esvai do seu corpo. Quando ele fica totalmente parado, deixo-o flutuar até a superfície.

Abro os olhos. Ninguém se mexeu. Lou continua chorando, vasculhando a piscina com os olhos vazios. Rhea toca seu peito através do lençol.

Hoje é um dia ruim. O sol machuca minha cabeça.

— Eu deveria matar você — digo, olhando bem para a cara dele. — Você merece morrer.

— Chega — diz Rhea com sua voz incisiva de mãe.

De repente, Lou crava os olhos em mim. Parece a primeira vez no dia inteiro. Finalmente consigo vê-lo, o homem que disse: *Você é a melhor coisa que já me aconteceu*, e *A gente vai ver o mundo inteiro*, e *Como será que eu preciso tanto de você? Procurando uma carona, garota?* Sorrindo sob o sol forte, com poças de luz a inundar seu carro vermelho-vivo. *É só me dizer para onde você quer ir.*

Ele parece assustado, mas sorri. De novo o mesmo sorriso de antigamente.

— Tarde demais — diz.

Tarde demais. Viro a cabeça para o telhado. Rolph e eu ficamos sentados lá em cima a noite inteira certa vez, observando uma festa que Lou estava dando para uma de suas bandas. Ficamos lá em cima mesmo depois de o barulho cessar, com as costas apoiadas nas telhas frescas. Estávamos esperando pelo sol. Este nasceu muito depressa, pequeno, claro e redondo. "Como um bebê", disse Rolph, e eu comecei a chorar. Aquele sol novo e frágil em nossos braços.

Toda noite, minha mãe marca mais um dia que passei sem me drogar. Faz mais de um ano agora, o meu máximo. "Jocelyn, você ainda tem tanta vida pela frente", diz ela. E quando eu acredito nisso, por um minuto que seja, um véu se ergue sobre meus olhos. Como se eu saísse de um quarto escuro.

Lou está falando outra vez. Tentando falar.

— Fiquem aqui. Uma de cada lado. Por favor, meninas?

Rhea segura uma de suas mãos e eu a outra. Não é a mesma mão de antes; agora está calejada, seca e pesada. Rhea e eu nos entreolhamos por cima dele. Ali estamos os três como antigamente. Voltamos ao início.

Ele parou de chorar. Está olhando para o seu mundo. A piscina, os ladrilhos. Nunca chegamos a ir à África nem a qualquer outro lugar. Mal saímos desta casa.

— É bom estar aqui. Com vocês, meninas — diz ele, esforçando-se para respirar.

Ele aperta nossas mãos como se fôssemos fugir. Mas nós não fugimos. Ficamos olhando a piscina e ouvindo os pássaros.

— Só mais um minuto — diz ele. — Obrigado, meninas. Só mais um. Assim.

6

Xis-Zero

Começou assim: eu estava sentado em um banco no Tompkins Square Park e lia um número da *Spin* que tinha roubado na banca Hudson News, olhando as mulheres do East Village atravessarem o parque a caminho do trabalho e pensando (como sempre fazia) em como minha ex-mulher havia conseguido povoar Nova York com milhares de mulheres que não se pareciam em nada com ela mas mesmo assim traziam a sua lembrança quando fiz uma descoberta: meu velho amigo Bennie Salazar era produtor de discos! Estava ali escrito na revista *Spin*: um artigo inteiro sobre Bennie contando como tinha ficado famoso por causa de uma banda chamada The Conduits, que ganhara vários discos de platina três ou quatro anos antes. Havia uma foto de Bennie recebendo um prêmio de algum tipo, parecendo ofegante e meio vesgo — um daqueles instantes caóticos e congelados que você simplesmente sabe estarem acoplados a toda uma vida feliz. Olhei para a foto por menos de um segundo; então fechei a revista. Resolvi não pensar em Bennie. A fronteira entre pensar em uma pessoa e pensar em *não* pensar nessa pessoa é bem tênue, mas tenho a paciência e o autocontrole necessários para passar muitas horas caminhando sobre essa linha — dias, se preciso for.

Depois de uma semana sem pensar em Bennie — e pensando tanto em não pensar em Bennie que mal sobrou espaço no meu cérebro para outros pensamentos —, decidi lhe escrever uma carta. Pus o endereço da gravadora, que descobri ficar em um prédio de vidro verde na esquina da Park com a Cinquenta e Sete. Peguei o metrô até lá e fiquei em pé em frente ao prédio com a cabeça jogada para trás, olhando bem lá para cima e me perguntando em que andar ficaria o escritório de Bennie. Mantive os olhos grudados no prédio enquanto depositava a carta na caixa de correio bem em frente. *Oi, Benjo*, eu tinha escrito (era assim que eu costumava chamá-lo). *Há quanto tempo. Ouvi dizer que você agora é o cara. Parabéns. Ninguém poderia ter tido mais sorte. Tudo de bom, Scotty Hausmann.*

Ele respondeu! A carta dele chegou à minha caixa de correio amassada na rua Seis, no lado leste, uns cinco dias mais tarde, datilografada, o que, suponho, queria dizer que fora escrita por uma secretária, mas eu sabia que era mesmo Bennie:

Scotty querido, obrigado pela carta. Por onde você tem andado? Eu de vez em quando ainda penso na época do Dildos. Espero que você ainda toque slide guitar. Um abraço, Bennie, com o pequeno garrancho de sua assinatura acima do nome datilografado.

A carta de Bennie me abalou bastante. As coisas tinham ficado... como é mesmo que se diz? As coisas tinham ficado meio emperradas na minha vida. Eu estava trabalhando para a prefeitura como zelador em uma escola de ensino fundamental e durante o verão catava lixo no parque às margens do East River perto da ponte de Williamsburg. Não sentia qualquer vergonha dessas atividades, porque entendia algo que quase mais ninguém parecia compreender: que havia apenas uma diferença infinitesimal, uma diferença tão pequena que mal chegava a existir a não ser como criação da mente humana, entre trabalhar em um arranha-céu de vidro verde na Park Avenue e catar lixo em um parque. Na verdade, talvez não houvesse diferença alguma.

Por acaso era minha folga no dia seguinte — um dia depois de a carta de Bennie chegar —, então fui pescar no East River de manhã. Fazia isso sempre, e comia os peixes também. Sim, a água era poluída, mas o melhor de tudo era que você sabia dessa poluição, ao contrário dos muitos venenos que consumia todos os dias sem saber. Fui pescar, e Deus devia estar do meu lado, ou talvez Bennie tenha me passado um pouco da sua sorte, porque fisguei no rio meu melhor peixe de todos os tempos: um imenso robalo! Sammy e Dave, meus companheiros de pescaria, ficaram surpresos ao me ver pegar esse peixe excelente. Eu o matei com uma paulada, enrolei-o em um jornal, pus o jornal dentro de uma sacola e levei o peixe para casa debaixo do braço. Vesti minha roupa mais parecida com um terno: uma calça cáqui e um paletó que tinha mandado *várias vezes* à tinturaria. Na semana anterior, tinha levado o paletó para lavar ainda dentro do plástico da tinturaria, o que fez a mulher atrás do balcão surtar — "Por que está lavando isto? Já está lavado, o plástico está fechado, o senhor está jogando dinheiro fora." Sei que isso não tem nada a ver com o assunto em pauta, mas me deixem dizer apenas que tirei o paletó do plástico com tanta força que a mulher se calou, e pus a roupa cuidadosamente sobre o balcão da tinturaria. "*Merci por vous consideración, madame*", falei, e ela aceitou a roupa sem dizer mais nada. Tudo isso para contar que o paletó que vesti nessa manhã para ir visitar Bennie Salazar estava limpíssimo.

O prédio de Bennie parecia um daqueles lugares em que se poderiam efetuar revistas de segurança, se fosse o caso, mas nesse dia acho que não foi preciso. A sorte de Bennie continuava a se derramar sobre mim feito mel. Não que a minha sorte em geral fosse tão ruim assim — eu a teria qualificado de neutra, às vezes tendendo para má. Por exemplo, eu pegava menos peixes do que Sammy, ainda que pescasse com mais frequência e tivesse uma vara melhor. Mas, se fosse a sorte de Bennie que estivesse comigo nesse dia, será que isso significaria que a minha sorte também era a dele? Que o fato de eu ir visitá-lo de surpresa era uma sorte *para ele*? Ou será que eu tinha dado um jeito de desviar a sua sorte e canalizá-la para outro lugar por um tempo, deixando-o sem sorte nenhuma nesse dia? E, caso eu tivesse *mesmo* conseguido fazer essa segunda coisa, como conseguira, e (o mais importante) como poderia continuar fazendo isso para sempre?

Verifiquei a lista de ocupantes do prédio, vi que a gravadora Sow's Ear Records ficava no quadragésimo quinto andar, peguei o elevador até lá e entrei direto por um par de portas de vidro bege em uma sala de espera muito classuda. A decoração me lembrou um apartamento de solteiro dos anos 1970: sofás de couro preto, tapete grosso, pesadas mesas de vidro e metal cromado cobertas de números da *Vibe*, da *Rolling Stone* e de outras revistas de música. Uma iluminação cuidadosamente reduzida. Sabia que essa última parte era necessária para os músicos poderem aguardar ali sem exibir os olhos vermelhos e as marcas de seringa.

Bati com meu peixe em cima da mesa de mármore da recepção. O som que saiu foi um *shlep* forte e molhado — juro por Deus, não se parecia em nada com o barulho de um peixe. *Ela* (cabelos avermelhados, olhos verdes, boca feito uma pétala de flor, o tipo de mulher que faz você querer chegar mais perto e dizer com uma voz açucarada: *Você deve ser* muito *inteligente mesmo; senão como teria arrumado esse emprego?*) ergueu os olhos e disse:

— Oi.

— Eu vim falar com Bennie — falei. — Bennie Salazar.

— Ele está aguardando o senhor?

— Não agora.

— Qual é o seu nome?

— Scotty.

Ela estava com um fone de ouvido e, quando falou em um minúsculo microfone junto à boca, percebi que na verdade era um telefone. Depois que disse meu nome, vi seus lábios se franzirem como se estivesse disfarçando um sorriso.

— Ele está em reunião — disse-me ela. — Mas eu posso anotar um rec...

— Eu espero.

Pus meu peixe sobre a mesa de centro de vidro ao lado das revistas e me acomodei em um sofá de couro preto. As almofadas suspiraram exalando um delicioso aroma de couro. Um intenso conforto me invadiu. Comecei a ficar com sono. Queria ficar ali para sempre, abandonar meu apartamento do lado leste da rua Seis e passar o resto da vida morando na sala de espera de Bennie.

É verdade: já fazia algum tempo que eu não aparecia muito em público. Mas seria esse fato ainda relevante na nossa "era da informação", quando se podia percorrer o planeta Terra e até o Universo inteiro sem se levantar do sofá de veludo verde que você tinha catado em uma lixeira na rua e transformado no principal móvel de seu apartamento na rua Seis, lado leste? Eu começava cada noite pedindo uma entrega de vagem ao molho Hunan, que comia acompanhada de Jägermeister. Era incrível quanta vagem eu conseguia comer: quatro pratos, cinco, às vezes mais. Pelo número de pacotinhos de molho shoyu e pauzinhos que vinham com o meu pedido, eu via que o restaurante Fong Yu achava que eu estivesse servindo aquela vagem a um grupo de oito ou nove vegetarianos. Será que a composição química do Jägermeister causa uma fome insaciável de vagem? Será que a vagem contém alguma propriedade misteriosa que se torna viciante quando consumida com Jägermeister? Eu fazia essas perguntas a mim mesmo enquanto ia enfiando vagem na boca, grandes garfadas, e assistia TV — programas estranhos, a maioria dos quais eu não saberia identificar e aos quais não prestava muita atenção. Seria possível dizer que criei meu próprio programa a partir de todos esses programas, e eu desconfiava que ele na verdade fosse melhor do que os programas originais. Na verdade, tinha certeza de que era.

A realidade era a seguinte: se nós, seres humanos, somos *máquinas de processamento de informações* que leem xizes e zeros e traduzem essa informação naquilo que as pessoas com tanta emoção chamam de "experiência", e se eu tinha acesso a toda essa mesma informação graças à TV a cabo e a todas as revistas que folheava na banca Hudson News por períodos de quatro a cinco horas nos meus dias de folga (meu recorde eram oito horas, incluindo os trinta minutos que passei no caixa durante o intervalo de almoço de um dos funcionários mais novos, que pensou que eu trabalhasse lá) — se dispunha não apenas da informação mas do talento para *moldar* essa informação usando o computador que tinha dentro da cabeça (computadores de verdade me davam medo: se você pode encontrá-Los, Eles podem encontrar você, e eu não queria ser encontrado), então, tecnicamente falando, eu não estava tendo todas as mesmas experiências daquelas outras pessoas?

Testei minha teoria indo me postar em frente à biblioteca pública na esquina da Quinta avenida com a Quarenta e Dois durante um evento de gala beneficente para doenças cardíacas. Fiz essa escolha aleatoriamente: quando a biblioteca fechou e eu estava saindo da Sala dos Periódicos, reparei em pessoas bem-vestidas cobrindo mesas com toalhas brancas e levando grandes buquês de orquídeas para o suntuoso saguão de entrada da biblioteca, e, quando perguntei a uma garota loura que segurava um bloquinho o que estava acontecendo, ela me falou sobre o evento beneficente para doenças cardíacas. Fui para casa comer minha vagem, mas nessa noite, em vez de ligar a TV, voltei de metrô para a biblioteca, onde o evento para doenças cardíacas estava agora no auge. Ouvi "Satin Doll" tocando lá dentro, ouvi risos, gritinhos e sonoras gargalhadas, vi aproximadamente uma centena de limusines pretas compridas e *town cars* mais curtos igualmente pretos aguardando com o motor ligado junto ao meio-fio, e pensei no fato de que nada além de uma série de átomos e moléculas combinados de uma forma específica para formar algo conhecido como *muro* se erguia entre mim e aquelas pessoas na biblioteca dançando ao som de um naipe de sopros bem fraquinho no quesito sax tenor. Enquanto eu escutava, porém, algo estranho aconteceu: eu senti dor. Não na cabeça, nem no braço, nem na perna: em todos os lugares ao mesmo tempo. Disse a mim mesmo que não havia diferença entre estar "dentro" e estar "fora", que tudo se reduzia a xizes e zeros e podia ser adquirido de inúmeras maneiras diferentes, mas a dor aumentou a tal ponto que pensei que fosse desmaiar, e afastei-me mancando.

Assim como todos os experimentos fracassados, esse me ensinou algo que eu não esperava: um dos ingredientes-chave da chamada experiência é a fé ilusória de que esta é única e especial, e de que os que dela participam são privilegiados e os excluídos estão perdendo alguma coisa. E eu, qual um cientista que respira sem querer o vapor tóxico do béquer que ferve no laboratório, havia, pela *simples proximidade física*, sido infectado por essa mesma ilusão, e em meu estado entorpecido havia passado a acreditar que era um Excluído: condenado para todo o sempre a ficar em pé tremendo de frio em frente à biblioteca pública na esquina da Quinta avenida com a Quarenta e Dois, imaginando o esplendor que havia lá dentro.

Fui até a mesa da recepcionista de cabelos cor de ferrugem, balançando o peixe com as duas mãos. Um líquido começava a vazar através do papel.

— Isto aqui é um peixe — falei para ela.

Ela inclinou a cabeça de lado com uma expressão que fez pensar que de repente havia me reconhecido.

— Ah — disse ela.

— Pode dizer ao Bennie que logo vai começar a feder.

Tornei a me sentar. Meus "vizinhos" da sala de espera eram um homem e uma mulher, ambos do tipo executivo. Senti que eles se afastaram de mim.

— Eu sou músico — falei, à guisa de apresentação. — Toco *slide guitar*.

Nenhum dos dois respondeu.

Finalmente, Bennie apareceu. Estava elegante. Estava em ótima forma. Usava uma calça preta e uma camisa branca abotoada até o pescoço, mas sem gravata. Bastou olhar para aquela camisa uma vez só para eu entender o seguinte: camisas caras têm um aspecto melhor do que camisas baratas. O tecido não brilhava, não — isso seria vulgar. Mas reluzia, como se houvesse uma luz saindo lá de dentro. Porra, que camisa bonita: é isso que estou dizendo.

— Scotty, e aí, cara? — disse Bennie, dando-me uns tapinhas calorosos nas costas enquanto nos cumprimentávamos com um aperto de mão. — Desculpe ter feito você aguardar. Espero que Sasha tenha cuidado bem de você. — Ele gesticulou na direção da garota com quem eu tinha falado, cujo sorriso descontraído poderia ser traduzido como: *Oficialmente ele agora deixou de ser problema meu*. Pisquei o olho para ela de um jeito cuja tradução exata era: *Não tenha tanta certeza disso, meu bem*.

— Venha, vamos para a minha sala — disse Bennie. Com o braço em volta do meu ombro, ele já me guiava por um corredor.

— Espere aí... esqueci! — gritei, e corri de volta para pegar o peixe. Quando puxei a sacola da mesa de centro, um pouco de líquido espirrou de um dos cantos, e o casal com cara de executivo se levantou com um pulo como se aquilo fosse lixo nuclear. Olhei para "Sasha", imaginando que iria vê-la encolhida, mas ela observava a cena com uma expressão de quem aparentemente estava achando graça. Bennie me esperava junto ao corredor. Percebi com satisfação que sua pele tinha ficado mais morena desde os tempos da escola. Eu tinha lido sobre isso: a pele escurece gradualmente por causa de todos os anos de sol acumulados, e a de Bennie tinha escurecido tanto que chamá-lo de branco agora seria um exagero.

— Você fez compras? — perguntou ele, de olho na sacola.

— Eu fui pescar — respondi.

A sala de Bennie era espetacular, e não digo isso no sentido dos skatistas adolescentes de hoje em dia — digo isso no sentido literal de antigamente. A mesa era gigantesca, oval e preta, com aquela superfície de aspecto molhado dos pianos mais caros que existem. A mesa me fez pensar em um rinque de patinação no gelo todo preto. Atrás dela havia apenas a vista — a cidade inteira se estendia aos nossos pés, como aquelas toalhas de camelôs cheias de relógios e cintos vagabundos e reluzentes. Era assim que Nova York parecia ser: uma coisa linda e fácil de se obter, até mesmo para mim. Fiquei parado junto à porta segurando meu peixe. Bennie foi até o outro lado do oval negro e molhado de sua mesa. A superfície parecia desprovida de atrito, como se fosse possível fazer uma moeda deslizar por cima dela e esta fosse flutuar até a beirada e cair no chão.

— Sente-se, Scotty — disse ele.

— Espere aí — falei. — Isto aqui é para você. — Avancei e pousei delicadamente o peixe em cima da mesa. Tive a sensação de estar deixando uma oferenda em um santuário xintoísta no topo da mais alta montanha do Japão. Aquela vista estava me fazendo viajar.

— Você está me dando um peixe? — perguntou Bennie. — Isto aqui é um peixe?

— Um robalo. Pesquei no East River hoje de manhã.

Bennie olhou para mim como se estivesse esperando a deixa para rir.

— Não é tão poluído quanto se pensa — falei, sentando-me na pequena cadeira preta de um par em frente à mesa de Bennie.

Ele se levantou, pegou o peixe, deu a volta na mesa e o entregou de volta para mim.

— Obrigado, Scotty — disse ele. — Agradeço a lembrança, agradeço mesmo. Mas aqui no meu escritório este peixe está fadado a ir para o lixo.

— Então leve para casa e coma! — falei.

Bennie sorriu seu sorriso tranquilo, mas não fez qualquer movimento para pegar o peixe. Tudo bem, pensei, eu mesmo como.

Minha cadeira preta tinha um aspecto desconfortável — quando me sentei, pensei: esta vai ser uma daquelas cadeiras infernais que deixam a bunda doendo e depois anestesiada. Mas aquela era sem sombra de dúvida a cadeira mais confortável em que eu já havia sentado, mais confortável até do que o sofá de couro da recepção. O sofá tinha me dado sono — aquela cadeira me fazia levitar.

— Mas me diga, Scotty — disse Bennie. — Tem alguma demo para eu escutar? Lançou algum disco, está em alguma banda? Quer produzir alguma música? Qual é a sua ideia?

Ele estava encostado na frente do losango preto, com as pernas cruzadas na altura dos tornozelos — uma daquelas poses que parecem muito relaxadas, mas na verdade são muito tensas. Ao erguer os olhos para ele, entendi várias coisas, todas em uma espécie de efeito cascata: (1) Bennie e eu não éramos mais amigos, nem jamais seríamos; (2) Ele estava querendo se livrar de mim o mais rápido possível com o mínimo de aporrinhação possível;

(3) Eu já sabia que isso iria acontecer. Sabia antes de chegar ali; (4) Era esse o motivo que me fizera ir visitá-lo.

— Scotty? Câmbio?

— Então você agora é um bambambã e todo mundo quer alguma coisa de você — falei.

Bennie voltou para trás da mesa e sentou-se ali de frente para mim, com os braços cruzados em uma pose que parecia menos relaxada do que a primeira, mas que na verdade era mais.

— Vamos lá, Scotty — disse ele. — Você me escreve do nada, e agora aparece no meu escritório... Imagino que não tenha vindo até aqui só para me trazer um peixe.

— Não, o peixe era um presente — falei. — Eu vim aqui pelo seguinte: quero saber o que aconteceu entre A e B.

Bennie pareceu estar esperando mais.

— *A* era quando a gente tocava na mesma banda e corria atrás da mesma garota. *B* é agora.

Soube na mesma hora que mencionar Alice tinha sido uma decisão acertada. Eu tinha dito algo literal, sim, mas por baixo disso tinha dito outra coisa: nós éramos dois zés-ninguém, e agora só eu sou um zé-ninguém; por que isso? E, por baixo disso, tinha dito o seguinte: uma vez zé-ninguém, para sempre zé-ninguém. E, por baixo de tudo: foi você quem correu atrás dela. Mas ela escolheu a mim.

— Eu ralei muito — disse Bennie. — Foi isso que aconteceu.

— Eu também ralei.

Nós nos entreolhamos por cima da mesa preta, o trono de onde Bennie exercia seu poder. Houve uma pausa longa e estranha, e nessa pausa eu senti que estava puxando Bennie para trás — ou talvez fosse ele quem estivesse me puxando —, de volta para São Francisco, onde éramos dois dos quatro integrantes do Flaming Dildos: Bennie um dos piores baixistas da história, um menino de pele morena e mãos peludas, além de meu melhor amigo. Senti um ímpeto de raiva tão violento que me deixou tonto. Fechei os olhos e me imaginei partindo para cima de Bennie por sobre aquela mesa e arrancando sua cabeça, arrancando-a do colarinho daquela linda camisa branca como um tufo de grama cheio de terra e longas raízes emaranhadas. Imaginei-me carregando a cabeça até a sala de espera classuda pelos fartos cabelos e deixando-a cair sobre a mesa de Sasha.

Levantei-me da cadeira, mas na mesma hora Bennie também se levantou — pulou da cadeira, eu deveria dizer, porque quando olhei, ele já estava de pé.

— Posso olhar pela sua janela? — perguntei.

— Claro. — Sua voz não soava assustada, mas pelo cheiro eu sabia que ele estava assustado. Vinagre: é esse o cheiro do medo.

Fui até a janela. Fingi admirar a vista, mas estava de olhos fechados.

Depois de algum tempo, senti que Bennie tinha chegado mais perto.

— Você ainda toca, Scotty? — perguntou ele com uma voz branda.

— Eu tento — respondi. — Na maioria das vezes sozinho, só para relaxar. — Consegui abrir os olhos, mas não olhar para ele.

— Você era sensacional na guitarra — disse ele. — Está casado? — perguntou então.

— Divorciado. De Alice.

— Eu sei — disse ele. — Eu quis dizer casado *de novo*.

— Durou quatro anos.

— Eu sinto muito, amigo.

— Foi melhor assim — falei. Então me virei para olhar para Bennie. Ele estava em pé de costas para a janela e eu me perguntei se ele alguma vez se dava ao trabalho de olhar para fora, se ter tanta beleza assim tão perto significava alguma coisa para ele. — E você? — perguntei.

— Eu sou casado. Tenho um filho de três meses. — Ele então sorriu: um sorriso hesitante, constrangido ao pensar em seu filhinho, como se soubesse que não merecia tanto. E, por trás do sorriso de Bennie, o medo continuava presente: medo de que eu o tivesse encontrado para levar embora aqueles presentes que a vida havia empilhado sobre ele, para destruí-los em poucos e intensos segundos. Isso me deu vontade de gritar de tanto rir: *Aí, "amigo", será que você não entendeu? Não há nada que você tenha que eu também não tenha! É tudo só xis e zero, e eles podem se apresentar de milhares de maneiras diferentes.* Mas dois sentimentos me distraíam enquanto eu estava ali em pé, sentindo o cheiro do medo de Bennie: (1) Eu não tinha o que Bennie tinha; (2) Ele estava certo.

Em vez disso, pensei em Alice. Era algo que eu quase nunca me permitia fazer — simplesmente pensar nela, por oposição a pensar em *não* pensar nela, coisa que eu fazia quase o tempo todo. A lembrança de Alice se abriu dentro de mim, e eu a deixei se desdobrar até ver seus cabelos ao sol — dourados, seus cabelos eram dourados — e sentir o cheiro daqueles óleos que ela costumava passar nos pulsos com um conta-gotas. Patchuli? Almíscar? Não conseguia me lembrar dos nomes. Vi seu rosto ainda cheio de todo o amor, sem raiva, sem medo — sem nenhuma das coisas ruins que eu aprendi a fazê-la sentir. *Pode entrar*, disse o rosto dela, e eu entrei. Por um minuto, eu entrei.

Olhei para a cidade lá embaixo. Sua extravagância me pareceu um desperdício, como o petróleo jorrando de dentro da terra ou alguma outra coisa preciosa que Bennie estivesse juntando para si e usando até o fim para ninguém mais poder pegar. Pensei: se eu tivesse uma vista como esta para olhar todos os dias, teria energia e inspiração para conquistar o mundo. O problema é que, quando você mais precisa de uma vista assim, ninguém lhe dá.

Respirei fundo e virei-me para Bennie.

— Saúde e felicidade para você, irmão — falei, e sorri para ele pela primeira e única vez: deixei meus lábios se abrirem e se esticarem para trás, algo que raramente faço porque perdi a maior parte dos dentes de ambos os lados da boca. Os que tenho são grandes e brancos, então as falhas pretas são uma grande surpresa. Vi o choque no rosto de Bennie quando ele reparou. E de repente me senti forte, como se algum equilíbrio no quarto tivesse sido modificado e todo o poder de Bennie — a mesa, a vista, a cadeira que fazia levitar — de repente me pertencesse. Assim é o poder; todos o sentem ao mesmo tempo.

Ainda sorrindo, virei-me e caminhei em direção à porta. Sentia-me leve, como se estivesse usando a camisa branca de Bennie e uma luz estivesse emanando lá de dentro.

— Ei, Scotty, espere aí um instante — disse Bennie, soando abalado. Ele tornou a se virar em direção à mesa, mas eu continuei andando, deixando meu sorriso guiar o caminho até o corredor e de volta à recepção onde Sasha estava sentada, ouvindo meus sapatos sussurrarem no carpete a cada passo lento e digno. Bennie me alcançou e me entregou um cartão de visita: papel luxuoso, impressão em relevo. Parecia um objeto raro. Segurei-o com muito cuidado.

— Presidente — li.

— Vê se não some, Scotty — disse Bennie. Sua voz soava atônita, como se ele tivesse se esquecido de como eu fora parar ali; como se ele próprio tivesse me convidado e eu estivesse indo embora cedo demais. — Se algum dia quiser que eu ouça alguma música, é só me mandar.

Não pude resistir a uma última olhada em Sasha. Seus olhos estavam sérios, quase tristes, mas ela ainda mantinha o mesmo sorriso bonito no rosto.

— Se cuida, Scotty.

Do lado de fora do prédio, fui direto até a caixa em que havia depositado minha carta para Bennie alguns dias antes. Dobrei o pescoço e ergui os olhos para a torre de vidro verde, tentando contar os andares até o quadragésimo quinto. Só então notei que estava com as mãos vazias — tinha deixado meu peixe na sala de Bennie! Achei isso hilário e dei uma risada bem alta, imaginando os dois executivos sentados nas cadeiras que faziam levitar em frente à mesa de Bennie e um deles erguendo a sacola molhada e pesada do chão antes de reconhecer o que era — *Ai, meu Deus, é o peixe daquele cara* — e deixá-la cair no chão com nojo. E o que Bennie faria? Perguntei-me isso enquanto caminhava lentamente em direção ao metrô. Será que jogaria o peixe fora de uma vez por todas ali na hora, ou será que mandaria colocar na geladeira do escritório e o levaria à noite para a casa onde morava com o filho bebê e a mulher, a quem contaria sobre a minha visita? E, se ele fosse assim tão longe, seria possível que abrisse a sacola e desse uma espiada, só por curiosidade?

Eu estava torcendo para isso acontecer. Sabia que ele ficaria maravilhado. Era um peixe lindo, reluzente.

Não prestei para muita coisa durante o resto desse dia. Tenho muitas dores de cabeça por causa de uma lesão nos olhos que sofri quando criança, e a dor é tão forte a ponto de criar imagens brilhantes que são uma verdadeira tortura. Nessa tarde, fiquei deitado na cama de olhos fechados e vi um coração em chamas suspenso no escuro, lançando fachos de luz em todas as direções. Não era um sonho, porque nada acontecia. O coração simplesmente ficava parado ali.

Como eu fora dormir no final da tarde, antes de o sol nascer já tinha acordado, saído de casa, e estava no East River debaixo da ponte de Williamsburg com minha vara de pescar. Sammy e Dave apareceram logo depois. Dave na verdade não ligava muito para peixes — estava lá para admirar as mulheres do East Village em suas corridas matinais antes de irem para as aulas na NYU ou para o trabalho em uma loja elegante, ou qualquer outra coisa que as moças do East Village fizessem com seu tempo. Dave costumava reclamar dos tops de corrida que elas usavam e que, na sua opinião, não deixavam os seios balançarem o suficiente. Sammy e eu mal escutávamos.

Nessa manhã, quando Dave começou sua ladainha, senti-me inclinado a responder.

— Sabe, Dave, eu acho que a ideia é justamente essa — falei.

— Que ideia?

— Os seios *não* balançarem — falei. — Porque dói. É por isso que elas usam tops de corrida.

Ele me lançou um olhar desconfiado.

— E desde quando você é especialista no assunto?

— Minha mulher corria — falei.

— Corria? Quer dizer que ela não corre mais?

— Ela não é mais minha mulher. Provavelmente ainda corre.

A manhã estava tranquila. Eu podia ouvir o lento *pof pof* das bolas de tênis nas quadras atrás da ponte. Além dos corredores e tenistas, de manhã cedo em geral também havia alguns drogados ali no rio. Eu sempre procurava um casal em especial, um homem e uma mulher usando casacos de couro compridos até as coxas, com as pernas finas e os rostos destruídos. Os dois só podiam ser músicos. Fazia muito tempo que eu não tocava, mas saberia reconhecer um músico em qualquer lugar.

O sol nasceu, grande, forte e redondo, como um anjo erguendo a cabeça. Eu nunca tinha visto o sol tão brilhante ali. A água se cobriu de prata. Tive vontade de mergulhar e sair nadando. Poluição? pensei. Eu acho é pouco. Foi então que reparei na garota. Percebi sua presença na periferia do meu campo de visão, porque ela era pequena e corria com um passo alto e saltitante que era diferente das outras. Tinha cabelos castanho-claros e, quando a luz do sol batia neles, acontecia uma coisa que não se podia deixar de notar. Como palha virando ouro, pensei. Dave olhava para ela com a boca escancarada, e até Sammy se virou para olhar, mas eu mantive os olhos no rio, observando minha linha à espera de um puxão. Vi a garota sem precisar me virar.

— Ei, Scotty — disse Dave. — Acho que a sua mulher acabou de passar correndo.

— Eu sou divorciado — falei.

— Bom, era ela.

— Não — falei. — Ela mora em São Francisco.

— Talvez essa seja sua próxima mulher — sugeriu Sammy.

— Ela é a *minha* próxima mulher — disse Dave. — E sabe qual é a primeira coisa que vou ensinar a ela? A deixar os bichinhos soltos. A deixá-los *balançarem*.

Olhei para minha linha de pesca que cintilava ao sol. Minha sorte havia acabado; eu sabia que não iria pescar nada. Dali a pouco precisaria estar no trabalho. Puxei a linha e comecei a andar em direção ao norte pela beira do rio. A moça já estava bem longe e seus cabelos se balançavam a cada passo. Eu a segui, mas a uma distância suficiente para não a estar seguindo realmente. Apenas andava na mesma direção. Meus olhos estavam tão cravados nela que sequer reparei no casal de drogados na minha frente até eles quase terem passado por mim. Estavam encolhidos um contra o outro, com aquela aparência emaciada e sensual que os jovens podem ter por algum tempo, até ficarem apenas emaciados.

— Ei — falei, entrando na frente deles.

Nós já devíamos ter nos visto umas vinte vezes ali no rio, mas o cara mirou os óculos escuros em mim como se nunca tivesse me visto na vida, e a menina sequer olhou para mim.

— Vocês são músicos? — perguntei.

O cara virou para o outro lado, sem me dar atenção. Mas a menina olhou para mim. Seus olhos pareciam em carne viva, esfolados, e perguntei-me se o sol os fazia doer, e por que seu namorado, marido ou o que fosse não lhe dava os óculos escuros.

— Ele é incrível — disse ela, usando a palavra no sentido dos skatistas adolescentes. Ou talvez não, pensei. Talvez estivesse falando no sentido literal.

— Eu acredito em você — falei. — Acredito que ele é um músico incrível.

Levei a mão ao bolso da camisa e peguei o cartão de Bennie. Tinha usado um pedaço de lenço de papel para tirá-lo do paletó da véspera e colocá-lo na camisa desse dia, tomando cuidado para não dobrá-lo, amassá-lo ou sujá-lo. As letras em relevo me lembravam uma moeda romana.

— Liguem para esse cara — falei. — Ele tem um selo. Digam que foi Scotty que recomendou vocês.

Os dois olharam para o cartão, apertando os olhos sob a luz enviesada.

— Liguem para ele — falei. — Ele é meu amigo.

— Claro — disse o cara sem convicção.

— Espero mesmo que vocês liguem — falei, mas me sentia impotente. Só poderia fazer aquilo uma vez; nunca mais teria aquele cartão.

Enquanto o cara observava o cartão, a menina olhou para mim.

— Ele vai ligar — disse ela, e então sorriu: dentes pequenos e arrumadinhos, típicos de quem usou aparelho. — Vou obrigá-lo a ligar.

Assenti e virei as costas, deixando os drogados para trás. Segui para o norte, forçando os olhos para ver o mais longe possível. Mas a corredora tinha sumido enquanto eu estava olhando para o outro lado.

— Ei — ouvi duas vozes rascantes dizerem atrás de mim. Quando me virei, os dois falaram ao mesmo tempo. — Valeu.

Fazia muito tempo que ninguém me agradecia por nada.

— Valeu — eu disse a mim mesmo. Disse e repeti isso várias vezes, querendo prender na mente o som exato de suas vozes, sentir novamente o coice de surpresa no peito.

Será que o ar cálido da primavera tem alguma qualidade especial que faz os pássaros cantarem mais alto? Fiz essa pergunta a mim mesmo enquanto atravessava a passarela por cima da via expressa até o lado leste da rua Seis. As flores das árvores começavam a se abrir. Fui andando por debaixo delas, sentindo o cheiro de seu pólen fino enquanto me apressava para chegar em casa. Queria deixar meu paletó na tinturaria a caminho do trabalho — estava esperando para fazer isso desde a véspera. Tinha deixado o paletó amarfanhado no chão ao lado da cama, e iria levá-lo assim, todo mal-ajambrado. Iria jogá-lo sobre o balcão de forma bem casual, desafiando a atendente a me contestar. Mas como ela poderia fazer isso?

Eu fui a um lugar e preciso lavar este paletó, diria eu, como qualquer outra pessoa. E ela o deixaria novo outra vez.

B

7

De A a B

I

Stephanie e Bennie passaram um ano morando em Crandale antes de serem convidados para uma festa. Não era um lugar muito caloroso com desconhecidos. Eles já sabiam disso ao se mudar e não se importavam — tinham seus próprios amigos. Mas a situação afetou Stephanie mais do que ela imaginava: levar Chris ao jardim de infância, acenar sorrindo para uma ou outra mãe loura que desembarca seus rebentos também louros de um utilitário ou Hummer, e receber de volta um sorriso contraído e intrigado cuja tradução parece ser: *Quem é você, mesmo?* Como elas podiam não saber depois de tantos meses encontrando-a diariamente? Eram esnobes ou então idiotas, ou quem sabe as duas coisas, disse Stephanie a si mesma, mas mesmo assim se sentia inexplicavelmente afetada por aquela frieza.

Durante aquele primeiro inverno em Nova York, a irmã de um dos artistas de Bennie os recomendou para se tornarem sócios do Country Club de Crandale. Depois de um processo apenas ligeiramente mais árduo do que obter a cidadania norte-americana, eles foram aceitos no final de junho. Chegaram no primeiro dia levando roupas de banho e toalhas, sem saber que o CCC (como o clube era conhecido) fornecia suas próprias toalhas monocromáticas para reduzir a cacofonia de cores à beira da piscina. No vestiário feminino, Stephanie cruzou com uma das louras cujos filhos estudavam na escola de Chris, e pela primeira vez recebeu um "Oi" de verdade, pois pelo visto sua aparição em dois lugares distintos havia completado alguma triangulação exigida por Kathy como prova de sua existência. Era esse o nome da mulher: Kathy. Stephanie sabia desde o começo.

Kathy estava com uma raquete de tênis na mão. Usava um minivestido branco por baixo do qual se podia ver a pontinha de um short de tênis tão curto que mais parecia uma calcinha. Os muitos filhos que tivera não haviam deixado qualquer marca na cintura fina e nos bíceps bronzeados. Seus cabelos lustrosos estavam presos em um rabo de cavalo apertado, e os fios soltos eram domados por grampos dourados.

Stephanie vestiu a roupa de banho e foi encontrar Bennie e Chris perto da lanchonete do clube. Estavam os três ali sem saber muito bem o que fazer, segurando suas toalhas coloridas, quando Stephanie reconheceu um distante *pof pof* de bolas de tênis. O barulho provocou nela um enleio de nostalgia. Assim como Bennie, ela vinha de lugar nenhum, mas um lugar nenhum diferente — o dele era o lugar nenhum urbano de Daly City, Califórnia, onde seus pais trabalhavam tanto que nunca apareciam e uma avó cansada tinha criado Bennie e as quatro irmãs. Mas Stephanie vinha de um lugar nenhum suburbano do Meio-Oeste, e lá havia um clube cuja lanchonete servia hambúrgueres finos e gordurosos em vez de *salade niçoise* com atum fresco selado como aquela ali, mas onde se jogava tênis em quadras rachadas pelo sol e onde Stephanie tinha alcançado certa maestria no esporte aos 13 anos de idade. Não jogava desde então.

No final desse primeiro dia, zonzos de tanto sol, eles haviam tomado uma ducha, tornado a vestir as roupas, e foram se sentar em um terraço calçado com pedra de são tomé, onde um pianista tirava melodias inofensivas de um reluzente piano armário. O sol começava a se pôr. Chris brincava em um gramado próximo com duas meninas da sua turma do jardim.

Bennie e Stephanie bebericavam gim-tônica e admiravam os vaga-lumes.

— Então é assim que é — comentou Bennie.

Várias respostas possíveis ocorreram a Stephanie: alusões ao fato de eles ainda não conhecerem ninguém; sua desconfiança de não haver ninguém que valesse a pena conhecer. Mas ela as deixou passar. Fora Bennie quem havia escolhido Crandale, e bem lá no fundo Stephanie entendia por quê: eles já tinham viajado em jatinhos particulares para ilhas privativas de astros do rock, mas aquele country club era o mais distante que Bennie já chegara da avó de olhos escuros em Daly City. Ele tinha vendido seu selo fonográfico no ano anterior; que maneira melhor de marcar o próprio sucesso do que ir morar em um lugar ao qual não pertencia?

Stephanie segurou a mão de Bennie e beijou o nó de seus dedos.

— Talvez eu compre uma raquete de tênis — disse ela.

O convite para a festa veio três semanas depois. O anfitrião, um gerente de fundos de investimento conhecido como Duck, convidara-os depois de saber que Bennie tinha descoberto os Conduits, banda de rock favorita de Duck, e lançado seus discos. Ao voltar de sua primeira aula de tênis, Stephanie havia encontrado os dois muito entretidos em uma conversa à beira da piscina.

— Queria tanto que eles voltassem — divagou Duck. — Que fim levou aquele guitarrista idiota?

— O Bosco? Continua gravando — respondeu Bennie com tato. — O disco novo dele vai sair nos próximos meses: chama-se *De A a B*. O trabalho solo dele é mais intimista. — Ele deixou de fora a parte sobre Bosco estar obeso, alcoólatra e com câncer. Ele era seu amigo mais antigo.

Stephanie tinha vindo se encarapitar na beiradinha da cadeira de Bennie, corada por ter jogado bem: seu *topspin* continuava intacto, seu saque, certeiro e preciso. Ela havia reparado em uma ou duas cabeças louras paradas junto à quadra para vê-la jogar, e sentira orgulho da própria diferença em comparação àquelas mulheres: cabelos escuros e curtos, a tatuagem de um polvo minoico abraçando a panturrilha com seus gordos anéis. Embora também fosse verdade que ela havia comprado um vestido de tênis especialmente para a aula, um vestido justinho e todo branco, com um short branco bem curto por baixo: era a primeira roupa branca de Stephanie em toda a sua vida adulta.

Na festa, ela viu Kathy — quem mais poderia ser? — do outro lado de uma varanda lotada. Enquanto Stephanie se perguntava se iria merecer um oi de verdade ou ser rebaixada para um sorriso torto de *Quem é você?*, Kathy cruzou olhares com ela e começou a andar na sua direção. As apresentações foram feitas. Clay, marido de Kathy, usava um short de anarruga e uma camisa de algodão oxford cor-de-rosa, conjunto que poderia ter parecido irônico em outro tipo de pessoa. Kathy estava de azul-marinho, uma cor clássica que destacava o azul brilhante de seus olhos. Stephanie percebeu o olhar de Bennie se demorar em Kathy e sentiu-se ficar tensa — um espasmo residual de inquietude que passou tão rapidamente quanto a atenção do marido (que agora conversava com Clay). Os cabelos louros de Kathy estavam soltos, ainda presos dos lados por grampos dourados. Stephanie fez a si mesma a pergunta fútil de quantos grampos ela gastava por semana.

— Eu vi você jogando — disse Kathy.

— Estou destreinada — disse Stephanie. — Estou começando a voltar.

— Nós deveríamos jogar juntas um dia.

— Claro — respondeu Stephanie, casual, mas sentiu o coração pulsar e, quando Clay e Kathy se afastaram para falar com outras pessoas, foi invadida por uma animação que a deixou envergonhada. Aquela era a vitória mais boba de sua vida.

II

Em poucos meses, qualquer um diria que Stephanie e Kathy eram amigas. Jogavam tênis juntas duas vezes por semana, de manhã, e tinham formado uma dupla de sucesso para jogar na liga interclubes contra outras louras de vestido branco curto das cidades próximas. Havia uma simetria fácil entre suas vidas que ia até os próprios nomes — Kath e Steph, Steph e Kath — e o dos filhos, que estudavam na mesma turma do primeiro ano do fundamental — Chris e Colin, Colin e Chris. Como, de todos os nomes em que Stephanie e Bennie tinham pensado quando ela estava grávida — Xanadou, Peek-a-bou, Renaldo, Cricket —, eles haviam acabado escolhendo o único que se encaixava perfeitamente na inócua paisagem dos nomes de Crandale?

A posição elevada de Kathy na escala social das louras da região proporcionou a Stephanie uma acolhida fácil e neutra, e um status protegido que incorporou até mesmo seus cabelos escuros e tatuagens; ela era diferente, mas tudo bem, e conseguia escapar da feroz competição que ocorria entre algumas outras. Stephanie jamais diria que *gostava* de Kathy: Kathy era republicana, uma daquelas pessoas que usava a imperdoável expressão "estava escrito nas estrelas" — em geral se referindo à própria sorte ou às tragédias ocorridas na vida alheia. Ela pouco sabia sobre a vida de Stephanie — com certeza teria ficado abismada ao descobrir, por exemplo, que o jornalista especializado em celebridades que havia ganhado as manchetes alguns anos antes por agredir a jovem atriz de cinema Kitty Jackson durante uma entrevista para a revista *Details* era o irmão mais velho de Stephanie, Jules. De vez em quando, Stephanie se perguntava se a amiga seria capaz de entender mais do que ela supunha: *Eu sei que você nos odeia*, imaginava Kathy pensando, *e nós também a odiamos, e agora que isso está claro vamos dar uma surra naquelas cachorras de Scarsdale.* Stephanie adorava tênis com uma agressividade insaciável que às vezes a constrangia. Sonhava com gritos de "linha!" e *backhands*. Kathy ainda era a melhor jogadora, mas a vantagem estava diminuindo, fato que as duas pareciam achar incômodo e divertido na mesma medida. Como parceiras de jogo e adversárias, como mães e vizinhas, Steph e Kathy se complementavam à perfeição. O único problema era Bennie.

No início, Stephanie não tinha acreditado quando ele lhe dissera que sentia as pessoas lhe lançarem olhares esquisitos à beira da piscina, no verão seguinte à intromissão — o segundo deles em Crandale. Imaginara que ele estivesse se referindo às mulheres que admiravam a barriga tanquinho bronzeada acima do seu calção, seus grandes olhos escuros, e respondera com a seguinte cutucada:

— Desde quando você acha ruim olharem para você?

Mas não era isso que Bennie queria dizer, e logo Stephanie também sentiu o mesmo que ele: algum tipo de hesitação, um questionamento em relação ao seu marido. Aquilo não parecia incomodar Bennie tanto assim. Ele já tinha escutado a pergunta "Salazar? Que nome é esse?" um número suficiente de vezes na vida para ser praticamente imune ao ceticismo sobre suas origens e sua raça, e havia aperfeiçoado um arsenal de gracinhas para eliminar esse ceticismo, sobretudo nas mulheres.

Mais ou menos no meio desse segundo verão, em outra festa movida a dinheiro de fundos de investimento, Bennie e Stephanie, junto com Kathy e Clay (ou Papelão, que era como eles o chamavam em particular)* e alguns outros, acabaram fazendo parte da mesma roda de Bill Duff, um congressista da região que tinha acabado de chegar de uma reunião com o Conselho de Relações Internacionais. O assunto era a presença da Al Qaeda na região de Nova York. Havia agentes infiltrados na região, confidenciou-lhes Bill, sobretudo nos subúrbios mais próximos, e eles possivelmente se comunicavam entre si (Stephanie reparou que as sobrancelhas claras de Clay se ergueram de repente e sua cabeça deu um único solavanco, como se ele estivesse com água no ouvido), mas a questão era: qual seria a força de seu vínculo com a nave-mãe — nesse ponto, Bill riu —, porque qualquer maluco recalcado podia dizer

---

* Brincadeira com o significado das palavras *clay*, "argila", e os sentidos de *cardboard*: "artificial", "insubstancial". (*N. da T.*)

que pertencia à Al Qaeda, mas, se não tivesse dinheiro, treinamento ou apoio (Clay deu outra sacudida rápida com a cabeça antes de relancear os olhos para Bennie, que estava à sua direita), não fazia o menor sentido alocar recursos...

Bill parou de falar no meio da frase, obviamente sem entender. Outro casal começou a falar, e Bennie pegou Stephanie pelo braço e se afastou. Tinha os olhos plácidos, quase sonolentos, mas a pressão de sua mão machucou o pulso dela.

Eles deixaram a festa logo em seguida. Bennie pagou a babá, uma garota de 16 anos cujo apelido era Scooter, e foi levá-la em casa de carro. Voltou antes de Stephanie ter olhado sequer de relance para o relógio e refletido sobre a beleza de Scooter. Ela o ouviu acionar o alarme contra roubo; ele então subiu a escada bufando tanto que Sylph, a gata, mergulhou debaixo da cama, aterrorizada. Stephanie correu para fora do quarto e foi encontrar Bennie no alto da escada.

— Que porra eu estou fazendo aqui? — berrou ele.

— Shh. Vai acordar o Chris.

— Isto aqui é um show de horrores!

— Foi horrível — concordou ela —, mas o Clay é um imbe...

— Você está *defendendo* aquela gente?

— Claro que não. Mas ele é apenas um cara.

— Você acha que todo mundo naquela roda não sabia o que estava rolando?

Stephanie temia que isso fosse mesmo verdade — será que todos sabiam? Queria que Bennie não pensasse assim.

— Isso é paranoia sua. Até a Kathy disse...

— De novo! Olha só para você!

Ele estava em pé no alto da escada com os punhos cerrados. Stephanie foi até ele e o abraçou, e Bennie relaxou de encontro a ela, quase a derrubando no chão. Ficaram abraçados até a respiração dele se acalmar. Suavemente, Stephanie disse:

— Vamos nos mudar daqui.

Bennie se afastou, espantado.

— Estou falando sério — disse ela. — Estou cagando para essa gente. Era uma experiência, não era? Mudar para um lugar como este.

Bennie não respondeu. Olhou em volta para o piso cujos tacos de pau-rosa ele próprio havia lixado, de quatro no chão, porque não confiava em ninguém que pudessem contratar para fazer um serviço tão complexo; para as janelas na porta de seu quarto, que havia passado semanas escavando com uma gilete para retirar várias camadas de tinta; para os nichos da escada, que haviam ocupado seu pensamento até ele conseguir posicionar todos os objetos decorativos lá dentro e ajustar a iluminação. Seu pai era eletricista. Bennie era capaz de iluminar qualquer coisa.

— *Eles* que se mudem — falou. — Minha casa é aqui, porra.

— Tá. Mas, se for a única solução, estou dizendo que a gente pode se mudar. Amanhã. Daqui a um mês. Daqui a um ano.

— Eu quero morrer nesta casa — disse Bennie.

— Caramba — exclamou Stephanie, e então os dois foram tomados por um acesso de riso repentino e incontrolável que logo se transformou em um ataque histérico e deixou ambos curvados no chão, mandando o outro ficar quieto.

Assim, tinham ficado em Crandale. Depois disso, sempre que Bennie via Stephanie vestindo a roupa de tênis de manhã, perguntava: "Vai lá jogar com os fascistas?" Stephanie sabia que ele queria que ela parasse de jogar, que renunciasse à parceria com Kathy em protesto contra o reacionarismo e a estupidez do Papelão. Mas Stephanie não tinha a menor intenção de abandonar o tênis. Se eles continuassem morando em um lugar cuja vida social girava em torno de um country club, ela com certeza iria manter boas relações com a mulher que havia garantido sua fácil assimilação. Não tinha a menor vontade de ser uma excluída como Noreen, sua vizinha da direita, que tinha cacoetes espalhafatosos e usava óculos escuros grandes demais, e cujas mãos tremiam muito — remédios, supunha Stephanie. Noreen tinha três filhos lindos e ansiosos, mas nenhuma das outras mulheres conversava com ela. Ela era um fantasma. Não, obrigada, pensou Stephanie.

No outono, quando o clima ficou mais fresco, ela começou a organizar as partidas para o final do dia, quando Bennie não estaria em casa para vê-la trocar de roupa. Agora que ela estava frilando para a empresa de relações públicas La Doll's e podia agendar as reuniões em Manhattan como quisesse, era fácil. É claro que ela estava em certa medida enganando o marido, mas apenas por omissão — para proteger Bennie de uma informação que o deixava estressado. Se ele tivesse perguntado, Stephanie jamais teria dito que não estava jogando. Além do mais, ele próprio não tinha contado as suas mentiras ao longo dos anos? Não estava lhe devendo algumas?

III

Na primavera seguinte, o irmão mais velho de Stephanie, Jules, foi solto em liberdade condicional do Centro Correcional de Attica e passou a morar com a irmã e o cunhado. Cumprira cinco anos de prisão, o primeiro em Rikers Island aguardando julgamento pela tentativa de estupro contra Kitty Jackson, e mais quatro depois de a acusação de estupro ser retirada (a pedido de Kitty Jackson) e de ele ser condenado por sequestro e lesão corporal grave — um acinte, visto que a *starlet* tinha entrado no Central Park com Jules por livre e espontânea vontade e não sofrera um ferimento sequer. Na verdade, ela havia acabado prestando testemunho para a *defesa*. Mas o promotor público tinha convencido o júri popular de que o testemunho de Kitty a favor de Jules era uma versão da síndrome de Estocolmo. "O fato de ela insistir em proteger esse homem é mais uma prova de quão profundamente ele a feriu...", Stephanie se lembrava de ouvi-lo entoar no julgamento do irmão, ao qual ela havia assistido durante dez dias cruciantes, tentando parecer otimista.

Na prisão, Jules parecera recuperar a tranquilidade que tinha perdido de maneira tão espetacular nos meses anteriores à agressão. Começou a tomar remédios para o transtorno bipolar e aceitou o fim de seu noivado. Passou a editar um jornal semanal na prisão, e sua cobertura do impacto do 11 de Setembro na vida dos detentos lhe valeu uma menção especial do Programa de Escrita Prisional da PEN. Jules obtivera uma autorização para ir a Nova York receber o prêmio, e Bennie, Stephanie e seus pais tinham todos chorado durante o seu embargado discurso de agradecimento. Ele havia começado a jogar basquete, perdido a barriga e ficado milagrosamente curado de um eczema. Parecia finalmente pronto para retomar a carreira séria de jornalista que, mais de vinte anos antes, tinha ido seguir em Nova York. Quando o comitê de condicional lhe concedeu a liberdade antecipada, Stephanie e Bennie se ofereceram alegremente para hospedá-lo até ele conseguir organizar a vida.

Agora, porém, dois meses depois da chegada de Jules, uma ameaçadora paralisia havia se instalado. Ele tivera algumas entrevistas de emprego às quais reagira suando frio de pânico, mas que não tinham dado em nada. Jules paparicava muito Chris, e passava as horas em que o menino estava na escola criando imensas cidades feitas com peças microscópicas de Lego para lhe fazer uma surpresa quando ele chegasse. Em relação a Stephanie, porém, o irmão mantinha uma distância sardônica, parecendo considerar sua fútil agitação (nessa manhã, por exemplo, quando os três se apressavam para chegar à escola e ao trabalho) com assombro e ironia. Tinha os cabelos desgrenhados e o rosto estava murcho, exaurido de um jeito que deixava Stephanie com pena.

— Você vai de carro à cidade? — indagou Bennie enquanto ela punha a louça do café na pia.

Ela não estava indo de carro à cidade — ainda não. À medida que o tempo esquentara, havia retomado as partidas matinais com Kathy. Mas tinha encontrado um jeito novo e astucioso de manter essas partidas fora do radar de Bennie; deixava o uniforme de tênis no clube, vestia-se para trabalhar de manhã, despedia-se do marido com um beijo e então ia para o clube, onde trocava de roupa e jogava. Stephanie minimizava o engodo tornando a mentira puramente cronológica; se Bennie perguntasse aonde ela estava indo, sempre mencionava uma reunião de verdade que teria mais tarde nesse dia, de modo que, se à noite ele perguntasse como tinha sido, pudesse responder de forma honesta.

— Tenho reunião com o Bosco às dez — respondeu ela. Bosco era o único roqueiro para quem ela ainda fazia trabalhos de relações públicas. Na realidade, a reunião estava marcada para as três.

— Com o Bosco, antes do meio-dia? — estranhou Bennie. — Foi ideia dele?

Stephanie percebeu na hora o próprio erro; Bosco passava as noites envolto na bruma do álcool; a probabilidade de estar consciente às dez da manhã era nula.

— Acho que foi — respondeu ela, e o ato de mentir na cara do marido lhe causou uma vertigem que fez seu corpo formigar. — Mas você tem razão. É estranho.

— É assustador, isso sim — disse Bennie. Despediu-se de Stephanie com um beijo e tomou o rumo da porta junto com Chris. — Me liga depois da reunião com ele?

Nessa hora, Stephanie soube que iria cancelar o jogo com Kathy — dar um bolo em Kathy, em suma — e ir a Manhattan de carro para encontrar Bosco às dez. Não havia outro jeito.

Depois de o marido e o filho saírem, Stephanie sentiu a tensão que parecia surgir sempre que estava sozinha com Jules, quando suas perguntas não formuladas sobre os planos e horários dele se chocavam silenciosamente com a armadura com a qual ele se protegia. Além de montar Lego, era difícil saber o que Jules fazia o dia inteiro. Em duas ocasiões, Stephanie chegara em casa e encontrara a televisão de seu quarto sintonizada em um canal pornô, e isso a deixara tão perturbada que ela havia pedido a Bennie para pôr a segunda TV no quarto de hóspedes em que Jules estava dormindo.

Ela foi até o andar de cima e deixou um recado no celular de Kathy cancelando o jogo de tênis. Quando voltou a descer, Jules estava olhando pela janela do canto da cozinha onde eles tomavam o café da manhã.

— Qual é o lance com essa sua vizinha? — perguntou ele.

— Noreen? — disse Stephanie. — A gente acha que ela é doida.

— Ela está fazendo alguma coisa perto da sua cerca.

Stephanie foi até a janela. Era verdade; viu o rabo de cavalo excessivamente descolorido de Noreen — que parecia uma caricatura dos reflexos sutis e naturais de todas as outras — movendo-se para cima e para baixo junto à cerca. Seus óculos escuros gigantescos lhe davam o aspecto cartunesco de uma mosca ou de um extraterrestre. Stephanie deu de ombros, impaciente com Jules por sequer ter tempo de ficar obcecado com Noreen.

— Tenho que correr — disse ela.

— Me dá uma carona até a cidade?

Stephanie sentiu um pequeno salto no peito.

— Claro — respondeu. — Você tem alguma entrevista?

— Não, só estou a fim de sair de casa.

Quando estavam andando para o carro, Jules olhou para trás e disse:

— Acho que ela está vigiando a gente. Noreen. Pela cerca.

— Não me espantaria.

— E você vai deixar isso continuar?

— O que se pode fazer? Ela não está nos fazendo nenhum mal. Não está nem no nosso terreno.

— Ela pode ser perigosa.

— Só quem é perigoso reconhece um semelhante, não é?

— Que maldade sua dizer isso — falou Jules.

Dentro do Volvo, Stephanie pôs para tocar uma cópia pré-lançamento do novo álbum de Bosco, *De A a B*, pensando vagamente que ao fazer isso estaria fortalecendo seu álibi. Os trabalhos recentes de Bosco consistiam em cançõezinhas que mais pareciam grunhidos, acompanhadas por um ukulele. Bennie só continuava a lançá-los por amizade.

— Posso desligar esse troço, por favor? — pediu Jules depois de duas músicas, desligando o som antes de Stephanie responder. — É esse o cara que a gente vai encontrar?

— *A gente?* Pensei que você só estivesse pegando uma carona.

— Posso ir com você? — pediu Jules. — Por favor?

Sua voz soou humilde e suplicante: a voz de um homem sem lugar para ir e sem nada para fazer. Stephanie sentiu vontade de gritar; seria aquilo algum tipo de punição por ter mentido para Bennie? Na última meia hora, ela havia sido forçada a cancelar uma partida de tênis que estava louca para jogar, deixar Kathy puta da vida, embarcar em um compromisso inventado para visitar uma pessoa que certamente estaria desacordada, e agora levava o irmão sem rumo e hipercrítico para testemunhar a destruição de seu álibi.

— Não sei se vai ser muito divertido — disse ela.

— Tudo bem — respondeu Jules. — Estou acostumado com coisas pouco divertidas.

Ele ficou observando, nervoso, enquanto Stephanie saía da Hutchinson River Parkway e pegava a Cross Bronx Expressway; andar de carro parecia deixá-lo preocupado. Quando já estavam bem no meio do tráfego, ele perguntou:

—Você está tendo um caso?

Stephanie fixou o olhar nele.

—Você enlouqueceu.

— Olha para a frente!

— Por que está me perguntando isso?

— Estou achando você nervosa.Você e o Bennie, os dois. Não é assim que eu me lembrava de vocês.

Stephanie ficou abalada.

— Está achando o Bennie nervoso? — O velho temor surgiu dentro dela muito depressa, como a mão de alguém a lhe apertar a garganta, apesar da promessa de Bennie dois anos antes, ao completar 40 anos, e do fato de não ter qualquer motivo para desconfiar dele.

— Vocês parecem, sei lá. Educados.

— Em comparação com o pessoal da cadeia?

Jules sorriu.

— Tá bom — disse ele. — Talvez seja só o lugar. Crandale, Nova York — disse ele, alongando as palavras. — Aposto que é lotado de republicanos.

— É mais ou menos meio a meio.

Jules virou-se para a irmã, incrédulo.

— Você *se relaciona* com republicanos?

— É a vida, Jules.

— Você e o Bennie? Andando com *republicanos?*

— Você tem noção de que está gritando?

— Olha para a frente! — bradou Jules.

Stephanie obedeceu, com as mãos tremendo sobre o volante. Teve vontade de dar meia-volta e levar o irmão de novo para casa, mas isso significaria perder sua reunião inexistente.

— Basta eu passar alguns anos preso para a porra do mundo inteiro virar de cabeça para baixo — disse Jules, irado. — Prédios que não existem mais. Revista corporal completa para entrar em qualquer escritório. Todo mundo fala como se estivesse doidão, porque está mandando e-mails para outras pessoas durante todo o tempo em que está conversando com você. Tom e Nicole são pessoas diferentes... E agora minha irmã e o marido, que sempre foram do rock, estão andando por aí com *republicanos*? Que porra é essa?!

Stephanie respirou fundo e demoradamente para se acalmar.

— Quais são seus planos, Jules?

— Já falei. Eu quero ir com você encontrar esse tal...

— Estou perguntando quais são seus planos *na vida*.

Houve uma pausa extensa. Por fim, Jules disse:

— Não tenho a menor ideia.

Stephanie olhou rapidamente para ele. Eles haviam entrado na Hudson Parkway e Jules olhava para o rio com uma expressão desprovida de energia ou esperança. Ela sentiu uma contração de medo em torno do coração.

— Muitos anos atrás, quando você chegou a Nova York, estava cheio de ideias — falou.

Jules deu um muxoxo.

— Aos 24 anos, quem não está?

— Quer dizer, você tinha um rumo.

Ele havia se formado na Universidade de Michigan alguns anos antes. Uma das colegas de alojamento de Stephanie no terceiro ano da NYU tinha largado os estudos para se tratar de anorexia, e Jules passara três meses morando no quarto dessa menina, perambulava pela cidade com um bloquinho e penetrava nas festas da *Paris Review.* Quando a anoréxica voltou, ele já tinha arrumado um emprego na *Harper's*, um apartamento na esquina da Oitenta e Um com a York e três colegas de apartamento — dois dos quais agora eram editores de revista. O terceiro tinha ganhado um Pulitzer.

— Eu não entendo, Jules — disse Stephanie. — Não entendo o que aconteceu com você.

Jules tinha os olhos fixos no horizonte cintilante do sul de Manhattan, com uma expressão vazia.

— Eu sou igual aos Estados Unidos — disse ele.

Stephanie virou-se irritada para olhar para ele.

— Que papo é esse? Esqueceu de tomar seu remédio? — perguntou.

— Nossas mãos estão sujas — disse Jules.

IV

Stephanie parou o carro em um estacionamento da Sexta avenida, e ela e Jules saíram a pé pelo Soho em meio a hordas de compradores segurando enormes sacolas da Crate and Barrel.

— Então. Quem é esse tal de Bosco, afinal? — perguntou Jules.

— Lembra do Conduits? Ele era o guitarrista.

Jules estacou.

— É *ele* que a gente está indo encontrar? O Bosco do Conduits? Aquele ruivo magrelo?

— É. Bom, ele mudou um pouco.

Eles dobraram para o sul na Wooster em direção à Canal Street. As pedras do calçamento refletiam a luz do sol, soltando na mente de Kathy um pequeno balão de lembranças: a sessão de fotografias para a capa do primeiro álbum do Conduits ali naquela mesma rua, e um Bosco risonho e ansioso passando pó de arroz nas próprias sardas enquanto o fotógrafo fazia hora. A lembrança não a deixou enquanto ela tocava a campainha de Bosco e aguardava, rezando em silêncio: *Por favor não esteja em casa por favor não atenda por favor.* Então pelo menos a parte inventada do dia estaria terminada.

Nenhuma voz saiu do interfone, só um zumbido. Stephanie abriu a porta com a sensação desorientada de que talvez tivesse *mesmo* combinado de encontrar Bosco às dez. Ou será que havia tocado a campainha errada?

Os dois entraram e chamaram o elevador. Este levou muito tempo para descer, movendo-se com dificuldade dentro de sua coluna.

— Esse troço é confiável?

— Se quiser pode esperar aqui embaixo.

— Para de tentar se livrar de mim.

Naquele Bosco não havia nada que lembrasse o esquelético praticante de um som do final dos anos 1980 situado em algum lugar entre o punk e o ska, uma pilha de energia ruiva de calça justa que fazia Iggy Pop parecer tranquilo no palco. Aconteceu mais de uma vez de os donos das casas de show ligarem para a emergência durante apresentações do Conduits, convencidos de que Bosco estava tendo uma convulsão.

Ele agora estava muito gordo — supostamente por causa dos remédios, tanto aqueles usados no tratamento pós-câncer quanto os antidepressivos —, mas uma olhada em sua lata de lixo quase sempre revelava um pote de quatro litros vazio de sorvete Rocky Road da Dreyer's. Seus cabelos ruivos haviam se transformado em um rabo de cavalo ralo e grisalho. Uma cirurgia malsucedida para colocar uma prótese no quadril o deixara com o andar inclinado e pesadão de uma geladeira em cima de um carrinho de mão. Apesar disso, ele estava acordado, vestido — e até barbeado. As persianas de seu loft estavam erguidas, e o ar tinha uma leve camada de umidade de chuveiro agradavelmente permeada pelo cheiro de café sendo preparado.

— Eu estava te esperando às três — disse Bosco.

— Pensei que a gente tivesse combinado às dez — disse Stephanie, olhando para dentro da bolsa de modo a evitar encará-lo. — Será que eu entendi errado?

Bosco não era bobo; sabia que ela estava mentindo. Mas estava curioso e sua curiosidade recaiu naturalmente em Jules. Stephanie os apresentou.

— É uma honra — disse Jules com gravidade.

Bosco o examinou em busca de sinais de ironia antes de apertar sua mão.

Stephanie sentou-se na borda de uma cadeira dobrável junto à poltrona reclinável de couro preto na qual Bosco passava a maior parte de seu tempo. Esta ficava perto de uma janela empoeirada através da qual se podiam ver o rio Hudson e até mesmo um pedacinho de Hoboken. Bosco trouxe um café para Stephanie, depois iniciou uma trêmula imersão em sua cadeira, que o sugou até envolvê-lo como se fosse uma gelatina. A reunião era para conversar sobre a promoção de *De A a B*. Agora que Bennie precisava prestar contas a chefes corporativos, não podia gastar um tostão sequer com Bosco além do custo da produção e da distribuição de seu CD. Assim, Bosco pagava Stephanie por hora para ser sua assessora de imprensa e agente de shows. Eram títulos quase inteiramente simbólicos; ele estava doente demais para fazer muita coisa nos últimos dois álbuns e seu cansaço havia sido mais ou menos equivalente à indiferença do mundo em relação a ele.

— Agora a história é outra — começou Bosco. — Stephi, eu vou fazer você *suar*, meu bem. Esse álbum vai ser o meu retorno triunfal.

Stephanie imaginou que ele estivesse brincando. Mas ele a fitou com um olhar firme do meio das dobras de couro preto.

— Retorno triunfal?

Jules passeava pelo loft examinando os discos emoldurados de ouro e platina do Conduits que enfeitavam as paredes, as poucas guitarras que Bosco não tinha vendido e sua coleção de artefatos pré-colombianos, que ele mantinha dentro de mostruários de vidro imaculados e se recusava a vender. Stephanie sentiu que a atenção do irmão foi subitamente despertada ao ouvir a expressão "retorno triunfal".

— O álbum se chama *De A a B*, certo? — disse Bosco. — E é essa a primeira questão que eu quero abordar: como foi que eu passei de astro do rock a um gordo de merda para quem todo mundo está cagando? Não vamos fingir que isso não aconteceu.

Stephanie ficou pasma demais para responder.

— Eu quero entrevistas, matérias, o que for — continuou Bosco. — Pode encher minha vida com essas merdas. Vamos documentar cada porra de humilhação. É essa a realidade, não é? Vinte anos depois, a sua beleza já foi para o lixo, especialmente quando arrancaram fora metade das suas entranhas. O tempo é cruel, não é? Não é assim que se diz?

Jules tinha chegado mais para perto, vindo do outro lado da sala.

— Nunca ouvi isso antes — disse ele. — "O tempo é cruel?"

— Você discorda? — perguntou Bosco, com um leve tom de desafio.

Houve uma pausa.

— Não — disse Jules.

— Olha aqui, Bosco — disse Stephanie —, eu adoro a sua honestidade, mas...

— Não me vem com esse papo de "eu adoro a sua honestidade, Bosco" — disse ele. — Sem essa de relações-públicas para cima de mim.

— Eu sou sua assessora de imprensa — lembrou-lhe Stephanie.

— Tá, mas não vá começar a acreditar nessa babaquice — disse Bosco. — Você está velha para isso.

— Eu estava tentando ser delicada — disse Stephanie. — O fato é que ninguém liga a mínima para o fato de você estar no fundo do poço, Bosco. É uma piada você achar isso interessante. Se você ainda fosse um astro do rock, talvez, mas não é... você é uma múmia.

— Isso foi *cruel* — disse Jules.

Bosco riu.

— Ela está puta porque eu falei que ela está velha.

— Estou mesmo — confessou Stephanie.

Jules olhou de um para o outro, pouco à vontade. Qualquer tipo de conflito parecia incomodá-lo.

— Olha — disse Stephanie —, eu posso dizer que essa é uma ideia ótima e original e deixar ela morrer sozinha, ou posso ser franca com você: essa ideia é ridícula. Ninguém está nem aí.

— Você ainda não ouviu a ideia — disse Bosco.

Jules trouxe uma cadeira dobrável mais para perto e se sentou.

— Eu quero sair em turnê — disse Bosco. — Que nem antigamente, fazendo as mesmas coisas no palco. Vou me mexer como antes, só que mais ainda.

Stephanie pousou a xícara. Desejou que Bennie estivesse ali; Bennie era o único capaz de entender a profundidade da fantasia que ela estava testemunhando.

— Deixe-me entender direito — disse ela. — Você quer fazer várias entrevistas e matérias sobre o fato de ser uma sombra doente e acabada do que um dia já foi. E depois quer sair em turnê...

— Nacional.

— Em turnê nacional para se apresentar como se *fosse* o que um dia já foi.

— Isso.

Stephanie respirou fundo.

— Eu vejo alguns probleminhas, Bosco.

— Achei que fosse ver, mesmo — disse ele, piscando o olho para Jules. — Pode falar.

— Bom, para começo de conversa, vai ser dureza arrumar um jornalista que se interesse por isso.

— Eu me interesso — disse Jules. — E eu sou jornalista.

Socorro, meu Deus, Stephanie quase disse, mas se conteve. Fazia muitos anos que não ouvia o irmão definir a si próprio como jornalista.

— Tudo bem, você tem um jornalista interessado...

— Ele vai ter tudo — disse Bosco. Virou-se para Jules. — Você vai ter tudo. Acesso total. Pode me ver cagar, se quiser.

Jules engoliu em seco.

— Vou pensar no assunto.

— Estou só dizendo que não existe limite.

— Tá bom — recomeçou Stephanie —, então você...

— Pode me filmar também — disse Bosco a Jules. — Pode fazer um documentário, se estiver interessado.

Jules estava começando a parecer assustado.

— Será que eu posso terminar uma frase, cacete? — perguntou Stephanie. — Você tem alguém para escrever essa história que não vai interessar a ninguém...

— Dá para acreditar que essa é a minha *assessora de imprensa*? — perguntou Bosco a Jules. — Será que eu devo despedi-la?

— Boa sorte para encontrar outra — disse Stephanie. — Em relação à turnê...

Bosco sorria, isolado dentro de sua cadeira gelatinosa que qualquer outra pessoa teria chamado de sofá. Ela sentiu por ele uma súbita pena.

— Arrumar shows não vai ser fácil — disse ela com delicadeza. — Quer dizer, faz tempo que você não sai em turnê, você não está... Você diz que quer se apresentar como antes, mas... —

Bosco agora estava rindo na sua cara, mas Stephanie seguiu em frente. — Fisicamente você não está... quer dizer, a sua saúde... — Ela estava fazendo rodeios para não mencionar o fato de que Bosco não tinha a menor capacidade de se apresentar como antes no palco, e de que fazer isso iria matá-lo, provavelmente em bem pouco tempo.

— Steph, será que você não entende? — explodiu Bosco por fim. — É *justamente* essa a ideia. A gente sabe qual vai ser o desfecho, mas não sabe quando, nem onde, nem quem vai estar assistindo quando finalmente acontecer. É a Turnê Suicida.

Stephanie começou a rir. A ideia lhe pareceu inexplicavelmente engraçada. Mas Bosco de repente ficou sério.

— Eu estou acabado — disse ele. — Estou velho, estou triste... e isso em um dia bom. Eu quero sair fora disso tudo. Mas não quero me encolher em um canto, quero ir embora *em grande estilo*: quero que a minha morte seja uma atração, um espetáculo, um mistério. Uma obra de arte. Agora, minha cara senhora RP... — disse ele, reunindo suas carnes flácidas para se inclinar em direção a ela, com os olhos cintilando no crânio inchado. — Não venha me dizer que ninguém vai se interessar por isso. Se o negócio é reality na TV, porra... mais real, impossível. O suicídio é uma arma; isso todo mundo sabe. Mas e se for também uma arte?

Ele observou Stephanie, ansioso: um homem obeso e doente a quem restava uma única ideia ousada, movido pela esperança de que ela fosse gostar. Houve uma pausa comprida enquanto Stephanie tentava organizar os pensamentos.

Jules foi o primeiro a falar.

— Genial.

Bosco olhou para ele com ternura, comovido com o próprio discurso e comovido ao ver que Jules também estava comovido.

— Olhem aqui, rapazes — disse Stephanie. Teve consciência da perversa centelha de um pensamento dentro de si: se aquela ideia por acaso se sustentasse (coisa que quase com certeza não aconteceria: era uma loucura, talvez fosse ilegal, e era tão de mau gosto que chegava às raias do grotesco), ela iria querer um jornalista *de verdade* para escrever a respeito.

— Na-na-ni-na-não — disse-lhe Bosco, sacudindo o dedo como se ela tivesse formulado essa traiçoeira ressalva em voz alta. Com suspiros e grunhidos, e recusando as ofertas de ajuda dos dois irmãos, ele se levantou da cadeira, que emitiu pequenos ruídos de alívio, e saiu cambaleando pela sala. Chegou a uma mesa toda bagunçada e nela se apoiou, arfando de forma audível. Então remexeu na bagunça à procura de um papel e de uma caneta.

— Qual é mesmo o seu nome? — perguntou bem alto.

— Jules. Jules Jones.

Bosco passou vários minutos escrevendo.

— Certo — disse ele, percorrendo então laboriosamente o caminho de volta e entregando o papel a Jules. Jules o leu em voz alta.

— "Eu, Bosco, em pleno gozo de minhas faculdades mentais e físicas, venho por meio desta conceder a Jules Jones os direitos exclusivos de cobertura de imprensa do meu declínio e da minha Turnê Suicida."

O esforço de Bosco o havia deixado exausto. Ele desabou na cadeira, inspirando com dificuldade, de olhos fechados. O antigo showman que parecia um espantalho ensandecido apareceu como um espectro travesso na mente de Stephanie, desmentindo o mastodonte exaurido na sua frente. Uma onda de tristeza a atingiu.

Bosco abriu os olhos e olhou para Jules.

— Pronto — falou. — É tudo seu.

Durante o almoço no jardim das esculturas do MoMA, Jules parecia um homem renascido: animado, energizado, desfiando sem parar suas opiniões sobre o museu recém-reformado. Tinha ido direto até a loja de suvenires para comprar uma agenda e uma caneta (ambas decoradas com nuvens de Magritte) e anotar seu compromisso com Bosco às dez horas da manhã seguinte.

Stephanie comeu seu wrap de peru enquanto olhava para a *Cabra* de Picasso, desejando ser capaz de compartilhar a euforia do irmão. Isso parecia impossível, como se o entusiasmo de Jules estivesse sendo sugado de dentro dela, deixando Stephanie esgotada na mesma medida em que ele se revigorava. Ela se pegou desejando em vão não ter faltado ao jogo de tênis.

— Qual é o problema? — perguntou Jules por fim. — Você parece desanimada.

— Não sei — respondeu Stephanie.

Ele se inclinou mais para perto, seu irmão mais velho, e Stephanie teve um vislumbre de como os dois eram quando crianças, uma sensação quase física de Jules como seu protetor, seu cão de guarda, que ia assistir às suas partidas de tênis e massageava seus tornozelos quando ela sentia cãibras. Essa sensação fora enterrada sob os anos caóticos da vida recente de Jules, mas nesse momento tornou a surgir, quente e vital, enchendo de lágrimas os olhos de Stephanie.

Seu irmão pareceu espantado.

— Steph, o que foi? — perguntou ele, segurando sua mão.

— Eu tenho a sensação de que está tudo terminando — disse ela.

Estava pensando em antigamente, como ela e Bennie agora costumavam dizer — não apenas antes de Crandale, mas antes do casamento, antes de serem pais, antes do dinheiro, antes de renunciarem às drogas pesadas, antes de terem qualquer tipo de responsabilidade, quando ainda zanzavam pelo Lower East Side com Bosco, iam dormir com o dia claro, apareciam na casa de estranhos, faziam sexo em lugares quase públicos, cometiam atos ousados que em mais de uma ocasião haviam incluído (para ela) injetar heroína na veia, porque nada era sério. Eles eram jovens, tinham sorte, tinham força — por que se preocupar? Se não gostassem do resultado, podiam voltar e começar tudo de novo. E agora Bosco estava doente, mal conseguia andar, e planejava de maneira febril a própria morte. Seria esse desfecho uma aberração monstruosa da realidade, ou seria normal — algo que eles deveriam ter previsto? Será que de alguma forma haviam provocado aquilo?

Jules passou o braço em torno dela.

— Se você tivesse me perguntado hoje de manhã, eu teria dito que estávamos acabados — disse ele. — Todos nós, o país inteiro... porra, o mundo inteiro. Mas agora estou sentindo o contrário.

Stephanie sabia. Praticamente podia ouvir a esperança correr pelas veias do irmão.

— Então, qual é a resposta? — indagou.

— É claro que está tudo terminando — disse Jules. — Mas ainda não.

V

Stephanie conseguiu terminar a reunião seguinte, com um designer de pequenas bolsas de verniz, depois ignorou o próprio instinto de alerta e deu uma passada no escritório. Sua chefe, La Doll, estava ao telefone, como sempre, mas apertou a tecla mute e gritou de sua sala:

— O que houve?

— Nada — respondeu Stephanie, espantada. Ela ainda estava no saguão.

— Tudo bem com o Doutor Bolsa? — La Doll não precisava fazer o menor esforço para acompanhar a agenda de seus funcionários, mesmo dos frilas como Stephanie.

— Tudo bem.

La Doll encerrou a ligação, serviu um expresso da máquina Krups que tinha sobre a mesa em uma xícara do tamanho de um dedal que parecia não ter fundo e disse:

— Steph, vem cá.

Stephanie entrou no canto da sala da chefe, que tinha um pé-direito imenso. La Doll era uma daquelas pessoas que, mesmo para quem as conhece bem, parecem digitalmente retocadas: cabelos curtos louros e reluzentes; batom predatório; olhos algorítmicos, sempre em movimento.

— Da próxima vez — disse ela, avaliando Stephanie rapidamente com o olhar —, é melhor você cancelar a reunião.

— Como assim?

— Deu para sentir seu baixo astral lá do saguão — disse La Doll. — É igual a uma gripe. Melhor não expor os clientes.

Stephanie riu. Conhecia a chefe desde sempre — tempo suficiente para saber que ela estava falando totalmente sério.

— Nossa, você é mesmo uma vaca — falou.

La Doll deu uma risadinha, já discando o número seguinte no telefone.

— É a minha sina — disse ela.

Stephanie voltou sozinha de carro para Crandale (Jules tinha ido de trem) e foi buscar Chris no treino de futebol. Às sete da noite, seu filho ainda teve disposição para lhe dar um abraço apertado depois de terem passado o dia separados. Ela o abraçou de volta, sorvendo o aroma de trigo de seus cabelos.

— O tio Jules está em casa? — perguntou Chris.

— Para falar a verdade, o tio Jules hoje trabalhou — disse ela, sentindo uma ponta de orgulho ao pronunciar essas palavras. — Ele está trabalhando na cidade.

As vicissitudes do dia haviam todas se fundido para formar um só desejo insistente: conversar com Bennie. Stephanie tinha falado com Sasha, a assistente dele, de quem havia desconfiado por muito tempo achando que fosse a guardiã do mau comportamento do marido, mas desde que Bennie havia se emendado, há alguns anos, passara a gostar da assistente. Bennie tinha ligado a caminho de casa, preso no tráfego, mas a essa altura Stephanie queria explicar tudo pessoalmente. Imaginou-se rindo de Bosco com Bennie e sentindo sua estranha tristeza se esvair. De uma coisa ela sabia: não iria mais mentir sobre o tênis.

Bennie ainda não estava em casa quando ela e Chris chegaram. Jules apareceu com uma bola de basquete e desafiou o sobrinho para um jogo, e os dois foram se refugiar no acesso de carros da casa, fazendo a porta da garagem estremecer com os arremessos. O sol começava a se pôr.

Bennie finalmente chegou e subiu direto para tomar uma chuveirada. Stephanie pôs umas coxas de frango congeladas em água morna para que descongelassem, depois subiu a escada atrás do marido. O vapor saía pela porta aberta do banheiro e entrava no quarto, fazendo rodopiar os últimos raios de sol. Stephanie também ficou com vontade de tomar uma chuveirada — eles tinham um chuveiro duplo com metais feitos à mão cujo preço exorbitante fora motivo de briga. Mas Bennie fizera questão.

Ela tirou os sapatos e desabotoou a blusa, jogando-a em cima da cama junto com as roupas de Bennie. O conteúdo dos bolsos dele, como sempre acontecia, estava espalhado por cima da mesinha em estilo antigo. Stephanie olhou de relance para os objetos, um velho hábito remanescente da época em que vivia desconfiada. Moedas, invólucros de chiclete, um recibo de estacionamento. Quando ela estava se afastando, alguma coisa grudou na sola de seu pé descalço. Ela a retirou — era um grampo de cabelo — e encaminhou-se para a lixeira. Antes de jogá-lo fora, olhou para o grampo: um grampo comum, dourado-claro, idêntico aos que se podem encontrar pelos cantos da casa de quase qualquer moradora de Crandale. Menos da sua.

Stephanie ficou parada segurando o grampo. Havia mil motivos para ele estar ali — uma festa que tivessem dado, amigas que talvez tivessem subido para usar o banheiro, a faxineira —, mas Stephanie sabia de quem era aquele grampo como se já soubesse antes, como se não estivesse descobrindo aquele fato, mas sim relembrando. Desabou sobre a cama de saia e sutiã sentindo calor e calafrios, piscando os olhos de tão chocada. É claro. Não era preciso imaginação nenhuma para ver como tudo havia convergido: dor; vingança; poder; desejo. Bennie tinha transado com Kathy. Claro.

Stephanie tornou a vestir a blusa, que abotoou com cuidado, ainda segurando o grampo. Entrou no banheiro e procurou a forma esguia e morena de Bennie através do vapor e da água do chuveiro. Ele não a tinha visto. Ela então parou, detida por uma sensação terrível de familiaridade, de já saber tudo o que iriam dizer: a tortuosa viagem da negação às desculpas autopunitivas no caso de Bennie; da raiva à aceitação magoada no seu caso. Ela havia pensado que nunca mais fossem fazer essa jornada. Acreditara realmente nisso.

Saiu do banheiro e jogou o grampo no lixo. Desceu silenciosamente a escada da frente, ainda descalça. Jules e Chris estavam na cozinha, bebendo água de uma garrafa com filtro acoplado. A única coisa em que conseguia pensar era em sair dali, como se estivesse tirando uma granada sem pino de dentro de casa para que, quando explodisse, destruísse apenas a ela mesma.

O céu acima das árvores tinha um azul elétrico, mas o quintal estava escuro. Stephanie foi até o final do gramado e sentou-se com a testa apoiada nos joelhos. A grama e a terra ainda estavam quentes por causa do sol. Ela quis chorar mas não conseguiu. A sensação era demasiado profunda.

Deitou-se encolhida de lado sobre a grama, como se estivesse protegendo a parte danificada de si mesma ou tentando conter a dor que emanava dela. Cada pensamento que surgia aumentava sua sensação de horror, sua certeza de que ela não seria capaz de se recuperar, de que todos os seus recursos haviam se esgotado. Por que aquela vez era pior do que as outras? Mas era.

Ouviu a voz de Bennie da cozinha:

— Steph?

Ela se levantou e cambaleou para cima de um canteiro de flores. Ela e Bennie o haviam plantado juntos: gladíolos, hostas, margaridas amarelas. Ouviu os caules se partirem sob seus pés, mas não olhou para baixo. Foi até a cerca e se ajoelhou na terra.

— Mãe? — Era a voz de Chris, vinda do andar de cima. Stephanie tapou as orelhas.

Então escutou outra voz, tão próxima que ela a ouviu apesar das mãos nas orelhas. A voz disse, com um sussurro:

— Olá.

Stephanie levou alguns instantes para distinguir essa voz nova e próxima das outras vozes dentro de casa. Não sentiu medo, apenas uma espécie de curiosidade entorpecida.

— Quem é?

— Sou eu.

Stephanie percebeu que estava de olhos fechados. Então os abriu e olhou por entre as ripas da cerca. No meio das sombras, distinguiu o rosto branco de Noreen espiando lá do outro lado. Ela havia tirado os óculos escuros; Stephanie notou distraidamente um par de olhos ariscos.

— Oi, Noreen — falou.

— Eu gosto de ficar sentada aqui — disse Noreen.

— Eu sei.

Stephanie quis se afastar, mas não parecia capaz de se mexer. Tornou a fechar os olhos. Noreen não disse mais nada e, à medida que os minutos foram passando, pareceu se dissolver na brisa suave e no zum-zum dos insetos, como se a própria noite estivesse viva. Stephanie ficou curvada sobre a terra por um tempo muito longo, ou pelo menos que lhe pareceu muito longo — talvez tenha sido apenas um minuto. Ficou ajoelhada até recomeçarem a chamá-la — Jules também, cuja voz assustada se espalhou pela escuridão. Por fim, ela se levantou, desequilibrada. Ao esticar o corpo, sentiu a coisa dolorida se acomodar dentro dela. O peso novo e incômodo fez seus joelhos bambearem.

— Boa noite, Noreen — disse ela, enquanto começava a andar de volta em direção à casa pelo meio das flores e dos arbustos.

— Boa noite — veio a resposta, que ela mal conseguiu escutar.

8

Como vender um general

A primeira grande ideia de Dolly foi o chapéu. Ela escolheu um azul-escuro esverdeado, felpudo, com abas que desciam por cima das grandes orelhas do general, parecidas com damascos secos. As orelhas eram feias, pensava Dolly, e ficavam melhor cobertas.

Alguns dias depois, ao ver a fotografia do general no *Times*, ela quase engasgou com um ovo pochê: ele parecia um bebê, um bebezão doente com um bigode gigante e uma papada no queixo. A manchete não poderia ter sido pior:

GENERAL B.: CHAPÉU ESTRANHO
GERA BOATOS DE CÂNCER
DISTÚRBIOS AUMENTAM NA REGIÃO

Dolly se levantou com um pulo em sua cozinha lúgubre e pôs--se a percorrê-la em círculos frenéticos, e derramou chá no roupão. Olhou desnorteada para a foto do general. Foi então que percebeu: os cordões. Eles não tinham cortado os cordões da parte de baixo do chapéu conforme as suas instruções, e o grande laço felpudo sob a papada do general era um desastre. Dolly correu descalça para seu escritório/quarto de dormir e começou a percorrer furiosamente as páginas de fax para tentar desencavar a mais recente sequência de números que deveria chamar para falar com Arc, o chefe de relações públicas do general. Este último se mudava muito para evitar ser assassinado, mas Arc mantinha Dolly meticulosamente atualizada por fax sobre as suas informações de contato. Os faxes em geral chegavam às três da manhã, acordando Dolly e, às vezes, sua filha Lulu. Dolly nunca mencionava esse incômodo; o general e sua equipe tinham a impressão de que ela era a melhor assessora de imprensa de Nova York, uma mulher cujo aparelho de fax devia ficar em uma sala com vista panorâmica para a cidade (como de fato tinha ficado por muitos anos), e não a 25 centímetros do sofá-cama em que ela dormia. Dolly só podia atribuir esse pensamento equivocado a algum artigo datado da *Vanity Fair*, *In Style* ou *People* que tivesse chegado às suas mãos, revistas nas quais Dolly tinha sido tema de matérias e perfis sob seu então pseudônimo: La Doll.

O primeiro telefonema do general veio bem a tempo; Dolly havia acabado de penhorar sua última joia. Ficava até as duas da manhã fazendo copidesque em livros universitários, dormia até as cinco, e então tinha conversas educadas ao telefone com moradores de Tóquio que desejavam aprimorar seu inglês até chegar a hora de acordar Lulu e preparar o café da manhã dela. E tudo isso sequer chegava perto de bastar para manter Lulu estudando na Escola para Meninas da Srta. Rutgers. Muitas vezes, Dolly passava as três horas que reservava para dormir tendo espasmos de aflição ao pensar na próxima mensalidade astronômica.

Então Arc tinha telefonado. O general queria contratá-la com exclusividade. Queria se reabilitar, conquistar a simpatia dos norte-americanos e pôr fim às tentativas de assassinato da CIA. Se Khadafi podia fazer isso, por que não ele? Dolly se perguntou muito séria se o excesso de trabalho e a falta de sono a estariam fazendo ter alucinações, mas deu seu preço. Arc começou a anotar seus dados bancários. "O general pensava que a sua remuneração fosse ser mais alta", disse ele, e, se Dolly tivesse conseguido falar nessa hora, teria respondido: *Essa é a minha remuneração semanal, hombre, não mensal*, ou *Eu ainda não lhe dei a fórmula para calcular o preço real*, ou *Isso é só para o período de experiência de duas semanas até eu decidir se quero trabalhar com vocês.* Mas Dolly não conseguiu dizer nada. Estava chorando.

Quando a primeira parcela bateu na sua conta, o alívio de Dolly foi tão descomunal que quase calou o leve sussurro de ansiedade da voz que dizia dentro dela: *O seu cliente é um ditador genocida*. Deus sabia que Dolly já tinha trabalhado com gente má; se não aceitasse aquele trabalho, alguma outra pessoa o faria; ser assessora de imprensa significa não julgar os clientes — todas essas desculpas estavam enfileiradas em formação, prontas para serem usadas caso aquela vozinha dissidente tomasse coragem para aumentar de volume. Mas ultimamente Dolly sequer a escutava.

Agora, enquanto corria para lá e para cá sobre o tapete persa puído à procura do número mais recente do general, o telefone tocou. Eram seis da manhã. Dolly se jogou em cima do telefone, torcendo para Lulu não acordar.

— Alô? — Mas ela já sabia quem era.

— Nós não estamos satisfeitos — disse Arc.

— Nem eu — disse Dolly. — Vocês não cortaram o...

— O general não está satisfeito.

— Arc, escuta aqui. Vocês precisam cortar o...

— Srta. Peale, o general não está satisfeito.

— Escuta o que eu estou dizendo, Arc.

— Ele não está satisfeito.

— É porque... olha, peguem uma tesoura...

— Nada satisfeito, srta. Peale.

Dolly se calou. Houve ocasiões, quando estava escutando a voz monótona e sedosa de Arc, em que ela tivera certeza de ter ouvido uma pontinha de ironia em volta das palavras que tinham lhe mandado dizer, como se ele estivesse lhe falando em código. Seguiu-se uma pausa prolongada. Com a voz muito suave, Dolly disse:

— Arc, peguem uma tesoura e cortem o cordão do chapéu. Não é para ter uma porcaria de um laço debaixo do queixo do general.

— Ele não vai mais usar esse chapéu.

— Ele *tem* de usar esse chapéu.

— Mas não vai usar. Ele se recusa.

— Cortem o cordão, Arc.

— Srta. Peale, os boatos chegaram aos nossos ouvidos.

Ela sentiu o estômago se revirar.

— Boatos?

— De que a senhorita não está mais "no topo" como antes. E agora o chapéu foi um fracasso.

Dolly sentiu as forças negativas se adensarem ao seu redor. Em pé ali, com o tráfego congestionado da Oitava avenida a passar debaixo de sua janela, tocando os cabelos ressecados que havia parado de pintar e deixado ficar compridos e grisalhos, ela sentiu a pontada de uma necessidade profunda.

— Eu tenho inimigos, Arc — disse ela. — Igualzinho ao general.

Ele não disse nada.

— Se vocês derem ouvidos aos meus inimigos, eu não vou conseguir fazer o meu trabalho. Agora pega essa caneta cara que eu sempre vejo no seu bolso toda vez que a sua foto sai no jornal e escreve o seguinte: *Cortar o cordão do chapéu. Afrouxar o laço. Empurrar o chapéu mais para trás na cabeça do general, deixando um pouco de cabelo para fora na frente.* Façam isso, Arc, e vamos ver o que acontece.

Lulu tinha entrado no quarto e esfregava os olhos vestida com seu pijama cor-de-rosa. Dolly olhou para o relógio, viu que a filha tinha perdido meia hora de sono e teve um pequeno colapso interno ao pensar que Lulu talvez ficasse cansada na escola. Passou os braços em volta dos ombros da filha. Lulu recebeu o abraço com a atitude altiva que era sua marca registrada.

Dolly tinha esquecido Arc, mas sua voz então saiu do telefone que ela mantinha aninhado no pescoço:

— Farei isso, srta. Peale.

* * *

A foto do general só tornou a sair no jornal várias semanas depois. O chapéu agora estava mais para trás e sem o cordão. A nova manchete dizia:

NOVOS INDÍCIOS APONTAM QUE CRIMES DE GUERRA DE B. PODEM TER SIDO EXAGERADOS

Era o chapéu. O general ficava fofo com aquele chapéu. Como um homem com um chapéu azul felpudo podia ter usado ossadas humanas para pavimentar rodovias?

A ruína de La Doll tinha ocorrido na noite de ano-novo dois anos antes, durante uma festa muito aguardada que os versados em história cultural que ela havia considerado digno convidar diziam que iria rivalizar com o Baile Preto e Branco de Truman Capote. O evento se chamava A Festa, ou A Lista. A frase-padrão era: *Ele está na lista?* Uma festa para comemorar... o quê, mesmo? Agora, quando pensava no assunto, Dolly não sabia muito bem; o fato de os americanos nunca terem sido mais ricos, apesar da tormenta que assolava o mundo? A Festa tinha alguns anfitriões oficiais, todos famosos, mas a verdadeira anfitriã, como todos sabiam, era La Doll, que tinha mais conhecidos, mais contatos e mais charme do que todas aquelas pessoas reunidas. E La Doll havia cometido um erro muito humano — ou assim tentava se consolar à noite quando as lembranças de sua derrocada a castigavam como um atiçador de brasas, fazendo-a se remexer no sofá-cama e tomar conhaque no gargalo: havia pensado que, já que era muito, muito boa em uma coisa (a saber, reunir as melhores pessoas no mesmo recinto na mesma hora), também poderia ser boa em outras. Design, por exemplo. E La Doll tinha tido uma visão: grandes e translúcidas bandejas de óleo e água suspensas sob pequenos spots de luz colorida cujo calor faria os líquidos imiscíveis se agitarem, borbulharem e formarem arabescos. Havia imaginado as pessoas esticando o pescoço para olhar para cima, fascinadas com as formas líquidas em constante movimento. E as pessoas de fato olharam. Ficaram maravilhadas com as bandejas iluminadas. La Doll as viu fazerem isso de um pequeno posto de observação que havia construído bem alto, quase na lateral, para poder ter uma visão geral de sua obra. De lá, foi a primeira a notar, quando já era quase meia-noite, que havia algo estranho nas bandejas translúcidas que continham a água e o óleo: elas estavam um pouco emborcadas — não estavam? Estavam pendendo de suas correntes como sacos e, em outras palavras, estavam *derretendo.* E então começaram a desabar, virar de cabeça para baixo, dobrar e cair no chão, despejando óleo quente na cabeça de todas as pessoas mais glamorosas dos Estados Unidos e de alguns países estrangeiros também. Elas ficaram queimadas, marcadas e mutiladas, supondo que pequenas cicatrizes em forma de gota na testa de uma estrela de cinema ou pequenas calvas na cabeça de um galerista, modelo ou pessoa genericamente fabulosa se enquadrem na categoria mutilação. No entanto, enquanto ela estava ali em pé, longe do óleo escaldante, alguma coisa tinha morrido dentro de La Doll: ela não ligou para a emergência. Ficou olhando boquiaberta e incrédula, sem conseguir se mexer, os convidados gritarem, cambalearem e cobrirem a cabeça, ou então arrancarem do corpo as roupas quentes e encharcadas de óleo e rastejarem pelo chão como personagens de quadros religiosos medievais cuja luxúria em vida condenou ao inferno.

Mais tarde, as acusações — de que ela havia feito aquilo de propósito, de que era uma sádica que havia se deleitado enquanto os outros padeciam — na verdade foram mais terríveis para La Doll do que ver o óleo se derramar sem piedade sobre as cabeças de quinhentos convidados. Nessa hora, ela ficara protegida dentro de um casulo de choque. Mas teve que presenciar em um estado lúcido o que aconteceu depois: todos a odiavam. Estavam loucos para se livrar dela. Era como se ela não fosse uma pessoa, e sim um rato ou uma barata. E eles conseguiram. Mesmo antes de cumprir a pena de seis meses por negligência, mesmo antes do processo coletivo que fez todos os seus ativos (que nunca tinham sido tão importantes quanto parecia) serem distribuídos em pequenas parcelas entre as suas vítimas, La Doll desapareceu. Foi riscada do mapa. Saiu da prisão quatorze quilos mais gorda e cinquenta anos mais velha, com os cabelos grisalhos e desgrenhados. Ninguém a reconheceu, e o mundo em que ela havia prosperado tinha se pulverizado logo depois — agora, até os ricos achavam que eram pobres. Depois de algumas manchetes e fotografias se deleitando com seu novo visual destruído, todos a haviam esquecido.

Dolly pôde ficar sozinha para refletir sobre seus erros de cálculo — e não apenas os erros óbvios relativos à temperatura de fusão do plástico e à distribuição correta das correntes que sustentavam o peso das bandejas. O seu erro mais profundo fora anterior a tudo isso: ela não havia prestado atenção em uma mudança fundamental — havia concebido um evento que simbolizava uma época já extinta. Para uma assessora de imprensa, não poderia haver erro mais crasso. Ela merecia ser esquecida. De vez em quando, Dolly se pegava pensando em que tipo de evento ou convergência poderia ser *de fato* o símbolo do mundo novo em que ela agora vivia, um símbolo igual à festa de Capote, ao festival de Woodstock ou ao aniversário de 70 anos de Malcolm Forbes, ou ainda à festa da revista *Talk*. Não fazia a menor ideia. Dolly havia perdido seu poder de avaliação. Isso era algo que caberia a Lulu e a sua geração decidirem.

Quando as manchetes sobre o General B. ficaram claramente mais suaves, quando foi revelado que várias pessoas que haviam testemunhado contra ele tinham recebido dinheiro da oposição, Arc tornou a ligar.

— O general paga a senhorita todo mês — disse ele. — Não só por uma ideia.

— Foi uma ideia boa, Arc. Você tem que admitir isso.

— O general está impaciente, srta. Peale — disse ele, e Dolly o imaginou sorrindo. — O chapéu não é mais novidade.

Nessa noite, Dolly sonhou com o general. Sem chapéu, ele se encontrava com uma loura bonita diante de uma porta giratória. A loura o pegava pelo braço, e eles tornavam a entrar girando pela porta, bem juntinhos. Então Dolly percebeu que também estava no sonho, sentada em uma cadeira observando o general e sua amante, pensando em como eles estavam desempenhando bem o seu papel. Acordou sobressaltada como se alguém a tivesse sacudido. Quase esqueceu o sonho, mas conseguiu capturá-lo e prendê-lo dentro do peito. Tinha entendido: era preciso vincular o general a uma estrela de cinema.

Dolly cambaleou para fora do sofá-cama e suas pernas brancas reluziram à luz que entrava da rua por uma persiana quebrada. Uma estrela de cinema. Alguém reconhecível, atraente — que melhor maneira poderia haver de humanizar um homem aparentemente desumano? *Se ele é bom o bastante para ela...* era uma forma de pensar. Outra forma era: *O general e eu temos um gosto parecido: ambos gostamos dela.* Ou ainda: *Ela deve achar sexy a cabeça triangular que ele tem.* Ou até: *Como será que o general dança?* E, se Dolly conseguisse fazer as pessoas se perguntarem essas coisas, os problemas de imagem do general estariam resolvidos. Pouco importava quantos milhares de pessoas ele tivesse assassinado — se a visão coletiva a respeito dele pudesse incluir uma pista de dança, tudo isso ficaria para trás.

Várias estrelas de cinema já meio passadas poderiam funcionar, mas Dolly estava pensando em uma pessoa específica: Kitty Jackson, que dez anos antes tinha feito o papel de uma defensora da lei magra e atlética no filme *Ai, ai, baby*. A verdadeira fama de Kitty viera um ano depois disso, quando Jules Jones, irmão mais velho de uma das protegidas de Dolly, a havia atacado durante uma entrevista para a revista *Details*. A agressão e o julgamento tinham entronizado Kitty em uma névoa reluzente de martírio.

De modo que as pessoas ficaram ainda mais assustadas quando a névoa se dissipou e revelou uma atriz profundamente alterada: a ingênua inocente que Kitty era antes havia desaparecido, e em seu lugar surgira uma daquelas pessoas que "não engolem sapo". O subsequente mau comportamento e a derrocada de Kitty foram documentados incansavelmente pela imprensa popular: no set de filmagem de um faroeste, ela havia despejado um saco de esterco na cabeça de um ator famoso. Em um filme da Disney, tinha soltado vários milhares de lêmures. Quando um produtor poderosíssimo tentou levá-la para a cama, ela ligou para a esposa dele. Ninguém mais contratava Kitty, mas o público se lembraria dela — para Dolly, era isso que importava. E ela ainda tinha só 28 anos.

Não foi difícil encontrar Kitty, ninguém estava dedicando muita energia a escondê-la. Ao meio-dia, Dolly já tinha conseguido falar com ela: uma voz sonolenta, ruídos de quem fuma um cigarro. Kitty ouviu o que Dolly tinha a dizer, pediu-lhe para repetir a generosa remuneração que havia oferecido, e em seguida fez uma pausa. Nessa pausa, Dolly detectou um misto de desespero e hesitação que conhecia demasiado bem. Sentiu uma incômoda pontada de pena por aquela atriz cujas escolhas de vida haviam se reduzido a isso. Então Kitty disse sim.

Cantarolando e ligada com um café expresso feito em sua velha máquina Krups, Dolly ligou para Arc e expôs seu plano.

— O general não gosta de filmes americanos — foi a resposta dele.

— E daí? Os *americanos* sabem quem ela é.

— O general tem um gosto muito específico — disse Arc. — Ele não é flexível.

— Ele não precisa encostar nela, Arc. Não precisa nem falar com ela. Tudo o que ele precisa fazer é ficar perto dela e deixar que tirem fotos. E ele precisa sorrir.

— Sorrir...?

— Ele precisa parecer feliz.

— O general raramente sorri, srta. Peale.

— Ele usou o chapéu, não usou?

Houve um longo intervalo. Por fim, Arc falou:

— A senhorita precisa acompanhar essa atriz. Depois disso, veremos.

— Acompanhar para onde?

— Para cá. Para onde nós estamos.

— Ai, Arc...

— Não pode ser de outro jeito — disse ele.

Ao entrar no quarto de Lulu, Dolly se sentia como Dorothy entrando no mundo mágico de Oz: era tudo colorido. Uma cúpula cor-de-rosa rodeava a luminária do teto, do qual pendia um finíssimo tecido também cor-de-rosa. Desenhos de princesas aladas cor-de-rosa feitos com estêncil cobriam as paredes: Dolly tinha aprendido a fazer esses desenhos em uma aula de artes na prisão e passara vários dias decorando o quarto enquanto Lulu estava na escola. Havia longas fieiras de contas cor-de-rosa penduradas no teto. Quando estava em casa, Lulu só saía do quarto para comer.

Lulu fazia parte de uma rede de alunas da Escola da Srta. Rutgers, uma trama tão sutil e intimamente entrelaçada que nem mesmo a ruína e a sentença de prisão da mãe (durante a qual a avó tinha vindo de Minnesota para cuidar da neta) foram capazes de desfazer. O que sustentava a trama que unia aquelas meninas não era um simples fio: era um cabo de aço. E Lulu era a viga à qual esses cabos estavam presos. Sempre que escutava as conversas da filha com as amigas ao telefone, Dolly ficava assombrada com o tom de autoridade em sua voz: ela era severa quando precisava ser, mas era também suave. Gentil. Lulu tinha 9 anos.

A menina estava sentada em um pufe cor-de-rosa tipo saco, fazendo o dever de casa no laptop e conversando com as amigas por MI (desde o advento do general, Dolly tinha uma conexão sem fio).

— Oi, Dolly — disse Lulu, que tinha parado de chamá-la de "mãe" quando Dolly saíra da cadeia. Estreitou os olhos para a mãe como se não estivesse conseguindo vê-la direito. E Dolly se sentia mesmo uma invasora em preto e branco daquele antro colorido, uma refugiada do ambiente lúgubre que o rodeava.

— Eu vou ter que viajar a trabalho — disse ela a Lulu. — Vou visitar um cliente. Pensei que talvez você quisesse ficar na casa de uma das suas amigas, para não precisar faltar à escola.

A escola era onde a vida de Lulu acontecia. A menina tinha se mostrado firme ao não permitir que a mãe, outrora uma presença constante no estabelecimento da srta. Rutgers, ameaçasse o status de que gozava com a recente desgraça dela. Hoje em dia, Dolly deixava Lulu na esquina da escola e ficava espiando pela quina úmida dos prédios do Upper East Side para ter certeza de que a filha havia entrado sem problemas. Na hora da saída, esperava no mesmo lugar enquanto Lulu fazia hora com as amigas em frente à escola, chutando os arbustos bem-cuidados e (na primavera) os canteiros de tulipas, completando quaisquer transações necessárias para afirmar e manter a sua autoridade. Quando Lulu ia brincar na casa de alguma amiga, Dolly nunca passava da portaria na hora de ir buscá-la. Lulu saía do elevador corada, recendendo a perfume ou a brownies caseiros, dava a mão para a mãe e passava com ela pelo porteiro rumo à noite do lado de fora. Não era um pedido de desculpas — Lulu não tinha motivo nenhum para se desculpar —, mas sim uma atitude compreensiva diante do fato de as coisas precisarem ser tão difíceis para ambas.

Curiosa, Lulu inclinou a cabeça:

— Uma viagem de trabalho. Isso é bom, não é?

— É bom, é bom, sim — respondeu Dolly, um pouco nervosa. Ela não tinha falado com Lulu sobre o general.

— E você vai ficar quanto tempo fora?

— Alguns dias. Uns quatro, talvez.

Houve uma longa pausa. Por fim, Lulu perguntou:

— Posso ir com você?

— Ir comigo? — Dolly ficou surpresa. — Mas você teria que faltar à escola.

Outra pausa. Lulu estava fazendo algum cálculo mental, talvez avaliando o impacto junto às amigas de faltar à escola *versus* o fato de se hospedar na casa de alguém, ou então refletindo sobre a possibilidade de uma estadia prolongada na casa de alguma amiga sem que os pais dessa amiga tivessem contato com sua mãe. Dolly não saberia dizer. Talvez nem a própria Lulu soubesse.

— Para onde vai ser a viagem? — perguntou Lulu.

Dolly não soube como agir; nunca soubera muito bem dizer não para a filha. Mas pensar em Lulu e no general no mesmo lugar fez sua garganta se contrair.

— Eu... eu não posso contar.

Lulu não protestou.

— Mas Dolly?

— O que foi, meu amor?

— O seu cabelo pode voltar a ficar louro?

Ficaram aguardando Kitty Jackson em uma sala de espera perto de uma pista de pouso privativa no aeroporto JFK. Quando a atriz finalmente apareceu, usando uma calça jeans e um suéter de moletom amarelo desbotado, Dolly foi acometida pelo arrependimento — deveria ter se encontrado com Kitty primeiro! A garota parecia um caso perdido. As pessoas poderiam reconhecê-la. Os cabelos ainda eram louros (além de cuidadosamente despenteados, e aparentemente também sujos), os olhos ainda eram grandes e azuis. Mas uma expressão amarga havia fixado residência no rosto dela, como se aqueles olhos azuis estivessem se revirando em direção ao céu mesmo quando estavam fixos em você. Era essa expressão, mais do que as primeiras finas rugas sob os olhos e ao redor da boca, que dava a Kitty um aspecto já não jovem, ou sequer próximo disso. Ela não era mais Kitty Jackson.

Enquanto Lulu ia ao banheiro, Dolly expôs a situação rapidamente para a atriz: seu visual precisava ser o mais glamoroso possível (Dolly lançou um olhar preocupado para a pequena mala de Kitty); ela precisava se aproximar do general e dar profusas demonstrações públicas de afeto enquanto Dolly tirava fotos com uma câmera escondida. Dolly também levava uma câmera de verdade, mas era só para disfarçar. Kitty concordou e a sombra de um sorriso de ironia fez os cantos de sua boca estremecerem.

— Você trouxe a sua filha? — foi sua única resposta. — Para conhecer o general?

— Ela não vai conhecer o general — sibilou Dolly, olhando para ter certeza de que Lulu não tinha saído do banheiro. — Ela não sabe *nada* sobre o general! Por favor, não diga esse nome na frente dela.

Kitty fitou Dolly com um ar cético.

— Menina de sorte — comentou.

Elas embarcaram no avião do general ao entardecer. Após a decolagem, Kitty pediu um martíni para a aeromoça do general, virou o drinque de uma vez só, reclinou o assento até uma posição horizontal, pôs um tapa-olhos por cima do rosto (seu único pertence que parecia ser novo) e começou a roncar. Lulu se inclinou junto à atriz e estudou seu rosto, que, adormecido, parecia jovem e intacto.

— Ela está doente?

— Não — respondeu Dolly com um suspiro. — Talvez. Sei lá.

— Eu acho que ela precisa tirar férias — disse Lulu.

Vinte postos de controle precederam sua chegada ao complexo onde vivia o general. Em cada um deles, dois soldados com submetralhadoras em punho espiavam para dentro do Mercedes preto em cujo banco traseiro Dolly, Lulu e Kitty estavam sentadas. Em quatro ocasiões, foram obrigadas a descer e suportar o sol escaldante para uma revista corporal sob a mira de armas. A cada vez,

Dolly examinava a calma estudada da filha à procura de sinais de trauma. Sentada no carro, Lulu se mantinha muito ereta, com a mochila cor-de-rosa da Kate Spade aninhada no colo. Encarava os soldados armados com o mesmo olhar direto que devia usar para intimidar as muitas meninas que, ao longo dos anos, tinham tentado em vão ocupar o seu lugar.

A estrada era cercada por altos muros brancos. Estes eram pontuados por centenas de pássaros pretos lustrosos e roliços, com bicos roxos compridos e curvos como foices. Dolly nunca tinha visto pássaros assim. Pareciam ser do tipo que devia crocitar, mas, sempre que a janela do carro era baixada para permitir a observação de mais um soldado armado com os olhos apertados por causa do sol, Dolly ficava perturbada com o silêncio.

Depois de algum tempo, um pedaço de muro se abriu para criar um vão, e o carro saiu da estrada e parou em frente a um imenso complexo: jardins luxuriantes, um chafariz e uma mansão branca que se estendia a perder de vista. Acomodados no telhado da casa, mais pássaros olhavam para baixo.

O motorista abriu as portas do carro e Dolly, Lulu e Kitty saíram para debaixo do sol. Dolly sentiu o calor no pescoço recém-exposto por uma versão barata do corte de cabelo que antigamente era sua marca registrada, com fios louros na altura do queixo. O calor fez Kitty tirar o suéter; felizmente, ela estava usando uma camiseta branca limpa por baixo. Tinha um belo bronzeado nos braços, embora uma constelação de manchinhas rosadas e recentes maculasse a pele acima de um dos pulsos. Eram cicatrizes. Dolly as encarou.

— Kitty, isso são... — Ela interrompeu a pergunta no meio. — No seu braço, são...

— Queimaduras — disse Kitty. E lançou-lhe um olhar que fez a barriga de Dolly se contrair até ela se lembrar muito vagamente, como de algo acontecido em meio a uma névoa ou quando ela era muito pequena, de alguém lhe pedindo, de alguém implorando para ela pôr Kitty Jackson na lista, e de como ela havia respondido não. De jeito nenhum, isso estava fora de cogitação: Kitty não era famosa o suficiente. — Fui eu mesma que fiz — disse ela.

Dolly a encarou sem entender. Kitty sorriu, mostrando os dentes, e por um segundo seu rosto adquiriu uma expressão adorável e travessa, como a estrela de *Ai, ai, baby*.

— Muita gente fez isso — disse ela. — Você não sabia?

Dolly se perguntou se aquilo era uma brincadeira. Não queria se deixar enganar na frente da filha.

— Não dá para encontrar ninguém que não tenha ido àquela festa — disse Kitty. — E todo mundo tem provas. Nós todos temos provas... quem vai dizer que é mentira?

— Eu sei quem estava na festa — disse Dolly. — Ainda tenho a lista na cabeça.

— Tá bom, mas... quem é você? — perguntou Kitty, ainda sorrindo.

Dolly não disse nada. Sentiu os olhos de Lulu a observá-la.

Então Kitty fez algo inesperado: estendeu a mão sob o sol e segurou a de Dolly. Seu toque era quente, firme, e Dolly sentiu os olhos arderem.

— Eles que se danem, não é? — disse Kitty com ternura.

Um homem elegante e miúdo vestido com um terno lindamente cortado saiu de dentro do complexo para recebê-las. Arc.

— Srta. Peale. Finalmente nos conhecemos — disse ele com um sorriso. — E srta. Jackson — falou, virando-se para Kitty —, é uma honra e um prazer. — Ele beijou a mão de Kitty com uma expressão levemente provocadora, pensou Dolly. — Eu assisti aos seus filmes. O general e eu assistimos juntos.

Dolly se preparou para a possível resposta de Kitty, mas esta veio com uma voz melodiosa feito a de uma criança, exceto pela leve entonação de flerte.

— Ah, tenho certeza de que vocês já viram filmes melhores.

— O general ficou impressionado.

— Bem, isso me deixa muito honrada. Fico honrada que o general tenha considerado os meus filmes dignos de assistir.

Aflita, Dolly olhou rapidamente para a atriz, desejando apenas que a zombaria que dava por certa não estivesse óbvia demais. Para seu assombro, não havia zombaria alguma — nenhum pingo sequer. Kitty parecia humilde e totalmente sincera, como se dez anos houvessem evaporado e ela fosse de novo uma candidata à fama cheia de gratidão e entusiasmo.

— Infelizmente, eu tenho más notícias — disse Arc. — O general teve um imprevisto e precisou viajar. — Elas o encararam. — É uma lástima — prosseguiu ele. — Ele pede sinceras desculpas.

— Mas a gente... não pode ir até onde ele está? — perguntou Dolly.

— Talvez — respondeu Arc. — Não vão se importar com mais algumas viagens?

— Bom — disse Dolly, relanceando os olhos para Lulu. — Depende de como...

— De forma alguma — interrompeu Kitty. — Nós vamos aonde o general quiser. Faremos o que for preciso. Não é, garota?

Lulu demorou a conectar a palavra "garota" à sua pessoa. Era a primeira vez que Kitty se dirigia a ela diretamente. Olhou rapidamente para a atriz, então sorriu.

— É — disse ela.

Elas partiriam para outro lugar na manhã seguinte. Nessa noite, Arc se ofereceu para levá-las até a cidade, mas Kitty recusou.

— Vou dispensar o *grand tour* — disse ela, enquanto as três se acomodavam em seu apartamento de dois quartos que dava para uma piscina privativa. — Prefiro aproveitar isto aqui. Antigamente o pessoal me hospedava em lugares assim. — Ela riu, amargurada.

— Não exagere — disse Dolly, ao reparar que Kitty se dirigia ao bar do quarto.

Kitty se virou para ela e estreitou os olhos.

— Ei. Como foi que eu me saí? Alguma reclamação até agora?

— Você foi perfeita — disse Dolly. Então baixou a voz para Lulu não escutar. — Só não esquece com quem a gente está lidando.

— Mas eu quero esquecer — disse Kitty, servindo-se um gim-tônica. — Estou tentando ativamente esquecer. Eu quero ficar como Lulu... inocente. — Ela ergueu o copo para Dolly e deu um gole.

Dolly e Lulu foram à cidade no Jaguar cinza de Arc, conduzido por um motorista que desceu a toda por ruas estreitas, obrigando os pedestres a se encolherem junto aos muros das casas ou se abrigarem em vãos de porta para não serem atropelados. Lá embaixo, a cidade cintilava: milhões de construções brancas de telhado enviesado banhadas em uma névoa densa. Eles logo se viram rodeados por essa névoa. A principal fonte de cor da cidade parecia ser as roupas que secavam em todas as sacadas.

O motorista parou junto a uma feira: pilhas de frutas suadas, castanhas aromáticas e carteiras de couro falsificado. Dolly avaliou as mercadorias com um olhar crítico enquanto ela e Lulu seguiam Arc por entre as barracas. As laranjas e bananas eram as maiores que ela já vira, mas a carne tinha um aspecto perigoso. Com a descontração forçada tanto dos vendedores quanto dos clientes, Dolly pôde ver que eles sabiam quem Arc era.

— Quer alguma coisa? — perguntou ele a Lulu.

— Quero, por favor, quero uma dessas frutas aqui — respondeu Lulu. Era uma carambola; Dolly já as tinha visto à venda na Dean & DeLuca. Ali as frutas se amontoavam em pilhas obscenas rodeadas de moscas. Arc pegou uma carambola e meneou a cabeça em um gesto sucinto para o vendedor, um homem mais velho de peito esquelético e expressão gentil e ansiosa. O homem sorriu, inclinando a cabeça, animado, para Dolly e Lulu, mas seus olhos estavam assustados.

Lulu pegou a carambola suja e empoeirada, limpou-a cuidadosamente na camisa polo de manga curta e cravou os dentes na polpa verde e lustrosa. O sumo da fruta manchou sua gola. Ela riu e limpou a boca com a mão.

— Mãe, você precisa provar isso — disse ela, e Dolly deu uma mordida na fruta. Ela e Lulu dividiram a carambola, lambendo os dedos sob o olhar atento de Arc. Dolly se sentia estranhamente exultante. Então percebeu por quê: *mãe*. Era a primeira vez que Lulu pronunciava essa palavra em quase um ano.

Arc seguiu na frente para conduzi-las até uma casa de chá lotada. Um grupo de homens se levantou de uma mesa no canto para deixá-las sentar, e o ambiente então foi retomado por uma versão forçada da alegre agitação anterior. Um garçom serviu um chá de hortelã bem doce nas xícaras com a mão trêmula. Dolly tentou lhe lançar um olhar tranquilizador, mas ele o evitou.

— Vocês fazem isso sempre? — perguntou ela a Arc. — Passear pela cidade?

— O general tem o hábito de andar no meio do povo — respondeu Arc. — Ele quer que o povo sinta sua humanidade, que testemunhe isso. É claro que precisa tomar muito cuidado.

— Por causa dos inimigos que tem.

Arc assentiu.

— Infelizmente, o general tem muitos inimigos. Hoje, por exemplo, foram feitas ameaças à sua residência e ele precisou se transferir. Como a senhorita sabe, ele sempre faz isso.

Dolly aquiesceu. *Ameaças à sua residência?*

Arc sorriu.

— Os inimigos dele acham que ele está aqui, mas ele está bem longe.

Dolly olhou de relance para Lulu. A carambola havia deixado um anel brilhante ao redor da boca da menina.

— Mas... mas *nós* estamos aqui — disse ela.

— Sim — disse Arc. — Somente nós.

* * *

Dolly passou a maior parte dessa noite acordada, prestando atenção nos arrulhos, farfalhares e gritos que imitavam o som de assassinos percorrendo o complexo à procura do general e seus asseclas. E, em outras palavras, à procura dela. Dolly havia se transformado na ajudante do General B., fonte de terror e ansiedade para todos aqueles que viviam sob o seu domínio, e, assim como ele, era um alvo.

Como a situação havia chegado a esse ponto? Como sempre, Dolly se pegou revisitando o momento em que as bandejas plásticas haviam começado a se deformar e a vida que ela aproveitara por tantos anos havia começado a se esvair. Porém, nessa noite, ao contrário de tantas outras noites em que ela havia despencado nesse abismo da memória, Lulu estava deitada ao seu lado na cama king size, adormecida, com uma camisola de babados e com os joelhos delicados erguidos em direção ao peito. Dolly sentiu o calor do corpo da menina, aquela filha da sua meia-idade, fruto de uma gravidez acidental resultante de um caso passageiro com um astro de cinema, cliente dela. Lulu achava que seu pai tinha morrido. Dolly tinha lhe mostrado fotos de um antigo namorado.

Ela deslizou pela cama e beijou a bochecha cálida de Lulu. Não fazia nenhum sentido ter um filho — Dolly defendia o direito ao aborto e era muito focada na carreira. A decisão estava clara, mas ela havia hesitado para marcar a consulta — hesitado enquanto surgiam os enjoos matinais, as variações de humor, o cansaço. Hesitado até saber, com um choque de alívio e uma alegria que a deixou petrificada, que já era tarde demais.

Lulu se mexeu, e Dolly chegou mais perto e tomou a filha nos braços. Ao contrário de quando estava acordada, Lulu relaxou no abraço da mãe. Dolly sentiu uma gratidão irracional pelo general por ter lhes dado aquela cama única — era um luxo muito raro poder abraçar a filha e sentir o leve tremor das batidas de seu coração.

— Eu vou proteger você para sempre, meu amor — sussurrou Dolly no ouvido de Lulu. — Nada de ruim nunca vai acontecer com a gente... você sabe disso, não sabe?

Lulu continuou a dormir.

No dia seguinte, eles subiram em dois carros pretos blindados parecidos com jipes, só que mais pesados. Arc e alguns soldados seguiram no primeiro, e Dolly, Lulu e Kitty no segundo. Sentada no banco de trás, Dolly teve a impressão de sentir o peso do carro a empurrá-las para dentro da terra. Estava exausta, dominada por maus presságios.

Kitty havia passado por uma metamorfose assombrosa. Tinha lavado os cabelos, passado maquiagem e usava um vestido verde-claro sem mangas de veludo molhado. O vestido realçava os pontinhos verdes de seus olhos azuis, dando-lhes um tom de turquesa. Os ombros de Kitty eram dourados e atléticos, seus lábios rosados estavam cobertos de gloss, seu nariz era levemente sardento. O efeito superava qualquer expectativa de Dolly. Olhar para Kitty quase lhe causava dor, e ela tentou evitar fazê-lo.

Eles passaram sem dificuldade pelos postos de controle e logo chegaram à estrada livre, e circularam em torno da cidade branca pelo alto. Dolly reparou em vendedores à beira da estrada. Muitas vezes eram crianças, que erguiam punhados de frutas ou cartazes de papelão quando os jipes se aproximavam. Quando os carros passavam chispando, as crianças caíam de costas no acostamento, como se fossem empurradas pelo deslocamento dos automóveis em alta velocidade. Na primeira vez em que viu isso, Dolly deu um grito e se inclinou para a frente, querendo dizer algo ao motorista. Mas o que exatamente? Ela hesitou, então tornou a se recostar no banco e tentou não olhar pelas janelas. Lulu, com o livro de matemática aberto no colo, observava as crianças.

Foi um alívio quando deixaram a cidade para trás e começaram a percorrer um terreno ermo que parecia um deserto, com antílopes e vacas mordiscando a vegetação escassa. Sem pedir permissão, Kitty começou a fumar, soltando a fumaça por uma fresta de vidro aberta. Dolly resistiu ao impulso de repreendê-la por agredir os pulmões de Lulu com o fumo passivo.

— Então — disse Kitty, virando-se para Lulu. — Que planos grandiosos você está bolando?

Lulu pareceu refletir sobre a pergunta.

— Como assim... para a minha vida?

— Por que não?

— Ainda não decidi — disse Lulu, pensativa. — Eu tenho só 9 anos.

— Bom, é uma decisão sensata.

— Lulu é muito sensata — disse Dolly.

— Mas o que você *imagina*? — insistiu Kitty. Ela estava irrequieta, remexendo os dedos secos e pintados com esmalte como se quisesse outro cigarro, mas estivesse se obrigando a esperar. — Ou será que as crianças não fazem mais isso?

Lulu, com bom senso, pareceu adivinhar que o que Kitty realmente queria era conversar.

— O que você imaginava quando tinha 9 anos? — perguntou.

Kitty pensou um pouco, então riu e acendeu outro cigarro.

— Eu queria ser jóquei — disse ela. — Ou estrela de cinema.

— Um dos seus desejos virou realidade.

— É — disse Kitty, fechando os olhos enquanto soltava fumaça pela janela. —Virou, sim.

Lulu virou-se para ela com um ar grave.

— Não foi tão legal quanto você imaginava?

Kitty abriu os olhos.

— Ser atriz? — indagou. — Ah, eu adorava ser atriz, adoro até hoje... sinto saudades. Mas as pessoas eram uns monstros.

— Que tipo de monstro?

— Umas mentirosas — disse Kitty. — No começo elas pareciam legais, mas era só fachada. As que eram horríveis na sua cara, as que basicamente queriam que você morresse... pelo menos essas estavam sendo sinceras.

Lulu assentiu, como se aquele fosse um problema com o qual ela própria precisasse lidar.

—Você tentou mentir também?

— Tentei. Tentei muito. Mas eu não conseguia esquecer que estava mentindo, e quando dizia a verdade era punida. É igual a descobrir que o Papai Noel não existe: você quer voltar e acreditar em tudo de novo, mas é tarde demais.

Ela se virou de repente para Lulu, arrasada.

— Quer dizer... espero que eu...

Lulu riu.

— Eu nunca acreditei em Papai Noel — disse ela.

Foram seguindo em frente. Lulu fez o dever de matemática. Depois o de estudos sociais. Escreveu um trabalho sobre corujas. Depois do que pareceram ser muitos quilômetros de deserto pontuados por paradas para ir ao banheiro em postos patrulhados por soldados, começaram a subir as montanhas. A folhagem foi ficando mais densa e passou a filtrar a luz do sol.

Sem qualquer aviso, os carros saíram da estrada e pararam. Várias dúzias de soldados de roupa camuflada pareceram surgir do meio das árvores. Dolly, Lulu e Kitty desceram do carro em uma selva dominada por uma algazarra louca de pássaros.

Arc se aproximou, tomando cuidado onde pisava com os sapatos de couro elegantes.

— O general está esperando — disse ele. — Está ansioso para conhecer vocês.

Avançaram todos juntos pela mata adentro. A terra sob seus pés era muito vermelha e macia. Macacos pulavam nas árvores. Depois de algum tempo, chegaram a uma grosseira escada de concreto construída no flanco de um morro. Apareceram mais soldados e os rangidos e estalos das botas acompanharam a subida. Dolly manteve as mãos nos ombros de Lulu. Podia ouvir Kitty cantarolando atrás de si: não era uma canção, só as duas mesmas notas, repetidas sem parar.

A câmera oculta já estava dentro da bolsa de Dolly. Quando estavam subindo a escada, ela pegou o obturador remoto e o segurou na palma da mão.

No alto da escada, a mata havia sido removida para dar lugar a uma plataforma de concreto que podia passar por um heliponto. A luz do sol entrava pelo ar úmido da selva e erguia pequenas colunas de fumaça aos pés dele. O general estava bem no meio da plataforma de concreto, ladeado por soldados. Parecia mais baixo, mas isso sempre acontecia com pessoas famosas. Não estava usando o chapéu azul nem qualquer outro, e seus cabelos grossos pareciam estranhamente armados ao redor do rosto triangular e sério. Ele vestia o uniforme militar de praxe, mas algo na roupa dava a impressão de estar fora do lugar ou precisar de uma limpeza. O general parecia cansado — havia bolsas sob os seus olhos. Parecia estar de mau humor. Parecia que alguém havia acabado de tirá-lo da cama dizendo: *Elas chegaram*, e precisaram lembrar-lhe de quem se tratava.

Houve um intervalo durante o qual ninguém pareceu saber o que fazer.

Então Kitty chegou ao alto da escada. Dolly ouviu uma agitação atrás dela, mas não se virou para olhar; em vez disso, ficou observando o general reconhecer Kitty e viu o poder desse reconhecimento se espalhar pelo rosto dele em uma expressão de cobiça e hesitação. Kitty avançou até ele devagar — na realidade, pareceu se derramar na direção dele, dada a suavidade de seus movimentos com o vestido verde-claro, como se os solavancos desajeitados de um andar normal lhe fossem desconhecidos. Ela se lançou na direção do general e segurou a mão dele como se fosse apertá-la, sorrindo, rodeando-o brevemente, parecendo constrangida quase a ponto de cair na risada, como se os dois se conhecessem bem demais para um aperto de mãos. Dolly ficou tão fascinada com a estranheza da situação que no início sequer se lembrou de fotografar; perdeu o aperto de mãos por completo. Foi somente quando Kitty encostou o corpo estreito vestido de verde no peito uniformizado do general e fechou os olhos por um instante que Dolly acordou — *clique* —, e o general pareceu desconcertado, sem saber ao certo o que fazer, e deu uns tapinhas nas costas de Kitty por educação — *clique* —, e nessa hora Kitty segurou as mãos dele (pesadas e disformes, mãos de um homem maior) com as próprias mãos delgadas e inclinou o corpo para trás, sorrindo para ele — *clique* —, rindo um pouco, tímida, com a cabeça jogada para trás como se aquilo fosse tudo uma bobagem, um constrangimento para ambos. E então o general sorriu. Aconteceu sem aviso: os lábios recuaram para revelar duas fileiras de dentes pequenos e amarelos — *clique* — que o faziam parecer vulnerável, ansioso para agradar. *Clique*, *clique*, *clique* — Dolly batia as fotos o mais rápido possível sem mexer a mão, porque aquele sorriso era *o que faltava*, a única coisa que ninguém jamais tinha visto, o lado humano oculto do general que iria deixar o mundo estupefato.

Tudo isso aconteceu em menos de um minuto. Nenhuma palavra foi dita. Kitty e o general ficaram em pé de mãos dadas, ambos levemente ruborizados, e Dolly precisou se controlar para não gritar, porque eles haviam conseguido! Ela já tinha aquilo de que precisava sem que os dois tivessem trocado uma só palavra. Sentiu um misto de assombro e amor por Kitty — aquele milagre, aquele gênio que não só havia posado com o general, mas que também o havia domado. Foi essa a sensação de Dolly — como se houvesse uma porta de mão única entre o mundo do general e o de Kitty e a atriz o houvesse feito passar por essa porta sem que ele sequer percebesse. Ele não podia voltar atrás! E era Dolly quem tinha feito aquilo acontecer — pela primeira vez na vida, fizera algo útil. E Lulu tinha sido testemunha.

O rosto de Kitty ainda exibia o sorriso atraente que ela havia estampado para o general. Dolly observou a atriz passar os olhos pelos presentes, abarcando as dúzias de soldados com armas automáticas na mão, Arc, Lulu e Dolly com sua expressão radiante de êxtase e olhos marejados. E nessa hora Kitty deve ter entendido que havia conseguido, que havia orquestrado a própria salvação, que havia rastejado lá do fundo do esquecimento e aberto caminho para retomar o trabalho que tanto amava. Tudo graças a uma ajudinha do déspota à sua esquerda.

— Quer dizer que é aqui que o senhor enterra os corpos? — disse Kitty.

O general olhou rapidamente para ela sem entender. Arc deu um passo rápido à frente, assim como Dolly. Lulu fez o mesmo.

— Enterra direto nas valas ou queima primeiro? — perguntou Kitty ao general com um tom muito simpático e agradável.

— Srta. Jackson — disse Arc com um olhar tenso e carregado de significado. — O general não está entendendo.

O general já não estava mais sorrindo. Era um homem que não suportava não saber o que estava acontecendo. Havia soltado a mão de Kitty e estava conversando com Arc, muito sério.

Lulu deu um puxão na mão de Dolly.

— Mãe, faz ela parar! — sibilou.

A voz da filha despertou Dolly da paralisia momentânea.

— Para com isso, Kitty — disse ela.

— O senhor come as pessoas? — perguntou Kitty ao general. — Ou deixa ao relento para os abutres comerem?

— Cala a boca, Kitty — disse Dolly um pouco mais alto. — Chega de brincadeira.

O general falou com Arc em uma voz áspera e este se virou para Dolly. Sua testa lisa estava visivelmente suada.

— Srta. Peale, o general está ficando irritado — disse ele. E era esse o código; Dolly entendeu claramente. Foi até Kitty e a segurou pelo braço bronzeado. Inclinou-se para junto de seu rosto.

— Se você continuar com isso a gente vai morrer — disse Dolly com uma voz mansa.

Mas bastou uma olhadela para os olhos febris e autodestruidores de Kitty para saber que era inútil: ela não conseguia parar.

— Xi! — disse Kitty bem alto, fingindo surpresa. — Não era para falar no genocídio?

Essa palavra o general conhecia. Ele se afastou de Kitty como se ela estivesse em chamas, bradando uma ordem aos soldados com a voz engasgada. Estes empurraram Dolly, derrubando-a no chão. Quando ela tornou a olhar para Kitty, os soldados estavam aglomerados à sua volta, ocultando a atriz.

Lulu gritava, tentando levantar Dolly do chão.

— Mamãe, faz alguma coisa! Manda eles pararem!

— Arc — chamou Dolly, mas Arc agora estava fora do seu alcance. Ele havia assumido seu lugar ao lado do general, que berrava de ira. Os soldados estavam levando Kitty embora; Dolly teve a impressão de vê-la desferir chutes no meio deles. Ainda podia ouvir sua voz aguda e alta:

— O senhor bebe o sangue delas ou só usa para limpar o chão? Usa os dentes delas em volta do pescoço?

Ouviu-se o som de uma batida seguido por um grito. Dolly se levantou com um pulo. Mas Kitty havia desaparecido; os soldados a carregaram para dentro de uma estrutura escondida nas árvores ao lado do heliponto. O general e Arc foram atrás e fecharam a porta. A mata adquiriu um silêncio sinistro: tudo que se ouvia eram os gritos das araras e os soluços de Lulu.

Enquanto o general bradava enfurecido, Arc havia sussurrado ordens para dois soldados e, assim que o general saiu de cena, estes conduziram Dolly e Lulu morro abaixo pela mata de volta aos jipes. Os motoristas aguardavam fumando cigarros. Durante o trajeto, Lulu ficou deitada com a cabeça no colo de Dolly, chorando enquanto percorriam a selva e depois o deserto a toda velocidade. Dolly afagava os cabelos macios da filha, perguntando-se, entorpecida, se estariam sendo levadas para a prisão. Dali a algum tempo, no entanto, enquanto o sol escorregava rumo ao horizonte, elas chegaram ao aeroporto. O avião do general as aguardava. A essa altura, Lulu já tinha se sentado e se afastado para a outra ponta do banco.

Lulu passou o voo inteiro ferrada no sono, agarrada com a mochila da Kate Spade. Dolly não pregou o olho. Manteve o olhar fixo à frente, cravado no assento vazio de Kitty.

Na penumbra do início da manhã, as duas pegaram um táxi do aeroporto JFK até Hell's Kitchen. Nenhuma das duas disse nada. Dolly ficou pasma ao constatar que o prédio em que moravam continuava intacto, o apartamento no alto da escada, a chave dentro da bolsa.

Lulu foi direto para o quarto e fechou a porta. Dolly ficou sentada no escritório, zonza por causa da noite em claro, tentando organizar os pensamentos. Será que deveria começar acionando a embaixada? Ou seria melhor o Congresso? Quanto tempo levaria para conseguir falar no telefone com alguém que de fato pudesse ajudá-la? E o que iria dizer exatamente?

Lulu saiu do quarto vestida com o uniforme da escola, de cabelos penteados. Dolly sequer se dera conta de que já era dia lá fora. Lulu olhou de viés para a mãe, que ainda estava com a roupa da véspera, e disse:

— Está na hora de ir.

— Você vai para a escola?

— É claro que eu vou para a escola. O que mais eu poderia fazer?

Elas pegaram o metrô. O silêncio entre as duas havia se tornado inviolável; Dolly temia que nunca fosse ter fim. Ao fitar o rosto sombrio e contraído de Lulu, sentiu uma fria onda de certeza: se Kitty Jackson morresse, perderia a filha para sempre.

Na esquina de sempre, Lulu virou as costas sem se despedir.

Na avenida Lexington, os comerciantes erguiam as portas de ferro das lojas. Dolly comprou um café e bebeu. Queria ficar perto de Lulu. Decidiu ficar esperando naquela esquina até a filha sair da escola: faltavam cinco horas e meia. Enquanto isso, fazia ligações pelo celular. Mas foi assombrada por visões de Kitty com o vestido verde, as cicatrizes de queimadura piscando nos braços, e depois pensando no próprio orgulho obsceno ao achar que conseguira domar o general e fazer do mundo um lugar melhor.

O celular em sua mão estava mudo. Aquele não era o tipo de ligação que ela sabia como fazer.

Quando a grade de ferro atrás dela se ergueu com um estremecimento, Dolly viu que era uma loja de ampliação e impressão fotográfica. A câmera oculta continuava dentro de sua bolsa. Era algo a fazer; ela entrou, entregou a câmera e pediu cópias em papel e um CD com tudo o que conseguissem baixar.

Uma hora depois, ainda estava em pé diante da loja quando o atendente apareceu com as fotos. A essa altura, já tinha feito algumas ligações relacionadas a Kitty, mas ninguém parecera levá-la a sério. E quem poderia culpá-los?, pensou Dolly.

— Essas fotos... a senhora por acaso usou Photoshop? — perguntou o cara da loja. — Parecem de verdade.

— E são — disse ela. — Eu mesma as tirei.

O cara riu.

— Ah, para com isso — disse ele, e Dolly sentiu um tremor no fundo do cérebro. Como tinha dito Lulu mais cedo de manhã: *O que mais eu poderia fazer?*

Voltou correndo para casa e ligou para seus antigos contatos no *Enquirer* e na *Star*, alguns dos quais ainda trabalhavam nas redações. Deixar a notícia se espalhar. Isso já havia funcionado para Dolly no passado.

Minutos depois, estava enviando imagens por e-mail. Em poucas horas, fotos do General B. e Kitty Jackson juntinhos já estavam sendo postadas e negociadas na internet. No final do dia, jornalistas dos veículos mais importantes mundo afora já tinham começado a ligar. Ligaram para o general, também, cujo chefe de relações-públicas desmentiu veementemente os boatos.

Nessa noite, enquanto Lulu fazia o dever de casa no quarto, Dolly comeu macarrão frio com molho de gergelim e dedicou-se a tentar encontrar Arc. Teve de fazer quatorze tentativas.

— Nós não podemos mais nos falar, srta. Peale — disse ele.

— Arc.

— Não podemos mais nos falar. O general está bravo.

— Escute.

— O general está bravo, srta. Peale.

— Ela está viva, Arc? É só isso que eu preciso saber.

— Ela está viva.

— Obrigada. — Os olhos de Dolly ficaram marejados. — Ela está... eles estão... ela está sendo bem tratada?

— Ela está ilesa, srta. Peale — disse Arc. — Não vamos tornar a nos falar.

Os dois se calaram e ficaram escutando o zumbido da ligação internacional.

— É uma pena — disse Arc antes de desligar.

Mas Dolly e Arc tornaram a se falar. Meses — quase um ano — depois, quando o general foi a Nova York discursar na ONU sobre a transição democrática de seu país. A essa altura, Dolly e Lulu já tinham se mudado da cidade, mas foram de carro a Manhattan certa noite para encontrar Arc em um restaurante. Ele estava usando um terno preto e uma gravata bordô que combinava com o excelente Cabernet que havia servido para si e para Dolly. Pareceu se deliciar ao contar a história, como se houvesse aprendido de cor todos os detalhes especialmente para ela: como, três ou quatro dias depois de ela e Lulu irem embora do esconderijo do general, os fotógrafos haviam começado a aparecer, primeiro um ou dois, que os soldados encontraram na mata e prenderam, e depois outros, numerosos demais para capturar ou mesmo contar — eles tinham enorme talento para se esconder, agachando-se feito macacos em cima das árvores, enterrando-se em buracos rasos, camuflando-se no meio de pilhas de folhas. Nenhum assassino jamais tinha conseguido descobrir o paradeiro exato do general, mas os fotógrafos fizeram isso parecer fácil: começaram a passar aos montes pelas fronteiras, sem visto, encolhidos dentro de cestos e barris de vinho, enrolados em tapetes, sacolejando por estradas sem pavimentação na traseira de caminhões, e acabaram por cercar o enclave do general, do qual este não se atrevia a sair.

Foram necessários dez dias para convencer o general de que ele não tinha outra escolha a não ser confrontar seus inquisidores. Ele vestiu seu casaco militar com medalhas e ombreiras, pôs o chapéu azul na cabeça, pegou Kitty pelo braço e saiu com ela para o meio do exército de câmeras que o aguardava. Dolly se lembrava de como o general parecia perplexo nessas imagens, um recém-nascido com seu chapéu azul macio, sem saber muito bem como se comportar. Ao seu lado, Kitty sorria, usando um vestido preto colado no corpo que Arc devia ter tido alguma dificuldade para arrumar, de tão perfeito que era para a ocasião: casual e íntimo, simples mas revelador, o tipo de vestido que uma mulher usaria na intimidade com seu amante. Era difícil ler a expressão dos olhos dela mas, sempre que Dolly a encarava, lendo e relendo obsessivamente a notícia, podia ouvir a risada de Kitty ecoar nos ouvidos.

— Já viu o filme novo da senhorita Jackson? — perguntou Arc. — Achei que foi o melhor que ela já fez.

Dolly tinha visto o filme: uma comédia romântica na qual Kitty interpretava o papel de uma jóquei, sem demonstrar qualquer esforço nas cenas a cavalo. Dolly tinha ido com Lulu ao pequeno cinema da cidadezinha no norte do estado para a qual haviam se mudado pouco depois de os outros generais começarem a ligar: primeiro o general G., depois o general A., depois os generais L., P. e Y. A notícia havia se espalhado e Dolly foi soterrada por propostas de trabalho de genocidas ávidos por um recomeço. "Estou fora do mercado", respondera ela antes de encaminhá-los para antigos concorrentes.

Lulu no início tinha sido contra a mudança, mas Dolly foi firme. E a menina havia se adaptado depressa à escola pública da região, onde começou a jogar futebol e encontrou um novo séquito de meninas que pareciam segui-la por toda parte. Ninguém na cidade jamais tinha ouvido falar em La Doll, então Lulu não tinha nada a esconder.

Pouco depois do encontro entre o general e os fotógrafos, Dolly recebeu uma generosa recompensa. "Um presente para expressar nossa imensa gratidão por seus inestimáveis conselhos, srta. Peale", tinha dito Arc ao telefone, mas Dolly havia escutado seu sorriso e entendido: era um dinheiro para calar a sua boca. Ela o usou para abrir uma pequena delicatéssen na rua principal da cidade, onde vendia produtos de luxo e queijos diferentes, exibidos com esmero e iluminados por um sistema de pequenos spots de luz criados por ela própria. "Esta loja parece Paris", era um comentário que sempre escutava dos nova-iorquinos que vinham passar o fim de semana em suas casas de campo.

De vez em quando, Dolly recebia um carregamento de carambolas e sempre se lembrava de separar algumas para comer com Lulu. Ela as levava para a casinha onde moravam, no final de uma rua tranquila. Depois do jantar, com o rádio ligado e as janelas abertas para a noite escura, ela e Lulu se banqueteavam com a polpa doce e estranha das frutas.

9

Um almoço em quarenta minutos: Kitty Jackson revela tudo sobre amor, fama e Nixon!

Por **Jules Jones**

Estrelas de cinema sempre parecem baixinhas na primeira vez em que as vemos, e Kitty Jackson não é nenhuma exceção, por mais excepcional que seja sob todos os outros aspectos.

Na realidade, baixinha não é a palavra certa; ela é minúscula — um bonsai humano de vestido branco sem mangas, sentada à mesa no fundo de um restaurante da avenida Madison, falando ao celular. Quando me sento, ela sorri para mim e revira os olhos para o telefone. Seus cabelos têm aquele tom de louro que se vê por toda parte, "com reflexos", como diz minha ex-noiva, embora em Kitty Jackson essa convivência emaranhada entre o louro e o castanho pareça ao mesmo tempo mais natural e mais cara do que em Janet Green. Seu rosto (o de Kitty) é daquele tipo que se poderia imaginar apenas bonitinho no meio de outros rostos em, digamos, uma sala de aula do ensino médio: nariz arrebitado, lábios carnudos, grandes olhos azuis. No entanto, em Kitty Jackson, por motivos que não consigo identificar exatamente — os mesmos, suponho, que dão a seus cabelos com reflexos um aspecto melhor do que os cabelos com reflexos comuns (como os de Janet Green) —, esse rosto nada excepcional dá a impressão de ser extraordinário.

Ela ainda está falando ao celular e cinco minutos já se passaram.

Por fim, ela encerra a ligação, dobra o celular até transformá-lo em um disco do tamanho de um chocolatinho de menta daqueles que se comem depois da refeição e o guarda dentro de uma bolsa de verniz branco. Então, começa a pedir desculpas. Fica claro na hora que Kitty pertence à categoria das estrelas e astros simpáticos (Matt Damon), por oposição aos difíceis (Ralph Fiennes). Os astros da categoria simpática agem como se fossem iguaizinhos a você (ou seja, iguaizinhos a mim), para que você goste deles e escreva coisas lisonjeiras a seu respeito, estratégia de sucesso quase universal, apesar da crença de todo jornalista de ser escolado demais para acalentar a fantasia de que a capa da *Vanity Fair* e o desejo de Brad Pitt de levá-lo para fazer um tour em sua mansão são meras coincidências. Kitty sente muito pelos 12 arcos em chamas que eu precisei pular e pelos vários quilômetros de brasas por cima dos quais precisei correr para ter o privilégio de passar quarenta minutos em sua companhia.

Sente muito por ter acabado de passar os primeiros seis desses quarenta minutos falando com outra pessoa ao celular. As profusas desculpas lembram por que eu prefiro os astros difíceis, aqueles que usam o próprio estrelato como se fosse uma barricada atrás da qual se protegem enquanto cospem pelas brechas. Um astro que não consegue ser simpático tem algo fora de controle, e a erosão do autocontrole do entrevistado é a condição *sine qua non* no jornalismo de celebridades.

O garçom anota nosso pedido. E, como simplesmente não vale a pena relatar os dez minutos de conversa fiada que tenho em seguida com Kitty, mencionarei em vez disso (como se fosse uma nota de rodapé, hábito que empresta um verniz de respeitabilidade à observação da cultura pop) que, quando se é uma jovem estrela de cinema com cabelos alourados e um rosto instantaneamente reconhecível por causa do filme recente cuja bilheteria só pode ser explicada pela conjectura de que todos os habitantes dos Estados Unidos o assistiram pelo menos duas vezes, as pessoas tratam você de um jeito meio diferente — na verdade, totalmente diferente — de como tratam, digamos, um sujeito quase de meia-idade, meio careca, com os ombros caídos e portador de um leve eczema. Na superfície, o tratamento é o mesmo — "Posso anotar seu pedido?" etc. —, mas logo abaixo dessa superfície espreita a histeria do garçom por ter reconhecido a fama da minha entrevistada. E, com uma simultaneidade que só pode ser explicada segundo os princípios da mecânica quântica, especificamente as propriedades das chamadas partículas emaranhadas, esse mesmo impulso de reconhecimento alcança todos os outros pontos do restaurante ao mesmo tempo, até as mesas afastadas demais da nossa para que os seus ocupantes tenham nos visto.[1] Por toda parte, as pessoas se viram na cadeira, esticam o pescoço, se torcem e se contorcem, levitando sem querer das cadeiras enquanto lutam contra a ânsia de se jogar em cima de Kitty e arrancar pedaços de seus cabelos e roupas.

Pergunto a Kitty qual é a sensação de ser sempre o centro das atenções.

— Estranha — responde ela. — É tão repentino... A sensação é que você não merece isso de jeito nenhum.

Viram só? Simpatia.

---

[1] Dei-me ao luxo de um certo sofisma ao sugerir que as partículas emaranhadas possam explicar alguma coisa quando, até hoje, elas próprias ainda não foram explicadas de forma satisfatória. Partículas emaranhadas são "gêmeos" subatômicos: são dois fótons, criados pela divisão de um único fóton ao meio com um cristal, mas que mesmo assim reagem de forma idêntica a estímulos aplicados a um deles apenas, ainda que separados por muitos quilômetros.

Como, perguntam-se os físicos, intrigados, uma partícula pode "saber" o que está acontecendo com a outra? Como, quando as pessoas sentadas nas mesas mais próximas de Kitty Jackson inevitavelmente a reconhecem, aquelas para quem Kitty Jackson está fora da linha de visão, que não poderiam de forma alguma ter tido a experiência de ver Kitty Jackson, a reconhecem simultaneamente?

Explicações teóricas:

(1) As partículas se comunicam entre si.

Impossível, pois teriam que fazê-lo a uma velocidade superior à da luz, violando assim a teoria da relatividade. Em outras palavras, para que a consciência relativa à presença de Kitty percorresse o restaurante simultaneamente, os ocupantes das mesas próximas à dela teriam de transmitir, por meio de palavras ou gestos, o fato da sua presença aos clientes mais distantes que não podem vê-la — tudo a uma velocidade superior à da luz. E isso é impossível.

(2) Os dois fótons estão reagindo a fatores "locais" gerados por seu status anterior de fóton único. (Essa foi a explicação de Einstein para o

— Ah, não diga isso — retruco eu, e lhe faço um elogio por sua atuação como a drogada sem-teto transformada em agente do FBI/acrobata de *Ai, ai, baby* — o tipo de bajulação desavergonhada que me faz pensar se eu preferiria a morte por injeção letal ou minha atual profissão como repórter de celebridades. Ela não teve orgulho desse papel?

— *Tive*, claro — responde ela. — Mas, de certa forma, eu ainda nem sabia muito bem o que estava fazendo. Com meu novo filme, eu me sinto mais...

— Espere um instante! — exclamo eu, embora o garçom ainda não tenha chegado à nossa mesa e a bandeja que ele carrega provavelmente nem seja a nossa. Porque eu não quero ouvir sobre o filme novo de Kitty; estou pouco ligando para isso e sei que vocês também não; o seu blá-blá-blá sobre o desafio do papel, a relação de

---

fenômeno das partículas emaranhadas, que ele chamava de "assustadora ação a distância".)

Não. Porque nós já estabelecemos que as pessoas *não* estão reagindo umas às outras; estão todas reagindo simultaneamente a Kitty Jackson, que apenas algumas delas estão vendo de fato!

(3) Esse é um daqueles mistérios mecânicos da física quântica.

Tudo indica que sim. A única coisa que se pode dizer com certeza é que, diante da presença de Kitty Jackson, nós nos tornamos emaranhados pela simples consciência de que *não somos* Kitty Jackson, fato tão subitamente unificador que apaga por um tempo todas as distinções entre nós — nossa tendência inexplicável a chorar em desfiles militares, ou o fato de nunca termos aprendido francês, ou de termos um medo de insetos que fazemos o máximo para esconder das mulheres ou de que gostávamos de comer cartolina quando crianças — diante da presença de Kitty Jackson, nós não temos mais esses traços. Na verdade, somos tão indistinguíveis de todos os outros não Kitty Jackson à nossa volta que, se um de nós a vê, o resto reage simultaneamente.

confiança que ela estabeleceu com o diretor e a honra que foi trabalhar com um ator tão experiente quando Tom Cruise é a pílula amarga que ambos temos de engolir em troca do privilégio de passar um tempo coletivo na companhia de Kitty. Mas vamos adiar quanto possível a hora de tomá-la!

Felizmente, a bandeja é a nossa *sim* (a comida chega mais depressa quando você está comendo com uma estrela de cinema): para Kitty, uma salada Cobb com folhas, tomate, peito de frango, abacate e bacon; para mim, um cheesebúrguer com fritas e salada Caesar.

Enquanto nos acomodamos para comer, um pouco de teoria: o tratamento que o garçom dispensa a Kitty na verdade é uma espécie de sanduíche no qual o pão de baixo é a forma insana e ligeiramente exausta como ele em geral trata os clientes, o recheio é a forma insana e anormal como ele se comporta diante dessa menina famosa de 19 anos e o pão de cima é a sua tentativa de conter e ocultar esse recheio com algum tipo de comportamento que pelo menos chegue perto da camada inferior de tédio e exaustão que é a sua norma. Da mesma forma, Kitty Jackson tem algum tipo de pão de baixo que é supostamente "ela própria" ou a forma como Kitty Jackson se comportava antes, no subúrbio de Des Moines em que foi criada, como andava de bicicleta, frequentava festas de formatura, tirava notas razoáveis na escola e, o mais intrigante de tudo, praticava salto equestre, conquistando assim uma quantidade substancial de fitas e troféus e, pelo menos por um tempo, acalentando o sonho de virar jóquei. Por cima disso há a sua reação extraordinária e possivelmente um pouco psicótica à fama recente — o recheio do sanduíche —, e no topo de tudo a própria tentativa de imitar a primeira camada com uma simulação de seu eu normal, ou anterior.

Dezesseis minutos já se passaram.

— Segundo os boatos — digo, com a boca cheia de um hambúrguer meio mastigado em um esforço calculado para enojar minha entrevistada, perfurando assim seu escudo profilático de simpatia e iniciando a erosão calculada de seu autocontrole —, você se envolveu com seu colega de set.

Isso chama sua atenção. Lancei a pergunta para ela de repente, depois de aprender, a duras penas, que uma abordagem cautelosa das perguntas pessoais dá aos entrevistados difíceis tempo suficiente para erguer suas barreiras, e aos entrevistados simpáticos tempo suficiente para se esquivar delas com delicadeza e rubor nas faces.

— Que mentira deslavada! — exclama Kitty. — Tom e eu temos um relacionamento maravilhoso. Eu amo a Nicole. Ela é um modelo para mim. Cheguei a cuidar dos filhos deles.

Saco meu Largo Sorriso Cheio de Dentes, tática sem significado destinada apenas a irritar e confundir meus entrevistados. Se os meus métodos estiverem parecendo desnecessariamente duros, convido os leitores a recordar que me foram alocados quarenta minutos, quase vinte dos quais agora já transcorreram. E permitam-me acrescentar, de um ponto de vista pessoal, que se a matéria ficar um lixo — ou seja, se não revelar algum aspecto de Kitty que vocês ainda não conhecem (como dizem que consegui fazer nas minhas matérias sobre caçar alces com Leonardo di Caprio, ler Homero com Sharon Stone e catar mariscos com Jeremy Irons) — pode muito bem cair, reduzindo assim minhas perspectivas profissionais em Nova York e Los Angeles e prolongando a "bizarra sequência de fracassos que você vem tendo ultimamente, amigão" (palavras de Atticus Levi, meu amigo e editor, durante um almoço comigo no mês passado).

— Por que está sorrindo desse jeito? — pergunta Kitty, hostil.

Viram só? Acabou a simpatia.

— Eu estava sorrindo?

Ela volta a atenção para a salada Cobb. Eu também. Como tenho muito pouca munição, muito poucas portas de entrada para o santuário interior de Kitty Jackson, vejo-me obrigado a observar e aqui relatar o fato de que, ao longo do almoço, ela come toda a alface de sua salada, umas duas garfadas e meia de frango e vários pedaços de tomate. O que ela ignora: as azeitonas, o queijo gorgonzola, os ovos cozidos, o bacon e o abacate — em outras palavras, todos os ingredientes da salada Cobb que, tecnicamente falando, *fazem dela uma salada Cobb*. Quanto ao molho, que ela pediu "à parte", não toca nele a não ser com a pontinha do indicador, uma vez, para em seguida chupar o dedo.[2]

— Vou dizer a você em que estou pensando — digo por fim, pondo um fim à tensa vibração que aumentava ao redor de nossa mesa. — Estou pensando: uma meni-

---

[2] De vez em quando, a vida nos proporciona tempo, tranquilidade e *dolce far niente* suficientes para fazer o tipo de pergunta que quase não fazemos na pressa do cotidiano: qual é a extensão das suas lembranças sobre a mecânica da fotossíntese? Você já conseguiu usar a palavra "ontologia" em alguma conversa? Em que momento exato você se desviou só um pouquinho da vida relativamente normal que vinha levando até então, em que momento se desalinhou de maneira infinitesimal para a esquerda ou para a direita, embarcando assim na trajetória que acabaria por levá-lo para onde se encontra agora — no meu caso, o Centro Correcional de Rikers Island?

na de 19 anos. Com um filme campeão de bilheteria no currículo, meio mundo fazendo dancinhas em frente à sua janela para chamar sua atenção... para onde ela pode ir agora? O que pode fazer?

Depois de vários meses submetendo cada filamento e cada nanossegundo desse meu almoço com Kitty Jackson a um nível de análise que faria as escolas talmúdicas parecerem apressadas em sua avaliação do shabat, concluí que o meu realinhamento sutil, porém decisivo, ocorreu no exato instante em que Kitty Jackson mergulhou o dedo na tigelinha de molho de salada "à parte" e depois o chupou.

Eis aqui, cuidadosamente dissecada e restaurada em ordem cronológica, uma reconstrução da mistura de pensamentos e impulsos que hoje acredito terem percorrido a minha mente nessa ocasião:

Pensamento 1 (ao ver Kitty mergulhando o dedo no molho e depois chupando): Será possível que essa linda garota esteja *dando mole para mim*?

Pensamento 2: Não, não tem como.

Pensamento 3: Mas não tem como *por quê*?

Pensamento 4: Porque ela é uma estrela de cinema famosa de 19 anos, e você "engordou de repente — ou será que sou eu que estou reparando mais?" (palavras de Janet Green durante nosso último e fracassado episódio sexual), tem um problema dermatológico e zero prestígio mundial.

Pensamento 5: Mas ela acabou de mergulhar o dedo em uma tigelinha de molho de salada e de chupá-lo na minha frente! O que isso pode significar?

Pensamento 6: Isso significa que você está tão fora do campo das possibilidades sexuais de Kitty que os seus sensores internos, que normalmente reprimem qualquer comportamento passível de ser interpretado como encorajador, ou mesmo incendiário, tal como mergulhar o dedo em uma tigelinha de molho de salada e depois chupá-lo na frente de um homem que poderia interpretar isso como um sinal de interesse sexual, deixaram de funcionar.

Pensamento 7: Por quê?

Pensamento 8: Porque Kitty Jackson não percebe você como um "homem", e portanto estar diante de você a mobiliza tanto quanto se estivesse diante de um cão dachshund.

Vejo várias coisas na expressão de Kitty: alívio por eu não ter dito alguma coisa pior, alguma coisa sobre Tom Cruise, e, misturado a esse alívio (e em parte devido a ele), um desejo passageiro de me ver como mais do que outro maluco com um gravador na mão — de me ver como alguém que compreende a incrível estranheza do seu mundo. Ah, como eu queria que isso fosse verdade! Meu maior desejo na vida é entender a estranheza do mundo de Kitty — enterrar-me nessa estranheza para nunca mais sair. Mas o melhor que posso esperar é esconder de Kitty Jackson a total impossibilidade de qualquer comunhão verdadeira entre nós, e o fato de ter conseguido fazer isso por 21 minutos é uma vitória.

Por que não paro de mencionar — de "inserir", como pode parecer — a mim mesmo nessa história? Porque estou tentando arrancar algum material legível de uma garota de 19 anos muito, muito simpática: estou tentando construir uma história que não apenas revele os segredos aveludados de seu coração de adolescente, mas que também contenha ação e desenvolvimento, além de — que Deus me ajude — alguma indicação de significado. Mas o meu problema é o seguinte: Kitty é um tédio. A coisa mais interessante a seu respeito é o efeito que ela provoca nos outros e, como o "outro" cuja vida interior está mais facilmente acessível para nossa inspeção coletiva por acaso sou eu, é muito natural — na verdade, é *obrigatório* ("Estou implorando: por favor, faça isso acontecer para eu não parecer um babaca por ter encomendado essa matéria para você" — Atticus Levi, durante uma conversa telefônica recente na qual expressei meu desespero por continuar escrevendo perfis de celebridades) — que a suposta história de meu almoço com Kitty Jackson seja na verdade a história dos infinitos efeitos que Kitty Jackson teve sobre mim durante o almoço em questão. E, para que esses efeitos sejam minimamente compreensíveis, é preciso não esquecer que Janet Green, minha namorada havia três anos e noiva havia um mês e 13 dias, me dera um pé na bunda duas semanas atrás, ao me trocar por um escritor de memórias cujo mais recente livro descreve sua predileção adolescente por se masturbar dentro do aquário da família ("Pelo menos ele está se interessando por si próprio!" — Janet Green, durante uma conversa telefônica recente na qual tentei fazê-la entender o erro colossal que ela havia cometido).

— Eu me pergunto isso o tempo todo... o que vai acontecer depois — diz Kitty. — Às vezes me imagino olhando para trás, para este momento de agora, e penso: onde vamos estar quando eu olhar para trás? Será que o agora vai parecer o início de uma vida incrível ou... ou o quê?

E qual é a definição exata de "uma vida incrível" no vocabulário de Kitty Jackson?

— Ah, você sabe. — Risadinha. Rubor nas faces. Voltamos à simpatia, mas uma simpatia diferente da de antes. Tivemos um entrevero, e agora estamos fazendo as pazes.

— Fama e fortuna? — sugiro.

— Um pouco. Mas também... a felicidade, só isso. Eu quero encontrar o verdadeiro amor e nem ligo se isso parece cafona. Quero ter filhos. É por isso que, no filme novo, eu crio uma relação tão estreita com minha mãe adotiva...

Mas os meus esforços pavlovianos para eliminar o componente de relações-públicas do nosso almoço tiveram sucesso, e Kitty se cala. No entanto, assim que me parabenizo por essa vitória, surpreendo Kitty lançando um olhar de esguelha para o relógio (da Hermès). Como esse gesto me afeta? Bem, eu sinto se agitar dentro de mim um volátil ensopado de raiva, medo e luxúria: raiva por essa menina ingênua, por motivos claramente injustificáveis, ter muito mais poder no mundo do que eu jamais terei, e porque, quando os meus quarenta minutos acabarem, nada a não ser uma perseguição criminosa poderia forçar a interseção da minha trajetória subterrânea com a sua trajetória celestial; medo porque, depois de verificar meu próprio relógio (da Timex), descobri que trinta desses quarenta minutos já transcorreram e que eu ainda não tenho nenhum "acontecimento" capaz de constituir o centro da minha matéria; luxúria porque o pescoço dela é muito comprido, circundado por um colar de ouro quase translúcido de tão fino. Seus ombros, à mostra no vestido branco de frente única, são pequenos, bronzeados e muito delicados, como dois filhotes de passarinho. Mas isso os faz parecer pouco atraentes, e eles eram incrivelmente atraentes! Quando digo "filhotes de passarinho", quero dizer que eram tão atraentes (os ombros dela) que por um instante pude me imaginar separando todos aqueles ossinhos e chupando a carne deles um a um.[3]

Pergunto a Kitty qual é a sensação de ser uma deusa do sexo.

---

[3] Àqueles que inevitavelmente irão interpretar esse capricho como mais um indício de que eu sou, de fato, um "doido varrido", um "maluquete" ou um "pervertido" (trechos da correspondência que recebi de desconhecidos quando estava preso), só posso responder o seguinte: em um dia de primavera, quase quatro anos atrás, reparei em uma garota de pernas grossas e tórax comprido e estreito usando uma camiseta cor-de-rosa *tie-dye* e catando um cocô de cachorro com um saco plástico da farmácia Duane Read. Era uma daquelas garotas musculosas que acabamos descobrindo terem sido nadadoras ou praticantes de salto ornamental no ensino médio (embora mais tarde

— Nenhuma — responde ela, entediada e irritada. — Quem sente isso são os outros.

— Os homens, você quer dizer.

— Imagino que sim — responde ela, e uma nova expressão percorre o rosto bonito e se acomoda ali, uma expressão que eu seria obrigado a descrever como um súbito cansaço.

Eu também sinto a mesma coisa: sinto-me abruptamente cansado. Na verdade, sinto-me cansado de modo geral.

— Meu Deus, que farsa — digo, em um instante de autoexpressão desatenta sem qualquer objetivo estratégico e do qual, portanto, sem dúvida vou me arrepender dali a poucos segundos. — Por que é que eu me dou ao trabalho de participar disso tudo?

Kitty inclina a cabeça para mim. Sinto que ela consegue detectar meu cansaço generalizado, e talvez até adivinhar algumas de suas causas. Em outras palavras, ela está olhando para mim com pena. Eu agora estou perigosa-

---

eu tenha descoberto que ela não foi nenhuma das duas coisas), e seu cachorro era um terrier pequenino, de pelo falhado e aspecto molhado, do tipo que, mesmo segundo os padrões mais neutros e objetivos possíveis, parecia indigno de qualquer amor. Mas ela o amava. "Vem cá, Whiskers", chamava ela. "Vem cá, menina." Ao olhar para ela, eu vi tudo: o apartamento pequeno e superaquecido, cheio de tênis de corrida e collants jogados por toda parte, os jantares bissemanais na casa dos pais, a penugem macia e escura em seu lábio superior que ela descoloria a cada semana com um creme branco de cheiro azedo. E a sensação que tive não foi nem tanto de desejá-la, mas sim de estar rodeado por ela, de ter entrado na sua vida sem sair do lugar.

— Posso ajudar você com isso? – perguntei, ao entrar no trecho ensolarado em que ela e Whiskers estavam e pegar da sua mão a sacola da Duane Read cheia de cocô.

Janet sorriu. Seu sorriso parecia uma bandeira tremulando.

—Você é doido? – perguntou ela.

mente próximo de sucumbir ao único e maior perigo do jornalismo de celebridades: permitir à minha entrevistada inverter o foco da apuração, momento a partir do qual não serei mais capaz de vê-la. Com uma súbita pressão anunciada por gotas de suor ao longo da linha drasticamente recuada dos meus cabelos, passo um imenso naco de pão no fundo do meu prato de salada e o enfio na boca como um dentista isolando um dente com algodão. E nesse instante — ah, sim —, nesse instante eu sinto a coceira que prenuncia um espirro: lá vem, minha Nossa Senhora, com pão ou sem pão, nada é capaz de deter a estrondosa e simultânea erupção de todas as cavidades da minha cabeça. Kitty adota uma expressão aterrorizada, afasta-se de mim enquanto eu limpo a bagunça.

Desastre evitado. Ou pelo menos antecipado.

— Sabe de uma coisa — digo, depois de finalmente conseguir engolir meu pão e assoar meu nariz ao custo de quase três minutos —, eu adoraria dar uma volta. O que você acha?

A perspectiva de fugir para o ar livre faz Kitty se levantar da cadeira com um pulo. Afinal de contas, o dia está perfeito e a luz do sol entra saltitante pelas janelas do restaurante. Mas a animação dela é imediatamente relativizada por uma oposta e igual medida de cautela.

— E o Jake? — pergunta, referindo-se ao seu assessor de imprensa, que irá aparecer ao fim dos nossos quarenta minutos e acenar com sua varinha de condão para me transformar novamente em abóbora.

— Ele não pode ligar e encontrar com a gente? — pergunto.

— Tá bom — diz ela, fazendo o máximo para simular a primeira onda de entusiasmo genuíno que sentiu, apesar da camada intermediária de cansaço que se interpôs. — Claro, vamos.

Pago a conta apressadamente. Vários motivos me levaram a orquestrar nossa saída: em primeiro lugar, quero arrancar alguns minutos extras de Kitty na tentativa de salvar a entrevista e, em um sentido mais amplo, minha outrora promissora e agora claudicante reputação literária. ("Acho que talvez ela tenha ficado desapontada por você não ter tentado escrever outro romance depois que o primeiro não vendeu bem..." — Beatrice Green, diante de um chá quente, depois de eu me jogar aos soluços nos degraus de sua escada em Scarsdale implorando por explicações para a deserção da sua filha.) Em segundo lugar, quero ver Kitty Jackson em pé e em movimento. Para isso, deixo-a seguir na frente ao sair do restaurante, serpenteando entre as mesas com a cabeça baixa como sempre fazem as mulheres excepcionalmente bonitas e também os famosos (sem falar em pessoas como Kitty, que se enquadram nas duas categorias). Eis uma tradução em vernáculo de sua postura e de seu andar: *Eu sei que sou famosa e irresistível — combinação cujas propriedades são muito semelhantes à radioatividade —, e sei que vocês nesta sala são impotentes diante de mim. É constrangedor tanto para mim quanto para vocês nos entreolharmos e constatarmos a consciência mútua da minha radioatividade e da sua impotência, de modo que manterei a cabeça baixa e deixarei vocês me observarem em paz.* Enquanto isso tudo acontecia, eu admirava as pernas de Kitty: longas para sua estatura modesta, além de bronzeadas, mas não aquele bronzeado cor de laranja das cabines de ultravioleta, e sim um castanho forte e acobreado que me faz pensar em — bem, em cavalos.

O Central Park fica a um quarteirão do restaurante. Já se passaram 41 minutos e o relógio continua a correr. Entramos no parque. Está tudo verde e banhado em luz e sombras, dando a impressão de que mergulhamos juntos em um lago plácido e profundo.

— Já me esqueci a que horas a gente começou — diz Kitty, olhando para o relógio. — Quanto tempo ainda falta?

— Ah, tem tempo ainda — balbucio. Estou me sentindo meio aéreo. Enquanto caminhamos, olho para as pernas de Kitty (olho quanto posso sem rastejar no chão a seus pés — ideia que chega a me passar pela cabeça) e descubro que, acima dos joelhos, elas são cobertas por pelos dourados muito delicados. Como Kitty é muito jovem e bem nutrida, muito protegida da crueldade alheia gratuita, ainda muito inconsciente de que chegará à meia-idade e acabará morrendo (possivelmente sozinha), como ainda não se decepcionou, apenas se espantou e espantou o mundo com suas realizações prematuras, a pele de Kitty — essa bolsa lisa, rechonchuda e docemente perfumada sobre a qual a vida registra nossos fracassos e nossa exaustão — é perfeita. E, quando digo "perfeita", quero dizer que não há nada pendurado, nem flácido, nem pinçado, nem enrugado, nem franzido ou amassado — quero dizer que a sua pele é como a superfície de uma folha, exceto por não ser verde. Não consigo imaginar uma pele assim produzindo algum odor, textura ou sabor desagradável — não consigo imaginá-la, por exemplo, sequer com o mais leve eczema (isso é totalmente inconcebível).

Sentamos lado a lado em um gramado em declive. Kitty, obediente, já recomeçou a falar sobre seu novo filme, pois pensar na volta de seu assessor sem dúvida a fez lembrar que a promoção desse filme é o único motivo para ela estar na minha companhia.

— Ah, Kitty — digo eu. — Esqueça o filme. Estamos aqui no parque, o dia está lindo. Vamos deixar essas outras pessoas para trás. Vamos falar... vamos falar sobre cavalos.

Que expressão! Que olhar! Todas as metáforas piegas que se puder imaginar me vêm à mente: o sol surgindo por entre as nuvens, flores se abrindo, a súbita e mística aparição de um arco-íris. Está feito. Consegui esticar a mão até algum lugar, não sei bem onde — atrás dela, ao seu redor, em seu interior —, mas consegui tocar a verdadeira Kitty. E, por motivos que sou incapaz de compreender, motivos que certamente estão entre os mais misteriosos dos mistérios da física quântica, esse contato provoca em mim uma revelação, uma urgência, como se, ao cruzar o abismo entre mim e essa jovem atriz, eu estivesse sendo erguido acima de uma escuridão que a tudo invade.

Kitty abre sua bolsinha branca e pega uma foto. A foto de um cavalo! Um cavalo com uma mancha branca no focinho. O nome dele é Nixon.

— Igual ao presidente? — pergunto, mas a referência não parece provocar reação nenhuma em Kitty, o que é perturbador.

— Gostei da sonoridade do nome, só isso — diz ela, e descreve a sensação de dar uma maçã para Nixon comer: como ele pega a fruta entre as mandíbulas equinas e a esmaga de uma vez só, provocando uma enxurrada de sumo leitoso e fumegante. — Quase nunca consigo vê-lo — diz ela com genuína tristeza. — Tenho que contratar outra pessoa para montar o Nixon porque nunca estou em casa.

— Ele deve se sentir solitário sem você — comento.

Kitty se vira para mim. Acho que esqueceu quem sou. Sou tomado por um impulso de jogá-la de costas na grama, e é o que faço.

— Ei! — grita minha entrevistada com uma voz abafada e surpresa, mas não exatamente assustada.

— Finja que está montando o Nixon — digo.

— EI! — berra Kitty, e eu cubro sua boca com a mão. Kitty se contorce debaixo de mim, mas as suas contorções são prejudicadas pela minha altura, 1,91 metro, e pelo meu peso, 118 quilos, dos quais mais ou menos um terço está concentrado no "pneuzinho" (Janet Green, durante nosso último e fracassado episódio sexual) da minha barriga, que a fixa no chão como se coberta por um saco de areia. Seguro sua boca com uma das mãos e vou enfiando a outra entre nossos corpos que se agitam até finalmente — isso! — conseguir achar minha braguilha. Como isso tudo está me afetando? Bem, nós estamos deitados em um morrinho do Central Park, um lugar de certa forma reservado, mas que mesmo assim, tecnicamente falando, fica à vista de todos. De modo que eu me sinto ansioso, com plena consciência de estar de certa forma arriscando minha carreira e minha reputação com essa brincadeira. Mais do que isso, porém, sinto uma louca... o que será? Uma louca raiva, deve ser: o que mais poderia explicar meu desejo de abrir a barriga de Kitty como se ela fosse um peixe e deixar suas entranhas escorrerem para fora, ou meu desejo independente e corolário de quebrá-la ao meio e enfiar o braço inteiro em qualquer que seja o líquido puro e perfumado que corre dentro dela. Quero esfregar esse líquido em minha pele irritada, "escrofulosa" (ibid.) e seca, na esperança de que ele finalmente a cure. Quero fodê-la (é claro) e depois matá-la, ou talvez matá-la de tanto foder ("fodê-la até a morte" e "fodê-la até arrebentar" são variações aceitáveis desse objetivo básico). O que não tenho o menor interesse em fazer é matá-la para *depois* fodê-la, porque aquilo que anseio desesperadamente por alcançar é a sua vida: a vida interior de Kitty Jackson.

Na realidade, acabo não fazendo nenhuma dessas duas coisas.

Voltemos ao instante em pauta: uma das minhas mãos tapa a boca de Kitty e faz o possível para imobilizar sua cabeça um tanto ágil, enquanto a outra tateia minha braguilha, que estou tendo dificuldade para abrir, talvez por causa das contorções de minha entrevistada sob mim. O que não controlo, infelizmente, são as mãos de Kitty, uma das quais conseguiu se enfiar dentro de sua bolsa branca que contém vários objetos: a foto de um cavalo, um celular do tamanho de uma batata chips que vem tocando sem parar há vários minutos, e uma lata de algo que devo supor ser spray de pimenta, ou talvez alguma forma de gás lacrimogêneo, a julgar por seu impacto ao ser vaporizado em cheio sobre o meu rosto: uma sensação quente que me cega acompanhada por um jorro de lágrimas, uma sensação de aperto na garganta, engasgos espasmódicos e uma forte náusea que, somados, fazem com que eu me levante de um pulo e me encolha tomado por uma onda de agonia (enquanto continuo a prender Kitty no chão com um dos pés), e é então que ela se apodera de mais um objeto contido na mesma bolsa: um molho de chaves preso a um pequeno canivete suíço cuja lâmina diminuta e um tanto cega ela mesmo assim consegue usar para furar minha calça cáqui e minha batata da perna.

A essa altura, estou berrando e uivando qual um búfalo acossado e Kitty já está correndo para longe, com os membros queimados de sol sem dúvida salpicados pela luz que entra pelas árvores, embora eu não esteja em condições de olhar.

Acho que eu teria que chamar isso de fim do nosso almoço. Ganhei uns vinte minutos a mais, fácil.

Foi o fim do almoço, sim, mas o início de muitas outras coisas: meu comparecimento diante de um júri popular, seguido por meu indiciamento por tentativa de estupro, sequestro e lesão corporal grave, e meu atual encarceramento (apesar das heroicas tentativas de Atticus Levi de arrecadar os quinhentos mil dólares para a minha fiança) à espera do julgamento, que deverá começar neste mês — no mesmo dia, por coincidência, da estreia nacional do novo filme de Kitty, *Cataratas do Noitibó*.

Kitty me escreveu uma carta quando eu estava na prisão. "Peço desculpas por qualquer participação que eu possa ter tido no seu colapso emocional", escreveu ela, "e também por ter exfaqueado [sic] você." Todos os is eram encimados por uma bolinha, e o texto terminava com uma carinha sorridente.

Eu não falei? *Simpática*.

Nosso pequeno contratempo, é claro, foi imensamente útil para Kitty. Chamadas de primeira página seguidas por uma profusão de suítes, editoriais e matérias de opinião emocionantes relativas a uma infinidade de temas relacionados: a "vulnerabilidade crescente das celebridades" (*The New York Times*); a "violenta incapacidade de alguns homens de lidar com sentimentos de rejeição" (*USA Today*); a obrigação dos editores de tomar mais cuidado com seus funcionários freelancers (*New Republic*); e a falta de segurança diurna adequada no Central Park.[4] Kitty, a martirizada figura de proa dessa nave-mãe, já está sendo promovida como a Marilyn Monroe de sua geração, e ela nem morreu ainda.

---

[4] Ao editor:

Aproveitando o ensejo de seu editorial recente ("A vulnerabilidade de nossos espaços públicos", publicado em 9 de agosto), e na condição de personificação, digamos, das "pessoas mentalmente desequilibradas ou ameaçadoras sob qualquer outro aspecto" que o senhor tanto anseia por erradicar do ambiente público, na esteira de meu "ataque brutal" àquela "jovem atriz excessivamente confiante", permita-me fazer uma sugestão que por certo irá agradar ao prefeito Giuliani, ainda que não agrade a mais ninguém: por

Seja qual for o tema de seu novo filme, ele está fadado a ser um sucesso.

---

que não simplesmente montar postos de controle nas entradas do Central Park e pedir a identidade das pessoas que quiserem entrar?

Dessa forma, os senhores poderão acessar seu histórico e avaliar o relativo sucesso ou fracasso de suas vidas — casamento ou falta deste, filhos ou falta destes, sucesso profissional ou falta deste, contato com amigos de infância ou falta deste, capacidade de dormir em paz à noite ou falta desta, realização de ambições juvenis megalomaníacas e malucas ou falta desta, capacidade para lutar contra acessos de terror e desespero ou falta desta — e, de posse dessas informações, poderão situar cada pessoa em uma escala com base na probabilidade de "os seus fracassos pessoais ocasionarem explosões de inveja direcionadas a outros mais bem-sucedidos".

O resto é fácil: basta codificar a classificação de cada pessoa em uma pulseira eletrônica e fixá-la ao seu pulso quando ela entrar no parque, para depois monitorar esses pontinhos de luz codificados em uma tela de radar, com funcionários prontos para intervir caso as perambulações de pessoas não famosas de baixa classificação comecem a prejudicar a "segurança e paz de espírito que as celebridades merecem tanto quanto o resto das pessoas".

Tudo o que lhe peço é o seguinte: que, de acordo com a nossa celebrada tradição cultural, o senhor considere a infâmia no mesmo nível da fama, de modo que, quando a minha execração pública estiver completa — quando a repórter da *Vanity Fair* que recebi na prisão dois dias atrás (após ela ter entrevistado meu quiroprático e o porteiro-chefe do meu prédio) tiver feito o seu pior, junto com os programas de "notícias" da TV, quando o meu julgamento e a minha sentença estiverem concluídos e eu enfim tiver permissão para retornar ao mundo, para me postar debaixo de uma árvore pública e tocar sua casca rugosa —, eu, assim como Kitty, possa gozar de alguma proteção.

Quem sabe? Talvez eu até a veja um dia quando estivermos ambos passeando pelo Central Park. Duvido que cheguemos a nos falar. Da próxima vez, acho que vou preferir manter distância e acenar.

Respeitosamente,
Jules Jones

10

Fora do corpo

Seus amigos estão fingindo ser todo tipo de coisa, e o seu dever é chamar sua atenção quanto a isso. Drew diz que vai entrar direto na faculdade de direito. Depois de advogar por alguns anos, vai concorrer a uma vaga no Senado estadual. Depois a uma vaga no Senado federal. Por fim, à presidência. E ele perfila tudo isso da mesma forma que você diria: *Depois da minha aula de pintura chinesa moderna eu vou malhar, depois vou trabalhar na biblioteca da NYU até a hora do jantar*, isso se você ainda fizesse planos, coisa que já não faz — isso se você ainda estivesse na faculdade, coisa que já não está, embora essa situação seja supostamente temporária.

Você olha para Drew através das várias camadas de fumaça de haxixe que flutuam ao sol. Ele está recostado no futon com o braço em volta de Sasha. Tem um rosto largo, acolhedor, fartos cabelos escuros e os seus músculos não foram ganhos à custa de musculação como os seus, mas sim de um jeito básico e animal que deve vir de toda a natação que ele pratica.

— Só não vai tentar dizer que não tragou — você diz a ele.

Todo mundo ri exceto Bix, que está na frente do computador, e você se sente um cara engraçado talvez por meio segundo, até lhe ocorrer que eles provavelmente só riram porque puderam ver que você estava *tentando* ser engraçado, e têm medo de você se jogar pela janela na rua Sete, lado leste, caso não consiga, mesmo isso não tendo a menor importância.

Drew dá um trago profundo no haxixe. Você ouve a fumaça crepitar em seu peito. Ele passa o cachimbo para Sasha, que o passa para Lizzie sem fumar.

— Falando sério, Rob — grasna Drew, com a fumaça presa nos pulmões —, se alguém perguntar, vou dizer que o haxixe que fumei com Robert Freeman Jr. era excelente.

Que gozação é essa de "Jr."? O haxixe não está funcionando conforme o planejado: a paranoia é a mesma da maconha. Você decide que não, Drew não é de fazer gozação. Drew é um cara que acredita — no outono passado, ele foi um dos que insistiram em distribuir panfletos pela Washington Square para incentivar os universitários a tirarem seus títulos de eleitor. Quando ele e Sasha começaram a namorar, você começou a ajudá-lo — sobretudo com os atletas, porque sabe como falar com eles. O treinador Freeman, também conhecido como seu pai, chama as pessoas como Drew de "bichos do mato". São pessoas solitárias, diz seu pai — esquiadores, lenhadores —, que não sabem jogar em equipe. Mas você sabe tudo de equipes: sabe falar com membros de equipe (Sasha é a única a saber que você escolheu a NYU porque a universidade não tem um time de futebol americano há muitos anos). No seu melhor dia, conseguiu registrar 12 democratas, todos membros de algum time, levando Drew a exclamar ao receber sua papelada: "Rob, você leva *jeito* para isso." Mas a verdade é que você próprio nunca tirou seu título, e quanto mais esperava mais vergonha sentia. Aí ficou tarde. Nem Sasha, que conhece todos os seus segredos, tem a menor ideia de que você nunca votou em Bill Clinton.

Drew se inclina e tasca um chupão em Sasha, e você pode ver que o haxixe o está deixando excitado porque também está ficando excitado — seus dentes doem de um jeito que só vai parar se você bater em alguém ou alguém bater em você. Quando se sentia assim no colégio, você entrava em brigas, mas agora ninguém mais quer brigar com você — o fato de você ter cortado os pulsos com um estilete três meses atrás e quase ter morrido de hemorragia parece funcionar como empecilho. Esse fato é como um campo de força que deixa todos em seu raio de ação paralisados e com um sorriso de incentivo nos lábios. Você tem vontade de erguer um espelho e perguntar: *Como exatamente esses sorrisos vão me ajudar?*

— Ninguém que fuma haxixe vira presidente, Drew — diz você. — Isso nunca vai acontecer.

— Esta é a minha fase de experimentação juvenil — diz ele, com uma ênfase que seria risível em alguém que não fosse de Wisconsin. — Além do mais, quem vai contar? — completa ele.

— Eu — responde você.

— Eu também te amo, Rob — diz Drew, rindo.

Quem disse que eu te amo?, você quase pergunta.

Drew ergue os cabelos de Sasha e os enrola para formar uma corda. Ele beija a pele sob o maxilar dela. Você se levanta, irado. O apartamento de Bix e Lizzie é minúsculo, parece uma casa de bonecas, cheio de plantas e cheiro de plantas (úmido e verde), porque Lizzie adora plantas. A coleção de cartazes do Juízo Final de Bix cobre as paredes — seres humanos pelados parecendo bebês separados entre bons e maus, os bons sendo alçados a campinas verdes e luz dourada, e os maus desaparecendo na goela de monstros. A janela está escancarada, e você sai para a escada de incêndio. O frio de março faz seus sínus estalarem.

Um segundo mais tarde, Sasha vai até você na escada de incêndio.

— O que você está fazendo? — pergunta ela.

— Sei lá — responde você. — Tomando ar. — Você se pergunta até quando vai conseguir continuar falando em frases de duas palavras. — Dia lindo.

Do outro lado da rua Sete, lado leste, duas senhoras de idade penduraram toalhas de banho nos peitoris das janelas e estão com os cotovelos sobre as toalhas espiando a rua lá embaixo.

— Olha ali — diz você, apontando. — Duas espiãs.

— Isso está me deixando nervosa, Bobby — diz Sasha. — Você aqui fora. — Ela é a única que tem o direito de chamá-lo assim. Até os 10 anos você era "Bobby" mas, segundo seu pai, depois dessa idade esse é um nome de menina.

— Por quê? — pergunta você. — Terceiro andar. Braço quebrado. Ou perna. Nada grave.

— Por favor, entra.

— Relaxa, Sash. — Você se senta no lance de degraus gradeados que conduz às janelas do quarto andar.

— A festa migrou para cá? — Drew se espreme pela janela da sala até a escada de incêndio e se inclina por cima da grade para olhar a rua lá embaixo. Do apartamento, você ouve Lizzie atender o telefone: "Oi, mãe!", tentando disfarçar o haxixe na voz. Os pais dela vieram do Texas e estão na cidade, o que significa que Bix, que é negro, precisará passar as noites no laboratório de engenharia elétrica em que está fazendo pesquisa para seu doutorado. Os pais de Lizzie não estão sequer hospedados com ela — estão no hotel! Mas se Lizzie dormir com um negro na mesma cidade em que seus pais estão eles simplesmente *vão saber*.

Lizzie passa o tronco pela janela. Está usando uma saia azul bem curta e botas amarelas de verniz que sobem até acima dos joelhos. Na sua cabeça, ela já é figurinista.

— Como vai a carola? — pergunta você, percebendo com tristeza que a frase tem quatro palavras.

Lizzie vira-se para você, afogueada.

— Está falando da minha mãe?

— Eu? Nunca.

— Você não pode falar assim dentro da minha casa, Rob — diz ela, usando a Voz Calma que todos eles vêm usando desde que você voltou da Flórida, uma voz que não lhe deixa outra alternativa a não ser testar quanto pode forçar a barra até ela se alterar.

— Dentro não. — Você aponta para a escada de incêndio.

— Nem na minha escada de incêndio.

— Sua não — corrige você. — Do Bix. Ou melhor. Da cidade.

— Vai se foder, Rob — diz Lizzie.

— Você também — retruca você, sorrindo de satisfação ao ver raiva genuína em um rosto humano. Já faz algum tempo.

— Calma — diz Sasha para Lizzie.

— O quê? Sou eu que devo me acalmar? — diz Lizzie. — Ele está sendo um babaca. Desde que voltou.

— Faz só duas semanas — diz Sasha.

— Adoro como elas falam de mim como se eu não estivesse presente — comenta você com Drew. — Elas acham que eu morri?

— Elas acham que você está doidão.

— Elas estão certas.

— Eu também estou. — Drew sobe pela escada de incêndio até ficar alguns degraus acima de você e se senta. Inspira fundo, saboreando o ar, e você também inspira. Em Wisconsin, Drew matou um alce com arco e flecha, tirou a pele, cortou a carne em pedaços e a levou para casa dentro de uma mochila usando sapatos de neve. Ou talvez estivesse brincando. Ele e os irmãos construíram uma cabana de madeira com as próprias mãos. Ele foi criado perto de um lago e todo dia de manhã, mesmo no inverno, ia nadar no lago. Agora nada na piscina da NYU, mas o cloro faz seus olhos arderem e nadar debaixo de um teto não é a mesma coisa, diz ele. Mesmo assim, ele nada muito lá, sobretudo quando está deprimido ou tenso ou quando brigou com Sasha. "Você deve ter crescido nadando", disse ele ao saber que você tinha sido criado na Flórida, e você respondeu: "Claro." Mas a verdade é que nunca gostou de água — algo que só Sasha sabe a seu respeito.

Você se estica dos degraus até a outra ponta do patamar da escada, onde uma janela dá para a pequena alcova onde fica o computador de Bix. Bix está sentado em frente à máquina, com seus dreads grossos feito charutos, digitando mensagens para outros alunos da pós-graduação lerem em seus computadores, e lê as suas respostas. Segundo Bix, esse vaivém de mensagens por computador vai ser uma coisa *imensa* — muito mais importante do que o telefone. Ele tem muito talento para prever o futuro, e você na verdade não chegou a contradizê-lo — talvez por ele ser mais velho, ou talvez por ser negro.

Ao ver você postado do lado de fora da janela, com seu jeans largo e sua camisa de futebol que por algum motivo você voltou a usar, Bix se sobressalta.

— Porra, Rob — diz ele. — O que você está fazendo aí?

— Olhando você.

— Você deixou a Lizzie totalmente estressada.

— Foi mal.

— Então vai lá e diz isso para ela.

Você entra no apartamento pela janela de Bix. Há um cartaz do Juízo Final pendurado bem em cima da mesa dele, uma pintura da catedral de Albi. Você se lembra dessa pintura da sua aula de história da arte no ano anterior, aula que amava tanto que história da arte virou sua matéria secundária junto com administração. Você se pergunta se Bix é religioso.

Na sala, Sasha e Lizzie estão sentadas no futon com uma cara séria. Drew continua na escada de incêndio.

— Foi mal — diz você a Lizzie.

— Tudo bem — diz ela, e você sabe que deve parar por aí: tudo bem, não se fala mais nisso, mas algum motorzinho maluco dentro de você não o deixa parar.

— Sinto muito se a sua mãe é carola. Sinto muito se Bix tem uma namorada texana. Sinto muito se eu sou um babaca. Sinto muito se eu te deixo nervosa porque tentei me matar. Sinto muito se estou atrapalhando a sua tarde agradável... — Sua garganta se contrai e seus olhos ficam marejados enquanto você vê a expressão no rosto das duas passar de doidona a triste, e isso é comovente e carinhoso a não ser pelo fato de você não estar totalmente presente. Parte de você está a alguns metros de distância, ou alguns metros acima, pensando: meu Deus, eles vão perdoar você, não vão abandonar você, e a pergunta é: qual dos dois é realmente "você", o que está dizendo e fazendo essas coisas ou o que está observando?

* * *

Você sai da casa de Bix e Lizzie com Sasha e Drew e começa a andar para o oeste em direção à Washington Square. O frio faz as cicatrizes em seus pulsos se contraírem. Sasha e Drew formam uma trança de cotovelos, ombros e bolsos, o que provavelmente os mantém mais aquecidos do que você. Quando você estava em Tampa se recuperando, eles foram de ônibus a Washington para a posse, passaram a noite em claro e viram o sol nascer sobre o National Mall, e nesse momento (ambos dizem) sentiram o mundo começar a mudar bem debaixo dos seus pés. Você riu quando Sasha lhe disse isso, mas desde então tem se flagrado olhando para a cara de pessoas desconhecidas na rua e imaginando se elas também sentem a mesma coisa: uma mudança que tem a ver com Bill Clinton ou algo ainda maior que está por toda parte — no ar, debaixo da terra —, evidente para todos menos você.

Na Washington Square, você e Sasha se despedem de Drew, que vai embora para dar uma nadada e limpar o haxixe da cabeça. Sasha está de mochila, a caminho da biblioteca.

— Ainda bem — diz você. — Ele foi. — Parece que você não *consegue* parar de falar com frases de duas palavras, apesar de querer.

— Legal — diz Sasha.

— Estou brincando — diz você. — Ele arrasa.

— Eu sei.

Sua onda está passando, deixando uma caixa de fiapos de tecido no lugar em que deveria estar sua cabeça. Ficar doidão é uma novidade para você — o fato de você *não* ficar doidão foi justamente o motivo que levou Sasha a escolhê-lo no primeiro dia de Orientação para Calouros no ano anterior, na Washington Square. Tapava o seu sol com os cabelos ruivos de hena, examinava você com os olhos ágeis e de esguelha, não de frente.

— Estou precisando de um namorado de mentira — disse ela. — Você topa?

— E o seu namorado de verdade? — perguntou você.

Ela sentou-se ao seu lado e explicou tudo: no ensino médio, em Los Angeles, tinha fugido com o baterista de uma banda da qual você nunca ouvira falar, deixado o país e viajado sozinha pela Europa e Ásia — não chegara sequer a se formar. Agora, com quase 21 anos, era caloura na faculdade. O padrasto tinha mexido todos os pauzinhos possíveis para fazê-la entrar. Na semana anterior, tinha dito que iria contratar um detetive particular para garantir que ela "andasse na linha" sozinha em Nova York.

— Alguém pode estar me vigiando agora mesmo — disse ela, olhando para a praça lotada de jovens que pareciam todos se conhecer. — Eu sinto que está.

— Quer que eu te dê um abraço?

— Por favor.

Você ouviu dizer em algum lugar que o fato de sorrir deixa as pessoas mais felizes. Pôr o braço em volta de Sasha faz você querer protegê-la.

— Por que eu? — perguntou você. — Só por curiosidade.

— Você é gatinho — disse ela. — Além disso, não parece drogado.

— Eu jogo futebol americano — disse você. — Jogava.

Você e Sasha precisavam comprar livros. Fizeram isso juntos. Você foi visitar o alojamento em que ela iria morar, onde surpreendeu Lizzie, colega de quarto dela, gesticulando com aprovação enquanto você estava de costas. Às cinco e meia, os dois enchiam a bandeja no refeitório, você exagerando no espinafre porque todo mundo dizia que os músculos adquiridos jogando futebol americano viram gelatina quando você para de jogar. Foram pegar seus cartões da biblioteca, voltaram para seus respectivos alojamentos, depois se encontraram no Apple, às oito, para um drinque. O bar estava lotado de universitários. Sasha não parava de olhar em volta e você supôs que estivesse pensando no detetive, então passou o braço em volta dela e beijou a lateral de seu rosto e seus cabelos, que tinham um cheiro de queimado, e a falta de realidade da situação toda o deixou relaxado de um jeito que você nunca tinha conseguido ficar com as meninas da sua cidade. Nessa hora, Sasha explicou o Passo 2: cada um deveria contar ao outro alguma coisa que tornaria impossível vocês algum dia namorarem.

— Você já fez isso antes? — perguntou você, incrédulo.

Ela havia bebido duas taças de vinho branco (e você quatro cervejas) e estava começando a terceira.

— Não, claro que não.

— Então... Eu conto que torturava filhotes de gato quando era pequeno e isso vai impedir você de querer transar comigo?

— Você fazia isso?

— Não, porra.

— Primeiro eu — disse Sasha.

Ela havia começado a roubar em lojas com as amigas aos 13 anos, escondia pentes enfeitados de contas e brincos vistosos na manga da roupa, observava qual das meninas conseguia roubar mais, mas para Sasha era diferente — roubar fazia o seu corpo inteiro ficar em brasa. Mais tarde, na escola, ela rememorava cada detalhe dessas aventuras, contando os dias até poderem repetir a dose. As outras meninas eram nervosas, competitivas, e Sasha se esforçava para não mostrar o que sentia.

Em Nápoles, quando havia ficado sem dinheiro, roubava objetos das lojas e os vendia a Lars, o sueco, esperando sua vez no chão da cozinha dele junto com outros jovens famintos que seguravam carteiras de turistas, joias, passaportes americanos. Todos reclamavam de Lars, que nunca lhes pagava o que mereciam. Na Suécia, ele supostamente tocava flauta em concertos, mas talvez a origem desse boato fosse o próprio Lars. Os jovens não podiam passar de sua cozinha, mas alguém tinha visto um piano de relance por uma porta que se fechava e Sasha volta e meia ouvia um choro de bebê. Na sua primeira vez, Lars fez Sasha esperar mais do que os outros, segurando um par de sapatos plataforma de paetês que roubara em uma butique. Depois que todos já tinham sido pagos e ido embora, ele havia se agachado ao seu lado no chão da cozinha e desabotoado a calça.

Ela passara muitos meses fazendo negócios com Lars e às vezes chegava sem ter conseguido roubar nada, apenas precisando de dinheiro.

— Eu achava que ele fosse meu namorado — falou. — Mas acho que não estava mais pensando. — Ela agora estava melhor e fazia dois anos que não roubava. — Aquela menina em Nápoles não era eu — disse-lhe ela, voltando os olhos para o bar lotado. — Não sei quem era. Tenho pena dela.

E, talvez por sentir que ela o havia desafiado, ou por achar que qualquer coisa podia ser dita na câmara da verdade em que você e Sasha agora estavam, ou que ela havia criado um vácuo que alguma lei da física agora exigia que você preenchesse, você lhe contou sobre James, seu companheiro de time: como certa noite vocês dois tinham levado duas garotas para sair no carro do seu pai e como, depois de levá-las para casa (cedo — era véspera de jogo), você e James tinham ido até um lugar isolado e passado talvez uma hora sozinhos dentro do carro. Só aconteceu essa vez, sem conversa ou acordo prévio, vocês mal haviam se falado depois disso. Às vezes você imaginava se teria inventado tudo.

— Eu não sou bicha — disse você a Sasha.

Não era você naquele carro com James. Você estava em algum outro lugar, olhando para aquilo e pensando: essa bicha está se pegando com outro cara. Como é que ele consegue fazer isso? Como é que ele pode querer uma coisa dessas? Como pode suportar a si mesmo?

Na biblioteca, Sasha passa duas horas digitando um trabalho sobre os primeiros anos da vida de Mozart e tomando goles escondidos de uma lata de Diet Coke. Por ser mais velha, ela sente que está atrasada — pegou seis matérias por semestre, mais o curso de verão, para poder se formar em três anos. As matérias principais são administração e artes, igual a você, mas com especialização em música. Você descansa a cabeça sobre os braços na mesa e dorme até ela concluir o trabalho. Depois vocês voltam a pé no escuro até o alojamento em que você mora, na Terceira avenida. Do elevador, você sente um cheiro de pipoca — e, de fato, todos os seus três colegas de apartamento estão em casa, assim como Pilar, uma garota com quem você quase saiu no outono passado para se distrair depois de Sasha começar a namorar Drew. Assim que vocês entram, o volume do Nirvana que está tocando diminui e as janelas são escancaradas. Você agora parece pertencer à mesma categoria de um professor ou de um policial: deixa as pessoas nervosas na hora. Deve haver um jeito de usar isso a seu favor.

Você segue Sasha até o quarto dela. A maioria dos quartos de alunos parece ninhos de hamster, com as paredes cobertas por recortes e pedacinhos de casa — travesseiros, cãezinhos de pelúcia, panelas elétricas e chinelos felpudos —, mas o quarto de Sasha é praticamente vazio. Ela chegou no ano anterior sem nada além de uma única mala. Em um dos cantos fica uma harpa alugada que ela está aprendendo a tocar. Você se deita na cama de costas enquanto ela pega o nécessaire e o quimono verde e sai do quarto. Volta depressa (você sente que ela não quer deixar você sozinho), vestindo o quimono e com os cabelos enrolados em uma toalha. Você olha ali da cama enquanto ela solta os longos cabelos e usa um pente de dentes largos para desembaraçar os nós. Então ela despe o quimono e começa a se vestir: sutiã e calcinha de renda preta, jeans rasgado, uma camiseta preta desbotada, um par de Doc Martens. No ano anterior, quando Bix e Lizzie iniciaram o namoro, você começou a passar várias noites naquele quarto, onde dormia na cama vazia de Lizzie, a um metro da de Sasha. Conhece a cicatriz em seu tornozelo esquerdo, de um osso quebrado que ela teve de operar porque não calcificou direito; conhece a Via Láctea de pequenas verrugas vermelhas em volta do seu umbigo e o hálito de naftalina que ela tem quando acorda. A profundidade da sua relação com Sasha era tal que todo mundo achava que vocês fossem um casal. Ela chorava durante o sono, e você subia na cama dela e a abraçava até sua respiração ficar ritmada e lenta. Sasha parecia muito leve nos seus braços. Você adormecia abraçado com ela, acordava de pau duro e simplesmente ficava ali deitado, sentindo aquele corpo que conhecia tão bem, a pele, o cheiro, tudo isso somado à sua própria vontade de trepar com alguém, e esperava as duas coisas se fundirem em um só impulso. *Vamos lá, junta isso tudo e age como um cara normal para variar um pouco*, mas você tinha medo de pôr o seu desejo à prova, pois não queria estragar tudo com Sasha caso as coisas saíssem errado. Não trepar com Sasha foi o maior erro da sua vida — você entendeu isso com uma clareza brutal quando ela se apaixonou por Drew, e essa compreensão o preencheu com um remorso tão intenso que no início você achou que não fosse sobreviver. Poderia ter se segurado em Sasha e se tornado normal ao mesmo tempo, mas sequer tentou — você desperdiçou a única chance que Deus lhe deu, e agora é tarde.

Em público, Sasha segurava sua mão ou passava os braços à sua volta para beijá-lo — tudo para enganar o detetive. Ele poderia estar em qualquer lugar, vendo vocês fazerem guerra de bolas de neve na Washington Square, vendo Sasha pular nas suas costas, vendo as luvas fofinhas dela soltarem fiapos na sua língua. Ele era o companheiro invisível que você cumprimentava acima de tigelas de legumes ao vapor no Dojo ("Quero que ele me veja comendo esta comida saudável", dizia ela). De vez em quando, você fazia perguntas práticas sobre o detetive — o padrasto dela tinha voltado a mencioná-lo? Ela sabia com certeza que era um homem? Quanto tempo achava que a vigilância iria durar? —, mas essa linha de pensamento parecia irritar Sasha, então você a abandonou.

— Eu quero que ele saiba que eu sou feliz — disse ela. — Quero que me veja bem outra vez... que veja como ainda sou normal, mesmo depois de tudo. — E você também queria isso.

Quando conheceu Drew, Sasha esqueceu o detetive. Drew é à prova de detetives. Até o padrasto de Sasha gosta dele.

* * *

Já passa das dez quando você e Sasha encontram Drew na esquina da Terceira avenida esquina com a Saint Mark's. Os olhos dele estão vermelhos por causa da piscina, os cabelos estão molhados. Ele beija Sasha como se os dois houvessem passado uma semana separados. "Minha mulher mais velha", é como ele a chama às vezes, e adora o fato de ela já ter saído sozinha pelo mundo. Drew, é claro, não sabe nada sobre como a barra ficou pesada para Sasha em Nápoles, e ultimamente você tem a sensação de que ela está começando a esquecer isso, a recomeçar tudo como a pessoa que é quando está com Drew. Isso deixa você doente de inveja. Por que não conseguiu fazer isso por ela? Quem vai fazer o mesmo por você?

No lado leste da rua Sete, vocês passam em frente ao apartamento de Bix e Lizzie, mas as luzes estão apagadas — Lizzie saiu com os pais. As ruas estão cheias de gente, a maioria parece estar rindo, e você se pergunta outra vez sobre aquela mudança que Sasha sentiu quando o sol nasceu em Washington, D.C. — se essas pessoas também a sentem, e se é por isso que estão rindo.

Na avenida A, vocês três ficam em pé em frente ao Pyramid Club e escutam.

— Ainda está na segunda banda — diz Sasha, então vocês sobem a rua para comprar um *egg cream* na banca de jornais russa e vão tomar a bebida em um banco do Tompkins Square Park, que acabou de reabrir no verão anterior.

— Olha — diz você, abrindo a mão. Três comprimidos amarelos. Sasha dá um suspiro; está perdendo a paciência.

— O que é isso? — pergunta Drew.

— Ecstasy.

Drew tem a atração de um otimista por tudo o que é novo — uma fé de que a experiência o deixará mais rico, e nunca irá machucá-lo. Ultimamente, você se pegou usando essa característica de Drew, espalhando migalhas de pão para ele, uma a uma.

— Eu quero tomar *com você* — diz ele a Sasha, mas ela faz que não com a cabeça. — Eu perdi você doidona — diz ele, sonhador.

— Ainda bem — diz Sasha.

Você põe um comprimido na boca e guarda os outros dois de volta no bolso. Começa a sentir o efeito do ecstasy assim que entra na boate. O Pyramid está lotado. Faz muitos anos que a banda Conduits faz sucesso nos campi universitários, mas Sasha está convencida de que o álbum novo é simplesmente genial e vai ganhar vários discos de platina. Ela gosta de ficar bem na fila do gargarejo, na cara da banda, mas você precisa de mais distância. Drew fica perto de Sasha, mas quando o guitarrista principal do Conduits, um maluco chamado Bosco, começa a se jogar de um lado para outro feito um espantalho ensandecido, você nota que Drew recua um pouco.

Você está tomado por um estado de felicidade que faz seu corpo formigar e sua barriga pulsar, do jeito que, quando criança, você imaginava que fosse ser a idade adulta: uma desorientação sem clareza, a alforria da lenga-lenga de refeições, deveres de casa e missas, e de *Isso não é jeito de falar com a sua irmã, Robert Jr.* Você queria um irmão. Queria que Drew fosse o seu irmão. Assim vocês poderiam ter construído juntos a cabana de madeira e dormido lá dentro, com a neve a se empilhar do lado de fora das janelas. Poderiam ter matado o alce e depois, pegajosos de sangue e pelos, tirado a roupa juntos ao lado de uma fogueira. Se você pudesse ver Drew pelado, mesmo que só uma vez, isso aliviaria uma profunda e terrível pressão em seu peito.

Bosco está sendo arremessado por cima da sua cabeça, agora sem camisa, com o peito magro todo molhado de cerveja e suor. Sua mão escorrega pelos músculos duros das suas costas. Ele ainda está tocando a guitarra e berrando sem microfone. Drew vê você e chega mais perto, sacudindo a cabeça. Ele nunca tinha ido a um show antes de conhecer Sasha. Você tira um dos comprimidos amarelos que sobraram do bolso e o põe na mão dele.

★ ★ ★

Alguma coisa estava engraçada há pouco, mas você não consegue se lembrar do que era. Drew tampouco parece saber, embora vocês dois estejam tomados por acessos de riso histéricos.

Sasha pensou que vocês fossem esperá-la dentro da boate depois do show, então leva algum tempo para encontrar os dois na calçada. Sob a luz ardente do poste, ela olha para um e para o outro.

— Ah, tá — diz. — Entendi.

— Não fica brava — diz Drew. Ele está tentando não olhar para você: se vocês se olharem, será o fim. Mas você não consegue não olhar para Drew.

— Eu não estou brava — diz Sasha. — Estou entediada. — Ela foi apresentada ao produtor do Conduits, Bennie Salazar, e ele a convidou para uma festa. — Pensei que pudéssemos ir os três — diz ela a Drew —, mas vocês estão doidões demais.

— Ele não quer ir — berra você, com o nariz escorrendo de tanto rir. — Ele quer ficar comigo.

— É verdade — diz Drew.

— Tá bom — diz Sasha, zangada. — Então todo mundo está feliz.

Vocês dois se afastam dela. A hilaridade os mantém ocupados por vários quarteirões, mas é uma hilaridade doentia, como um prurido que, se você continuar coçando, vai perfurar a pele, os músculos e os ossos até rasgar seu coração. Em determinado momento, vocês dois são obrigados a parar e sentar na entrada de um prédio, quase aos soluços. Compram uma garrafa de dois litros de suco de laranja e a bebem na esquina, com o suco a escorrer pelo queixo até encharcar os casacos forrados. Você segura a embalagem de suco de cabeça para baixo acima da boca para recolher as últimas gotas no fundo da garganta. Quando joga a garrafa fora, a cidade se ergue à sua volta, escura. Vocês estão na esquina da rua Dois com a avenida B. As pessoas se cumprimentam com apertos de mão e trocam pequenos frascos. Mas Drew estica os braços, sentindo o ecstasy na ponta dos dedos. Você nunca o viu com medo, apenas curioso.

— Estou me sentindo mal por causa da Sasha — diz você.

— Não se preocupa — diz Drew. — Ela vai perdoar a gente.

Depois de os seus pulsos serem costurados, de o curativo ser feito e de o sangue de outra pessoa ser bombeado para dentro do seu corpo, e depois de os seus pais já estarem esperando no aeroporto de Tampa para pegar o primeiro voo para Nova York, Sasha afastou os tubos da medicação intravenosa e subiu na sua cama do hospital St.Vincent's. Mesmo com os analgésicos, uma dor pulsava ao redor dos seus pulsos.

— Bobby? — sussurrou Sasha. O rosto dela quase tocava o seu. Ela respirava o seu hálito e você o dela, carregado de medo e insônia. Foi Sasha quem o encontrou. Dez minutos a mais, disseram. — Bobby, ouve o que eu vou dizer.

Os olhos verdes de Sasha estavam bem em frente aos seus, os cílios entrelaçados.

— Em Nápoles, tinha uns garotos que estavam simplesmente perdidos — disse ela. — Você sabia que eles nunca iriam voltar a ser o que tinham sido, ou ter uma vida normal. E tinha outros sobre os quais você pensava: talvez eles consigam.

Você tentou perguntar de que tipo era Lars, o sueco, mas o som saiu todo embolado.

— Escuta — disse ela. — Bobby. Daqui a um minuto vão me chutar daqui.

Você abriu os olhos, que havia tornado a fechar sem perceber.

— O que eu estou dizendo é que *você e eu somos os sobreviventes* — disse Sasha.

Ela falou de um jeito que por um instante clareou seu pensamento de todas as coisas turvas que estavam lhe injetando na veia: como se tivesse aberto um envelope e lido um resultado que você precisava saber com urgência. Como se você estivesse impedido na jogada e tivesse levado uma advertência.

— Nem todo mundo é assim. Mas a gente é. Tá?

— Tá.

Ela ficou deitada ao seu lado com cada parte de seu corpo tocando o seu, como vocês haviam feito tantas vezes antes de ela conhecer Drew. Você sentiu a força de Sasha penetrar por sua pele. Tentou abraçá-la, mas suas mãos pareciam os cotos de algum animal empalhado, e você não conseguia movê-las.

— Isso quer dizer que você não pode fazer uma coisa dessas de novo — disse ela. — Nunca mais. Nunca. Nunca. Promete para mim, Bobby?

— Eu prometo. — E era verdade. Você não iria quebrar uma promessa feita para Sasha.

— Bix! — grita Drew. Ele sobe correndo a avenida B e suas botas estalam na calçada. Bix está sozinho, com as mãos nos bolsos do casaco militar.

— Nossa — diz ele, rindo ao ver nos olhos de Drew quanto ele está doidão. A sua onda está começando a passar. Você estava planejando tomar a última bala, mas em vez disso a oferece a Bix.

— Eu na verdade não faço mais essas coisas — diz Bix —, mas regras foram feitas para serem quebradas, não é? — Um zelador o obrigou a sair do laboratório. Faz duas horas que ele está zanzando pela rua.

— E a Lizzie está dormindo no seu apartamento — digo eu.

Bix lhe lança um olhar frio que acaba com o seu bom humor.

— Não vamos entrar nesse assunto — diz ele.

Vocês saem andando os três juntos, esperando a onda de Bix bater. Já passa das duas, hora em que (parece) as pessoas normais vão para casa dormir, enquanto os bêbados, loucos e fodidos ficam na rua. Você não quer estar com essas pessoas. Quer voltar para o seu alojamento e bater na porta de Sasha, que ela deixa destrancada quando Drew não está dormindo lá.

— Terra para Rob, câmbio — diz Bix. Sua expressão é suave, com os olhos brilhantes e vidrados.

— Eu estava pensando em talvez ir para casa — diz você.

— De jeito nenhum! — exclama Bix. O amor por seus semelhantes se irradia dele como uma aura, você sente o calor na pele. —Você é fundamental.

— Tá certo — balbucia você.

Drew passa o braço por seus ombros. Ele tem o cheiro de Wisconsin — florestas, fogueiras, lagos —, embora você nunca tenha ido lá.

— Falando sério, Rob — diz ele, sério. —Você é o nosso coração torturado e pulsante.

Vocês acabam indo parar no *after* de uma boate que Bix conhece na Ludlow, cheia de pessoas doidas demais para ir para casa. Todos dançam juntos, subdividindo o espaço entre o agora e o amanhã até o tempo parecer andar para trás. Você divide um baseado forte com uma garota de franja bem curta que deixa a testa reluzente de fora. Ela dança muito perto de você, com os braços em volta do seu pescoço, e Drew grita na sua orelha por cima da música:

— Ela quer ir para casa com você, Rob. — Depois de algum tempo, no entanto, a garota desiste, ou então esquece... ou é você quem esquece, e ela some.

O céu está começando a clarear quando vocês três saem da boate. Caminham juntos rumo ao norte até o Leshko's da avenida A para comer ovos mexidos e pilhas de batatas fritas, depois cambaleiam, de barriga cheia, de volta para a rua, que parece balançar. Bix está entre você e Drew, com um braço em volta de cada um. Escadas de incêndio pendem das laterais dos prédios. Um fraco sino de igreja começa a tocar, e você se lembra: é domingo.

Alguém parece estar seguindo na frente em direção à passarela que cruza a rua Seis e segue até o East River, mas na verdade vocês três estão se movendo juntos, como em uma sessão espírita. O sol surge, ofuscante, girando agressivo e metálico em frente a seus olhos, ionizando a superfície do rio de modo que não se pode ver lá embaixo qualquer sinal de poluição ou impureza. O rio parece místico, bíblico. A imagem faz um nó surgir na garganta.

Bix aperta seu ombro.

— Senhores, bom dia — diz ele.

Vocês ficam em pé na beira do rio, olhando para longe, com os últimos pedaços de neve velha empilhados a seus pés.

— Olhem essa água — diz Drew. — Eu queria poder nadar nela. — Dali a um minuto, ele torna a falar. — A gente vai se lembrar deste dia mesmo quando não se conhecer mais.

Você olha para Drew, apertando os olhos por causa do sol, e por um segundo o futuro é sorvido para longe por um túnel, e no final desse túnel uma versão estranha de você está olhando para trás. E é então que você sente: aquilo que viu no semblante das pessoas na rua, uma onda de movimento que parece uma maré subterrânea, impelindo você na direção de algo que não consegue ver muito bem.

— Ah, a gente vai se conhecer para sempre — diz Bix. — A época em que se perdia contato praticamente acabou.

— Como assim? — pergunta Drew.

— A gente vai se encontrar de novo em outro lugar — diz Bix. — Vai encontrar todo mundo que perdeu. Ou eles vão encontrar a gente.

— Onde? Como? — pergunta Drew.

Bix hesita, como se viesse guardando esse segredo há tanto tempo que tem medo do que vai acontecer quando o formular.

— Imagino algo como um Juízo Final — diz ele por fim, com os olhos pregados n'água. — A gente vai sair do nosso corpo e tornar a se encontrar em forma de espírito. Vai se encontrar nesse lugar novo, todo mundo junto, e no início vai parecer estranho, e logo depois a possibilidade de perder alguém ou de se perder é que vai parecer estranha.

Bix sabe, pensa você — ele sempre soube, em frente àquele computador, e agora está transmitindo esse conhecimento. Mas o que você diz é:

— E aí, você finalmente vai conhecer os pais da Lizzie?

A surpresa atinge em cheio o rosto de Bix, e ele ri com um ruído alto que se espalha pelo ar.

— Sei lá, Rob — diz ele, balançando a cabeça. — Pode ser que não... talvez essa parte nunca mude. Mas eu gosto de pensar que talvez sim. — Ele esfrega os olhos, que parecem subitamente cansados, antes de continuar. — Falando nisso, está na hora de voltar para casa.

Ele se afasta, com as mãos nos bolsos do casaco militar, mas a sensação de que ele realmente se foi demora um pouco a chegar. Você tira o último baseado da carteira e o fuma junto com Drew, andando em direção ao sul. O rio está quieto, sem nenhum barco à vista, e um par de sujeitos desdentados pesca debaixo da ponte de Williamsburg.

— Drew — diz você.

Ele está olhando para a água com aquela desatenção chapada que faz tudo parecer interessante. Você ri, nervoso, e ele se vira.

— O que foi?

— Eu queria que a gente pudesse morar na tal cabana. Eu e você.

— Que cabana?

— A que você construiu. No Wisconsin. — Você vê incompreensão no rosto de Drew e completa. — Se é que ela existe.

— É claro que ela existe.

A onda do baseado faz primeiro o ar parecer granulado, depois o rosto de Drew, que se recompõe com uma expressão nova de cautela que o deixa assustado.

— Eu teria saudade da Sasha — diz ele devagar. — Você não?

— Você não conhece a verdadeira Sasha — diz você, ofegante, levemente desesperado. — Não sabe de quem teria saudade.

Um imenso galpão de armazenamento surgiu entre a trilha e o rio, e vocês o margeiam.

— O que é que eu não sei sobre a Sasha? — pergunta Drew, com seu tom simpático de sempre, embora um pouco diferente:

você sente que ele já está virando as costas e começa a entrar em pânico.

— Ela foi puta — diz você. — Puta e ladra... era assim que sobrevivia em Nápoles.

No mesmo instante em que você pronuncia essas palavras, um uivo começa a soar em seus ouvidos. Drew para de andar. Você tem certeza de que ele vai lhe dar um soco e fica esperando.

— Que maluquice — diz ele. — E vai se foder por ter falado isso.

— Pergunta para ela — grita você, de modo a se fazer ouvir acima do uivo. — Pergunta sobre o Lars, o sueco que tocava flauta.

Drew recomeça a andar, de cabeça baixa. Você caminha ao seu lado, e cada passo que dá vai narrando seu pânico: *O que foi que você fez? O que foi que você fez? O que foi que você fez?* A via expressa passa acima das suas cabeças: pneus rugindo, gasolina nos pulmões.

Drew torna a parar. Olha para você através do ar mortiço e oleoso como se nunca o tivesse visto na vida.

— Nossa, Rob — diz ele. — Você é mesmo um tremendo filho da puta.

— Só quem não sabia era você.

— Eu não. A Sasha.

Ele se vira e sai andando depressa, e deixa você sozinho. Você corre atrás dele, tomado por uma louca convicção de que conter Drew poderá isolar o mal que fez. Ela não sabe, você diz a si mesmo, ela ainda não sabe. Enquanto Drew estiver no meu campo de visão, ela não saberá.

Você o segue pela margem do rio, uns sete metros atrás, quase correndo para acompanhá-lo. Ele se vira uma vez:

— Vai embora daqui! Eu não quero ficar perto de você! — Mas você sente a confusão dele sobre para onde ir, o que fazer e isso o reconforta. *Nada aconteceu ainda.*

Entre as pontes de Manhattan e do Brooklyn, Drew para ao lado de algo que se poderia chamar de praia. A praia é toda composta de lixo: pneus velhos, sacos de lixo, pedaços de madeira, vidro, papel sujo e sacos plásticos velhos que rareiam gradualmente até chegar ao East River. Drew fica em pé no meio desse lixão, olhando para longe, e você aguarda alguns metros atrás. Ele então começa a tirar a roupa. No início, você não acredita que isso está acontecendo. Ele tira o casaco, depois o suéter, as duas camisetas, mais a que usa por baixo. E ali está o peito nu de Drew, forte e musculoso como você tinha imaginado, embora mais magro, com os pelos escuros do peito na forma de uma pá.

De calça jeans e botas, Drew anda até onde o lixo e a água se encontram. Uma plataforma angulosa de concreto se estende nesse ponto, estrutura abandonada de algo há muito esquecido, e ele sobe em cima dela. Desamarra as botas e as tira, depois tira a calça e a cueca. Mesmo com todo o seu pavor, você sente um leve apreço pela beleza e deselegância de um homem se despindo.

Ele olha de relance para trás na sua direção, e você por um instante vê seu corpo nu de frente, os pelos púbicos escuros, as pernas fortes.

— Eu sempre quis fazer isso — diz ele com uma voz neutra, e dá um mergulho comprido, ágil e raso, batendo na superfície do rio e soltando algo entre um grito e um arquejo. Volta à superfície, e você o ouve tentando recuperar o fôlego. Não pode estar fazendo mais de sete graus.

Você sobe na plataforma de concreto e começa a tirar a roupa, cheio de medo, mas movido por uma sensação hesitante de que, se conseguir domar esse medo, isso irá significar alguma coisa, provar alguma coisa a seu respeito. O frio faz as cicatrizes de seus pulsos se retesarem. Seu pau encolheu até ficar do tamanho de uma noz e o seu corpo de jogador de futebol está começando a amolecer, mas Drew não está nem olhando. Está nadando: braçadas fortes e precisas, de nadador.

Você dá um salto desajeitado, seu corpo bate na água e seu joelho atinge algo duro sob a superfície. O frio se entrelaça à sua volta, tirando seu ar. Você nada feito um louco para se afastar do lixo que imagina haver lá embaixo, ganchos e garras enferrujadas se esticando para cortar seus genitais e seus pés. Seu joelho dói por ter batido em algo.

Você ergue a cabeça e vê Drew boiando de costas.

— A gente consegue sair daqui, não consegue? — você grita.

— Consegue, Rob — responde ele com aquela voz nova, neutra. — Do mesmo jeito que entrou.

Você não diz mais nada. É preciso toda sua força para avançar pela água e sorver o ar. Depois de algum tempo, você passa a sentir o frio como um calor quase tropical contra a sua pele. Os gritos em seus ouvidos diminuem e você consegue respirar outra vez. Olha em volta, espantado com a beleza mítica do que o cerca: água ao redor de uma ilha. Um rebocador distante com seu comprido beiço de borracha. A Estátua da Liberdade. Um rugido de rodas sobre a ponte do Brooklyn, que se parece com a parte interna de uma harpa. Sinos de igreja, indo e vindo, dissonantes, como as sinetas que sua mãe tem penduradas na porta de casa. Você avança depressa, e quando procura Drew não consegue mais achá-lo. A margem está muito distante. Alguém está nadando perto dela, mas a uma distância tal que, quando a pessoa para de nadar e começa a acenar freneticamente, você não consegue ver quem é. Ouve um grito débil — *Rob!* — e percebe que já está ouvindo essa voz há algum tempo. O pânico vara seu corpo, trazendo uma conexão cristalina com fatos físicos: você foi pego pela correnteza — há correntezas nesse rio — você sabia disso — ouviu alguém dizer e esqueceu — você grita, mas sente a pequenez da própria voz, a indiferença colossal da água à sua volta — tudo isso em um segundo.

— *Socorro! Drew!*

Enquanto você se debate, sabendo que não deve entrar em pânico — o pânico vai esgotar suas forças —, sua mente se afasta como faz com tanta facilidade, com tanta frequência, às vezes sem que você sequer perceba, deixando Robert Freeman Jr. encarregado de lutar sozinho contra a correnteza enquanto você se refugia no panorama mais amplo, na água, nos prédios e ruas, nas avenidas que parecem corredores infinitos, no seu alojamento cheio de alunos adormecidos, espessando o ar com a respiração coletiva deles. Você passa pela janela aberta de Sasha e flutua por cima do peitoril cheio de objetos trazidos das viagens dela: uma concha branca do mar, um pequeno pagode dourado, um par de dados vermelhos. A harpa em um canto, com seu banquinho de madeira. Ela dorme na cama estreita, com os cabelos ruivos queimados, escuros em contraste com o lençol. Você se ajoelha a seu lado, sentindo o cheiro conhecido do sono de Sasha, sussurrando em seu ouvido uma mistura de *Me desculpa* e *Eu acredito em você* e *Eu vou sempre estar perto de você, te protegendo* e *Eu nunca vou abandonar você, vou ficar enroscado em volta do seu coração pelo resto da sua vida*, até que a água que pressiona meus ombros e meu peito me faz acordar esmagado e eu ouço Sasha gritar na minha cara: *Não desiste! Não desiste! Não desiste!*

11

Adeus, meu amor

Quando Ted Hollander concordou em ir a Nápoles procurar a sobrinha desaparecida, apresentou ao cunhado, que estava bancando as despesas, um plano para encontrá-la que incluía frequentar os lugares em que jovens sem rumo e em busca de drogas costumavam se reunir — como, por exemplo, a estação de trem — e perguntar se a conheciam. "Sasha. Americana. *Capelli rossi?*" — cabelos ruivos —, era o que ele planejava dizer, e chegara a treinar a pronúncia até conseguir enrolar o *r* de *rossi* com perfeição. No entanto, desde que havia chegado a Nápoles, uma semana antes, não dissera a palavra sequer uma vez.

Nesse dia, ignorou a decisão de começar a procurar Sasha e foi visitar as ruínas de Pompeia, onde admirou as pinturas murais antigas da época romana e os corpinhos espalhados de bruços feito ovos de Páscoa entre os pátios rodeados de colunas. Comeu atum enlatado debaixo de uma oliveira e ficou escutando o silêncio louco e vazio. No início da noite, voltou para o quarto de hotel, deixou cair o corpo dolorido sobre a cama king size e telefonou para a irmã, Beth, mãe de Sasha, para relatar mais um dia de esforços malsucedidos.

— Tá bom — suspirou Beth, de Los Angeles, como fazia ao final de cada dia. A energia de sua decepção lhe emprestava algo semelhante à consciência. Ted tinha a sensação de que essa era uma terceira presença ao telefone.

— Sinto muito — disse ele. Uma gota de veneno encheu seu coração. Iria procurar Sasha no dia seguinte. No entanto, no mesmo instante em que se fazia essa promessa, estava reafirmando o plano contraditório de ir visitar o Museo Nazionale, onde havia um *Orfeu e Eurídice* que ele admirava há anos: um relevo romano de mármore copiado de um original grego. Ele sempre quisera ver essa escultura.

Misericordiosamente, Hammer, segundo marido de Beth, que em geral tinha uma série de perguntas para fazer a Ted que acabavam por se resumir a uma muito simples — *Estou obtendo o que vale o meu dinheiro?* (fazendo Ted ser tomado pela ansiedade de um menino que matou aula) —, não estava em casa ou preferiu não intervir. Depois de desligar, Ted foi até o minibar e se serviu de uma vodca em um copo com gelo. Levou a bebida e o telefone até a varanda, sentou-se em uma cadeira de plástico e pôs-se a admirar a via Partenope e a baía de Nápoles lá embaixo. O litoral era acidentado, a água tinha uma pureza questionável (embora fosse de um azul ofuscante), e os valentes napolitanos, a maioria dos quais parecia ser gorda, tiravam a roupa nas pedras e pulavam na baía bem na frente dos pedestres, dos hotéis de turismo e do tráfego. Ele ligou para a mulher.

— Ah, oi, amor. — Susan ficou espantada ao receber a ligação tão cedo: ele em geral ligava antes de ir para a cama, horário mais próximo da hora do jantar na costa leste dos Estados Unidos. — Está tudo bem?

— Tudo.

O tom acelerado e alegre da voz dela o havia deixado desanimado. Ted pensava muito em Susan ali em Nápoles, mas em uma versão ligeiramente diferente de Susan: uma mulher atenciosa, sábia, com quem ele podia falar sem abrir a boca. Era essa versão ligeiramente diferente de Susan que havia escutado com ele o silêncio de Pompeia, atenta às últimas reverberações dos gritos e da avalanche de cinzas. Como tamanha destruição podia ser silenciada? Era esse o tipo de pergunta que passara a preocupar Ted nessa solitária semana, uma semana que parecia representar ao mesmo tempo um mês e um minuto.

— Consegui dar uma olhada na casa dos Suskind — disse Susan, aparentemente tentando animá-lo com essa notícia do universo imobiliário.

Mas cada decepção que Ted sentia com relação à mulher, cada ínfima murchada, era acompanhada por um espasmo de culpa. Muitos anos antes, ele pegara a paixão que sentia por Susan e a dobrara ao meio, para não ter mais aquela sensação impotente de quem se afogava sempre que a via deitada ao seu lado na cama: seus braços bem-desenhados, sua bunda macia e generosa. Depois a havia dobrado ao meio de novo para que, quando sentisse desejo por Susan, este não viesse mais acompanhado por um medo aflito de jamais conseguir se saciar. Depois ao meio outra vez, para que o fato de sentir desejo não viesse acompanhado de uma necessidade imediata de ação. E depois novamente ao meio, para que ele mal o sentisse. No final, seu desejo ficou tão pequeno que Ted podia guardá-lo dentro da escrivaninha ou de um bolso e esquecê-lo, e isso lhe dava uma sensação de segurança e realização, de ter desmantelado um aparato perigoso que poderia ter destruído a ambos. Susan no início ficou espantada, depois chateada: tinha lhe dado dois tapas no rosto; tinha saído correndo de casa no meio de um acesso de fúria e ido dormir em um hotel de beira de estrada; tinha derrubado Ted no chão do banheiro vestida com uma calcinha preta com uma fenda no meio. Depois de algum tempo, contudo, uma espécie de amnésia havia tomado conta de Susan. A revolta e a mágoa haviam se dissipado, diluindo-se em uma alegria doce e permanente que era terrível do jeito que a vida poderia ser terrível, imaginou Ted, sem a morte para lhe atribuir gravidade e forma. No início, ele havia suposto que a animação incansável da mulher fosse uma zombaria, mais uma fase de sua rebelião, até lhe ocorrer que Susan havia esquecido como eram as coisas entre eles antes de Ted começar a dobrar o próprio desejo. Havia esquecido e estava feliz — nunca deixara de estar feliz —, e, embora tudo isso aumentasse o seu assombro diante da acrobática capacidade de adaptação da mente humana, também o fazia sentir que a mulher havia sido lobotomizada. Por ele.

— Amor, o Alfred quer falar com você — disse Susan.

Ted se preparou para o filho, imprevisível e de humor inconstante.

— Oi, Alf.

— Pai, para de falar com essa voz.

— Que voz?

— Essa voz falsa de "papai".

— O que você quer, Alfred? Dá pra conversar direito?

— A gente perdeu.

— Quanto, cinco a oito?

— Quatro a nove.

— Bem. Ainda tem tempo.

— Não tem, não — disse Alfred. — O tempo está acabando.

— Sua mãe ainda está por aí? — perguntou Ted, um pouco desesperado. — Pode chamar ela de novo?

— O Miles quer falar com você.

Ted falou com seus dois outros filhos, que tinham outros placares a informar. Sentia-se um anotador de apostas. Os filhos praticavam todos os esportes imagináveis, e alguns que não o eram (para Ted): futebol, hóquei, beisebol, lacrosse, basquete, futebol americano, esgrima, luta livre, tênis, skate (não era esporte!), golfe, pingue-pongue, Video Voodoo (com certeza não era esporte, e Ted se recusava a dar sua chancela), escalada, patinação, bungee jump (quem praticava isso era Miles, seu mais velho, em quem Ted sentia uma alegre tendência à autodestruição), gamão (não era esporte!), vôlei, uma versão mais leve do beisebol chamada *wiffle ball*, rúgbi, críquete (em que país eles moravam?), squash, polo aquático, balé (Alfred, claro) e, mais recentemente, tae kwon do. Às vezes, Ted tinha a impressão de que os filhos só praticavam esportes para garantir a presença do pai junto à maior variedade possível de superfícies de jogo. Obediente, ele comparecia, e gritava a plenos pulmões entre as pilhas de folhas e o cheiro acre de madeira queimada no outono, entre os pés de cravo iridescentes na primavera, e em meio aos verões chuvosos infestados de mosquitos do norte do estado de Nova York.

Depois de falar com a mulher e os filhos, Ted sentiu que estava bêbado e ficou ansioso para sair do hotel. Ele raramente bebia, o álcool cobria sua cabeça com uma cortina de exaustão, privando-lhe das duas horas preciosas de que dispunha a cada noite — duas ou três, depois de jantar com Susan e os meninos — para pensar e escrever sobre arte. O ideal seria que pensasse e escrevesse sobre arte o tempo todo, mas uma confluência de fatores tornava esse pensamento e essa escrita ao mesmo tempo desnecessários (ele tinha um cargo vitalício em uma universidade de terceira categoria, e pouca pressão para publicar) e impossíveis (ele dava três cursos de história da arte por semestre e tinha assumido muitas responsabilidades administrativas — precisava de dinheiro). O local em que ocorriam esses pensamentos e essa escrita era um pequeno escritório encaixado em um dos cantos de sua casa bagunçada, em cuja porta ele havia posto um cadeado para impedir os filhos de entrar. Estes se reuniam desejosos do lado de fora da porta, seus três meninos, com os rostos comoventes e bem-marcados. Não tinham sequer permissão para bater à porta do escritório dentro do qual ele pensava e escrevia sobre arte, mas Ted não havia encontrado um jeito de impedir que ficassem aglomerados ali na porta, como selvagens e fantasmagóricas criaturas bebendo à beira de um lago à meia-noite, com os pés descalços afundados no carpete e os dedos suados manchando as paredes, deixando marcas de gordura que Ted mostrava semanalmente para Elsa, a faxineira. Ele ficava sentado no escritório ouvindo a movimentação dos filhos, imaginando poder sentir o hálito quente e curioso deles. Não vou deixá-los entrar, dizia a si mesmo. Vou ficar sentado pensando em arte.

Porém, para seu desespero, ele descobria que muitas vezes não conseguia pensar em arte. Não pensava em nada.

Ao anoitecer, Ted subiu tranquilamente a via Partenope até a piazza Vittoria. Encontrou-a repleta de famílias e de crianças chutando as onipresentes bolas de futebol e trocando saraivadas de palavras em um italiano tão alto que poderia estourar os tímpanos. Mas havia também uma outra presença à luz que caía: os jovens sem rumo, sujos e vagamente ameaçadores que infestavam aquela cidade onde o desemprego chegava a 33 por cento, integrantes de uma geração que não conseguira alcançar a liberdade e vagava em volta dos *palazzi* decrépitos, onde seus antepassados do século XV tinham vivido em esplendor, picando-se nos degraus das igrejas em que esses mesmos antepassados agora descansavam em diminutos caixões empilhados qual lenha para o fogo. Ted se encolhia quando esses jovens passavam, muito embora tivesse 1,93 metro e pesasse 104 quilos, e tivesse um rosto que parecia bastante inofensivo no espelho do banheiro mas que muitas vezes levava os colegas a lhe perguntar qual era o problema. Tinha medo de que Sasha fosse um desses jovens — medo de que fosse ela a espiá-lo sob a luz amarelada dos postes de rua que permeava Nápoles após o anoitecer. Havia esvaziado a carteira a não ser por um cartão de crédito e uma quantia mínima em dinheiro vivo. Saiu da *piazza* depressa em busca de um restaurante.

Sasha havia desaparecido fazia dois anos, aos 17. Desaparecido igualzinho ao pai, Andy Grady, um financista maluco de olhos cor de violeta que tinha fugido depois de um negócio malsucedido um ano depois de se divorciar de Beth e nunca mais voltara a dar notícias. Sasha tinha reaparecido algumas vezes e pedido transferências de dinheiro para locais distantes variados, e em duas ocasiões Beth e Hammer tinham pegado um avião para o local em questão e tentado interceptá-la. Sasha fugira de uma adolescência cujo catálogo de horrores incluía uso de drogas, inúmeras prisões por roubo em lojas, uma predileção pela companhia de músicos de rock (Beth tinha dado queixa à polícia, sem resultado), quatro psicanalistas, terapia de família, terapia de grupo e três tentativas de suicídio, e Ted assistira a tudo isso de longe com um horror que aos poucos havia se associado à própria Sasha. Quando pequena, ela era uma menina encantadora — irresistível, até —, fato de que ele se lembrava por ter ido passar um verão com Beth e Andy em sua casa às margens do lago Michigan. Mas havia se tornado uma presença ameaçadora nos eventuais Natais ou dias de Ação de Graças quando Ted a via, e ele tinha afastado os filhos da prima por temer que a autoimolação dela fosse de alguma forma contagiosa. Não queria ter qualquer relação com Sasha. Ela havia se perdido.

Na manhã seguinte, Ted acordou cedo e pegou um táxi até um Museo Nazionale fresco, repleto de ecos e desprovido de turistas apesar do fato de ser primavera. Vagou por entre bustos empoeirados de Adriano e dos vários Césares, sentindo na presença de tantos mármores um revigoramento físico quase erótico. Pressentiu a proximidade do *Orfeu e Eurídice* antes mesmo de ver a escultura, ao perceber seu peso frio do outro lado da sala, mas adiou a hora de encará-la, relembrando os acontecimentos que haviam precedido o instante que a escultura retratava: Orfeu e Eurídice eram recém-casados e apaixonados; Eurídice morria de uma picada de cobra enquanto tentava fugir de um pastor que queria molestá-la; Orfeu descia ao mundo dos mortos e enchia seus corredores úmidos com a música de sua lira enquanto cantava a saudade que sentia da mulher; Plutão libertava Eurídice da morte com a condição de que Orfeu não olhasse para trás quando estivessem indo embora. E vinha então o infeliz instante em que, temendo pela mulher que tropeçava no corredor, Orfeu se esquecia e se virava.

Ted avançou até a escultura em alto-relevo. Teve a sensação de que a adentrava, de tanto que ela o cercava e tamanho o seu impacto. A obra mostrava o instante em que Eurídice é obrigada a descer ao mundo dos mortos pela segunda vez, quando ela e Orfeu estão se despedindo. O que deixava Ted emocionado, como se esmigalhasse um vidro delicado que ele trouxesse no peito, era o silêncio daquela cena, a ausência de drama ou de lágrimas enquanto o casal se encarava, tocando-se delicadamente. Ele sentia entre os dois uma compreensão demasiado profunda para ser articulada: a consciência indizível de que tudo está perdido.

Ted passou meia hora encarando a escultura, fascinado. Afastou-se, depois voltou. Saiu da sala e tornou a entrar. A cada vez, a mesma sensação o aguardava: um tremor de animação como ele não sentia havia muitos anos diante de uma obra de arte, ampliado por uma animação ainda maior pelo fato de tal animação ainda ser possível.

Ele passou o resto do dia no andar de cima do museu, onde ficavam os mosaicos de Pompeia, mas não parou de pensar no *Orfeu e Eurídice*. Tornou a visitar a escultura antes de ir embora.

A essa altura, a tarde já havia caído. Ted pôs-se a caminhar, ainda zonzo, até que se viu no meio de um labirinto de ruelas tão estreitas que pareciam escuras. Passou por igrejas cobertas de fuligem, por *palazzi* em ruínas de cujos interiores miseráveis vinham lamentos de gatos e crianças. Brasões imundos e esquecidos encimavam as imensas portas desses prédios, e deixaram Ted perturbado: símbolos tão universais, tão fortes, privados de significado pelo simples passar do tempo. Imaginou a versão ligeiramente diferente de Susan ao seu lado, compartilhando seu assombro.

À medida que foi se libertando da escultura de Orfeu e Eurídice, Ted tomou consciência de uma agitação mundana à sua volta, uma troca de olhares, assobios e gestos que parecia envolver quase todos os presentes, da velha vestida de preto em frente à igreja ao rapaz de camiseta verde que não parava de passar zunindo montado em uma Vespa, quase roçando nele. Todos, menos Ted. De uma janela, uma senhora usou uma corda para baixar um cesto cheio de maços de Marlboro até a rua. Mercado clandestino, pensou Ted, observando nervoso enquanto uma moça de cabelos embaraçados e braços queimados de sol pegava um dos maços e depositava algumas moedas no cesto. Quando este tornou a subir em direção à janela, Ted viu que a compradora de cigarros era sua sobrinha.

Ele vinha receando tanto esse encontro que na verdade não ficou surpreso com a incrível coincidência que o havia possibilitado. Sasha acendeu um dos Marlboros, com o cenho franzido, e Ted diminuiu o passo, fingindo admirar a parede sebenta de um *palazzo*. Quando ela recomeçou a andar, ele foi atrás. Ela usava um jeans preto desbotado e uma camiseta cinzenta de tão encardida. Tinha um andar trôpego, levemente manco e dava passos lentos, depois rápidos, obrigando Ted a se concentrar para não ultrapassá-la nem ficar para trás.

Ele estava se embrenhando nas entranhas intrincadas da cidade, uma região pobre e sem turistas em que o barulho de roupas secando ao vento se misturava com os estalos inarticulados dos pombos batendo as asas. Sem aviso, Sasha se virou para encará-lo. Observou seu rosto, incrédula.

— É você? — gaguejou ela. — Tio...

— Meu Deus! Sasha! — exclamou Ted com uma careta de surpresa fingida. Ele fingia muito mal.

— Você me deu um susto — disse Sasha, ainda sem acreditar. — Eu senti alguém...

— Você também me assustou — retrucou Ted, e ambos riram, nervosos. Ele deveria tê-la abraçado imediatamente. Agora parecia ser tarde para isso.

Para evitar a pergunta óbvia (*O que ele estava fazendo em Nápoles?*), Ted continuou falando: para onde ela estava indo?

— Eu estava indo... visitar uns amigos — respondeu Sasha. — E você?

— Estava só... passeando! — disse ele, com a voz excessivamente alta. Eles agora caminhavam no mesmo ritmo. — Você está mancando?

— Quebrei o tornozelo em Tânger — disse ela. — Caí de uma escada bem alta.

— Espero que tenha ido ao médico.

Sasha lançou-lhe um olhar cheio de pena.

— Passei três meses e meio engessada.

— Então por que ainda está mancando?

— Não sei muito bem.

Ela havia crescido. E tão irrefutável era essa idade adulta, tão exuberante o conjunto formado por seios, quadris e cintura levemente marcada, tão experiente o gesto de bater a cinza do cigarro, que Ted apreendeu essa mudança como se ela tivesse sido instantânea. Um milagre. Os cabelos da sobrinha já não eram tão ruivos como antes. Seu rosto era frágil, travesso, pálido o suficiente para absorver os matizes do mundo à sua volta — roxo, verde, rosa — como um rosto pintado por Lucian Freud. Ela parecia uma menina que, um século antes, não teria tido uma vida muito longa, teria morrido de parto. Uma menina cujos ossos delicados não se recuperavam direito.

— Você mora aqui? — perguntou ele. — Em Nápoles?

— Moro em um bairro melhor — respondeu Sasha, com um toque de esnobismo. — E você, tio Teddy? Ainda mora em Mount Gray, Nova York?

— Moro, sim — respondeu ele, surpreso com a memória da sobrinha.

— A sua casa é bem grande? Com várias árvores? Lá tem um pneu velho transformado em balanço?

— Tem árvores à beça. Uma rede que ninguém usa.

Sasha fez uma pausa e fechou os olhos como se estivesse imaginando.

— Você tem três filhos — falou. — Miles, Ames e Alfred.

Ela estava certa; até a ordem estava certa.

— Incrível você lembrar — disse Ted.

— Eu me lembro de tudo — disse Sasha.

Ela havia parado diante de um dos *palazzi* caindo aos pedaços, com o brasão coberto por uma carinha amarela sorridente que Ted achou macabra.

— É aqui que os meus amigos moram — disse ela. — Tchau, tio Teddy. Foi legal encontrar você. — Ela apertou sua mão com dedos úmidos e delicados.

Despreparado para aquela despedida abrupta, Ted gaguejou um pouco.

— Espera, mas... não quer que eu leve você para jantar?

Sasha inclinou a cabeça, examinando os olhos do tio.

— Eu ando muito ocupada — disse ela no tom de quem pede desculpas. Então um impulso profundo e irresistível de ser educada pareceu suavizá-la. — Mas tudo bem. Estou livre hoje à noite.

Foi somente quando Ted abriu a porta de seu quarto de hotel com um empurrão e viu a mistura de tons de bege dos anos 1950 que o recebia, depois de cada dia que havia passado sem procurar Sasha, que o caráter inacreditável do que acabara de acontecer o atingiu em cheio. Estava na hora de seu telefonema diário para Beth, e imaginou o júbilo embasbacado da irmã quando ele despejasse a enxurrada de boas notícias ocorridas desde a véspera: não apenas ele havia localizado a sobrinha, como Sasha parecia estar lúcida, razoavelmente saudável, mentalmente coerente e parecia ter amigos. Enfim, uma situação melhor do que eles teriam motivos para imaginar. No entanto, Ted não sentia qualquer alegria. Por quê? Perguntou-se isso deitado na cama com os braços cruzados por cima dos olhos. Por que aquele anseio pela véspera, ou mesmo pela manhã daquele mesmo dia — pela relativa paz de saber que deveria estar procurando Sasha, mas não o estava fazendo? Ele não sabia. Não sabia.

O casamento de Beth e Andy havia terminado de forma espetacular no verão que Ted passara morando com eles às margens do lago Michigan, enquanto administrava uma obra três quilômetros acima na costa do lago. Fora o casamento em si, as baixas no final do verão incluíam o prato de majólica que Ted tinha dado para Beth de aniversário; diversas peças de mobília danificadas; o ombro esquerdo de Beth, que Andy deslocou duas vezes; e sua clavícula, que ele quebrou. Quando os dois brigavam, Ted tirava Sasha de casa e a conduzia pelo gramado aparado até a margem do lago. A sobrinha tinha longos cabelos ruivos e uma pele azulada de tão branca, a qual Beth vivia tentando proteger de queimaduras. Ted levava a sério os temores da irmã, e nunca esquecia o protetor solar quando os dois iam até a areia — uma areia quente demais, nos finais de tarde, para Sasha caminhar sem berrar. Ele a carregava no colo, leve como um gato com seu biquíni vermelho e branco, a colocava sobre uma toalha e passava protetor em seus ombros, costas e rosto, no nariz pequenino — ela devia ter uns 5 anos —, enquanto se perguntava o que iria acontecer com ela depois de crescer no meio de tanta violência. Embora ela não quisesse, insistia para ela usar o chapéu branco de marinheiro no sol. Ted estava fazendo pós-graduação em história da arte e trabalhava como mestre de obras para pagar os estudos.

— Mes-tre de o-bras — repetia Sasha sem se cansar. — O que é isso?

— Bom, é uma pessoa que organiza vários operários para construir uma casa.

— Tem pessoas para lixar o chão?

— Claro. Você conhece algum lixador de chão?

— Só um — respondeu ela. — Ele lixou o chão da nossa casa. O nome dele é Mark Avery.

Ted desconfiou na hora desse tal Mark Avery.

— Ele me deu um peixe — disse Sasha.

— Um peixe de aquário?

— Não — respondeu ela rindo, dando um tapinha no braço do tio. — Um peixe para pôr na banheira.

— O peixe faz barulho?

— Faz, mas eu não gosto do barulho.

Essas conversas duravam muitas horas. Ted tinha a incômoda sensação de que a menina as estava prolongando para preencher o tempo e distrair ambos do que estava acontecendo dentro da casa.

E isso a fazia parecer bem mais velha do que na realidade era, uma mulherzinha em miniatura, sábia, experiente, que aceitava os fardos da vida a tal ponto que sequer os mencionava. Não se referiu aos pais nenhuma vez, nem àquilo de que ela e Ted se refugiavam ali naquela praia.

— Me leva para nadar?

— Claro — ele sempre dizia.

Era só nessa hora que ele a deixava tirar o chapéu protetor. Os cabelos eram compridos e sedosos, e batiam no rosto dele quando a carregava (como ela sempre pedia que fizesse) até o lago Michigan. Ela se agarrava nele com as pernas e os braços finos aquecidos pelo sol e descansava a cabeça em seu ombro. Ted sentia o medo dela aumentar conforme se aproximavam da água, mas ela não o deixava voltar. "Não, tudo bem, vamos", murmurava muito séria junto ao seu pescoço, como se a submersão no lago Michigan fosse uma provação que tivesse de suportar em nome de algum bem maior. Ted tentava diferentes maneiras de facilitar as coisas para ela — entrar na água aos poucos, ou mergulhar de uma vez só —, mas Sasha sempre soltava um arquejo de dor e aumentava a pressão das pernas e dos braços à volta dele. Depois que isso passava, quando estava dentro d'água, voltava a ser ela mesma, e nadava cachorrinho apesar dos esforços do tio de lhe ensinar o crawl. ("Eu sei nadar!", dizia ela, impaciente. "É que eu não gosto.") Dizia isso jogando água nele e batendo os dentes, com valentia. Mas aquilo tudo deixava Ted incomodado, como se ele a estivesse machucando, forçando-a a mergulhar, quando o que ansiava por fazer — o que sonhava em fazer — era resgatá-la: enrolar a sobrinha em um cobertor e levá-la embora de casa antes de o dia raiar; sair remando em um velho bote que tinha encontrado; sair pela praia afora com ela no colo sem olhar para trás. Tinha 25 anos. Não confiava em mais ninguém no mundo. Mas na verdade não podia fazer nada para proteger a sobrinha e, à medida que as semanas foram passando, começou a aguardar o final do verão como se este fosse uma presença obscura e ameaçadora. Quando o dia chegou, porém, foi tudo estranhamente fácil. Sasha se agarrou à mãe e mal olhou para Ted enquanto ele punha as coisas no carro e se despedia, e ele foi embora sentindo raiva da sobrinha, magoado de uma forma que sabia ser infantil mas que parecia não conseguir controlar, e quando o sentimento passou sentiu-se exaurido, cansado demais até para dirigir. Estacionou ao lado de uma filial do restaurante Dairy Queen e dormiu.

— Como é que eu vou ter certeza de que você sabe mesmo nadar se não me mostrar? — perguntou ele a Sasha certa vez quando estavam os dois sentados na areia.

— Eu tive aulas com a Rachel Costanza.

— Você não está respondendo à minha pergunta.

Ela sorriu para ele, um sorriso meio impotente, como se quisesse se esconder atrás da própria infância mas sentisse que, de alguma forma, já era tarde demais para isso.

— Ela tinha um gato siamês chamado Feather.

— Por que você nunca nada?

— Ai, tio Teddy — dizia ela, em uma das assustadoras imitações que fazia da mãe. — Você me cansa.

Sasha chegou ao seu hotel às oito horas usando um vestido vermelho curto, botas pretas de verniz e um excesso de maquiagem que realçava seu rosto, fazendo-o parecer uma pequena máscara berrante. Seus olhos estreitos se arqueavam feito garras. Ted a viu do outro lado do saguão e sentiu uma relutância que beirava a paralisia. Havia torcido, cruelmente, para ela não aparecer.

Mesmo assim, obrigou-se a cruzar o saguão e dar o braço à sobrinha.

— Tem um restaurante bom subindo esta rua — disse ele —, a menos que você tenha outros planos.

Sasha tinha outros planos. Soprando fumaça pela janela de um táxi, ela falava com o motorista em um italiano hesitante enquanto o carro descia cantando pneus por becos estreitos e entrava em ruas pela contramão até chegar a Vomero, um bairro de classe alta que Ted ainda não conhecia. O bairro ficava no topo de um morro. Ainda tonto, ele pagou o taxista e ficou em pé com Sasha no vão entre dois prédios. A cidade plana e cintilante se estendia à sua frente, cutucando preguiçosamente o mar. Hockney, pensou Ted. Diebenkorn. John Moore. Ao longe, o Vesúvio repousava, inofensivo. Ted imaginou a versão ligeiramente diferente de Susan em pé ao seu lado, admirando a mesma vista.

— Esta é a melhor vista de Nápoles — disse Sasha com um tom desafiador, mas Ted sentiu que ela estava esperando, avaliando a sua aprovação.

— É maravilhosa — garantiu ele, completando o comentário enquanto eles começavam a andar despreocupadamente pelas ruas residenciais arborizadas. — Este é o bairro mais bonito que eu já vi em Nápoles.

— É aqui que eu moro — disse Sasha. — Algumas ruas mais para lá.

Ted estava cético.

— Então eu deveria ter vindo encontrar você aqui. Teria poupado a viagem.

— Duvido que tivesse encontrado — disse Sasha. — Estrangeiros não sabem andar por Nápoles. Eles sempre são roubados.

— Você não é estrangeira?

— Tecnicamente, sou — respondeu ela. — Mas eu conheço a cidade.

Chegaram a um cruzamento lotado do que deviam ser universitários (estranho como todos os universitários se pareciam, qualquer que fosse o lugar): rapazes e moças de jaqueta de couro preto andando em Vespas, encostados em Vespas, montados ou mesmo em pé em cima de Vespas. O número de Vespas fazia a praça inteira parecer vibrar, e a fumaça dos canos de descarga teve em Ted o mesmo efeito de um narcótico brando. Sob a luz do crepúsculo, uma fila de palmeiras se exibia contra um céu de Bellini. Sasha foi abrindo caminho entre os jovens com uma determinação frágil e os olhos fixos à frente.

Em um dos restaurantes da praça, pediu uma mesa junto à janela e escolheu a comida: flores de abobrinha fritas seguidas por uma pizza. Não parava de olhar para os jovens de Vespa do lado de fora. Estava muito claro que ansiava por estar com eles.

— Você conhece alguém dessa turma? — perguntou Ted.

— São universitários — respondeu ela com desdém, como se a palavra fosse um sinônimo de "nada".

— Eles parecem mais ou menos da sua idade.

Sasha deu de ombros.

— A maioria ainda mora na casa dos pais — disse ela. — Mas eu quero saber de você, tio Teddy. Ainda é professor de história da arte? Agora já deve ser um especialista.

Novamente espantado com a memória da sobrinha, Ted sentiu a pressão que sempre o acometia quando tentava falar sobre o próprio trabalho — uma certa confusão em relação ao que o levara a decepcionar os pais e contrair uma dívida gigantesca para poder escrever uma tese que alegava (com um tom arrebatado que hoje lhe causava vergonha) que as pinceladas típicas de Cézanne eram um esforço de representar o *som* — mais exatamente, nas paisagens de verão pintadas pelo artista, o canto hipnótico das cigarras.

— Estou escrevendo sobre o impacto da escultura grega nos impressionistas franceses — disse ele, tentando parecer animado, mas a frase saiu pesada.

— A sua mulher, Susan — disse Sasha. — O cabelo dela é louro, não é?

— É, a Susan é loura...

— Meu cabelo antes era ruivo.

— Ainda é — disse ele. — Avermelhado.

— Mas não como antigamente. — Ela o fitou, aguardando uma confirmação.

— Não.

Houve uma pausa.

— Você ama a Susan?

Essa pergunta desprovida de emoção atingiu algum lugar próximo ao plexo solar de Ted.

— A *tia* Susan — corrigiu ele.

Sasha fez cara de contrita.

— Tia.

— É claro que amo — respondeu Ted com uma voz comedida.

O jantar chegou: flores de abobrinha e uma pizza cheia de muçarela de búfala, que desceu amanteigada e quente pela garganta de Ted. Depois da segunda taça de tinto, Sasha começou a falar. Tinha fugido de casa com Wade, baterista do Pinheads (banda que parecia não precisar de apresentação), que ia tocar em Tóquio.

— A gente ficou hospedado no hotel Okura, chique *demais* — disse ela. — Era abril, temporada das flores de cerejeira no Japão, e todas as árvores estavam cobertas de florezinhas cor-de-rosa, e os executivos cantavam e dançavam debaixo delas com chapéus de papel na cabeça! — Ted, que nunca tinha ido ao Extremo Oriente ou sequer ao Oriente Médio, sentiu uma pontada de inveja.

De Tóquio, a banda havia seguido para Hong Kong.

— Lá a gente ficou hospedado em um arranha-céu no alto de um morro, com uma vista inacreditável — disse ela. — Ilhas, água, barcos, aviões...

— Quer dizer que esse Wade está com você agora? Aqui em Nápoles?

Ela piscou os olhos.

— O Wade? Não.

Ele a havia deixado lá em Hong Kong, no arranha-céu branco. Ela ficara no apartamento até o proprietário lhe pedir para ir embora. Então se mudara para um albergue da juventude em um prédio cheio de fábricas clandestinas, onde as pessoas dormiam debaixo das máquinas de costura sobre pilhas de retalhos de tecido. Sasha relatou esses detalhes em um tom leve, como se tudo não tivesse passado de uma aventura.

— Aí eu arrumei uns amigos — disse ela — e a gente atravessou a fronteira para a China.

— Foram esses amigos que você encontrou ontem?

Sasha riu.

— Eu conheço gente nova em todo lugar a que vou — disse ela. — É isso que acontece quando se viaja, tio Teddy.

Ela estava corada — por causa do vinho, ou talvez pelo prazer de recordar. Ted acenou pedindo a conta e pagou. Sentia-se pesado, deprimido.

Os jovens haviam se dispersado na noite fria. Sasha estava sem casaco.

— Toma o meu casaco, por favor — disse Ted, tirando o paletó de *tweed* velho e pesado, mas Sasha não quis nem ouvir falar nisso. Ele sentiu que ela queria continuar totalmente visível no vestido vermelho. As botas de cano alto acentuavam seu andar manco.

Depois de caminharem por vários quarteirões, eles chegaram a uma boate de aspecto genérico cujo porteiro acenou com um gesto apático para que entrassem. A essa altura, já era meia-noite.

— Essa boate é de um amigo meu — disse Sasha, seguindo na frente para chegar ao tumulto de corpos, luz roxa fluorescente e uma batida que reproduzia todas as nuances sonoras de uma britadeira. Até mesmo Ted, que não era nenhum especialista em boates, pôde sentir a familiaridade gasta daquela cena, mas mesmo assim Sasha parecia fascinada. — Me paga uma bebida, tio Teddy? — pediu ela, apontando para um líquido repulsivo sobre uma mesa próxima. — Um drinque igual àquele ali, com um guarda-chuvinha.

Ted abriu caminho até o bar. Afastar-se da sobrinha foi como abrir uma janela, liberando uma opressão abafada. Mas qual era o problema exatamente? Sasha estava vivendo uma aventura e tanto, passeando pelo mundo. Caramba, tinha feito mais coisas em dois anos do que Ted em vinte. Então por que ele estava tão ansioso para fugir dela?

Sasha tinha encontrado dois lugares diante de uma mesa baixa, posição que fazia Ted se sentir um macaco, com os joelhos imprensados sob o queixo. Quando ela levou aos lábios o drinque com o guarda-chuva, a luz roxa inundou os riscos de pele branca de uma cicatriz na parte interna de seu pulso. Quando ela pousou a bebida sobre a mesa, Ted segurou seu braço e o virou. Sasha deixou até perceber o que ele estava fazendo, então puxou o braço para longe.

— Isso foi antes — disse ela. — Em Los Angeles.

— Deixe-me ver.

Ela não quis deixar. Então, para a própria surpresa, Ted esticou os braços até o outro lado da mesa e agarrou os pulsos da sobrinha, tendo um certo prazer raivoso ao machucá-la enquanto os virava à força. Reparou que as unhas dela estavam vermelhas, ela as havia pintado durante a tarde. Sasha acabou desistindo e olhou para o outro lado enquanto ele examinava seus antebraços à luz fria e esquisita. A pele estava toda marcada e gasta, parecendo um estofado velho.

— Várias foram acidentes — disse ela. — Meu equilíbrio era bem ruim.

— Você passou por uma barra pesada. — Ele queria que ela confessasse.

Seguiu-se um silêncio. Por fim, Sasha falou:

— Eu vivia pensando que estava vendo meu pai. Não é uma loucura?

— Não sei.

— Na China, no Marrocos. Olhava para o outro lado de alguma sala e *pum*, via os cabelos dele. Ou as pernas, ainda me lembro do formato exato das pernas dele. Ou o jeito como ele jogava a cabeça para trás quando ria... lembra, tio Teddy? Como a risada dele parecia um grito?

— Agora que você está dizendo, lembro, sim.

— Pensei que talvez ele estivesse me seguindo — disse Sasha —, para ter certeza de que eu estava bem. E depois, quando parecia que ele não estava, eu sentia muito medo.

Ted soltou seus braços e ela os cruzou no colo.

— Pensei que ele fosse conseguir me encontrar por causa do cabelo. Mas agora meu cabelo nem é mais ruivo.

— Eu reconheci você.

— É verdade. — Ela se inclinou mais para perto e aproximou de Ted o rosto pálido, marcado pela expectativa. — O que você está fazendo aqui, tio Teddy? — perguntou ela.

Era a pergunta que ele temia, e no entanto a resposta saiu da boca de Ted como a carne que se desprende de um osso.

— Estou aqui vendo arte — disse ele. — Vendo arte e pensando sobre arte.

Pronto: uma súbita e libertadora sensação de paz. Alívio. Era verdade: ele não tinha ido até lá por causa de Sasha.

— Arte?

— É o que eu gosto de fazer — disse ele, e sorriu ao recordar a escultura de Orfeu e Eurídice que vira naquela tarde. — É isso que vivo tentando fazer. É o que eu acho importante.

O semblante de Sasha ficou relaxado, como se um peso ao qual ela estivesse se agarrando houvesse sido retirado.

— Pensei que você tivesse vindo me procurar — disse ela.

Ted a observou de longe. De uma distância tranquila.

Sasha acendeu um dos Marlboros. Depois de dar dois tragos, apagou o cigarro.

— Vamos dançar — disse ela, e um peso parecia dominá-la quando ela se levantou da cadeira. — Vem, tio Teddy. — Pegando-o pela mão, ela o conduziu até a pista de dança, uma massa instável de corpos que provocou em Ted uma sensação assustada de timidez. Ele hesitou, resistiu, mas Sasha continuou a puxá-lo por entre os outros dançarinos e na mesma hora ele se sentiu boiar, como se estivesse suspenso. Quanto tempo fazia que não dançava em uma boate? Quinze anos? Mais? Hesitante, Ted começou a se mexer, sentindo-se pesado e abrutalhado com seu *tweed* de professor, movendo os pés em algum tipo de imitação de passos de dança até perceber que Sasha não estava se mexendo. Estava parada olhando para ele. E ela então o alcançou, envolveu Ted com aqueles braços compridos e agarrou-se a ele, fazendo-o sentir o volume modesto de seu corpo, a altura e o peso dessa nova Sasha, essa sobrinha crescida outrora tão pequena, e o caráter irrevogável dessa transformação liberou uma enorme tristeza dentro de Ted, que fez sua garganta se contrair e uma dolorosa ardência preencher suas narinas. Ele se agarrou a Sasha. Mas aquela menininha não existia mais. Tinha desaparecido, assim como o rapaz arrebatado que a havia amado.

Por fim, ela se afastou:

— Espera aqui — falou, sem encará-lo. — Já volto. — Desorientado, Ted ficou parado entre os italianos que dançavam até uma sensação cada vez mais esquisita o fazer sair da pista. Ele esperou um pouco junto a esta. Depois de algum tempo, deu uma volta pela boate. Sasha dissera ter amigos ali — será que estaria conversando com eles em algum lugar? Será que tinha saído? Ansioso, com o pensamento enevoado por causa da bebida, Ted foi até o bar e pediu uma San Pellegrino. E só então, quando estendeu a mão para pegar a carteira e viu que esta havia sumido, percebeu que Sasha o havia roubado.

A luz do sol forçou suas pálpebras grudentas a se abrirem, obrigando-o a acordar. Ele tinha se esquecido de fechar as persianas. Já eram cinco da manhã quando enfim fora se deitar: depois de horas andando sem rumo e de uma série de más indicações sobre como chegar à delegacia; depois de finalmente encontrá-la e contar sua triste história (omitindo a identidade da ladra) para um oficial de cabelos oleosos e com uma atitude de total indiferença; depois da oferta de carona até o hotel (na verdade tudo o que ele queria) de um casal de idosos que havia encontrado na delegacia, cujos passaportes tinham sido roubados na balsa de Amalfi.

Ted então se levantou da cama com a cabeça latejando e o coração enfurecido. Sobre a mesa, vários recados telefônicos: cinco de Beth, três de Susan e dois de Alfred (*Eu perdei*, dizia um deles na escrita ruim do recepcionista do hotel). Ted os deixou onde os havia jogado. Tomou uma ducha, pôs a roupa sem fazer a barba, tomou uma vodca no minibar e tirou dinheiro vivo e outro cartão de crédito do cofre do quarto. Precisava encontrar Sasha agora — hoje —, e esse imperativo, que havia se apoderado dele em nenhum momento específico, assumiu um imediatismo que era o inverso perfeito de sua hesitação anterior. Havia outras coisas que precisava fazer — ligar para Beth, ligar para Susan etc. —, mas fazê-las agora estava fora de cogitação. Precisava encontrar a sobrinha.

Mas onde? Ted refletiu sobre a questão enquanto tomava três expressos no saguão do hotel, deixando a cafeína e a vodca se cumprimentarem em seu cérebro como dois peixes de briga. Onde procurar por Sasha naquela cidade imensa e malcheirosa? Repassou as estratégias que já havia deixado de executar: abordar jovens sem rumo na estação de trem e nos albergues, mas não, não. Já havia esperado demais para fazer isso.

Sem um plano claro em mente, pegou um táxi até o Museo Nazionale e partiu no que parecia ser a mesma direção que tinha seguido na véspera, depois de ver o *Orfeu e Eurídice*. Nada parecia igual, mas com certeza a diferença se devia ao seu estado de espírito, ao minúsculo metrônomo de pânico que agora batia dentro dele. Nada parecia igual, mas tudo parecia conhecido: as igrejas manchadas e as paredes tortas e descascadas, as barras em forma de meia-lua. Depois de seguir uma rua estreita até seu final tortuoso, emergiu em uma rua maior margeada por uma sucessão de *palazzi* cansados cujos pisos térreos haviam sido esvaziados para acomodar lojas de roupas e sapatos baratos. Ted sentiu uma brisa de reconhecimento. Foi seguindo a avenida devagar, olhando para a direita e para a esquerda, até ver a carinha amarela sorridente cobrindo um palimpsesto de espadas e cruzes.

Abriu a pequena porta retangular recortada em uma entrada larga e curva, originalmente construída para acomodar carruagens puxadas a cavalo, e seguiu por um corredor até um pátio calçado de pedras ainda aquecido por causa do sol recente. O pátio recendia a melões passados. Uma velha de pernas tortas com meias azuis até os joelhos por baixo do vestido veio andando na sua direção com um passo sacolejante e os cabelos presos por um lenço.

— Sasha — disse Ted bem em frente a seus olhos embaçados e úmidos. — Americana. *Capelli rossi.* — Tropeçou no *r* e tentou outra vez. — *Capelli rossi.* — Enquanto falava, percebeu que a descrição não era mais muito exata.

— Não, não — murmurou a mulher. Quando ela começou a se afastar, cambaleante, Ted foi atrás, pôs uma nota de vinte dólares na palma de sua mão macia e tornou a perguntar, dessa vez enrolando o *r* sem qualquer dificuldade. A mulher emitiu um estalo, deu um safanão com o queixo, e então, com um ar quase triste, gesticulou para que Ted a seguisse. Ele o fez, cheio de desprezo pela facilidade com a qual ela havia se deixado comprar, pelo pouco que valia a sua proteção. Em um dos lados da porta da frente ficava um largo lance de degraus, onde pedaços de luxuoso mármore napolitano ainda despontavam através da sujeira. A mulher começou a subir devagar, agarrada ao corrimão. Ted foi atrás.

O segundo piso, como ele vinha ensinando a seus alunos de graduação há tantos anos, era o *piano nobile*, onde os donos da casa exibiam sua riqueza diante dos convidados. Até mesmo agora, imundo com tantos pombos soltando penas e revestido por pilhas de seus excrementos, os arcos abobadados que davam para o pátio eram esplêndidos. Ao ver que ele estava reparando, a mulher falou:

— *Bellissima, eh? Ecco, guardate!* — Então, com um orgulho que Ted achou comovente, ela abriu a porta para um amplo cômodo mal-iluminado com paredes manchadas por algo que parecia pedaços de mofo. Puxou um interruptor, e uma lâmpada pendurada em um arame transformou as formas bolorentas em murais pintados ao estilo de Ticiano e Giorgione: mulheres nuas e robustas segurando frutos, punhados de folhas escuras. Uma delicada nuvem de pássaros prateados. Aquele devia ser o salão de baile.

No terceiro andar, Ted viu dois meninos dividindo um cigarro em um vão de porta. Outro dormia deitado sob uma coleção heterogênea de roupas que secavam: meias e roupas de baixo molhadas pregadas cuidadosamente em um varal. Ted sentiu cheiro de maconha e azeite rançoso, ouviu o murmúrio de uma atividade invisível e percebeu que aquele *palazzo* tinha se transformado em uma casa de cômodos. Achou divertida a ironia de estar bem no meio do *bas-fond* que havia tentado evitar. Então, aqui estamos, pensou. Enfim.

No quarto e último piso, onde antigamente moravam os empregados, as portas eram menores e situadas ao longo de um corredor estreito. A guia idosa de Ted parou para descansar apoiada em uma parede. O desprezo que ele sentia por ela se transformou em gratidão: quanto esforço aqueles vinte dólares haviam lhe custado! Ela devia precisar muito do dinheiro.

— Desculpe — disse ele. — Sinto muito que a senhora tenha precisado subir até aqui. — Mas a mulher balançou a cabeça, sem entender. Cambaleou até a metade do corredor e bateu com força em uma das portas estreitas. Esta se abriu e Ted viu Sasha, ainda meio adormecida, usando um pijama de homem. Ao ver o tio, seus olhos se arregalaram, mas sua expressão permaneceu impassível.

— Oi, tio Teddy — disse ela com uma voz branda.

— Sasha — disse ele, só então se dando conta de que também estava ofegante por causa da subida. — Eu queria... falar com você.

O olhar da mulher passou de um para o outro, então ela virou as costas e foi embora. Assim que dobrou uma quina, Sasha fechou a porta na cara do tio.

— Vai embora — disse ela. — Estou ocupada.

Ted chegou mais perto da porta, colocando a mão espalmada sobre a madeira cheia de farpas. Do outro lado, podia sentir a presença assustada e brava da sobrinha.

— Então é aqui que você mora — disse ele.

— Estou me mudando para um lugar melhor.

— Quando tiver roubado gente suficiente?

Houve uma pausa.

— Não fui eu — disse ela. — Foi um amigo meu.

— Você tem amigos por toda parte, mas eu nunca cheguei a ver nenhum deles.

— Vai embora! Sai daqui, tio Teddy.

— Eu queria ir — disse Ted. — Pode acreditar.

Mas ele não conseguia se forçar a ir embora ou sequer a se mexer. Ficou em pé até as pernas começarem a doer, depois dobrou os joelhos e deslizou até o chão. Já era de tarde, e um halo de luz bolorento entrava por uma janela em uma das extremidades do corredor. Ted esfregou os olhos, com a sensação de que poderia pegar no sono.

— Você ainda está aí? — bradou Sasha através da porta.

— Estou.

Uma fresta se abriu e a carteira de Ted quicou na sua cabeça e caiu no chão.

— Vai pro inferno — disse Sasha, tornando a fechar a porta.

Ted abriu a carteira, viu que o conteúdo estava intacto e tornou a colocá-la no bolso. Então se sentou. Por muito tempo — horas, ao que pareceu (ele havia esquecido o relógio) — houve apenas silêncio. De vez em quando, Ted ouvia outros inquilinos invisíveis se movimentarem dentro dos cômodos. Imaginou-se um elemento do prédio em si, uma sanca ou um degrau provido de sensações, cujo destino era testemunhar as idas e vindas de muitas gerações, sentir o prédio afundar seu peso medieval mais para dentro da terra. Mais um ano, mais cinquenta. Em duas ocasiões, levantou-se para deixar passar inquilinos, garotas de mãos nervosas e bolsas de couro rachado. Elas mal olharam para ele.

— Você ainda está aí? — perguntou Sasha de trás da porta.

— Estou.

Ela saiu do quarto e trancou a porta depressa atrás de si. Vestia uma calça jeans, uma camiseta e chinelos de borracha, e carregava uma toalha cor-de-rosa desbotada e uma pequena bolsa.

— Para onde você vai? — perguntou ele, mas ela começou a descer o corredor sem dizer nada. Vinte minutos depois, estava de volta, com os cabelos molhados e lambidos, recendendo a sabonete floral. Abriu a porta com a chave, e então hesitou.

— Eu passo pano nos corredores para pagar pelo quarto, tá? Eu varro a porra do pátio. Isso deixa você feliz?

— Isso deixa *você* feliz? — rebateu ele.

A porta se sacudiu nas dobradiças.

Enquanto estava sentado, sentindo a evolução da tarde, Ted pegou-se pensando em Susan. Não na versão ligeiramente diferente de Susan, mas na própria Susan — sua mulher — um dia, muitos anos antes, antes de Ted começar a dobrar seu desejo até deixá-lo minúsculo como estava agora. Durante uma viagem a Nova York na qual haviam pegado a balsa de Staten Island só por diversão, porque nenhum dos dois nunca tinha feito isso, Susan virou-se para ele de repente e disse: "Vamos nos esforçar para ser sempre assim." E nessa hora os seus pensamentos estavam tão sintonizados que Ted soube exatamente por que Susan tinha dito aquilo: não por terem transado naquela manhã ou bebido uma garrafa de Pouilly-Fuissé no almoço — porque ela havia sentido a passagem do tempo. E então Ted também o sentiu, na água escura que pulava, nos barcos que passavam depressa, no vento — movimento e caos por toda parte —, e segurou a mão de Susan e disse: "Sempre. Vai ser assim sempre."

Recentemente, ele havia se referido a essa viagem em outro contexto, e Susan o havia encarado e cantarolado com sua nova voz ensolarada: "Tem certeza de que era eu? Não me lembro de nada disso!", e depois dera um beijinho rápido no cocuruto de Ted. Amnésia, pensara ele. Lavagem cerebral. Mas agora lhe ocorria que Susan estava simplesmente mentindo. Ele a havia deixado ir embora, poupando a si mesmo para... para quê, mesmo? Ted não fazia ideia, e isso lhe dava medo. Mas ele a havia deixado ir, e agora ela se fora.

— Você está aí? — chamou Sasha, mas ele não respondeu.

Ela abriu a porta de supetão e espiou para fora.

— Está — disse ela, aliviada. Ted ergueu os olhos do chão para a sobrinha e não disse nada. — Pode entrar, eu acho.

Ele se pôs de pé vagarosamente e entrou no quarto. Era minúsculo: uma cama estreita, uma escrivaninha, um ramo de hortelã dentro de um copo de plástico espalhando seu cheiro pelo ambiente. O vestido vermelho pendurado em um cabide. O sol começava a se pôr, escorregando por cima dos telhados e torres de igreja, e aterrissava dentro do quarto por uma única janela junto à cama. O peitoril estava coberto com o que pareciam ser suvenires das viagens de Sasha: um minúsculo pagode dourado, uma palheta de violão, uma concha branca comprida. No meio da janela, pendurado em um barbante, estava um círculo grosseiro feito com um cabide torcido. Sasha sentou-se na cama e ficou vendo Ted abarcar com os olhos os seus parcos pertences. Ele entendeu, com uma clareza implacável, o que de alguma forma não havia conseguido perceber na véspera: como a sobrinha estava só naquela terra estrangeira. Como não tinha nada.

Como se houvesse sentido a direção tomada pelos pensamentos do tio, Sasha disse:

— Eu conheço muita gente. Mas a amizade nunca dura.

Sobre a escrivaninha havia uma pequena pilha de livros em inglês: *História do mundo em 24 lições*. *Tesouros suntuosos de Nápoles*. No alto da pilha, um volume gasto intitulado *Aprenda a datilografar*.

Ted sentou-se na cama ao lado da sobrinha e passou o braço por seus ombros. Sob o seu casaco, estes pareciam ninhos de pássaros. A sensação de ardência fez suas narinas doerem.

— Escuta o que eu vou dizer, Sasha — disse ele. — Você pode fazer isso sozinha. Mas vai ser bem mais difícil.

Ela não respondeu. Estava olhando para o sol. Ted fez o mesmo, e olhou pela janela para a confusão de cores empoeiradas. Turner, pensou. O'Keeffe. Paul Klee.

Em outro dia, mais de vinte anos depois desse, depois de Sasha fazer faculdade e se estabelecer em Nova York; depois de reencontrar no Facebook o namorado de faculdade, casar-se tarde (quando Beth já havia quase perdido as esperanças) e ter dois filhos, um dos quais sofria de um leve autismo; quando ela já era igual a todo mundo, com uma vida que a preocupava, entusiasmava e sobrecarregava, Ted, há muito já divorciado — e agora avô —, iria visitá-la em sua casa no deserto da Califórnia. Passaria por uma sala repleta da bagunça deixada pelas crianças pequenas, e veria o sol do oeste brilhar sobre uma porta de correr de vidro. E, por um instante, iria se lembrar de Nápoles: de estar sentado com Sasha em seu quarto minúsculo; do choque de surpresa e deleite que sentiu quando o sol finalmente chegou ao centro da janela e ficou preso dentro do círculo de arame.

Ele então se virou para ela, sorrindo. Os cabelos e o rosto de Sasha estavam inundados de luz laranja.

— Viu só? — murmurou ela, espiando o sol. — Ele é meu.

12

Grandes pausas do rock and roll

Por Alison Blake

14 & 15 de maio de 202-

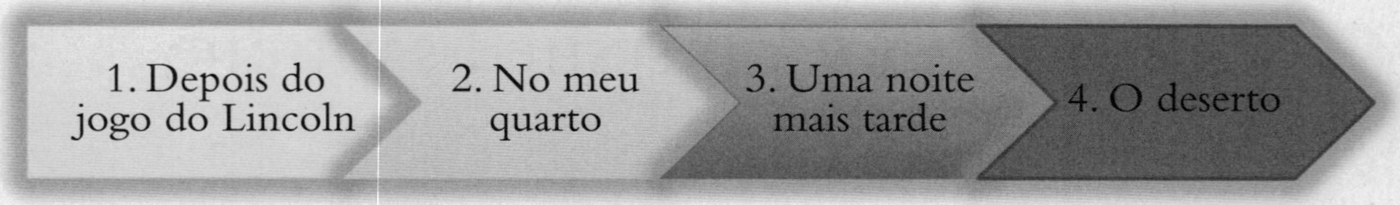

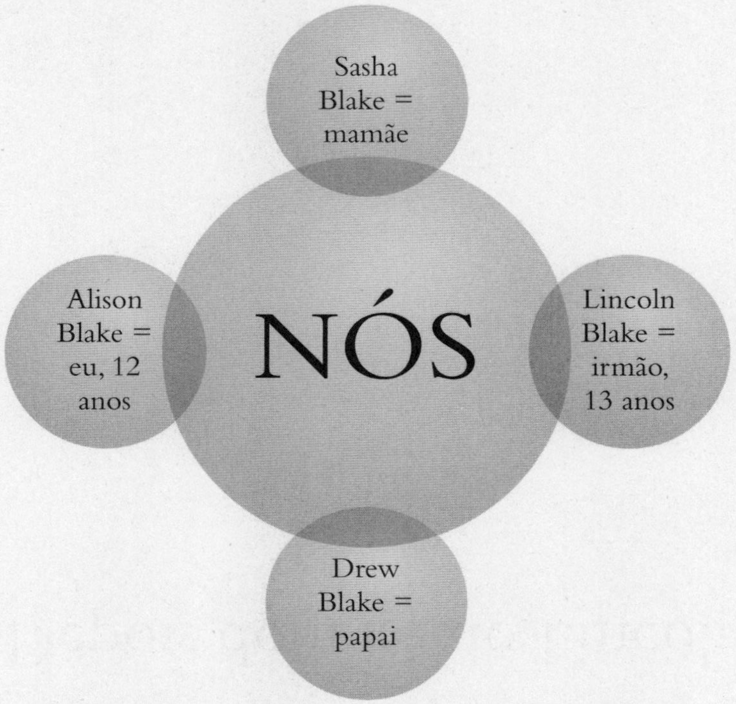
Sasha Blake = mamãe
Alison Blake = eu, 12 anos
NÓS
Lincoln Blake = irmão, 13 anos
Drew Blake = papai

Depois do jogo do Lincoln

1

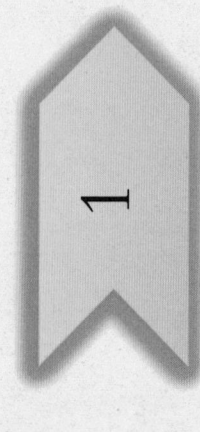

No caminho até o carro

- Meus braços em volta do pescoço do meu irmão, pulando pela noite do deserto.

Ar fresco, mas dá para sentir o calor subindo da terra como se sob a pele de alguém.

Eu acho que posso sentir o calor através dos sapatos, mas será mesmo?

- Quando as crianças dizem "Bom jogo, Linc", eu respondo por ele.

Eu tinha razão: o chão está quente.

Quando me agacho para tocar o chão do estacionamento, ele cintila feito carvão sob a luz da rua.

- Eu me levanto devagar, revirando os olhos. "Eu sei, mãe."

- "Alison, cuidado com os carros!", grita mamãe, exagerando como sempre (Mania Chata nº 81).

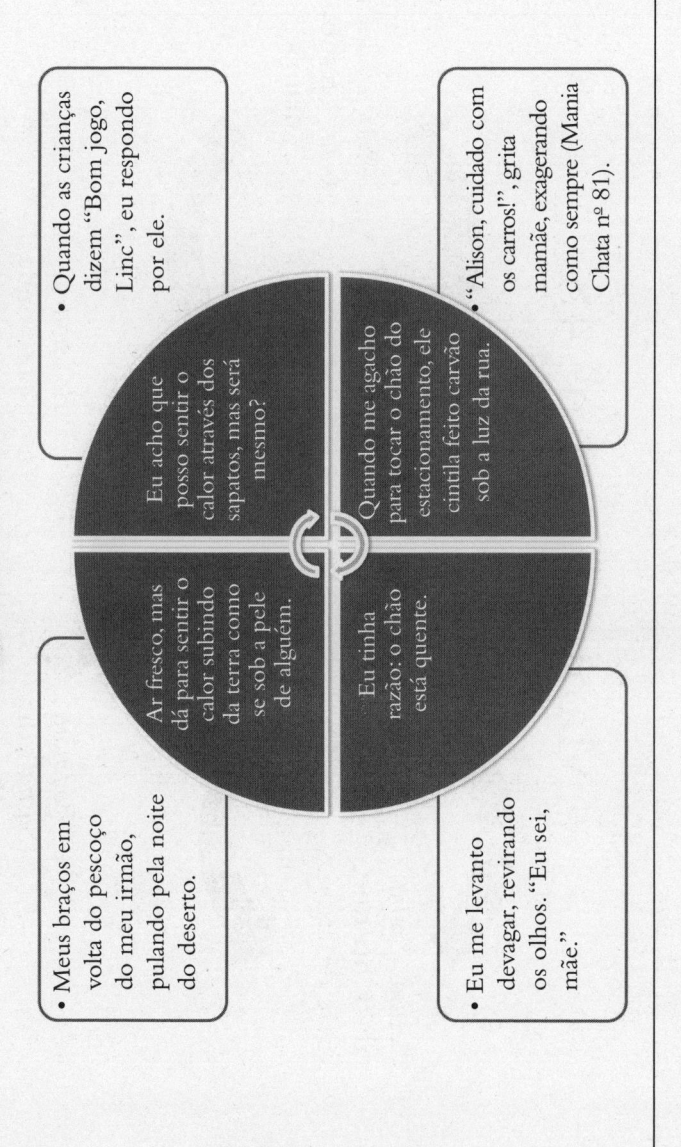

Mania Chata nº 48

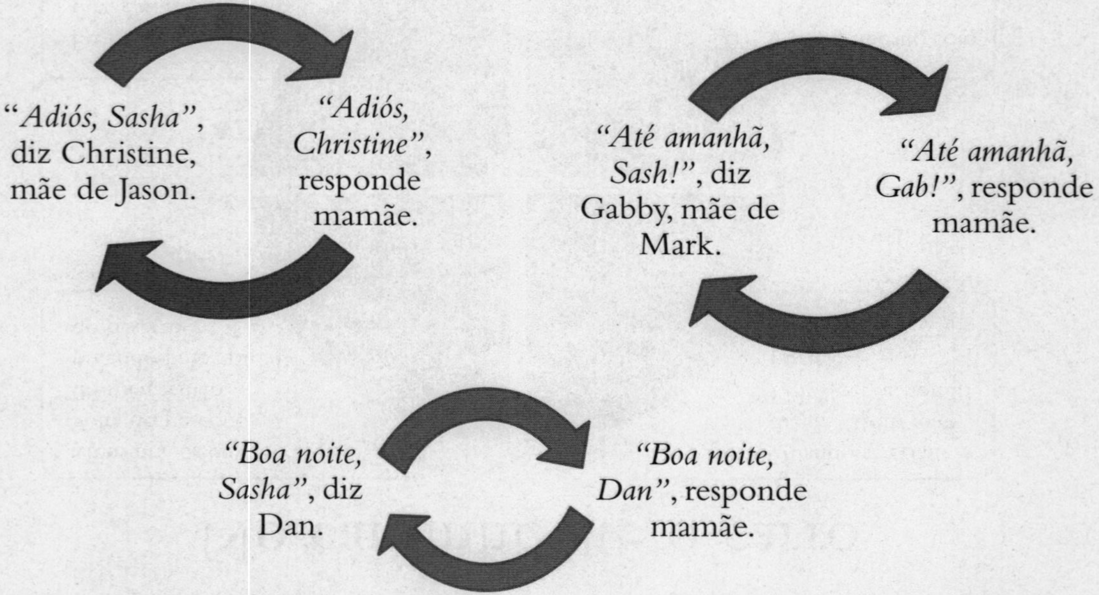
“*Adiós, Sasha*”, diz Christine, mãe de Jason.
“*Adiós, Christine*”, responde mamãe.
“*Até amanhã, Sash!*”, diz Gabby, mãe de Mark.
“*Até amanhã, Gab!*”, responde mamãe.
“*Boa noite, Sasha*”, diz Dan.
“*Boa noite, Dan*”, responde mamãe.

Dentro do carro

Eu:
"Por que você sempre repete as *palavras exatas* das pessoas quando se despede?"

Mamãe:
"Que história é essa?"

Eu explico a ela exatamente que história é essa.

Mamãe:
"Alguma chance de aliviar um pouco a patrulha, Ally?"

Eu:
"Não vai dar."

Papai está no trabalho

Paisagem do deserto

Quando eu era pequena, havia gramados.

Hoje em dia é preciso muito dinheiro para ter um gramado, ou então uma turbina, o que é caro.

Nossa casa fica ao lado do deserto. Dois meses atrás, um lagarto pôs ovos na areia ao lado do nosso deque.

Mamãe, Lincoln e eu estamos sentados em frente à mesa de piquenique, olhando as estrelas no céu.

Mamãe faz esculturas no deserto usando lixo e nossos brinquedos velhos.

Depois de algum tempo, as esculturas se desintegram, o que “faz parte do processo”.

Lincoln

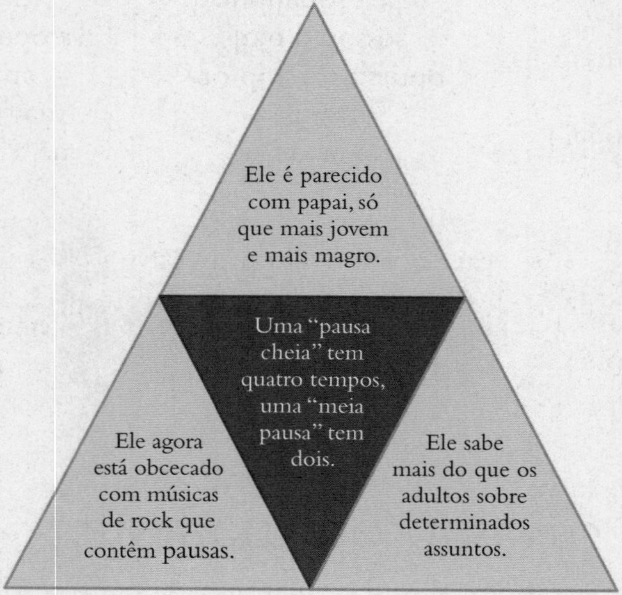
Ele é parecido com papai, só que mais jovem e mais magro.
Ele agora está obcecado com músicas de rock que contêm pausas.
Uma "pausa cheia" tem quatro tempos, uma "meia pausa" tem dois.
Ele sabe mais do que os adultos sobre determinados assuntos.

Músicas comentadas por Lincoln

"Bernadette", do Four Tops

- "Uma excelente pausa no início da música. O volume da voz vai diminuindo, depois ainda sobra 1,5 segundo de silêncio total, de 2:38 até 2:395, antes de o refrão ser repetido. Você pensa, ué, a música afinal não terminou – mas aí, 26,5 segundos depois, ela termina mesmo."

"Foxey Lady", do Jimi Hendrix

- "Outra pausa incrível no começo da música: tem 2 segundos, e ocorre aos 2:23 segundos de uma música de 3:19 minutos. Mas essa pausa não é de silêncio total; dá para ouvir Jimi respirando ao fundo."

"Young Americans", do David Bowie

- "Uma oportunidade perdida. Porra, teria sido tão fácil fazer a pausa depois de "... *break down and cry...*" durar até um segundo inteiro, ou 2, ou mesmo 3, mas Bowie deve ter amarelado por algum motivo."

Papai *versus* mamãe

Papai diria (se estivesse aqui):	Mamãe diz:
“Nossa, você analisou mesmo essas músicas, Linc.”	“A minha preferida dessas três é ‘Bernadette’.”
“Admiro você por examinar as minúcias.”	“Não acho que Bowie seja um covarde, então deve haver algum motivo pra ele ter decidido não fazer a pausa ali.”
“Você passou algum tempo com outras crianças hoje?”	“Por favor, não fala ‘porra’.”

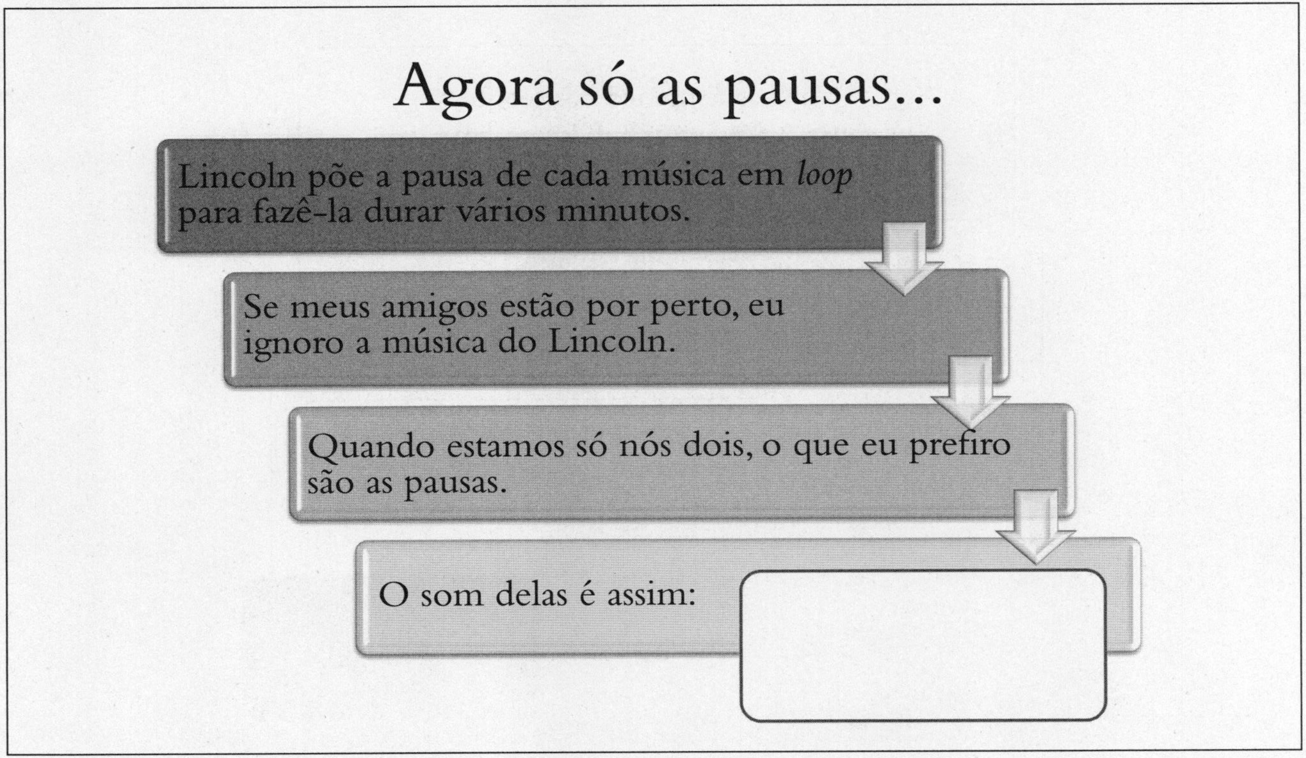
Agora só as pausas...
Lincoln põe a pausa de cada música em *loop* para fazê-la durar vários minutos.
Se meus amigos estão por perto, eu ignoro a música do Lincoln.
Quando estamos só nós dois, o que eu prefiro são as pausas.
O som delas é assim:

Mamãe diz:

"A pausa de 'Bernadette' é meio suja, provavelmente porque foi gravada em oito pistas."

"É meio sinistro ouvir a risadinha do Hendrix o tempo todo – não sei se isso configura uma pausa de verdade."

"Meu Deus, que noite linda! Queria que o seu pai estivesse aqui."

Por que papai não está

Médico

- Ele hoje operou o coração de uma menina mais nova que eu.
- Os pais dela são imigrantes ilegais.

“Homem bom”

- É o que todo mundo diz sobre o papai.
- Por causa da clínica dele.

Patrão

- No trabalho, as pessoas ficam seguindo o papai com perguntas.
- Na sala dele, fecha a porta com um enorme suspiro e diz: “Ally, minha gatinha, conta pra mim o que você fez hoje.”

Ponto fraco

- Ele não entende o Lincoln.
- Por exemplo:

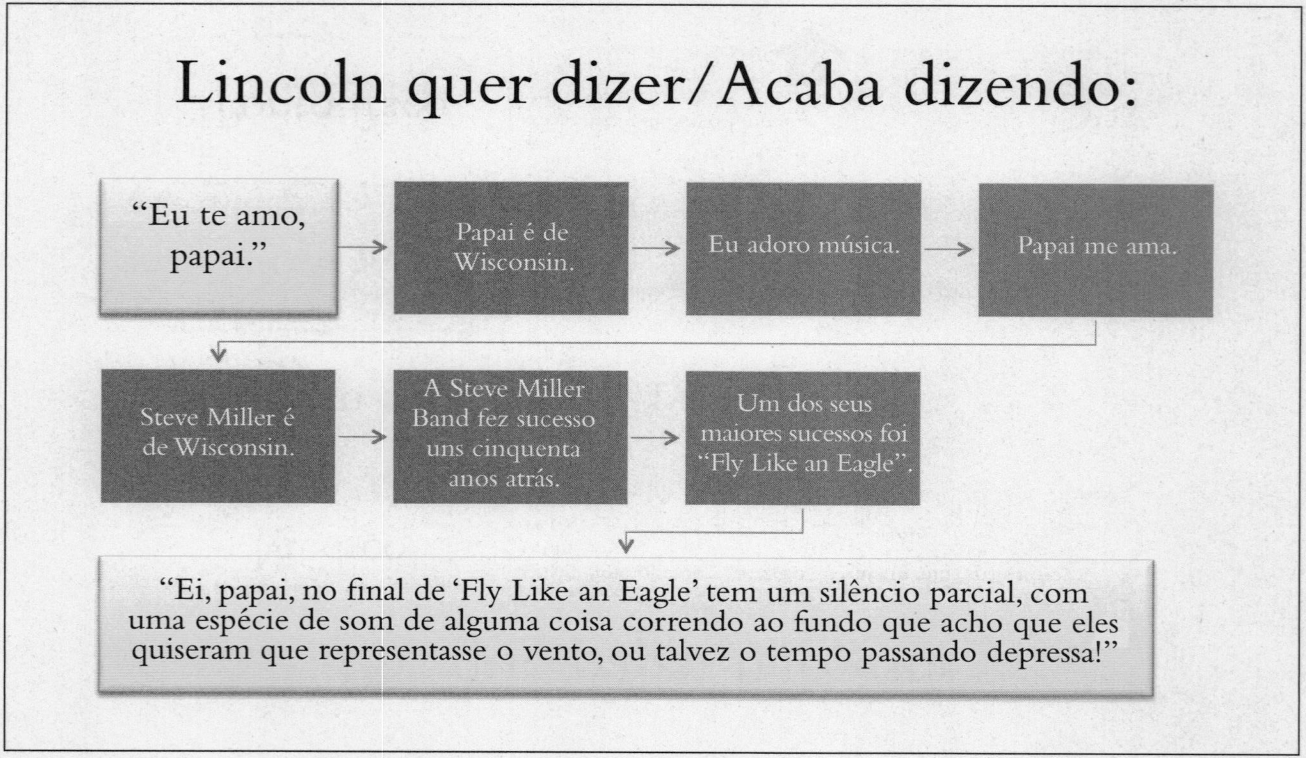
Lincoln quer dizer/Acaba dizendo:
"Eu te amo, papai."
Papai é de Wisconsin.
Eu adoro música.
Papai me ama.
Steve Miller é de Wisconsin.
A Steve Miller Band fez sucesso uns cinquenta anos atrás.
Um dos seus maiores sucessos foi "Fly Like an Eagle".
"Ei, papai, no final de 'Fly Like an Eagle' tem um silêncio parcial, com uma espécie de som de alguma coisa correndo ao fundo que acho que eles quiseram que representasse o vento, ou talvez o tempo passando depressa!"

"Que legal saber isso, Linc", diz papai.

O que eu percebo nas pausas em *loop*

Uma névoa laranja no horizonte.

Mil turbinas negras.

Quilômetros de painéis de energia solar, como um oceano preto que eu nunca vi de perto.

Não é possível se acostumar com as estrelas, por mais tempo que se passe morando aqui.

Tinha um deserto no Paquistão, mas eu não me lembro.

Tudo de que me lembro é isto aqui.

No meu quarto

2

Mania Chata nº 92

Mamãe (quando me vê fazendo slides):
"Outra vez?"

Eu:
"E daí?"

Mamãe:
"Por que você não tenta *escrever* para variar um pouco?"

Eu:
"Desculpe, isto aqui é o meu diário de slides."

Mamãe:
"Eu quis dizer escrever algum *trabalho escolar*."

Eu:
"Ai! Quem é que fala isso?"

Mamãe:
"Estou vendo muito branco. Onde é que vão entrar as palavras?"

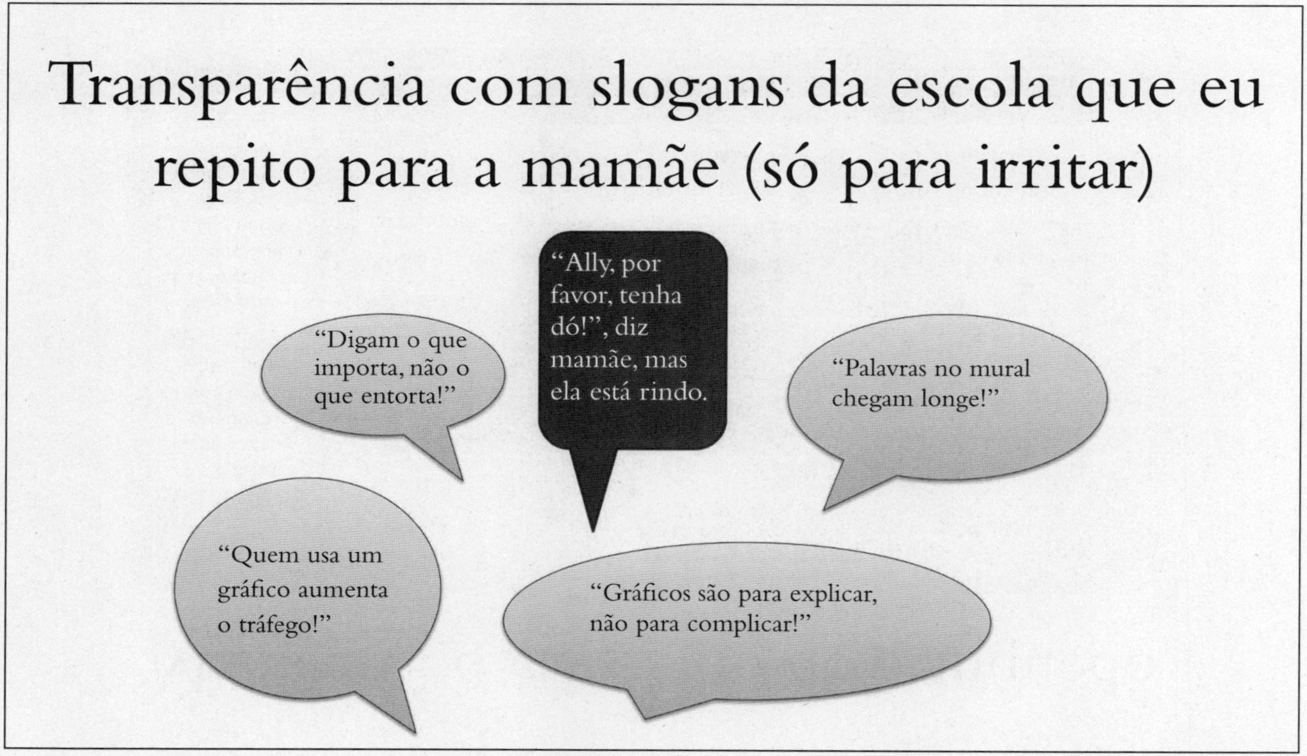
Transparência com slogans da escola que eu repito para a mamãe (só para irritar)
"Digam o que importa, não o que entorta!"
"Ally, por favor, tenha dó!", diz mamãe, mas ela está rindo.
"Palavras no mural chegam longe!"
"Quem usa um gráfico aumenta o tráfego!"
"Gráficos são para explicar, não para complicar!"

Mamãe vê o cavalinho de brinquedo

Eu o pus no peitoril da minha janela. Ele é feito de sementes de damasco.

Ela e papai compraram o cavalinho quando moraram no Paquistão.

Mamãe um dia me contou: "A gente achou que o nosso filho fosse poder brincar com esse cavalinho."

Depois que papai e mamãe se encontraram de novo, ela largou tudo em Nova York e foi morar com ele no exterior.

"Nunca me arrependi", diz ela.

Eu ainda brinco de cavalinho às vezes, sozinha no quarto.

Apesar de já ter 12 anos.

Gosto de realizar a profecia.

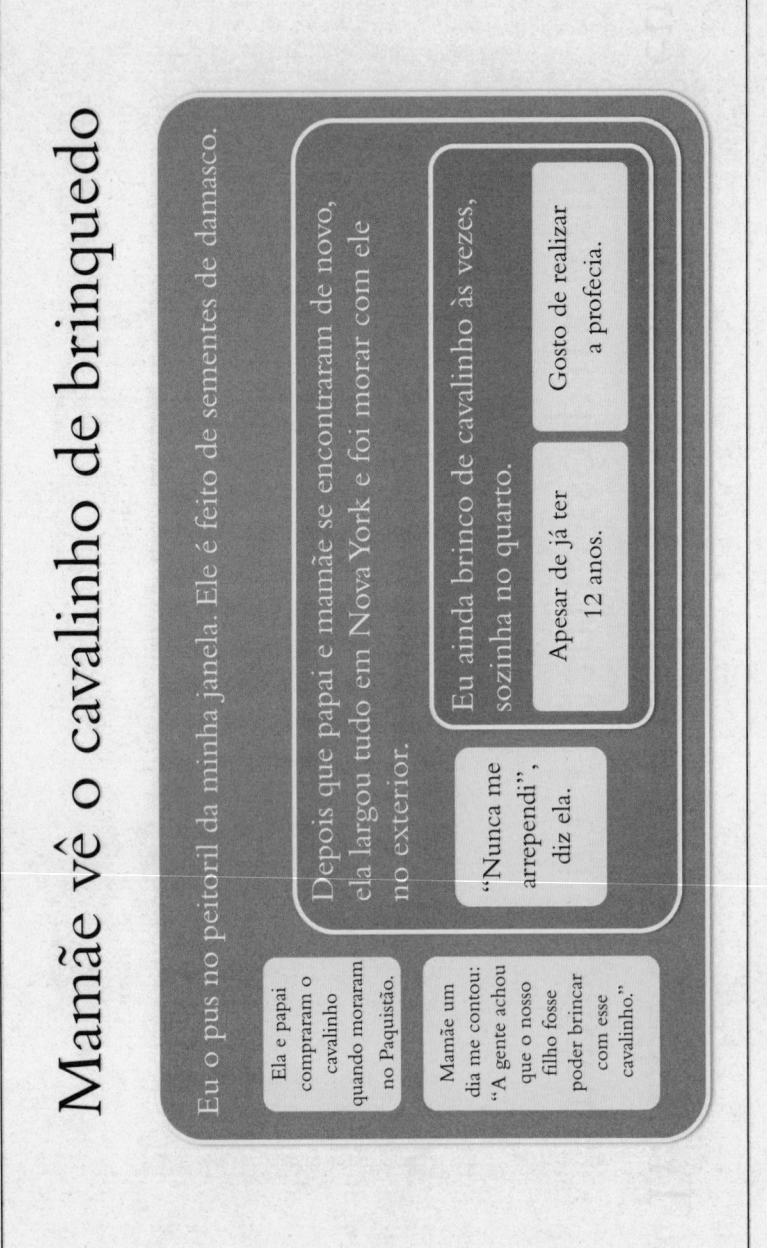

"Ai, Ally, eu gosto tanto de ver esse cavalinho!", diz mamãe.

"E isto aqui?", pergunto, e abro o livro.

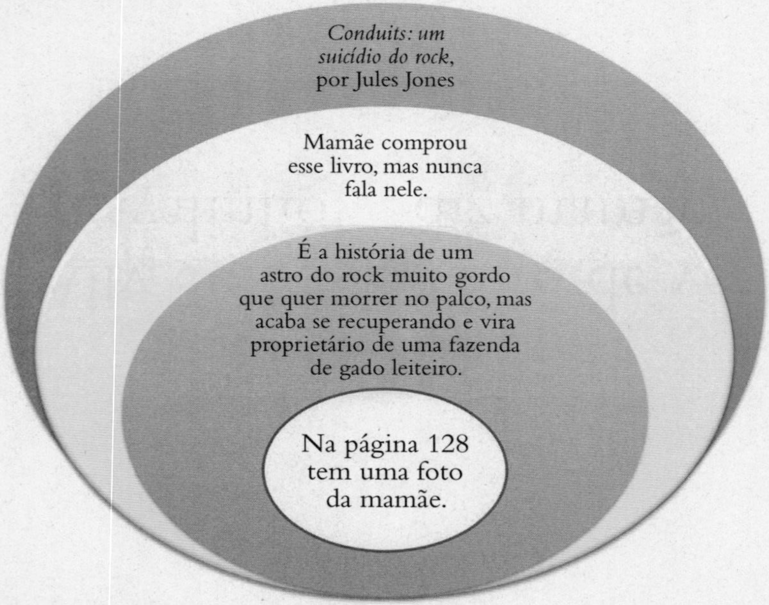
Conduits: um suicídio do rock, por Jules Jones
Mamãe comprou esse livro, mas nunca fala nele.
É a história de um astro do rock muito gordo que quer morrer no palco, mas acaba se recuperando e vira proprietário de uma fazenda de gado leiteiro.
Na página 128 tem uma foto da mamãe.

Sasha na foto

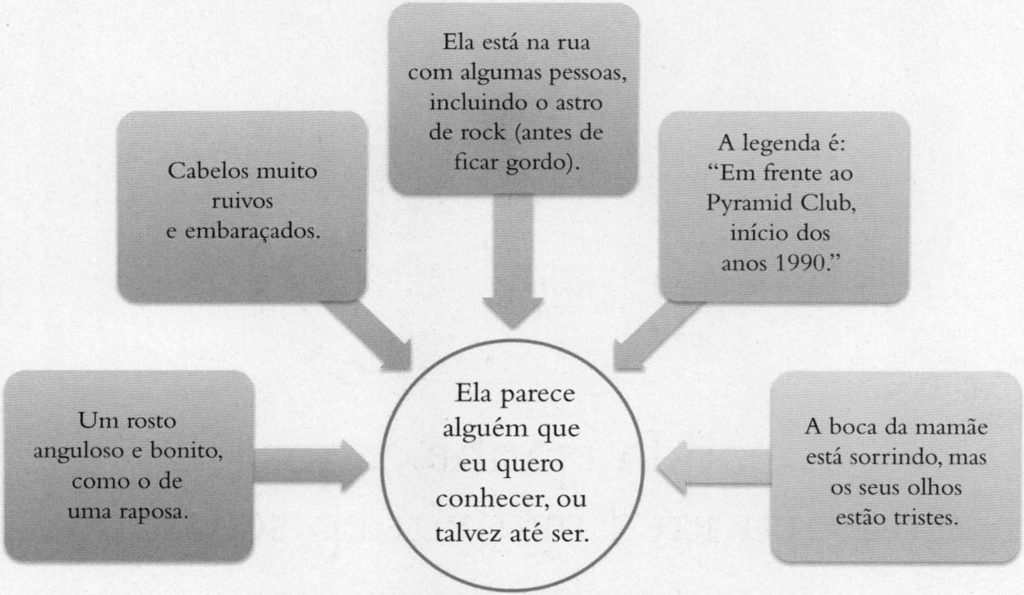
Cabelos muito ruivos e embaraçados.
Ela está na rua com algumas pessoas, incluindo o astro de rock (antes de ficar gordo).
A legenda é: "Em frente ao Pyramid Club, início dos anos 1990."
Um rosto anguloso e bonito, como o de uma raposa.
Ela parece alguém que eu quero conhecer, ou talvez até ser.
A boca da mamãe está sorrindo, mas os seus olhos estão tristes.

Motivos da mamãe para não falar sobre aquela época

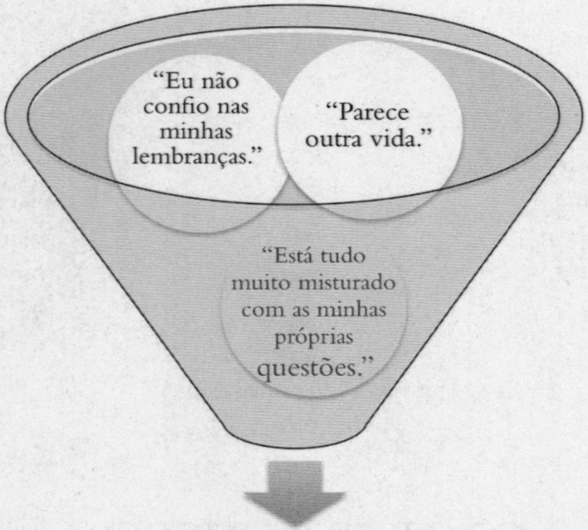
"Eu não confio nas minhas lembranças."
"Parece outra vida."
"Está tudo muito misturado com as minhas próprias questões."

"Que questões?", perguntei a ela uma vez.
"Nada com que você precise se preocupar", respondeu mamãe.

A cama do Lincoln e a minha estão separadas só por uma parede

- Duas batidas do lado dele = "Boa noite, Ally."
- Depois mamãe entra no quarto dele.
- Ela passa mais tempo com Lincoln.

- Duas batidas do meu lado = "Boa noite, Linc."
- Posso ouvir os dois conversando através da parede.
- Ela vem ao meu quarto primeiro.

Mamãe sentada na borda da minha cama

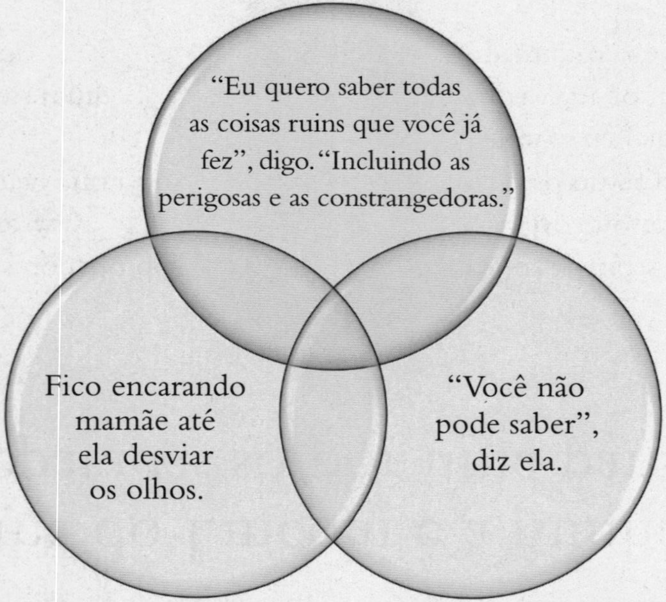
"Eu quero saber todas as coisas ruins que você já fez", digo. "Incluindo as perigosas e as constrangedoras."
Fico encarando mamãe até ela desviar os olhos.
"Você não pode saber", diz ela.

O que eu entendo de repente

Minha tarefa é deixar os outros pouco à vontade.
Farei isso a vida inteira.
Minha mãe, Sasha Blake, é minha primeira vítima.

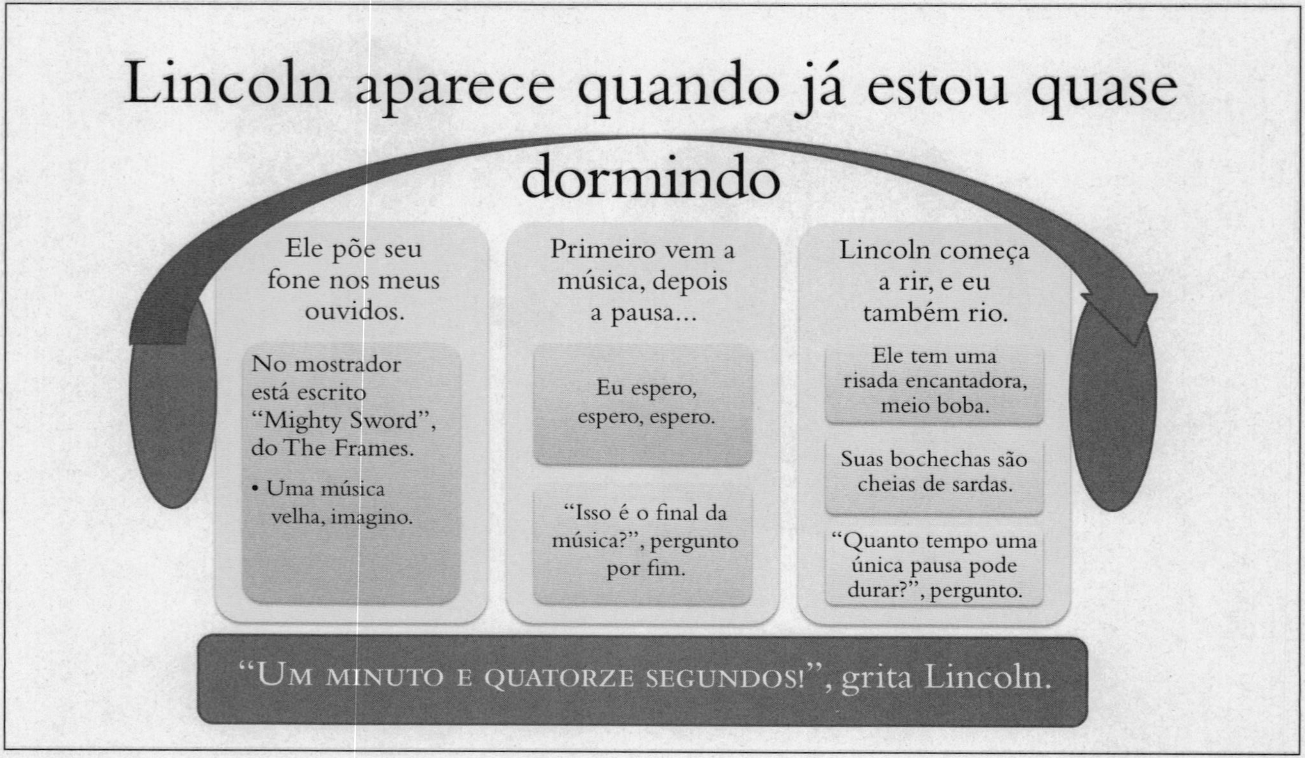
Lincoln aparece quando já estou quase dormindo
Ele põe seu fone nos meus ouvidos.
No mostrador está escrito "Mighty Sword", do The Frames.
• Uma música velha, imagino.
Primeiro vem a música, depois a pausa...
Eu espero, espero, espero.
"Isso é o final da música?", pergunto por fim.
Lincoln começa a rir, e eu também rio.
Ele tem uma risada encantadora, meio boba.
Suas bochechas são cheias de sardas.
"Quanto tempo uma única pausa pode durar?", pergunto.
"Um minuto e quatorze segundos!", grita Lincoln.

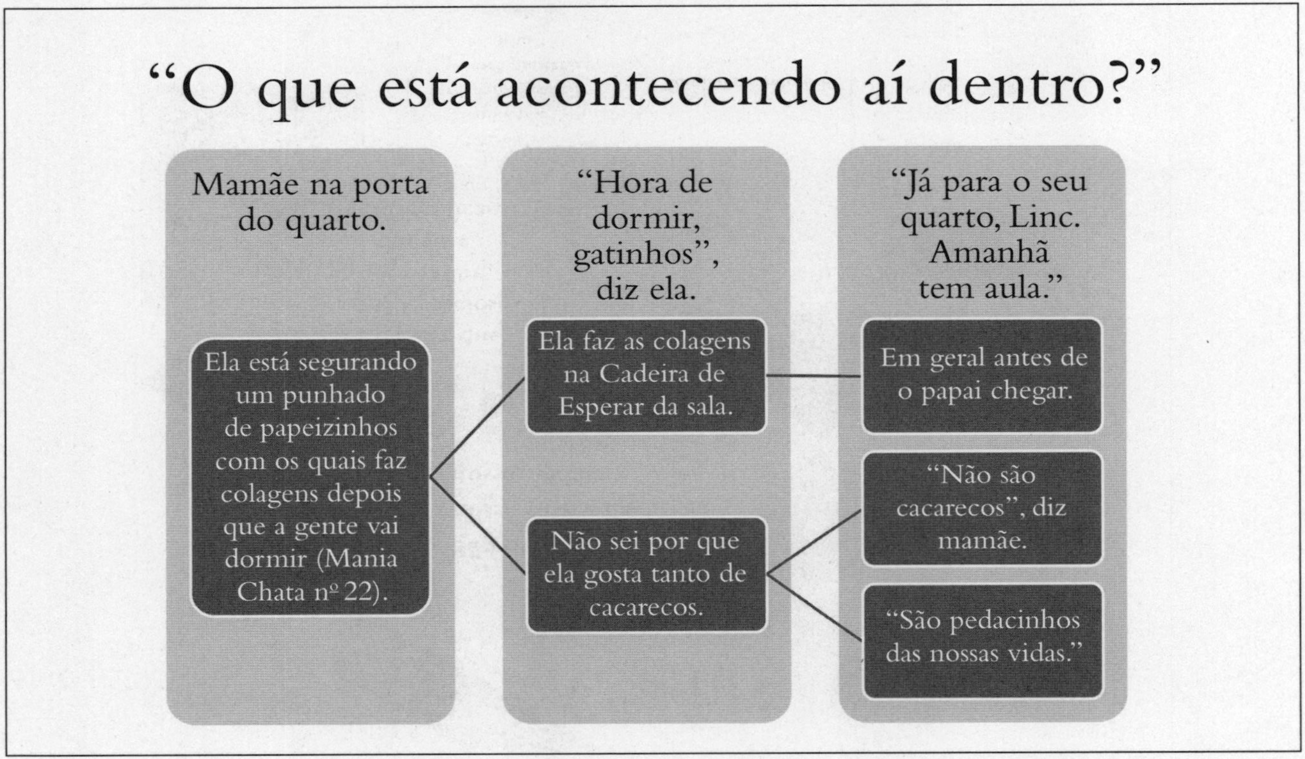
"O que está acontecendo aí dentro?"
Mamãe na porta do quarto.
Ela está segurando um punhado de papeizinhos com os quais faz colagens depois que a gente vai dormir (Mania Chata nº 22).
"Hora de dormir, gatinhos", diz ela.
Ela faz as colagens na Cadeira de Esperar da sala.
Não sei por que ela gosta tanto de cacarecos.
"Já para o seu quarto, Linc. Amanhã tem aula."
Em geral antes de o papai chegar.
"Não são cacarecos", diz mamãe.
"São pedacinhos das nossas vidas."

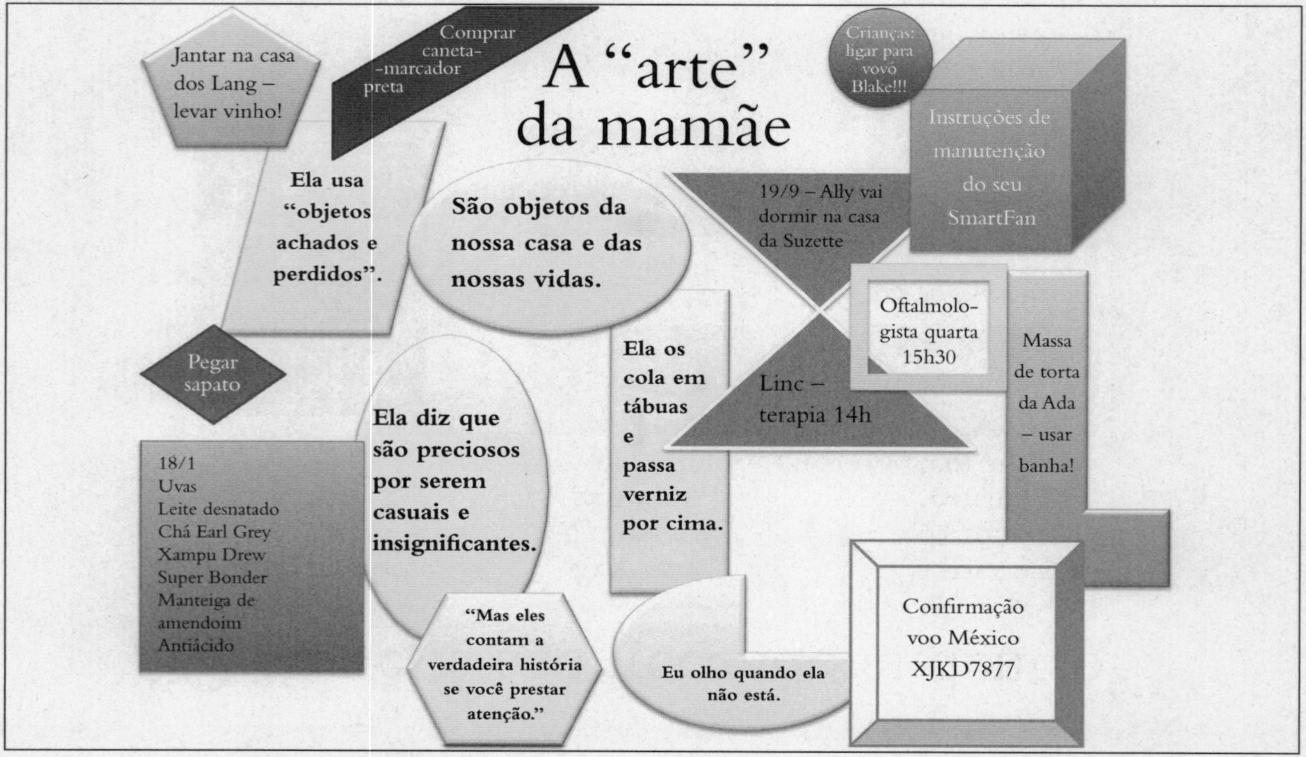
A "arte" da mamãe
Jantar na casa dos Lang – levar vinho!
Comprar caneta--marcador preta
Ela usa "objetos achados e perdidos".
São objetos da nossa casa e das nossas vidas.
Crianças: ligar para vovó Blake!!!
Instruções de manutenção do seu SmartFan
19/9 – Ally vai dormir na casa da Suzette
Oftalmologista quarta 15h30
Linc – terapia 14h
Massa de torta da Ada – usar banha!
Pegar sapato
Ela diz que são preciosos por serem casuais e insignificantes.
Ela os cola em tábuas e passa verniz por cima.
18/1
Uvas
Leite desnatado
Chá Earl Grey
Xampu Drew
Super Bonder
Manteiga de amendoim
Antiácido
"Mas eles contam a verdadeira história se você prestar atenção."
Eu olho quando ela não está.
Confirmação voo México XJKD7877

Como pode ser quando o papai chega

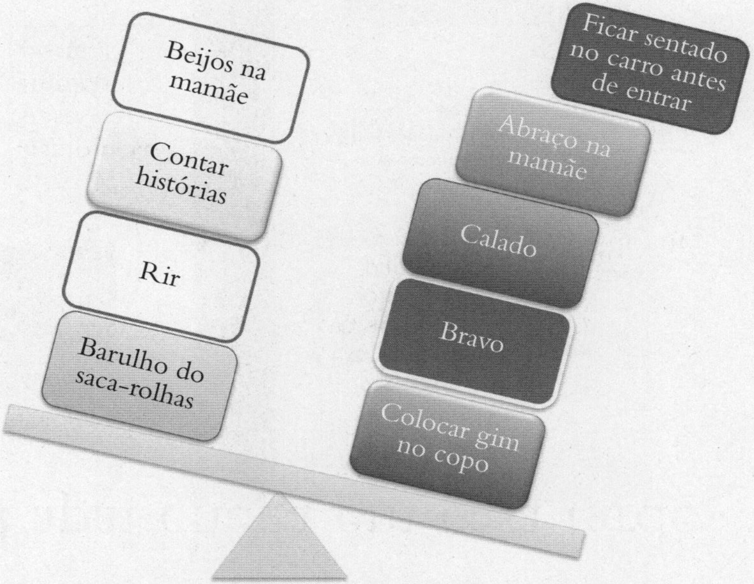

Papai chega em casa tarde

Ouço a porta se abrir quando estou dormindo.

Espio pela fresta da minha porta.

Mamãe está com o braço em volta do papai.

O rosto dele está escondido nos cabelos dela.

Eles não dizem nada.

Tem um cobertor na Cadeira de Esperar da mamãe na qual ela pegou no sono.

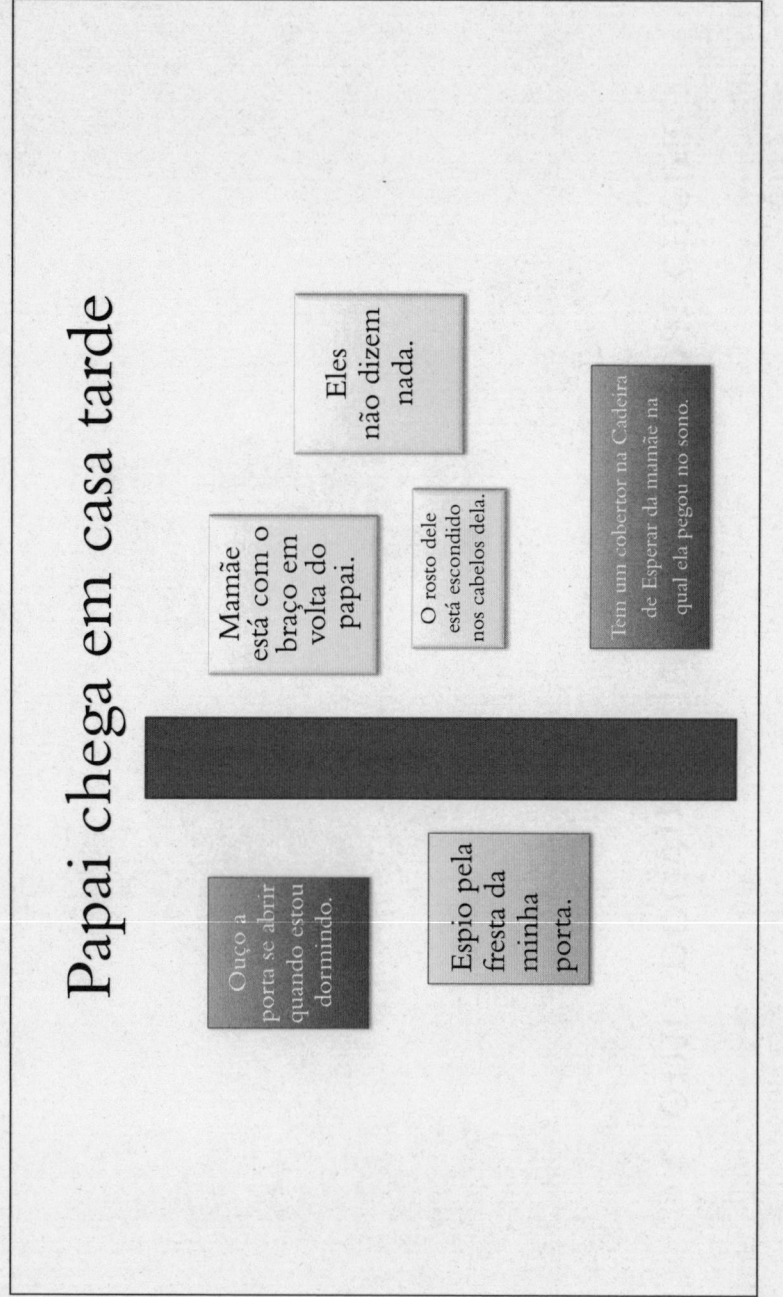

Uma noite depois

3

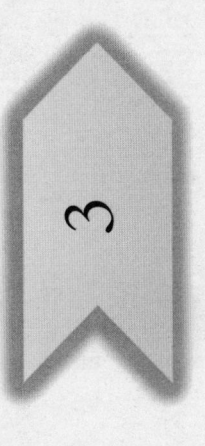

Papai faz um churrasquinho de frango no deque

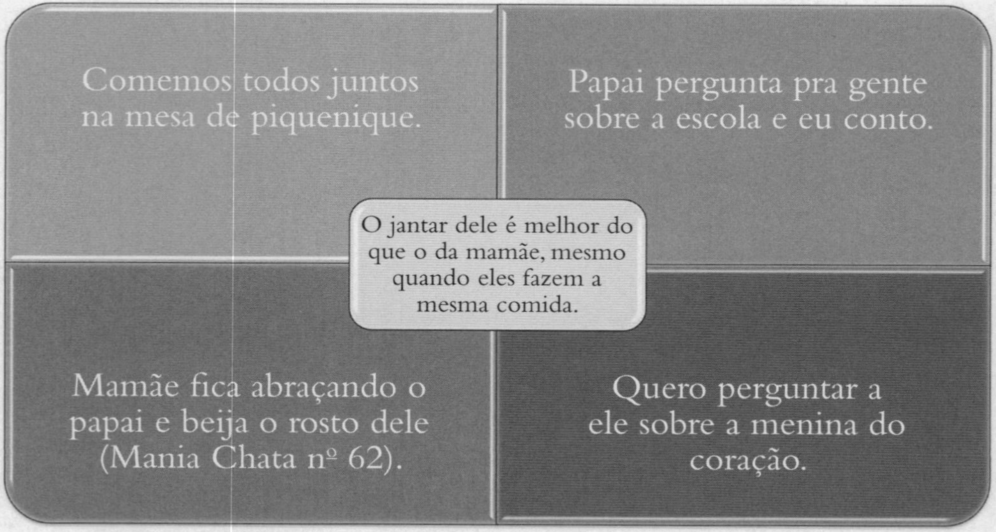
Comemos todos juntos na mesa de piquenique.
Papai pergunta pra gente sobre a escola e eu conto.
O jantar dele é melhor do que o da mamãe, mesmo quando eles fazem a mesma comida.
Mamãe fica abraçando o papai e beija o rosto dele (Mania Chata nº 62).
Quero perguntar a ele sobre a menina do coração.

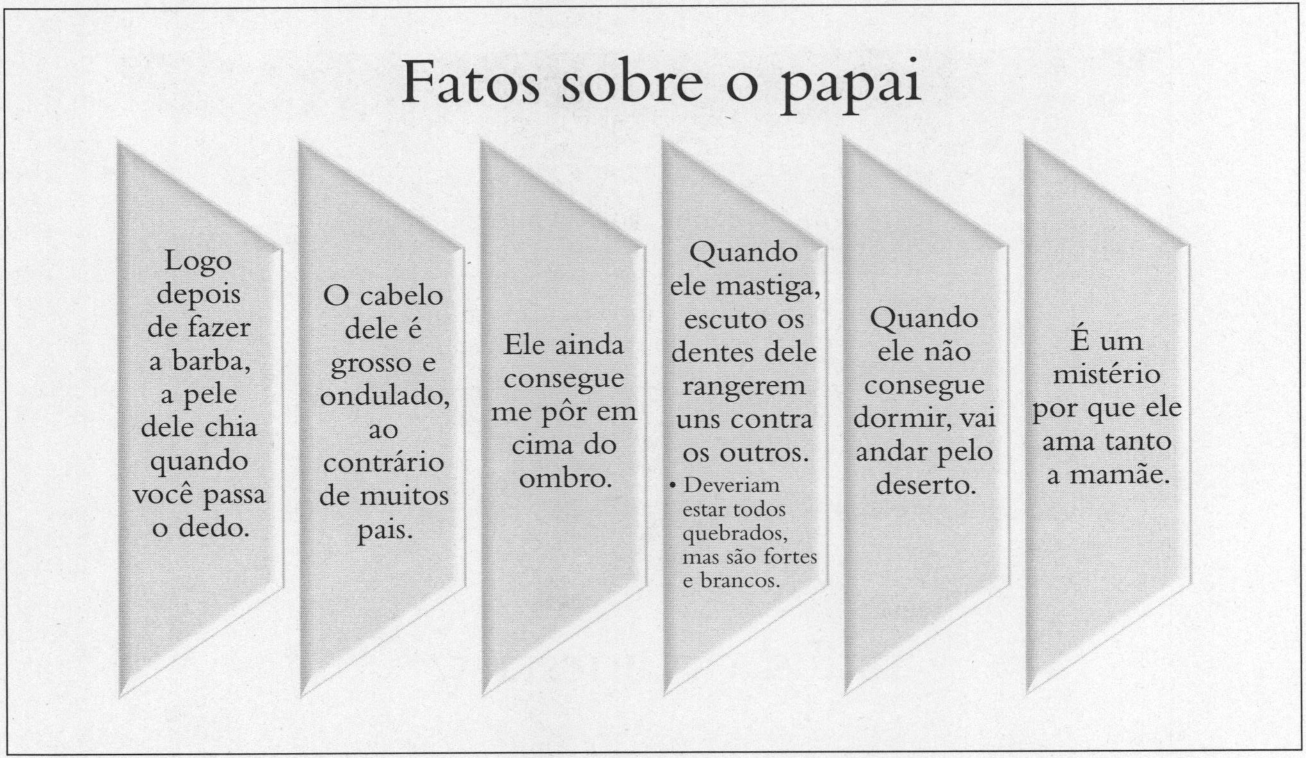
Fatos sobre o papai
Logo depois de fazer a barba, a pele dele chia quando você passa o dedo.
O cabelo dele é grosso e ondulado, ao contrário de muitos pais.
Ele ainda consegue me pôr em cima do ombro.
Quando ele mastiga, escuto os dentes dele rangerem uns contra os outros.
• Deveriam estar todos quebrados, mas são fortes e brancos.
Quando ele não consegue dormir, vai andar pelo deserto.
É um mistério por que ele ama tanto a mamãe.

A risada do papai

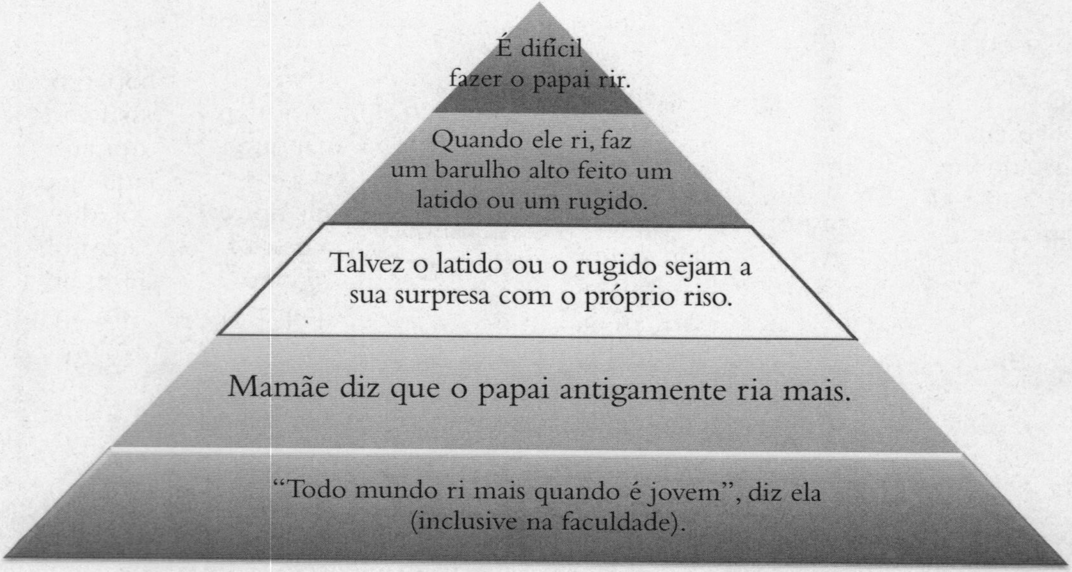
É difícil
fazer o papai rir.
Quando ele ri, faz
um barulho alto feito um
latido ou um rugido.
Talvez o latido ou o rugido sejam a
sua surpresa com o próprio riso.
Mamãe diz que o papai antigamente ria mais.
"Todo mundo ri mais quando é jovem", diz ela
(inclusive na faculdade).

História verídica

Quando o papai estava na faculdade, foi nadar com um cara chamado Rob, e esse Rob morreu afogado.

Foi aí que o papai resolveu virar médico.

“Por que não salva-vidas?”, pergunto eu às vezes. “Ou instrutor de natação?”

“Boa pergunta”, responde papai. “Acha que eu ainda consigo?”

Antes disso, papai queria ser presidente.

“Quem não quer isso aos 18 anos?”, diz ele.

Papai conta essa história para qualquer um.

“Guardar segredos mata” é um dos seus ditados preferidos.

Rob era o melhor amigo da mamãe

Ela guarda a foto dele na carteira.

Ele é um gato, com uma barba meio ruiva e olhos lindos, feito um alpinista.

Mas o papai é mais bonito.

Se você olhar com atenção, dá para ver que Rob vai morrer cedo.

"Você amava ele?", pergunto pra mamãe.

"Como ele era?"

"Por que ele se afogou?"

"Por que o papai não conseguiu salvar ele?"

Ele tem aquela expressão das pessoas que só existem nas fotos antigas.

"Amava. Como amigo."

"Encantador e confuso, como muitos jovens."

"Ele não sabia nadar direito e foi pego pela correnteza."

"O papai tentou."

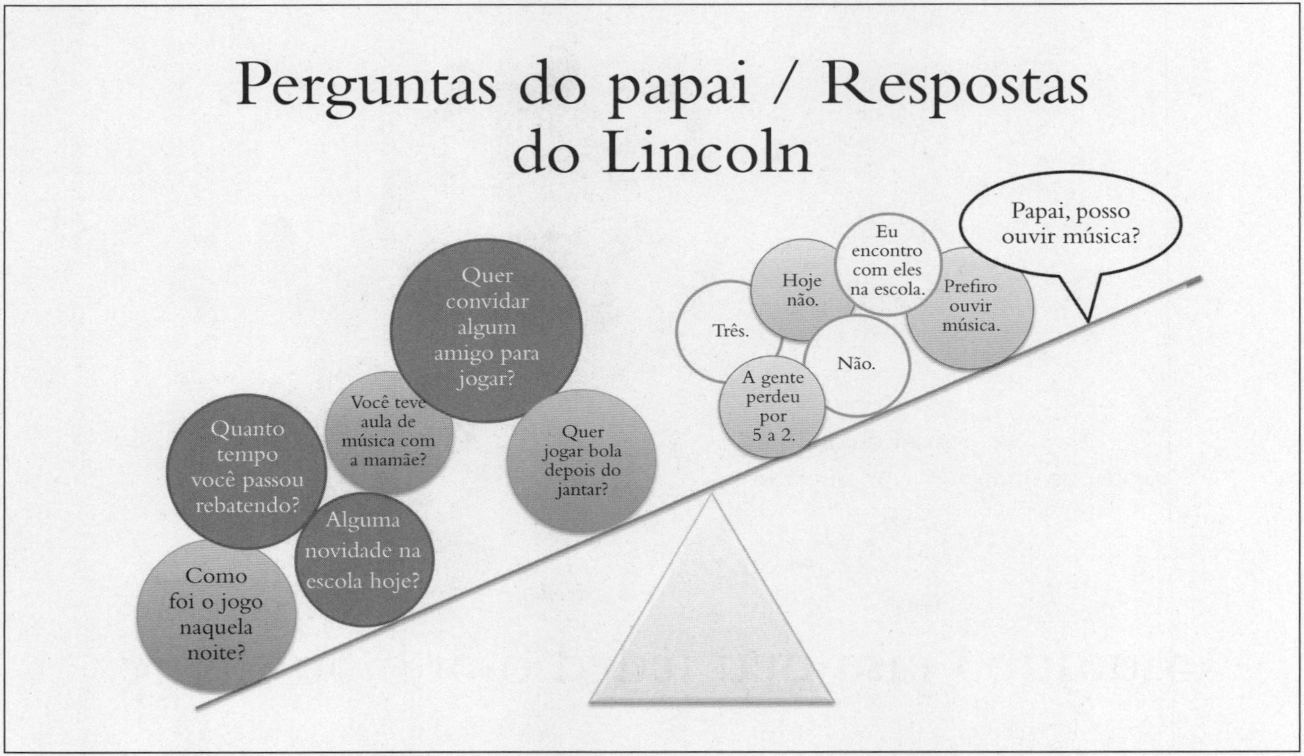
Perguntas do papai / Respostas do Lincoln
Como foi o jogo naquela noite?
Quanto tempo você passou rebatendo?
Alguma novidade na escola hoje?
Você teve aula de música com a mamãe?
Quer convidar algum amigo para jogar?
Quer jogar bola depois do jantar?
Três.
A gente perdeu por 5 a 2.
Hoje não.
Não.
Eu encontro com eles na escola.
Prefiro ouvir música.
Papai, posso ouvir música?

Sinais de que o papai não está contente

Ele fica esfregando os olhos.
Ele está tomando o segundo gim-tônica.
A boca está sorrindo, mas seu rosto está cansado.

"Claro, Linc", diz ele depois do jantar. "Vamos ouvir música."

Músicas comentadas pelo Lincoln

"Long Train Running", do Doobie Brothers

- "A pausa tem só dois segundos, de 2:43 até 2:45, mas é simplesmente perfeita: o refrão volta, e aí a música continua até 3:28 – mesmo depois da pausa, ainda tem quase mais um minuto inteiro de música."

"Supervixen", do Garbage

- "Essa é uma música única, porque a pausa ocorre *mesmo a música não tendo pausas*. São só interrupções de um segundo cada uma – de :14 até :15, e depois de novo de 3:08 até 3:09. Parece que a gravação está falhada, mas é de propósito!"

Papai para mamãe, sussurrando mais baixo do que a música (mas eu consigo ouvir)

"Será que é bom a gente incentivar isso?"

"É claro que é."

"Como é que isso o ajuda a se relacionar com outras crianças?"

"Isso o ajuda a se relacionar com o mundo."

"Por que a gente não tenta desviar a atenção dele para outra coisa?"

"É disso que ele gosta agora."

"Mas o que é *isso*, Sasha? *Disso* o quê?"

"Música, Drew", responde mamãe.

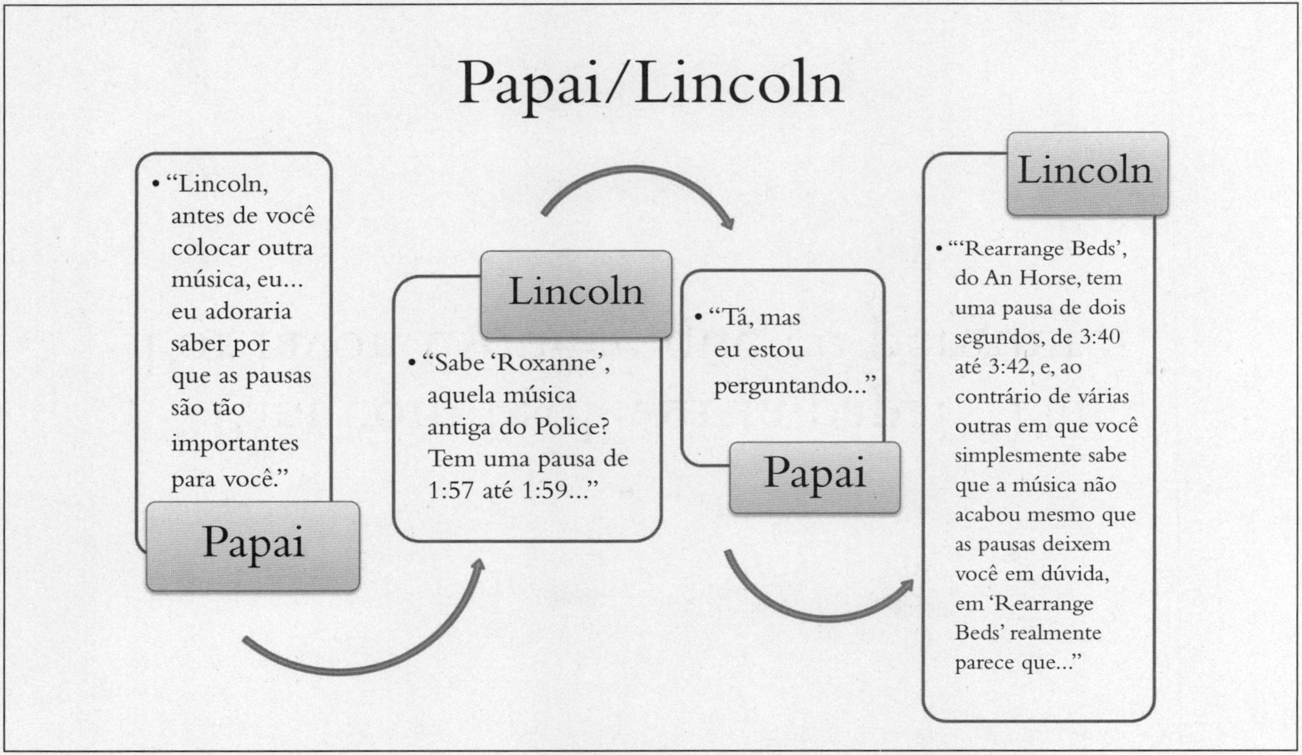
Papai/Lincoln
Papai
• "Lincoln, antes de você colocar outra música, eu... eu adoraria saber por que as pausas são tão importantes para você."
Lincoln
• "Sabe 'Roxanne', aquela música antiga do Police? Tem uma pausa de 1:57 até 1:59..."
Papai
• "Tá, mas eu estou perguntando..."
Lincoln
• "'Rearrange Beds', do An Horse, tem uma pausa de dois segundos, de 3:40 até 3:42, e, ao contrário de várias outras em que você simplesmente sabe que a música não acabou mesmo que as pausas deixem você em dúvida, em 'Rearrange Beds' realmente parece que..."

"Para com isso!", grita papai. "Para. Por favor. Esquece que eu perguntei."

Lincoln começa a chorar

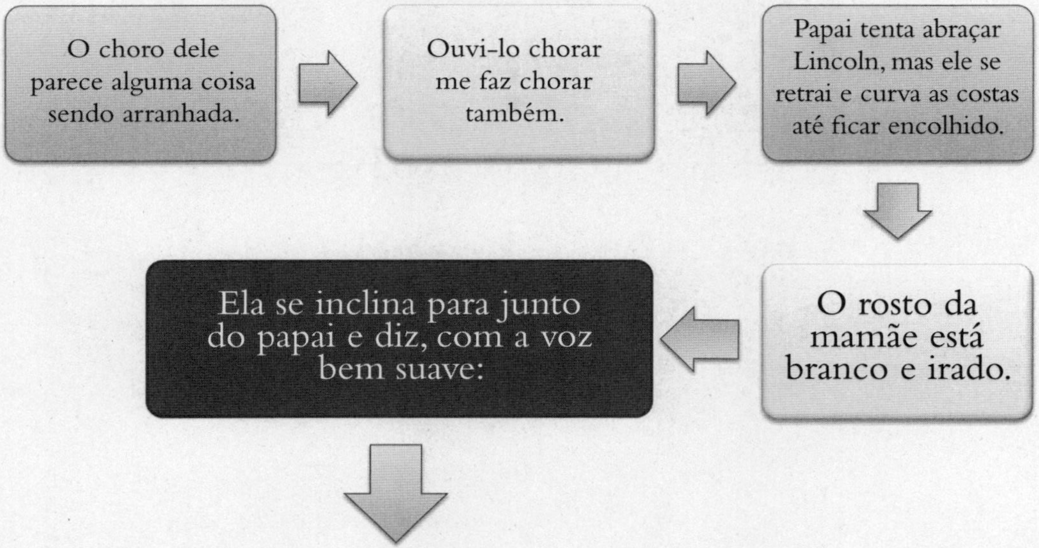
O choro dele parece alguma coisa sendo arranhada.
Ouvi-lo chorar me faz chorar também.
Papai tenta abraçar Lincoln, mas ele se retrai e curva as costas até ficar encolhido.
O rosto da mamãe está branco e irado.
Ela se inclina para junto do papai e diz, com a voz bem suave:

"A pausa faz você achar que a música vai terminar. E aí, quando a música na verdade não termina, você fica aliviado. Mas depois a música *termina mesmo*, porque toda música termina, é claro, e **DESSA. VEZ. O. FIM. É. PRA. VALER.**"

Uma pausa enquanto ficamos todos em pé no deque

Então o papai dá um abraço no Lincoln

Lincoln se debate, mas o papai é mais forte. "Tá bom", diz o papai, baixinho. "Tá bom, Linc. Desculpa."

Mesmo quando Lincoln para de se debater, ele continua soluçando. As omoplatas dele despontam através da camisa.

Os dois são tão parecidos que é como ver o papai abraçar o seu eu magrelo de muito tempo atrás.

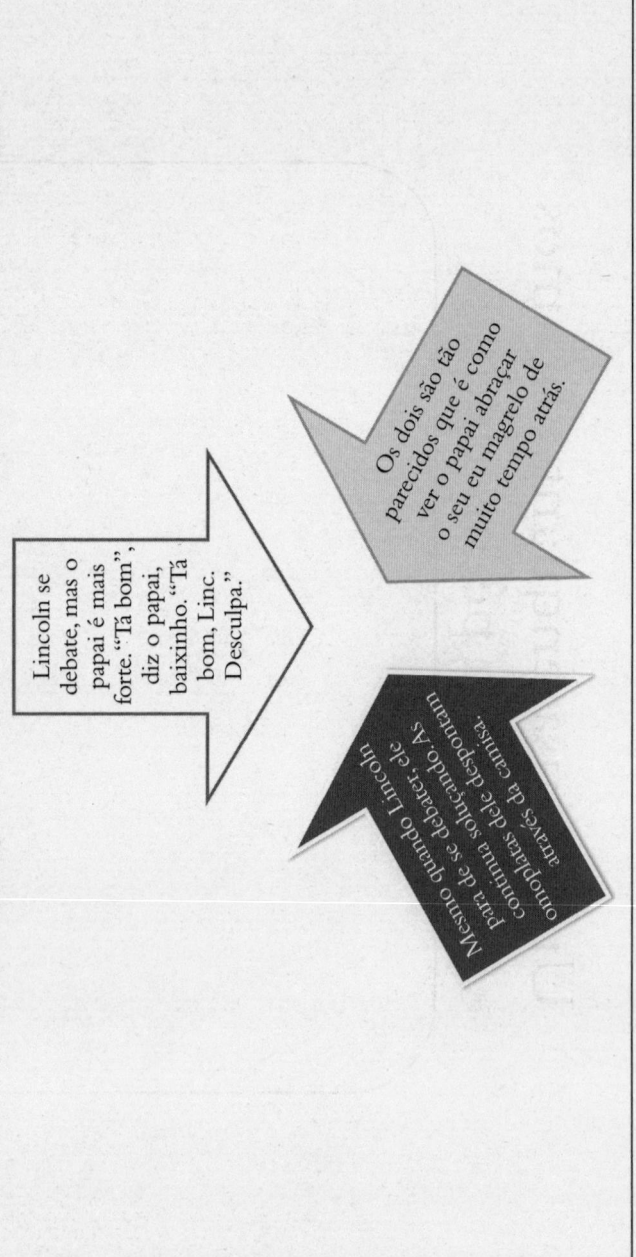

Lincoln corre para dentro de casa e bate a porta do quarto

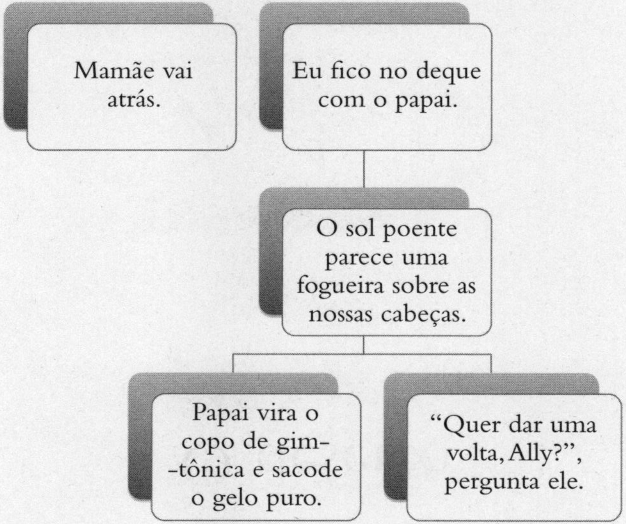

Mamãe vai atrás.
Eu fico no deque com o papai.
O sol poente parece uma fogueira sobre as nossas cabeças.
Papai vira o copo de gim-tônica e sacode o gelo puro.
"Quer dar uma volta, Ally?", pergunta ele.

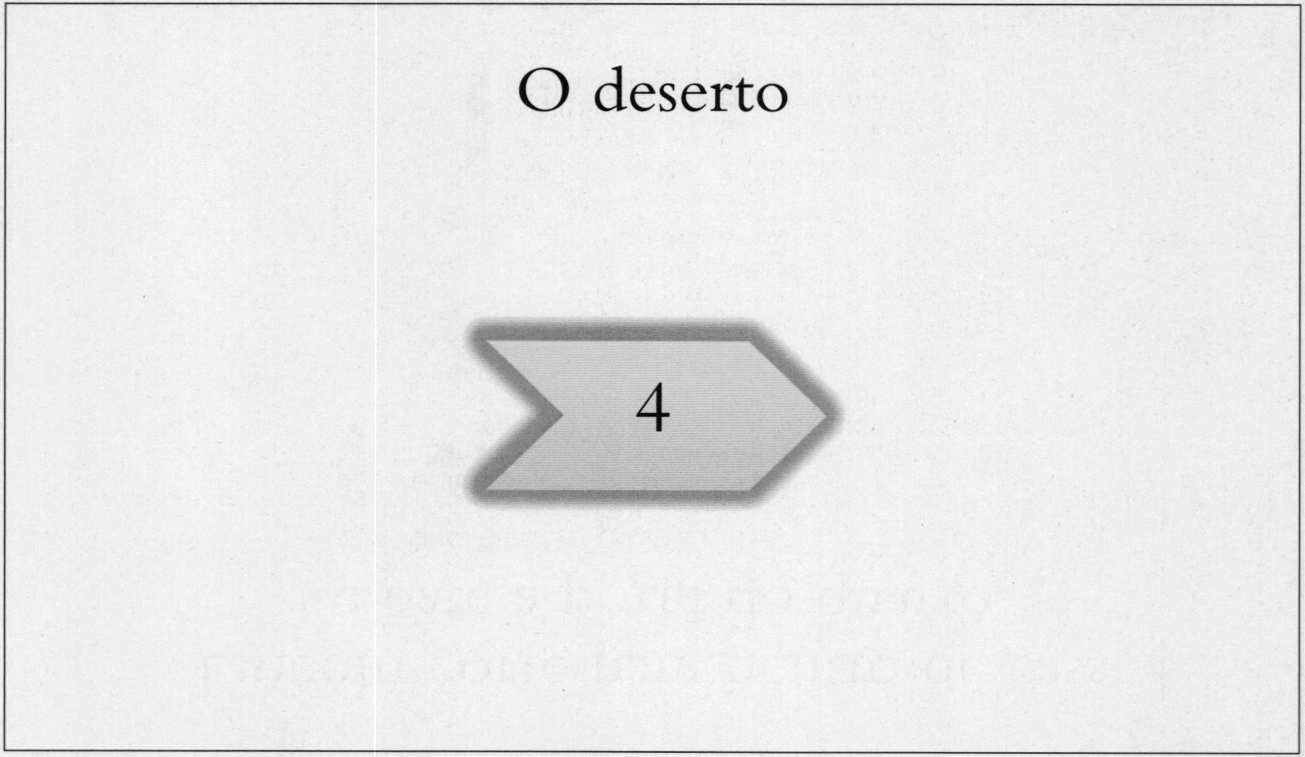
O deserto
4

Ele começa onde antes ficava o nosso gramado

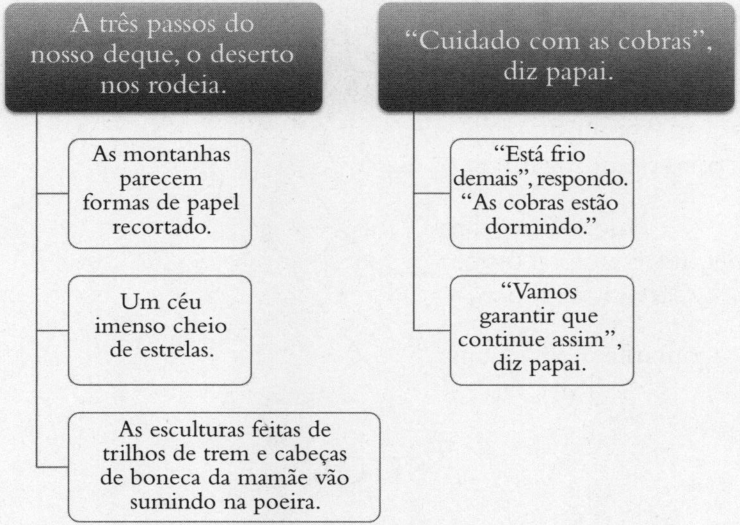
A três passos do nosso deque, o deserto nos rodeia.
As montanhas parecem formas de papel recortado.
Um céu imenso cheio de estrelas.
As esculturas feitas de trilhos de trem e cabeças de boneca da mamãe vão sumindo na poeira.
“Cuidado com as cobras”, diz papai.
“Está frio demais”, respondo. “As cobras estão dormindo.”
“Vamos garantir que continue assim”, diz papai.

Sons

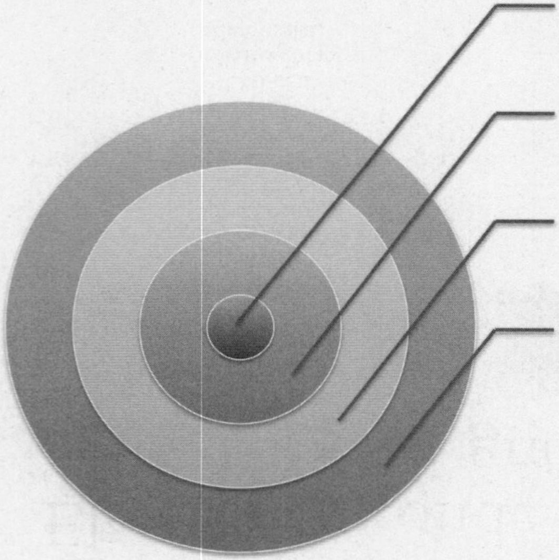
O deserto é
silencioso e agitado.
Ouço leves estalos,
como a pausa arranhada
de “Bernadette”.
Há um zumbido feito a pausa de
“Closing Time”, do Semisonic.
O deserto inteiro é
uma pausa.

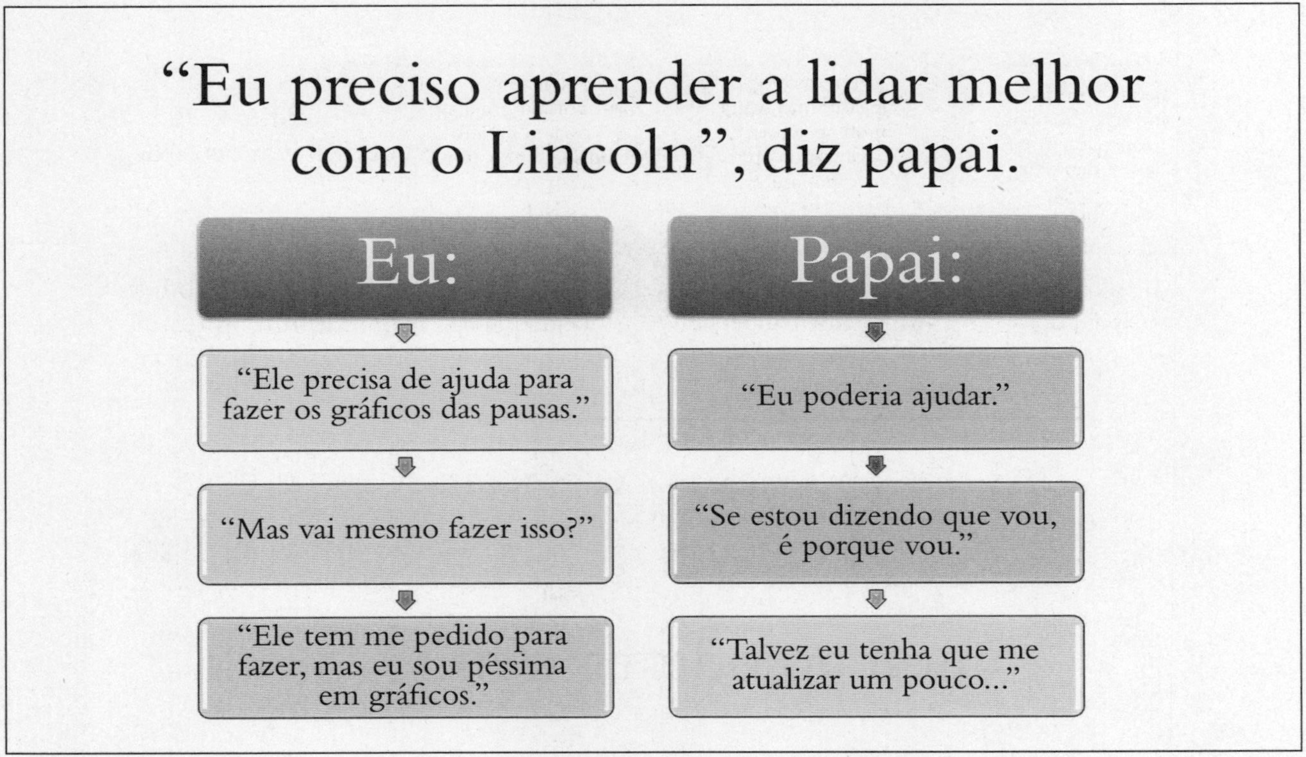
"Eu preciso aprender a lidar melhor com o Lincoln", diz papai.
Eu:
"Ele precisa de ajuda para fazer os gráficos das pausas."
"Mas vai mesmo fazer isso?"
"Ele tem me pedido para fazer, mas eu sou péssima em gráficos."
Papai:
"Eu poderia ajudar."
"Se estou dizendo que vou, é porque vou."
"Talvez eu tenha que me atualizar um pouco..."

O antigo campo de golfe

Há vários morrinhos e declives acinzentados, como na Lua.

A sede do clube de golfe ainda existe, isolada por uma corda e caindo aos pedaços.

Papai fica em pé dentro de um buraco raso e sorri para mim.

"Eu me lembro deste bunker", diz ele.

"Você jogava aqui, não é?", pergunto.

"Claro. Todo médico joga golfe."

Eu me lembro de andar no carrinho de golfe entre canteiros de flores roxas.

Papai não gosta da maioria dos médicos. "São uns arrogantes", diz ele.

Papai não tem tempo para amigos.

"Vocês são os únicos amigos de que eu preciso", diz ele. Referindo-se à gente.

Um caminho longo e vazio

“A mamãe está brava?”, pergunto.

- “Acho que sim.”

“Ela vai perdoar você?”

- “É claro que vai.”

“Como é que você sabe?”

- “Sua mãe é do tipo que perdoa. Graças a Deus.”

“Ela perdoou você quando o Rob se afogou?”

- Papai para de andar e se vira para mim. A Lua surgiu no céu.
  “Por que você pensou nele?”

“Às vezes eu penso.”

- “Eu também”, afirma papai.

Depois de muito tempo, chegamos às placas de energia solar

- Eu nunca vim tão longe.
  - As placas se estendem por vários quilômetros.
  - É como encontrar uma cidade ou outro planeta.
- As placas parecem más.
  - Feito umas coisas pontiagudas, gordurosas e pretas.
  - Mas na verdade elas estão regenerando a Terra.
- Houve protestos quando elas foram construídas, anos atrás.
  - A sombra delas deixou vários animais sem ter onde morar.
  - Mas pelo menos eles podem morar onde antes ficavam os gramados e os campos de golfe.

"Mas não foi culpa sua, né?"
"Não foi culpa de ninguém", diz papai.
"Ela morreu hoje de manhã", diz papai.
"A menina de ontem", digo eu. "A do coração doente."

De repente, um barulho de motor surge em volta da gente

Milhares de placas de energia solar se erguem e se viram ao mesmo tempo, no mesmo ângulo.

Aperto o braço do papai: "Por que elas estão fazendo isso?"

"Estão captando a luz da Lua", responde papai, e então me lembro: o luar é mais fraco, mas dá para usar.

As placas giram e se movem.

"É aqui que você vem quando sai para andar à noite?", pergunto.

Ficamos parados um tempão, vendo as placas de energia solar se moverem

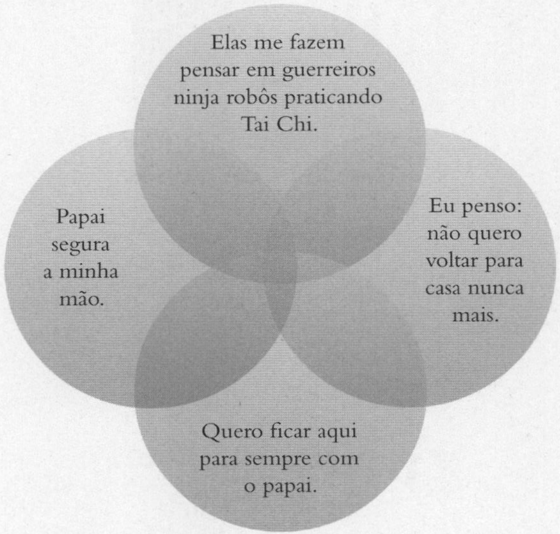

Elas me fazem pensar em guerreiros ninja robôs praticando Tai Chi.
Papai segura a minha mão.
Eu penso: não quero voltar para casa nunca mais.
Quero ficar aqui para sempre com o papai.

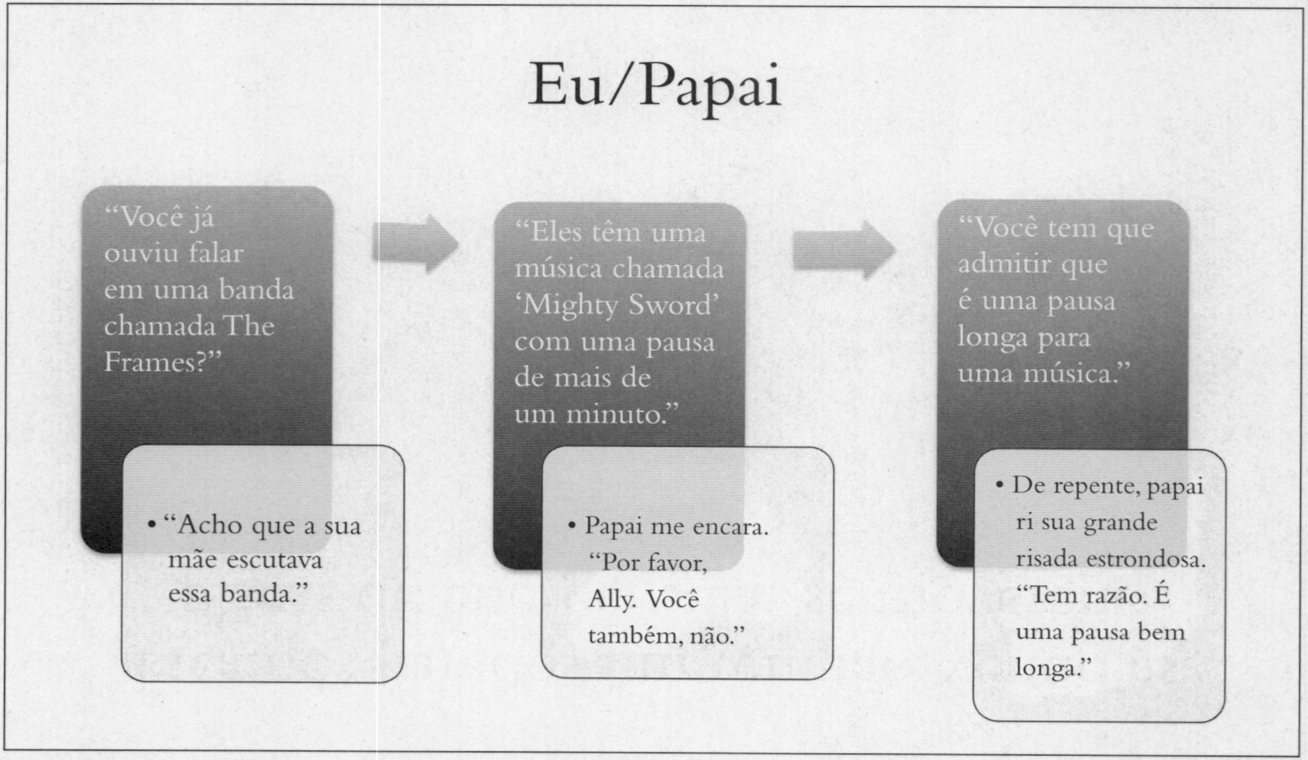
Eu/Papai
"Você já ouviu falar em uma banda chamada The Frames?"
• "Acho que a sua mãe escutava essa banda."
"Eles têm uma música chamada 'Mighty Sword' com uma pausa de mais de um minuto."
• Papai me encara. "Por favor, Ally. Você também, não."
"Você tem que admitir que é uma pausa longa para uma música."
• De repente, papai ri sua grande risada estrondosa. "Tem razão. É uma pausa bem longa."

Depois de algum tempo, sinto vontade de me encolher no chão e fechar os olhos

"Queria já estar na cama", digo.

"Pode se preparar", diz papai. "O caminho de volta é longo."

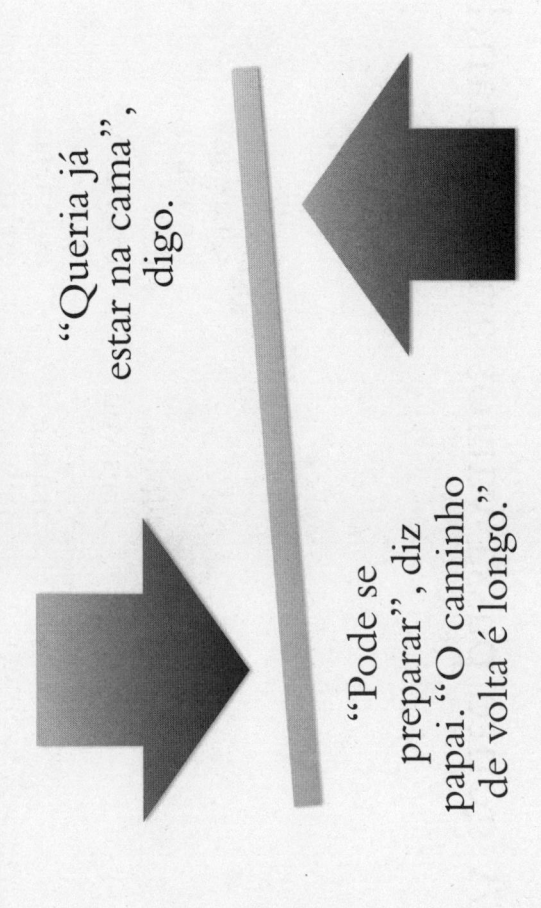

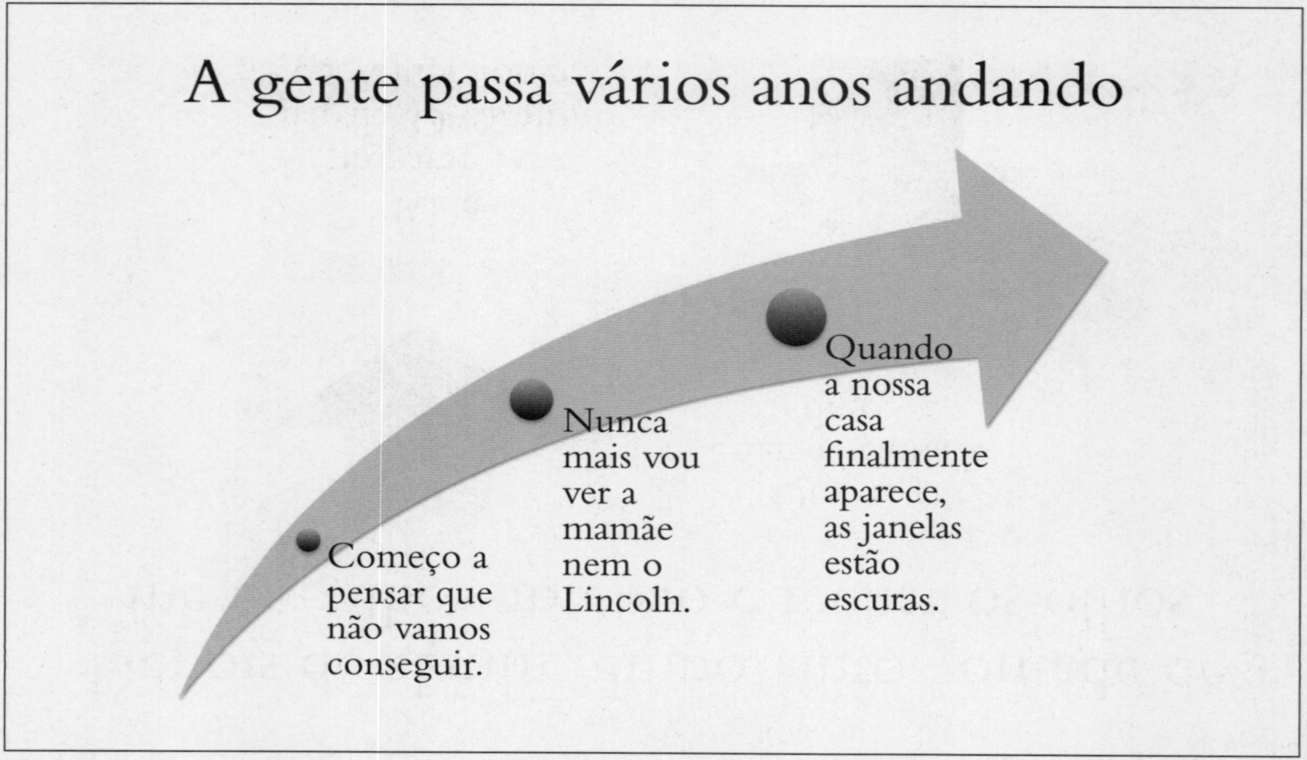
A gente passa vários anos andando
Começo a pensar que não vamos conseguir.
Nunca mais vou ver a mamãe nem o Lincoln.
Quando a nossa casa finalmente aparece, as janelas estão escuras.

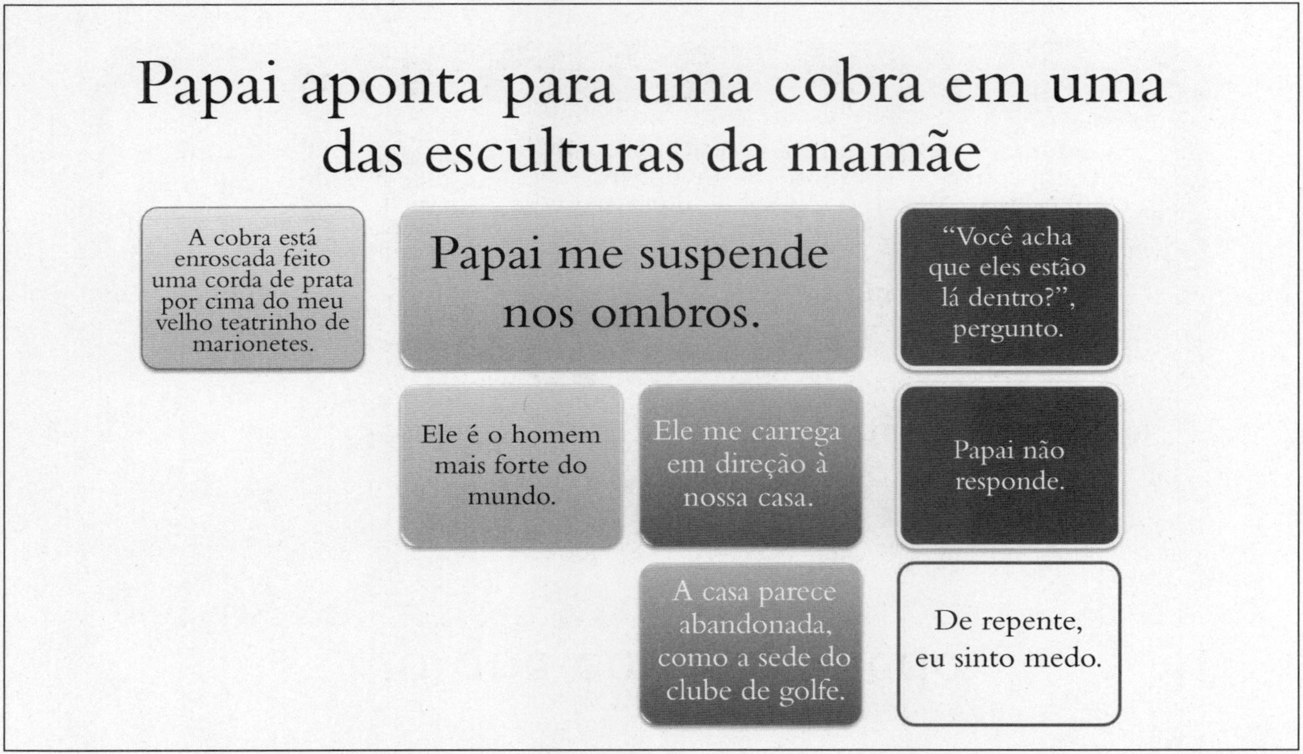
Papai aponta para uma cobra em uma das esculturas da mamãe
A cobra está enroscada feito uma corda de prata por cima do meu velho teatrinho de marionetes.
Papai me suspende nos ombros.
“Você acha que eles estão lá dentro?”, pergunto.
Ele é o homem mais forte do mundo.
Ele me carrega em direção à nossa casa.
Papai não responde.
A casa parece abandonada, como a sede do clube de golfe.
De repente, eu sinto medo.

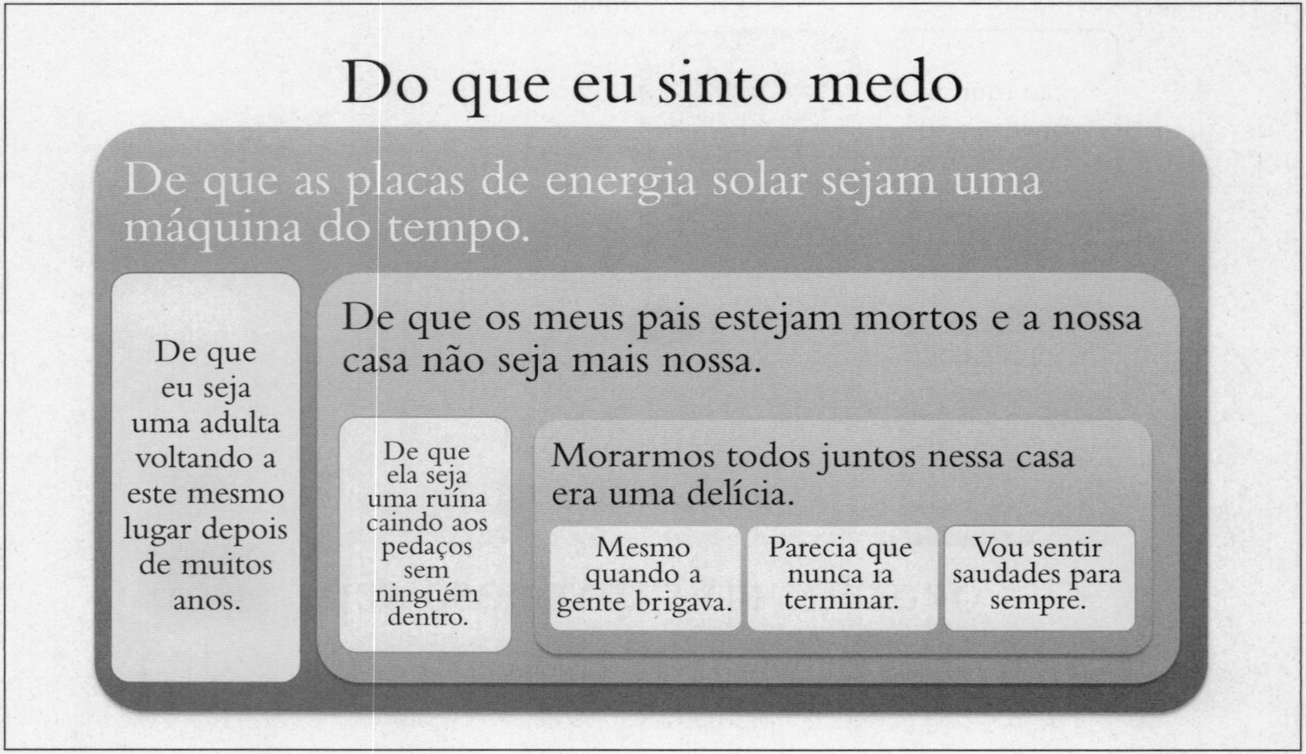
Do que eu sinto medo
De que as placas de energia solar sejam uma máquina do tempo.
De que eu seja uma adulta voltando a este mesmo lugar depois de muitos anos.
De que os meus pais estejam mortos e a nossa casa não seja mais nossa.
De que ela seja uma ruína caindo aos pedaços sem ninguém dentro.
Morarmos todos juntos nessa casa era uma delícia.
Mesmo quando a gente brigava.
Parecia que nunca ia terminar.
Vou sentir saudades para sempre.

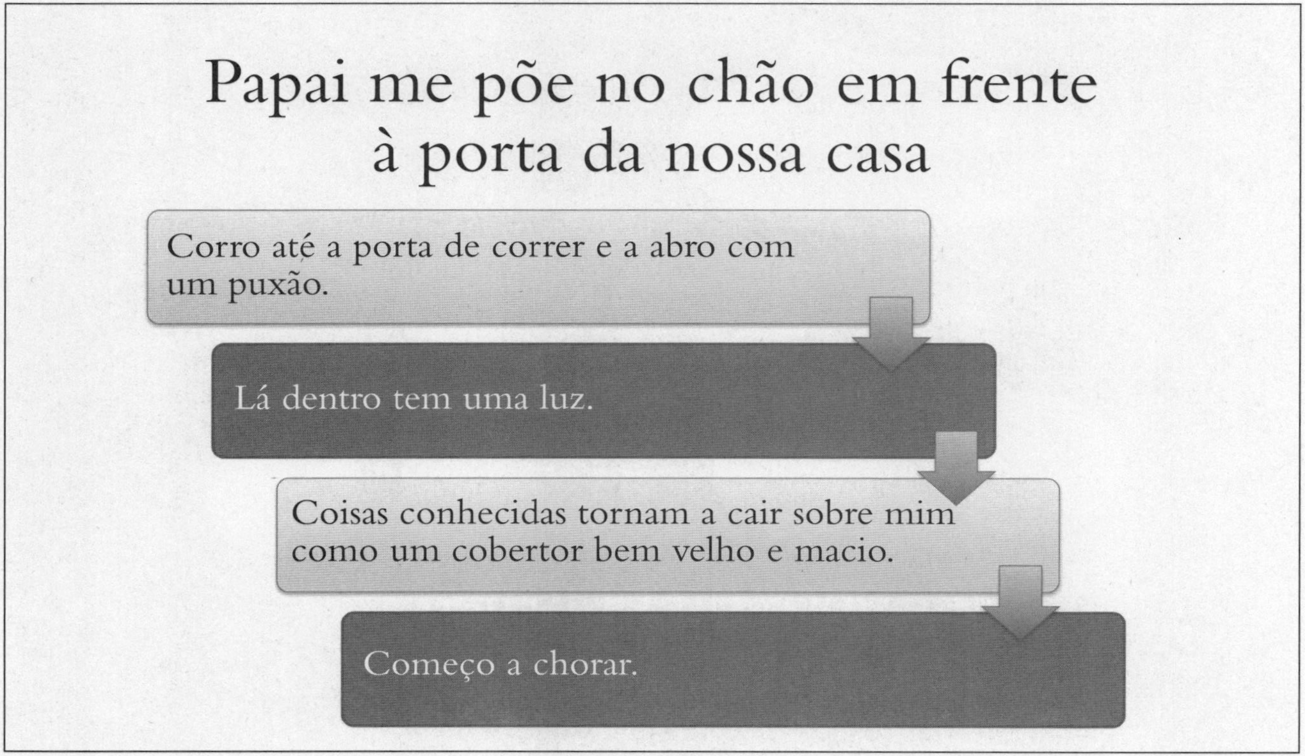
Papai me põe no chão em frente à porta da nossa casa
Corro até a porta de correr e a abro com um puxão.
Lá dentro tem uma luz.
Coisas conhecidas tornam a cair sobre mim como um cobertor bem velho e macio.
Começo a chorar.

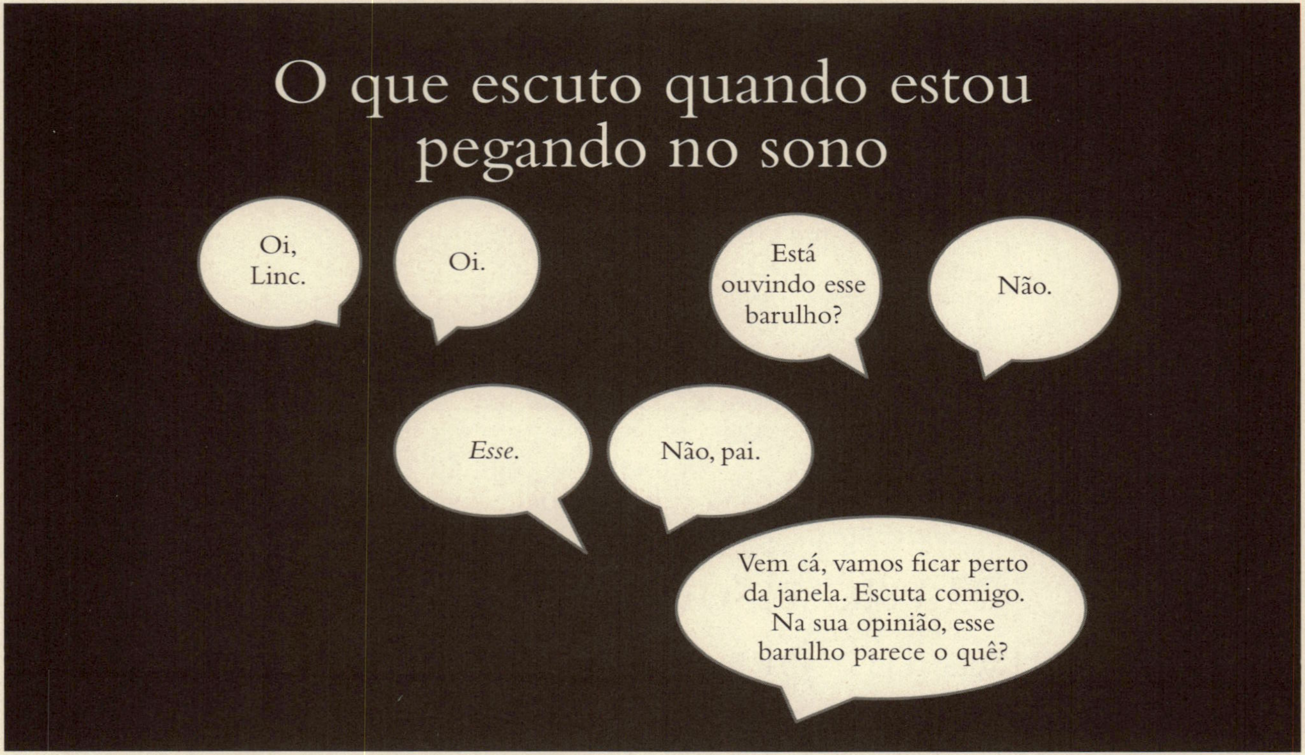
O que escuto quando estou pegando no sono
Oi, Linc.
Oi.
Está ouvindo esse barulho?
Não.
Esse.
Não, pai.
Vem cá, vamos ficar perto da janela. Escuta comigo. Na sua opinião, esse barulho parece o quê?

"Tá. Já sei."

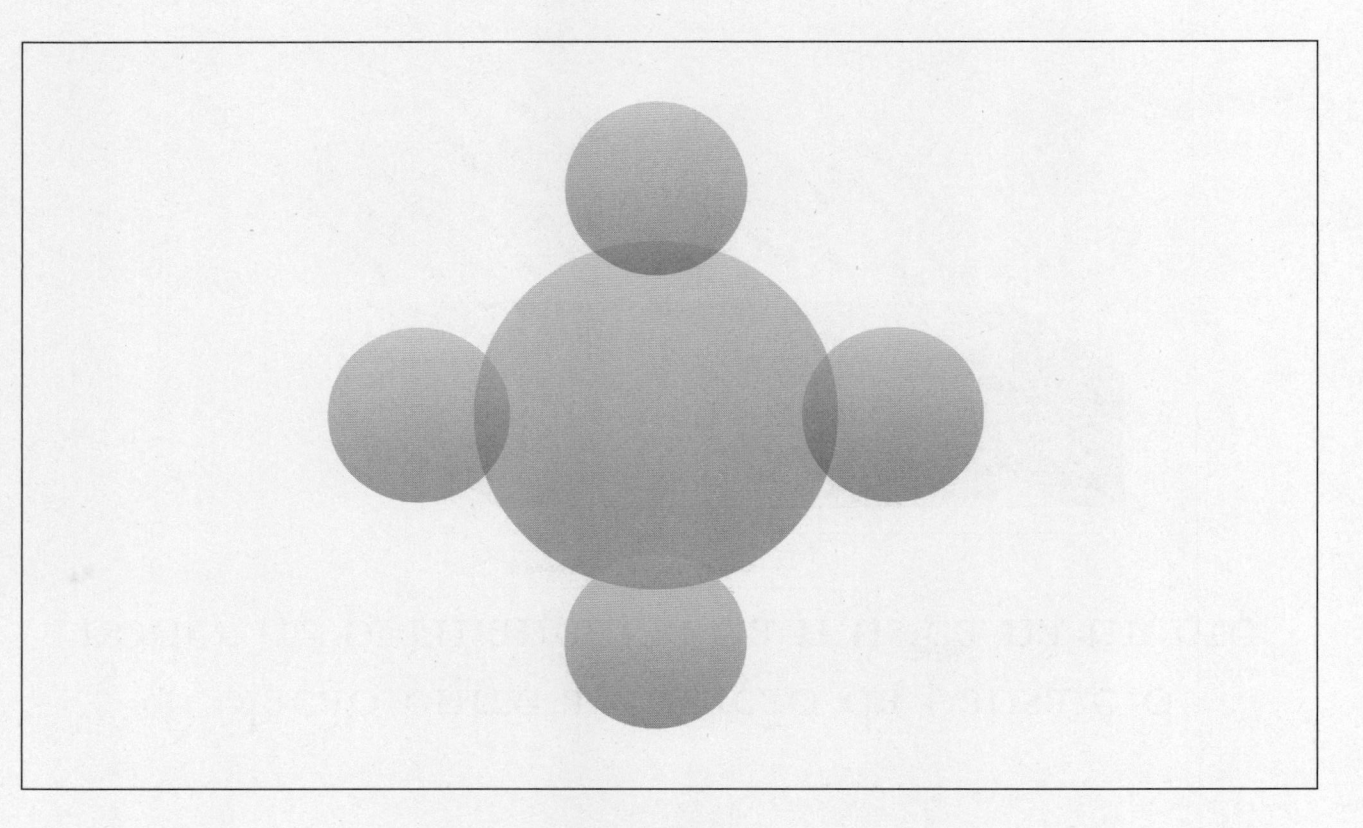

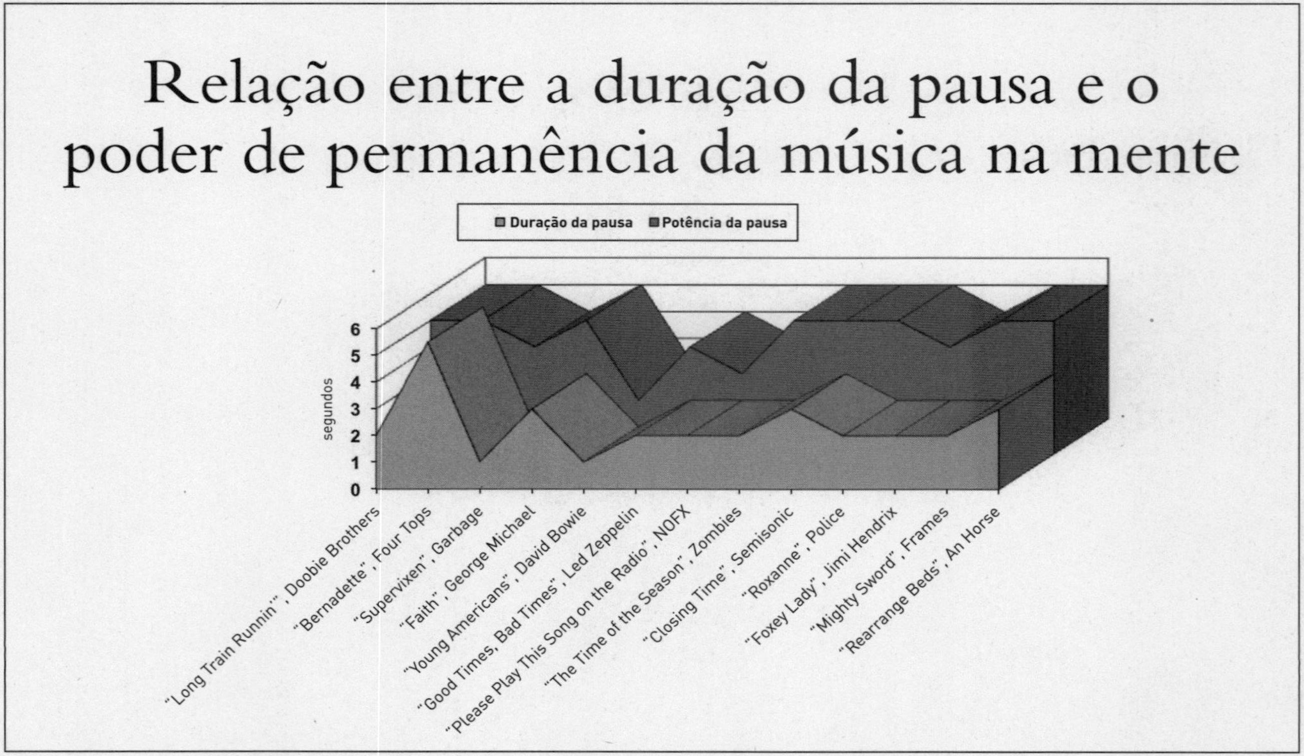
Relação entre a duração da pausa e o poder de permanência da música na mente
Duração da pausa
Potência da pausa
segundos
0
1
2
3
4
5
6
"Long Train Runnin'", Doobie Brothers
"Bernadette", Four Tops
"Supervixen", Garbage
"Faith", George Michael
"Young Americans", David Bowie
"Good Times, Bad Times", Led Zeppelin
"Please Play This Song on the Radio", NOFX
"The Time of the Season", Zombies
"Closing Time", Semisonic
"Roxanne", Police
"Foxey Lady", Jimi Hendrix
"Mighty Sword", Frames
"Rearrange Beds", An Horse

Prova da necessidade das pausas

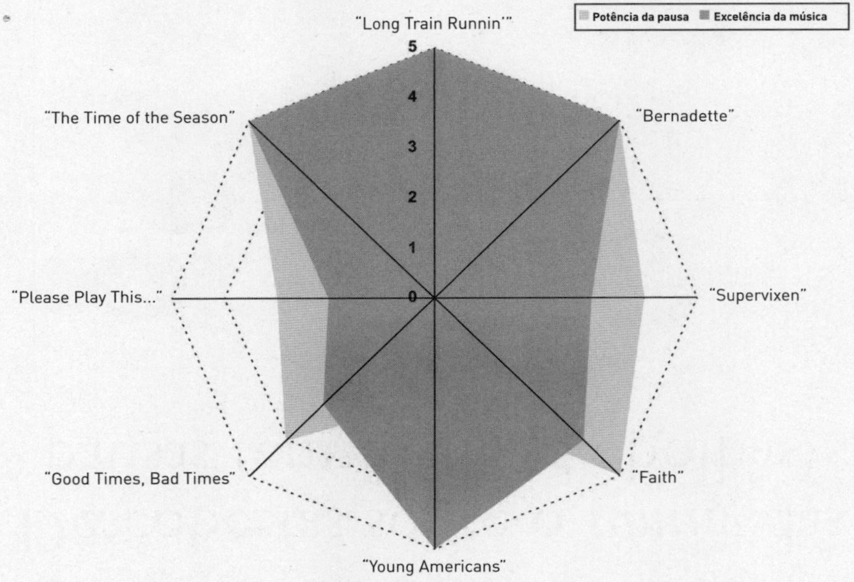
Potência da pausa
Excelência da música
"Long Train Runnin'"
5
4
3
2
1
0
"Bernadette"
"Supervixen"
"Faith"
"Young Americans"
"Good Times, Bad Times"
"Please Play This..."
"The Time of the Season"

Descobertas sobre o *timing* das pausas (em forma de bolhas)

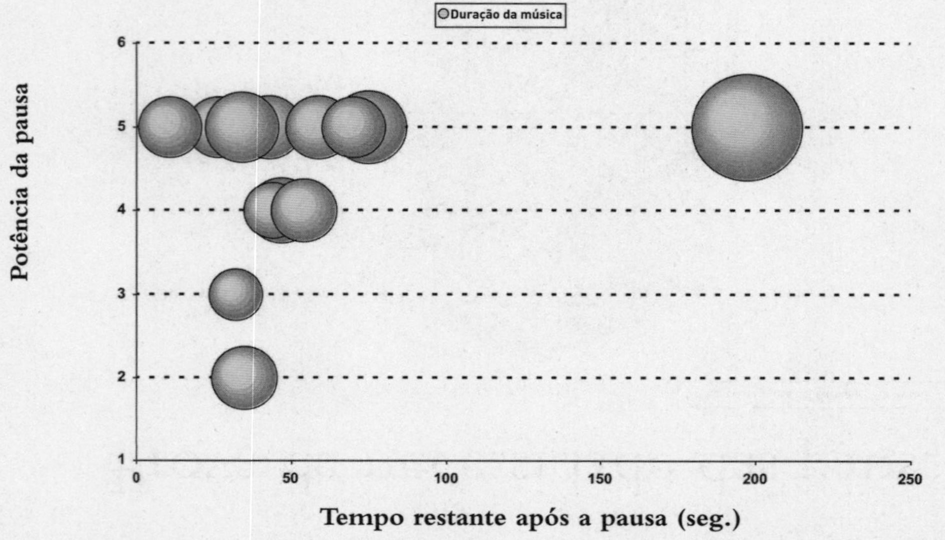

A persistência das pausas ao longo do tempo

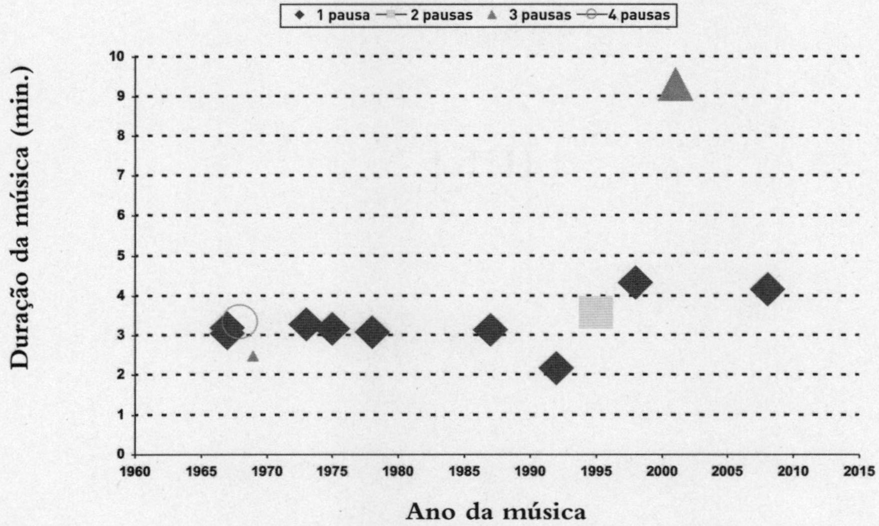

Fim

13

Linguagem pura

— Você não vai querer fazer isso — murmurou Bennie. — Estou certo?

— Certíssimo — respondeu Alex.

— Você acha que é se vender. Comprometer os ideais que transformam você em "você".

Alex riu.

— Eu sei que é isso.

— Está vendo? Você é um purista — disse Bennie. — É por isso que é perfeito para a situação.

Alex sentiu a bajulação surtir efeito sobre ele como os primeiros e deliciosos tapas de um baseado que você sabe que vai destruí-lo caso fume até o fim. O tão esperado almoço com Bennie Salazar estava perdendo energia, e o pitch ultraensaiado de Alex para ser contratado como mixador já tinha fracassado. No entanto, agora que os dois se entreolhavam sentados em sofás elegantes dispostos na perpendicular e banhados pelo sol de inverno que entrava pela claraboia do loft de Bennie em Tribeca, Alex sentiu o súbito e fascinante despertar da curiosidade daquele homem mais velho. As respectivas mulheres estavam na cozinha. As duas filhas bebês estavam sobre um tapete persa entre eles, compartilhando com cautela utensílios de cozinha de brinquedo.

— Se eu não quiser fazer isso, não posso ser realmente perfeito — disse Alex.

— Eu acho que você vai fazer.

Alex ficou irritado e intrigado.

— Como assim?

— Uma sensação — disse Bennie, ao se erguer ligeiramente da posição quase horizontal em que estava reclinado. — Uma sensação de que temos uma história juntos que ainda não aconteceu.

Alex tinha escutado o nome de Bennie Salazar pela primeira vez de uma garota com quem tinha saído uma vez, quando era recém-chegado em Nova York e Bennie ainda era famoso. A garota trabalhava para ele — Alex se lembrava disso com clareza —, mas era praticamente tudo de que conseguia se lembrar. O nome dela, sua aparência, o que exatamente os dois tinham feito juntos — esses detalhes haviam se apagado. As únicas impressões que Alex guardava desse encontro tinham a ver com o inverno, a escuridão e algo relacionado a uma *carteira*, imaginem só, mas teria a carteira sido perdida? Encontrada? Roubada? Era a carteira da garota ou a sua? As respostas teimavam em continuar ausentes — era como tentar se lembrar de uma música que você sabia ter o poder de provocar determinada sensação, mas sem nenhum título, artista ou mesmo alguns compassos para trazê-la de volta. A garota pairava logo além do limite do alcance da sua mente, e havia deixado a carteira no cérebro de Alex como se fosse um cartão de visita, para provocá-lo. Nos dias que haviam precedido o almoço com Bennie, Alex tinha se dado conta de uma estranha obsessão por essa garota.

— É meu, dá prrra mim! — protestou Ava, filha de Bennie, confirmando a teoria recente de Alex de que a aquisição da linguagem incluía uma fase de sonoridade germânica. Ava arrancou uma frigideira de plástico da mão de Cara-Ann, a filha dele, que partiu atrás do brinquedo gritando:

— Minha panela! Minha panela! — Alex se levantou com um pulo, e então percebeu que Bennie não tinha se mexido. Forçou-se a tornar a se sentar.

— Eu sei que você preferiria mixar — disse Bennie, dando um jeito de se fazer ouvir sem parecer levantar a voz, apesar dos berros das meninas. —Você adora música. Quer trabalhar com som. Acha que eu não sei como é isso?

As meninas se jogaram uma em cima da outra como gladiadoras frenéticas, uivando, arranhando e arrancando tufos de cabelos delicados.

— Tudo bem por aí? — perguntou da cozinha a mulher de Alex, Rebecca.

— Tudo — respondeu Alex. Estava maravilhado com a calma de Bennie. Será que era assim quando você começava aquela história de ter filhos outra vez depois de um segundo casamento?

— O problema é que a questão não é mais o som — prosseguiu Bennie. — A questão não é a *música*. É o alcance. Foi essa a pílula amarga que eu tive de engolir.

— Eu sei.

Ou seja: ele sabia (assim como todo mundo na indústria) como Bennie tinha sido demitido da Sow Ear's Records, seu próprio selo muitos anos antes, depois de servir estrume de vaca para os acionistas durante um almoço do conselho ("no *réchaud* e tudo", escreveu uma secretária que havia narrado a confusão em tempo real no Gawker). "Vocês estão me pedindo para fazer as pessoas comerem merda?", supostamente rugira Bennie para os executivos indignados. "Então experimentem comer um pouco e me digam que gosto tem!" Depois disso, Bennie tinha voltado a produzir músicas com som rascante e analógico, nenhuma das quais tinha vendido nada. Agora, aos quase 60 anos, ele era considerado irrelevante; em geral, Alex ouvia as pessoas se referirem a ele no passado.

Quando Cara-Ann cravou os incisivos recém-adquiridos no ombro de Ava, foi Rebecca quem veio correndo da cozinha e arrancou a filha de cima da outra menina ao mesmo tempo em que lançava um olhar de incompreensão para Alex, agora suspenso sobre o sofá aparentando uma serenidade zen. Lupa entrou junto com Rebecca: a mãe de olhos escuros que Alex inicialmente tinha evitado nos grupos de brincadeiras para crianças pelo fato de ela ser linda, até saber que era casada com Bennie Salazar.

Uma vez os curativos postos nos machucados e a ordem restabelecida, Lupa deu um beijo na cabeça de Bennie (a farta cabeleira que era sua marca registrada agora estava grisalha) e disse:

— Eu vivo esperando você tocar a música do Scotty.

Bennie sorriu para a mulher bem mais jovem.

— Estou guardando ele — falou. Então acionou seu console manual, liberando de um sistema de som de última geração (que parecia fazer a música entrar direto pelos poros da pele de Alex) uma voz masculina dolente acompanhada por uma *slide guitar* distorcida e reverberante. — A gente lançou isso alguns meses atrás — disse Bennie. — Scotty Hausmann. Já ouviu falar? Ele está fazendo sucesso com os apontadores.

Alex olhou rapidamente para Rebecca, que desdenhava a palavra "apontador" e corrigia com educação, mas com firmeza, qualquer pessoa que a usasse para se referir a Cara-Ann. Por sorte, sua mulher não tinha escutado. Agora que os consoles infantis chamados Starfish estavam por toda parte, qualquer criança capaz de apontar podia baixar músicas — o mais jovem comprador de um disco era um menino de três meses de idade de Atlanta, que tinha comprado uma música do Nine Inch Nails chamada "Ga--ga". Quinze anos de guerra tinham se encerrado com um pico de natalidade, e esses bebês não apenas ressuscitaram uma indústria morta, mas também se tornaram árbitros do sucesso musical. As bandas não tinham outra alternativa a não ser se reinventar para crianças que ainda nem sabiam falar. Até Biggie tinha lançado mais um álbum póstumo cuja canção-título era o remix de uma de suas músicas mais famosas, "Fuck You, Bitch" ("Vai se foder, cachorra"), que fazia as palavras soarem como "You're Big, Chief", ("Você é demais, bacana"), acompanhada por uma foto de Biggie balançando sobre os joelhos um menino de origem indígena com um cocar na cabeça. O Starfish tinha outras funções — pintura a dedo, sistemas de GPS para bebês que estavam aprendendo a andar, correio eletrônico com desenhos —, mas Cara-Ann nunca tinha posto a mão em um desses consoles, e Rebecca e Alex tinham decidido que ela não o faria até completar 5 anos. Eles próprios evitavam usar seus consoles na frente da filha.

— Escuta só esse cara — disse Bennie. — Escuta só.

O *vibrato* melancólico, os ruidosos estremecimentos da *slide guitar* — para Alex, era um som difícil de escutar. Mas aquele era Bennie Salazar, o homem que tinha descoberto o Conduits tantos anos antes.

— O que *você* está ouvindo? — perguntou-lhe Alex.

Bennie fechou os olhos, sentindo cada parcela do corpo ser revigorada pela ação palpável de escutar.

— Ele é totalmente puro — respondeu. — Intocado.

Alex também fechou os olhos. Na mesma hora, os sons se adensaram em seus ouvidos: helicópteros, sinos de igreja, uma furadeira distante. A mistura habitual de buzinas e sirenes. A vibração emitida pelo trilho de luz no teto, água chapinhando no lava-louça. O "não..." sonolento de Cara-Ann quando Rebecca vestiu seu suéter. Eles estavam de saída. Alex sentiu um espasmo de medo, ou algo semelhante a medo, ao pensar que iria sair daquele brunch com Bennie Salazar de mãos abanando.

Abriu os olhos. Os de Bennie já o estavam encarando, aqueles olhos castanhos e plácidos fixos em seu rosto.

— Alex, eu acho que você está ouvindo a mesma coisa que eu — disse ele. — Estou certo?

Nessa noite, quando Rebecca e Cara-Ann já estavam profundamente adormecidas, Alex saiu da cama de casal quentinha feito um mingau sob a nuvem do mosquiteiro e foi até a sala/quarto de brincar/quarto de hóspedes/escritório. Quando ficava em pé junto à janela do meio e olhava para cima, podia ver o alto do prédio do Empire State, que nessa noite estava iluminado de vermelho e dourado. Essa nesga de vista tinha sido um dos pontos que mais valorizariam o apartamento de um quarto no Garment District, quando os pais de Rebecca o haviam comprado para a filha muitos anos antes, logo depois do colapso da bolsa. Alex e Rebecca planejavam vendê-lo quando ela engravidasse, mas então descobriram que o prédio baixo que ficava de frente para o deles tinha sido comprado por um empreendedor que planejava pô-lo abaixo e construir um arranha-céu que iria acabar com a ventilação e a vista. Tornou-se impossível vender o apartamento. E agora, dois anos depois, o arranha-céu finalmente havia começado a ser erguido, fato que enchia Alex de apreensão e pessimismo, mas também de um vertiginoso deleite — cada instante de cálida luz do sol que entrava pelas três janelas viradas para o leste parecia delicioso, e aquela nesga de noite cintilante, que durante anos ele havia observado de uma almofada apoiada no peitoril, muitas vezes enquanto fumava um baseado, parecia agora dotada de uma beleza agonizante, como uma miragem.

Alex amava o meio da noite. Sem o barulho da obra e dos onipresentes helicópteros, portais ocultos de som se abriam para os seus ouvidos: o assobio da chaleira e os passos abafados pelas meias de Sandra, mãe solteira que morava no apartamento de cima; um zum-zum de beija-flor que Alex supunha ser o filho adolescente da vizinha se masturbando ao som do fone de ouvido no quarto contíguo. Da rua, um tossido isolado, fios soltos de conversas: "... você está me pedindo para ser outra pessoa...", e "acredite ou não, beber me mantém sóbrio".

Alex se recostou na almofada e acendeu um baseado. Tinha passado a tarde tentando — sem conseguir — contar a Rebecca o que tinha concordado em fazer para Bennie Salazar. Bennie jamais chegara a usar a palavra "papagaio". Desde o Escândalo dos Blogues, esse termo tinha virado um palavrão. Nem mesmo as demonstrações financeiras que os blogueiros políticos eram obrigados a postar tinham conseguido conter a desconfiança de que a opinião das pessoas não lhes pertencia de fato. "Quem está te pagando?" era uma pergunta que podia suceder qualquer arroubo de entusiasmo, junto com uma risada — quem iria se deixar comprar? Mas Alex tinha prometido a Bennie cinquenta "papagaios" para criar um autêntico "boca a boca" para a primeira apresentação ao vivo de Scotty Hausmann, marcada para o mês seguinte no sul de Manhattan.

Usando seu console manual, ele começou a bolar um sistema para selecionar papagaios potenciais entre seus 15.896 amigos. Usou três variáveis distintas: quanto precisavam de dinheiro ("Necessidade"), quão bem relacionados e respeitados eram os amigos ("Alcance"), e quão passíveis eram de vender essa influência ("Corruptibilidade"). Escolheu algumas pessoas a esmo e as classificou em cada categoria em uma escala de 0 a 10, depois usou o console para fazer um gráfico tridimensional com os resultados, procurando uma aglomeração de pontos em que as três linhas se cruzavam. Em todos os casos, porém, uma pontuação alta em duas das categorias ocasionava uma pontuação péssima na terceira: pessoas pobres e altamente corruptíveis — seu amigo Finn, por exemplo, ator fracassado e praticamente viciado em drogas que havia postado uma receita de *speedball* na sua página da internet e vivia em grande parte graças à ajuda dos antigos colegas da Wesleyan (Necessidade: 9, Corruptibilidade: 10), não tinha Alcance nenhum (1). Pessoas pobres e influentes como Rose, stripper/violoncelista cujas mudanças de penteado eram copiadas na hora em determinadas partes do East Village (Necessidade: 9; Alcance: 10), eram incorruptíveis (0) — na verdade, Rose mantinha um registro de boatos em sua página da web que fazia às vezes de registro policial informal, indicando que namorado de amiga tinha batido na companheira, quem tinha pegado emprestada e estragado uma bateria, qual cão tinha sido deixado na rua durante horas debaixo de chuva amarrado a um parquímetro. Havia pessoas influentes e corruptíveis, como seu amigo Max, ex-vocalista da banda Pink Buttons, hoje magnata de energia eólica, dono de um tríplex no Soho e que todo ano dava festas de Natal regadas a caviar que faziam as pessoas começarem a puxar seu saco no mês de agosto na esperança de serem convidadas (Alcance: 10; Corruptibilidade: 8). Mas Max era popular *justamente por ser rico* (Necessidade: 0) e não tinha qualquer incentivo para se vender.

Alex ficou encarando o console com os olhos arregalados. Será que alguém iria topar fazer aquilo? Então lhe ocorreu que uma pessoa já tinha topado: ele próprio. Alex inseriu a si mesmo no gráfico, como Rebecca talvez o analisasse: Necessidade: 9; Alcance: 6; Corruptibilidade: 0. Como Bennie tinha dito, Alex era um purista. Havia se afastado de patrões mau-caráter (na indústria da *música*) da mesma forma que hoje se afastava corriqueiramente de mulheres atraídas pela visão de um homem cuidando da filha bebê durante o horário de expediente. Caramba, ele havia conhecido Rebecca depois de tentar perseguir um cara usando uma máscara de lobo que havia roubado da bolsa dela na véspera do Dia das Bruxas. Mas Alex tinha cedido a Bennie Salazar sem resistir. Por quê? Porque o seu apartamento logo iria ficar escuro e abafado? Porque passar o dia cuidando de Cara-Ann enquanto Rebecca trabalhava em tempo integral como professora e escritora o havia deixado inquieto? Porque ele nunca conseguia esquecer por completo que cada parcela de informação sobre si postada on-line (sua cor preferida, sua verdura preferida, sua posição sexual preferida) era armazenada em bancos de dados de multinacionais que juravam que nunca, nunca iriam usá-las — que, em outras palavras, ele *lhes pertencia*, e que havia se vendido sem pensar justamente no momento da vida em que se sentia mais subversivo? Ou seria a estranha simetria entre ter ouvido o nome de Bennie Salazar pela primeira vez da boca daquela garota com a qual saíra certa noite, bem no início, e agora finalmente conhecer Bennie, uma década e meia depois, graças a um *grupo de lazer para crianças*?

Alex não sabia. Não precisava saber. O que precisava era encontrar mais cinquenta pessoas iguais a ele, que tivessem deixado de ser elas mesmas sem perceber.

* * *

— Física é obrigatória. Três semestres. Se você não passar, está fora do programa.

— Para um diploma de *marketing?* — Alex estava pasmo.

— Antigamente era epidemiologia — disse Lulu. — Você sabe, quando o modelo viral ainda era a norma.

— As pessoas não falam mais "viral"? — Alex estava desejando ter tomado uma xícara de café de verdade, e não aquela água suja que estavam servindo naquele restaurante grego barato. Lulu, assistente de Bennie, parecia ter tomado uns 15 ou vinte cafés, a menos que a sua personalidade fosse assim naturalmente.

— Ninguém mais fala "viral" — disse Lulu. — Quer dizer, talvez falem sem pensar, do mesmo jeito que a gente ainda diz "conectar" ou "transmitir"... essas antigas metáforas mecânicas que não têm mais nada a ver com a maneira como a informação viaja. O alcance não pode mais ser descrito em termos de causa e efeito, entende? Ele é simultâneo. É mais veloz do que a luz, isso chegou a ser medido. Então agora a gente estuda física de partículas.

— E depois vai ser o quê? Teoria das supercordas?

— Essa é eletiva.

Lulu tinha vinte e poucos anos e fazia pós-graduação em Barnard, *além* de trabalhar em tempo integral como assistente de Bennie: ela era a encarnação viva do novo "funcionário de console": sem papelada, sem mesa, sem transporte para chegar ao trabalho e teoricamente onipresente, embora Lulu parecesse ignorar um burburinho constante de bipes e ruídos vindos de seu console. As fotos em sua página não faziam jus à fascinante simetria de seu rosto de olhos grandes, nem ao brilho radiante de seus cabelos. Ela era "limpa": não tinha nenhum piercing, tatuagem ou escarificação. Todos os jovens hoje em dia eram limpos. E quem poderia culpá-los, pensou Alex, depois de terem visto três gerações de tatuagens flácidas penderem de bíceps magros e bundas caídas feito um estofado roído pelas traças?

Cara-Ann dormia no *sling*, com o rosto aninhado no espaço entre o maxilar e a clavícula de Alex e o hálito com cheiro de fruta e biscoito a entrar nas narinas do pai. Alex tinha meia hora, talvez 45 minutos, antes de ela acordar e querer almoçar. Apesar do tempo curto, sentiu uma necessidade perversa de voltar para trás, de compreender Lulu, de identificar o ponto exato em que ela o havia desconcertado.

— Como foi que você acabou indo trabalhar com o Bennie? — perguntou.

— A ex-mulher dele trabalhou para a minha mãe anos atrás, quando eu era pequena — respondeu Lulu. — Eu conheço o Bennie desde sempre... ele e o filho dele, Chris, que é dois anos mais velho que eu.

— Ah — disse Alex. — E a sua mãe faz o quê?

— Era assessora de imprensa, mas saiu do mercado — respondeu Lulu. — Mora no norte do estado.

— Qual é o nome dela?

— Dolly.

Alex sentiu-se inclinado a prosseguir com essa linha de perguntas até chegar ao instante da concepção de Lulu, mas se conteve. Fez-se um silêncio pontuado pela chegada dos pratos. Alex pretendia pedir uma sopa, mas isso havia lhe parecido uma atitude frouxa, de modo que na última hora acabara optando por um sanduíche de pastrami com queijo e chucrute, esquecendo-se de que não podia mastigar sem acordar Cara-Ann. Lulu tinha pedido uma torta de limão com merengue. Pôs-se a comer o merengue em pedaços minúsculos na pontinha do garfo.

— Então — disse ela, ao ver que Alex não dizia nada. — O Bennie falou que a gente vai formar um time cego, e que você vai ser o capitão anônimo.

— Ele usou esses termos?

Lulu riu.

— Não, esses são termos de marketing. Aprendi na faculdade.

— Na verdade, são expressões esportivas. Elas vêm... do esporte — disse Alex. Ele já tinha sido capitão de time muitas vezes, embora na presença de alguém tão jovem isso parecesse remoto demais para ser importante.

— As metáforas esportivas ainda funcionam — ponderou Lulu.

— Então isso é uma coisa conhecida? — perguntou ele. — Time *cego?* — Alex tinha pensado que essa fosse uma ideia sua: minimizar a vergonha e a culpa de montar um grupo de papagaios reunindo um time que não sabe que é um time, nem que tem um capitão. Cada membro do time iria se relacionar individualmente com Lulu, enquanto Alex orquestraria tudo de cima, em segredo.

— Ah, claro — respondeu Lulu. — Os TCs, ou times cegos, funcionam especialmente bem com gente mais velha. Quer dizer... — Ela sorriu. — Com mais de 30.

— E por quê?

— Os mais velhos resistem mais a... — Ela pareceu hesitar.

— Serem comprados?

Lulu sorriu.

— Está vendo, é isso que nós chamamos de metáfora dissimulada — disse ela. — As MDs parecem descrições, mas na verdade são juízos de valor. Quer dizer, alguém que vende laranjas por acaso está *sendo comprado*? A pessoa que conserta eletrodomésticos por acaso está *se vendendo*?

— Não, porque eles fazem isso às claras — disse Alex, consciente de que estava sendo condescendente. — É tudo feito abertamente.

— Essas metáforas, "às claras" e "abertamente", fazem parte de um sistema que a gente chama de purismo atávico, entende? O PA supõe a existência de um estado eticamente perfeito, que não apenas não existe nem jamais existiu, mas que em geral é usado para sustentar os preconceitos de quem está emitindo o juízo.

Alex sentiu Cara-Ann se mexer junto ao seu pescoço e deixou um bom pedaço de pastrami deslizar garganta abaixo sem mastigar. Havia quanto tempo estavam sentados ali? Mais tempo do que ele pretendia, isso com certeza, mas mesmo assim não conseguia resistir ao impulso de seguir pressionando aquela garota. A segurança dela parecia ser algo mais drástico do que o desfecho de uma infância feliz. Era uma segurança que emanava de cada célula do seu corpo, como se Lulu fosse uma rainha disfarçada, sem necessidade ou desejo de ser reconhecida.

—Você acha então que não tem nada de inerentemente errado no fato de se acreditar em alguma coisa, ou de se dizer que acredita, em troca de *dinheiro*?

— "Inerentemente errado" — repetiu ela. — Meu Deus, que ótimo exemplo de moralidade calcificada! Preciso me lembrar disso para contar ao meu professor de ética moderna antiga, o sr. Bastie, ele coleciona esses exemplos. Olha aqui — disse ela, ao endireitar as costas e piscar os olhos cinzentos um tanto sérios (apesar da expressão amistosa do rosto) para Alex. — Se eu acredito, acredito e pronto. Quem é você para julgar os meus motivos?

— Se os seus motivos forem monetários, não se trata de crença, mas sim de babaquice.

Lulu fez uma careta. Mais uma característica da sua geração: ninguém dizia palavrão. Alex na verdade já tinha ouvido adolescentes dizerem coisas como "cacilda" e "carambola" sem nenhuma ironia aparente.

— Isso acontece o tempo todo — refletiu Lulu, estudando Alex. — A gente chama de AE: ambivalência ética frente a uma ação de marketing forte.

— Nem precisa dizer: AMF.

— Justamente — disse ela. — O que, no seu caso, significa escolher o time cego. À primeira vista, parece que você talvez nem vá fazer isso, tamanha a sua ambivalência, mas eu acho que na realidade é o contrário: acho que a AE é uma espécie de vacina, uma forma de se redimir por antecedência de algo que você na realidade *quer* fazer. Sem querer ofender — acrescentou ela.

— Mais ou menos como quem diz "sem querer ofender" depois de falar uma coisa ofensiva?

Lulu enrubesceu da maneira mais intensa que Alex já tinha visto: um rubor escarlate dominou seu rosto de forma tão abrupta que o efeito foi como se algo violento estivesse ocorrendo, como se ela estivesse sufocando ou prestes a sofrer uma hemorragia. Alex se empertigou na cadeira por reflexo e deu uma olhada em Cara-Ann. Viu que a neném estava com os olhos abertos.

— Tem razão — disse Lulu, ao inspirar levemente. — Peço desculpas.

— Não tem problema — disse Alex. O rubor o havia abalado mais do que a segurança de Lulu. Ele o viu se esvair do semblante dela, deixando a pele muito branca. — Está tudo bem? — perguntou.

— Tudo. É que eu fico cansada de falar tanto.

— Eu também — disse Alex. Estava exausto.

— São tantas formas possíveis de errar — disse Lulu. — Tudo de que a gente dispõe são metáforas, e elas nunca estão exatamente certas. Ninguém nunca pode simplesmente *Falar. Claramente.*

— Quem é? — perguntou Cara-Ann, com os olhos fixos em Lulu.

— Essa é a Lulu.

— Posso mandar um T para você? — perguntou Lulu.

— Está querendo dizer...

— Agora. Mandar um T agora. — A pergunta era mera formalidade. Ela já estava teclando no console. Segundos depois, o console de Alex vibrou no bolso de sua calça. Ele precisou sacudir Cara-Ann para pegá-lo.

Tem uns nomes p mim?, leu ele na tela.

Lá vai, digitou Alex, e em seguida enviou para o console de Lulu a lista de cinquenta contatos junto com observações, dicas sobre estratégias de abordagem e restrições individuais.

Mto bom. Vou começar a trabalhar.

Os dois se entreolharam.

— Que fácil — comentou Alex.

— É mesmo — concordou Lulu. Ela parecia quase sonolenta de tão aliviada. — É simples: sem filosofia, sem metáforas, sem juízos de valor.

— Qué isso — disse Cara-Ann. Estava apontando para o console do pai, que Alex estava usando sem prestar atenção a poucos centímetros do seu rosto.

— Não — disse Alex, subitamente nervoso. — A gente... a gente precisa ir embora.

— Espera aí — disse Lulu, parecendo reparar em Cara-Ann pela primeira vez. — Vou mandar um T para ela.

— Ahn, a gente não... — Mas Alex sentiu-se incapaz de explicar para Lulu as crenças que compartilhava com Rebecca em relação a crianças e consoles. Então seu console recomeçou a vibrar, Cara-Ann emitiu um gritinho de prazer e cutucou a tela com seu indicador gordinho.

— *Eu* faço — informou ela ao pai.

Menina, seu pai é mto legal, leu Alex em voz alta, obediente, enquanto um rubor tomava conta de seu rosto na hora. Cara-Ann começou a batucar nas teclas com o frenesi desordenado de um cão faminto solto dentro de um frigorífico. Então surgiu na tela um *blooper*, uma daquelas imagens padronizadas que as pessoas gostam de enviar para crianças: um leão debaixo de um sol forte. Cara-Ann deu zoom em diferentes partes do animal como se aquilo fosse uma coisa que estivesse fazendo desde o nascimento. Lulu mandou outro T: *Eu nunca conheci meu pai. Ele morreu antes d eu nascer.* Alex leu esse em silêncio.

— Nossa. Eu sinto muito — disse ele, erguendo os olhos para Lulu, mas sua voz soou alta demais: uma intrusão grosseira. Ele baixou os olhos e, em meio à agitação frenética dos dedos de Cara-Ann que não paravam de apontar, conseguiu enviar o seguinte T: *Q triste.*

História antiga, foi o T que Lulu enviou como resposta.

* * *

— É *meu!* — afirmou Cara-Ann com uma indignação gutural, esticando-se do *sling* e cutucando com o dedo o bolso de Alex. Lá dentro, o console vibrava. E vinha vibrando quase sem parar desde que ele e Cara-Ann tinham deixado o restaurante, muitas horas antes. Seria possível que a filha estivesse conseguindo sentir as vibrações através do seu corpo?

— *Meu* pirulito! — Alex não sabia muito bem como ela havia chegado a esse nome para se referir ao console, mas com certeza não iria corrigi-la.

— O que é que você quer, minha linda? — perguntou Rebecca no tom excessivamente solícito (na opinião de Alex) que muitas vezes usava para falar com a filha depois de ter passado o dia inteiro no trabalho.

— O pirulito do papai.

Rebecca olhou para Alex, intrigada.

— Você tem um pirulito?

— É claro que não.

Eles estavam andando depressa na direção oeste, tentando chegar ao rio antes de o sol se pôr. Os "ajustes" na órbita terrestre ocasionados pelo aquecimento global tinham encurtado os dias de inverno, de modo que agora, em janeiro, o pôr do sol ocorria às 4h23.

— Posso pegá-la? — perguntou Rebecca.

Ela tirou Cara-Ann do *sling* e a pousou na calçada suja de fuligem. A menina deu alguns de seus passos cambaleantes parecidos com os de um corvo.

— Se ela for andando a gente vai perder — disse Alex, e Rebecca pegou a filha no colo e apressou o passo. Alex tinha feito uma surpresa para a mulher esperando-a em frente à biblioteca, algo que havia começado a fazer ultimamente para evitar o barulho da obra que se ouvia do apartamento. Nesse dia, porém, tinha um motivo a mais: precisava lhe contar sobre a combinação com Bennie. Agora, sem mais adiamentos.

Quando eles chegaram ao Hudson, o sol já tinha caído por trás da água, mas quando subiram os degraus até o CAMINHO

DAS ÁGUAS!, nome exuberante do parapeito de madeira que ficava sobre o muro de contenção do rio, viram que o sol ainda pairava logo acima de Hoboken, parecendo uma gema de ovo vermelho-alaranjada.

— Chão — ordenou Cara-Ann, e Rebecca a soltou. A menina correu em direção à grade de ferro que protegia a borda externa do parapeito, nessa hora sempre apinhada de gente que provavelmente (assim como Alex) mal havia reparado no pôr do sol antes de o muro de contenção ser erguido e que agora ansiavam por ele. Enquanto seguia Cara-Ann para o meio da multidão, Alex deu a mão para Rebecca. Desde que ele a conhecia, sua mulher havia contrabalançado a beleza sensual com um par de óculos fora de moda, às vezes no estilo Dick Smart, outras vezes mais para Mulher-Gato. Alex adorava os óculos devido à sua incapacidade de eliminar a beleza sensual de Rebecca, mas ultimamente já não tinha tanta certeza disso. Os óculos, somados aos cabelos prematuramente grisalhos e ao fato de que Rebecca muitas vezes dormia menos do que o necessário, ameaçavam promover o disfarce a identidade: uma acadêmica frágil e sobrecarregada, trabalhando feito uma escrava para terminar de escrever um livro ao mesmo tempo em que dava dois cursos e presidia vários comitês. O que mais deprimia Alex era o seu próprio papel nesse arranjo: o fã de música já meio envelhecido que não conseguia ganhar a vida e sugava a energia (ou pelo menos a beleza sensual) da mulher.

Rebecca era uma estrela do mundo acadêmico. Seu novo livro versava sobre o fenômeno dos invólucros de palavras, expressão de sua própria lavra para se referir às palavras que não tinham mais significado fora das aspas. A língua inglesa estava cheia dessas palavras vazias — "amigo", "real", "história", "mudança" —, palavras que tinham sido esvaziadas de seus significados e reduzidas a meras cascas. Algumas, como, por exemplo, "identidade", "busca" e "nuvem", tiveram claramente sua vida exaurida pelo uso na internet. No caso de outras, os motivos eram mais complexos: como é que "americano" tinha virado uma palavra irônica? Como é que o termo "democracia" passara a ser usado de maneira maliciosa e irônica?

Como sempre, um silêncio tomou conta da multidão nos últimos segundos antes de o sol sumir. Até mesmo Cara-Ann se imobilizou no colo de Rebecca. Alex sentiu os últimos raios no rosto e fechou os olhos para aproveitar o calor suave, com os ouvidos tomados pelo chapinhar de uma barca que passava no rio. Assim que o sol sumiu, todos se mexeram ao mesmo tempo, como se um encanto houvesse acabado de se romper.

— Chão — disse Cara-Ann, e saiu correndo pelo Caminho das Águas. Rebecca saiu correndo atrás da filha, rindo. Alex checou rapidamente seu console.

JD quer pensar

Sancho disse sim

Cal: s/ chance

A cada resposta, ele vivenciava um leque de emoções que já havia se tornado conhecido em uma única tarde: vitória matizada de desdém no caso dos sins, decepção com um toque de admiração no caso dos nãos. Estava começando a digitar uma resposta quando ouviu batidas de pés seguidas pelo grito desejoso da filha:

— Piruliiiiii-TO! — Alex escondeu o console, mas era tarde: Cara-Ann já estava puxando sua calça jeans.

— É meu — disse ela.

Rebecca chegou perto.

— Ah, então é esse o pirulito.

— Parece que sim.

— Você deixou ela usar?

— Foi só uma vez, tá? — Mas o seu coração batia disparado.

— Você simplesmente mudou as regras sozinho?

— Eu não mudei as regras, cometi um deslize. Tá bom? Tenho permissão para cometer uma porcaria de um deslize?

Rebecca arqueou uma sobrancelha. Alex sentiu que ela o examinava.

— Por que agora? — perguntou ela. — Depois de todo esse tempo, logo hoje... Eu não entendo.

— Não tem nada para entender! — vociferou Alex, mas o que estava pensando era: como é que ela sabe? E em seguida: *o que* ela sabe?

Ficaram os dois parados, entreolhando-se à luz que caía. Cara--Ann aguardou sem dizer nada, parecendo ter esquecido o pirulito. O Caminho das Águas estava quase vazio. Era hora de contar a Rebecca o acordo feito com Bennie — agora, *agora!* —, mas Alex ficou paralisado, como se a revelação já tivesse sido envenenada. Sentiu um desejo maluco de enviar um T para Rebecca, e chegou até a se pegar redigindo mentalmente a mensagem: *Trabalho novo pintando. talvez muito $. por favor, s/ PREconceitos.*

— Vamos — disse Rebecca.

Alex tornou a erguer Cara-Ann para dentro do *sling*, e os três começaram a descer o Caminho das Águas para dentro da escuridão. Enquanto percorriam as ruas sombrias, Alex se pegou pensando no dia em que conhecera Rebecca. Depois de tentar sem sucesso capturar o ladrão de bolsa com a máscara de lobo, tinha conseguido levá-la para tomar uma cerveja e comer um burrito, e depois os dois tinham transado na laje do prédio em que ela morava na avenida D, para fugir dos três caras com quem ele dividia o apartamento. Sequer sabia o sobrenome de Rebecca. E foi então, sem aviso, que Alex se lembrou de repente do nome da garota que trabalhava para Bennie Salazar: Sasha. O nome lhe veio à mente sem esforço, como uma porta que se abre. *Sasha*. Alex reteve o nome na mente com cuidado e, naturalmente, os primeiros e hesitantes indícios de lembranças começaram a segui-lo rumo à luz: um saguão de hotel; um apartamento pequeno e superaquecido. Era como tentar recordar um sonho. Será que eles tinham trepado? Alex imaginou que sim — quase todos aqueles encontros dos primeiros tempos se concluíam com sexo, por mais difícil que fosse imaginar isso agora de sua cama de casal inundada pelo cheiro de bebê e pelo travo químico das fraldas biodegradáveis. Mas Sasha se recusou a esclarecer a questão do sexo, pareceu piscar para ele (olhos verdes?) e sair de cena.

soube da notícia? Alex leu a mensagem em seu console tarde da noite, sentado em seu lugar habitual junto à janela.

já sim

A "notícia" era que Bennie tinha transferido o show de Scotty Hausmann para um lugar ao ar livre, o Footprint, mudança que exigiria mais alcance dos papagaios cegos de Alex (sem acréscimo no pagamento) para que qualquer espectador em potencial soubesse aonde ir.

Bennie tinha avisado Alex mais cedo sobre a mudança de local, pelo telefone:

— O Scotty não gosta muito de lugares fechados. Estava pensando que talvez ele ficasse mais feliz ao ar livre. — Aquela era a mais recente de uma série de exigências e necessidades especiais que só fazia aumentar. "Ele é um solitário" (Bennie, explicando por que Scotty precisava de um trailer). "Ele tem dificuldade para conversar" (por que Scotty se recusava a dar entrevistas). "Ele não tem muita experiência com crianças" (por que Scotty poderia ficar incomodado com o "barulho dos apontadores"). "Ele é cabreiro com tecnologia" (por que Scotty se recusava a narrar um *stream* ou a responder aos Ts que os fãs lhe enviavam pela página que Bennie tinha criado para ele). O cara retratado nessa página — estiloso, de cabelos compridos, sorrindo com uma boca cheia de porcelana e cercado por várias bolas grandes coloridas — provocava em Alex uma coceira de irritação toda vez que ele o via.

e dps vai ser o q?, escreveu ele em resposta ao T de Lulu, *ostras?*

ele só come comida chinesa

!

...

m diz q ele é melhor pessoalmnt
nunca vi
sério?
tímido
*#@&**
...

Essas conversas podiam durar um tempo indefinido e, nas pausas, Alex monitorava seus papagaios cegos: verificava suas páginas e seus *streams* de críticas arrebatadas sobre Scotty Hausmann, incluindo os preguiçosos em uma lista de "violadores de acordo". Não via nem falava com Lulu desde o seu encontro, três semanas antes; ela era alguém que vivia dentro do seu bolso, a quem ele havia atribuído uma vibração especial do aparelho.

Alex ergueu os olhos. A obra agora já cobria as metades inferiores de suas janelas, e seus eixos e vigas formavam uma silhueta irregular atrás da qual ainda era possível distinguir com dificuldade a pontinha do Empire State. Dali a poucos dias, esta iria sumir. Cara-Ann tinha ficado com medo quando a estrutura cheia de operários tinha feito sua aparição irregular diante das janelas deles, e Alex havia tentado desesperadamente transformar aquilo em brincadeira. "Lá vai o prédio subindo!", dizia ele todo dia, como se esse fato fosse animador e cheio de esperança, e Cara-Ann tinha entrado no jogo, batendo palmas e dando gritos de incentivo: "Sobe! Sobe!"

lá vai o prédio subindo, foi o T que ele enviou para Lulu, observando com que facilidade a linguagem infantil cabia no espaço de um T.

... *prédio?*, foi a resposta de Lulu.
ao lado do meu, adeus ar/luz
dá p impedir?
já tentei
dá p se mudar?
estou preso

nyc, escreveu Lulu, o que no início deixou Alex confuso. Aquele sarcasmo não parecia combinar com ela. Então percebeu que ela não estava dizendo "*nice*", "que legal". Estava dizendo "New York City".

O dia do show estava "excepcionalmente" quente para aquela época do ano: 32°C, com uma luz dourada de viés que batia em seus olhos nos cruzamentos e esticava suas sombras até deixá-las com um comprimento absurdo. As árvores, que tinham florescido em janeiro, exibiam agora folhas tímidas. Rebecca tinha enfiado Cara-Ann em um vestido do verão anterior com um pato desenhado na frente e, acompanhadas por Alex, as duas tinham se juntado a uma procissão de jovens famílias no corredor de arranha-céus da Sexta avenida, Cara-Ann montada nas costas de Alex dentro de uma mochila de titânio que eles haviam comprado para substituir o *sling*. Carrinhos de bebê eram proibidos nos eventos públicos — eles prejudicavam uma eventual evacuação de emergência.

Alex vinha ponderando como propor aquele show a Rebecca, mas, no final das contas, sequer havia precisado fazê-lo — ao verificar seu console certa noite, depois que Cara-Ann já estava na cama, sua mulher tinha dito:

— Scotty Hausmann... esse é o tal cara que Bennie Salazar mostrou para a gente, não é?

Alex sentiu algo minúsculo implodir junto ao coração.

— Acho que sim. Por quê?

— Não paro de ouvir falar nesse show ao vivo que ele vai fazer no sábado no Footprint, para crianças e adultos.

— Ah, é?

— Talvez seja um jeito de você se reaproximar do Bennie. — Ela havia tomado as dores de Alex e ainda estava zangada por Bennie não o ter contratado. Isso fazia Alex se contorcer de culpa sempre que o assunto vinha à baila.

— É verdade — disse ele.

— Então vamos — disse ela. — Por que não, se é de graça?

Depois da rua Quatorze, os arranha-céus sumiram e o sol enviesado os atingiu, ainda baixo demais no céu de fevereiro para ser tapado por qualquer viseira. Sob a luz forte, Alex quase não conseguiu ver seu velho amigo Zeus, e em seguida tentou evitá-lo — Zeus era um de seus papagaios cegos. Mas era tarde, Rebecca já tinha chamado o nome dele. Zeus estava acompanhado pela namorada russa, Natasha, e cada qual segurava no colo um dos filhos gêmeos de seis meses do casal dentro de bolsas para transportar bebês.

— Estão indo ver o show do Scotty? — perguntou Zeus, como se Scotty Hausmann fosse alguém que os dois conhecessem.

— Estamos — respondeu Alex, cauteloso. — E vocês?

— Nossa, claro — disse Zeus. — Um violão de aço tocado no colo com um slide... Vocês já ouviram um instrumento assim ao vivo? E não é nem rockabilly. — Zeus trabalhava em um banco de sangue e, nas horas vagas, ajudava crianças com síndrome de Down a fabricar e vender moletons estampados. Alex se pegou vasculhando o semblante de Zeus em busca de algum sinal visível de que ele era um papagaio, mas o seu amigo parecia o mesmo de sempre, inclusive no cavanhaque que vinha cultivando havia muitos anos, muito depois de os cavanhaques saírem de moda.

— Parece que o cara é muito bom ao vivo — comentou Natasha com seu forte sotaque.

— Também ouvi dizer isso — disse Rebecca. — Umas oito pessoas diferentes comentaram. Chega quase a ser estranho.

— Estranho, nada — disse Natasha com um riso rascante. — As pessoas estão sendo pagas para isso. — Alex sentiu um calor no rosto e teve dificuldade para encarar Natasha. Apesar disso, estava claro que elas falavam sem saber; Zeus havia guardado segredo sobre a sua participação.

— Mas são pessoas que eu conheço — disse Rebecca.

Era um daqueles dias em que cada cruzamento de rua revela um rosto conhecido, velhos amigos, amigos de amigos, conhecidos e pessoas que simplesmente têm uma cara conhecida. Alex já morava na cidade havia muito tempo para saber de onde conhecia todas elas: boates em que tinha sido DJ? O escritório de advocacia em que trabalhara como auxiliar? As partidas informais de basquete que tinha passado anos jogando no Tompkins Square Park? Desde o dia em que chegara a Nova York, aos 24 anos, sentia-se prestes a abandonar a cidade — mesmo hoje, ele e Rebecca estavam preparados para ir embora a qualquer momento caso surgisse algum emprego melhor em um lugar mais barato —, mas, de alguma forma, uma quantidade suficiente de anos havia transcorrido para lhe dar a sensação de que já tinha visto cada habitante de Manhattan pelo menos uma vez na vida. Imaginou se Sasha estaria em algum lugar daquela multidão. Pegou-se examinando os rostos vagamente conhecidos em busca do seu sem saber qual era a aparência dela, como se o seu prêmio por reconhecer Sasha depois de todos aqueles anos fosse descobrir a resposta para essa pergunta.

Estão indo para o sul?... a gente ouviu falar nesse show... não é só para apontadores... parece que é ao vivo...

Depois da nona ou décima conversa desse tipo, ocorrida em algum lugar próximo de Washington Square, ficou subitamente claro para Alex que *todas* aquelas pessoas, as que tinham filhos e as que não tinham, as solteiras e as casadas, as gays e as héteros, as limpas e as com piercing, todas estavam a caminho do show de Scotty Hausmann. *Todas, sem exceção*. Essa descoberta o submergiu com uma vaga de incredulidade seguida por uma inebriante sensação de propriedade e poder — era ele quem tinha feito aquilo, nossa, ele era um *gênio* —, seguida por um incômodo (era uma vitória da qual ele não se orgulhava), seguida por medo: e se Scotty Hausmann *não* fosse um grande músico? E se ele fosse medíocre ou coisa ainda pior? Esse pensamento foi sucedido por um bálsamo autoministrado que veio na forma de um T cerebral: *ninguém sabe sobre mim. eu sou invisível.*

— Está tudo bem? — perguntou Rebecca.

— Está. Por quê?

—Você parece nervoso.

— Ah, é?

— Está apertando a minha mão — disse ela. Então acrescentou, sorrindo sob os óculos estreitos. — É gostoso.

Quando eles cruzaram a Canal Street e entraram na parte sul de Manhattan (onde a densidade populacional de crianças era agora a mais alta do país), Alex, Rebecca e Cara-Ann já faziam parte de uma horda de pessoas que abarrotava as calçadas e lotava as ruas. O tráfego tinha sido interrompido e helicópteros se juntavam no céu, fustigando o ar com um barulho que Alex, nos primeiros anos, não suportava — era alto, excessivamente alto —, mas com o qual havia acabado por se acostumar: era o preço da segurança. Nesse dia, os estalos militares dos helicópteros pareciam estranhamente apropriados, pensou Alex, olhando em volta para o mar de *slings*, bolsas e mochilas usadas para transportar bebês e para as crianças mais velhas carregando as mais novas no colo; porque aquilo não era uma espécie de exército? Um exército de crianças: a encarnação da fé naqueles que não tinham consciência de que lhes restasse qualquer fé.

se existem crianças deve existir futuro, certo?

Na sua frente, os prédios novos subiam como lindas espirais em direção ao céu, bem mais bonitos que os antigos (que Alex só tinha visto em fotos), mais parecidos com esculturas do que com prédios, porque estavam vazios. Ao se aproximar dos prédios, a multidão começou a diminuir o passo, parando para deixar os que estavam na frente adentrarem o espaço ao redor dos espelhos-d'água onde a densidade dos policiais e agentes de segurança (reconhecíveis graças a seus consoles governamentais) tornou-se subitamente palpável, assim como os aparelhos de scanner visual presos às cornijas, aos postes de luz e às árvores. O peso do que havia acontecido ali mais de vinte anos antes continuava levemente presente para Alex, como sempre acontecia quando ele ia ao Footprint. Distinguia esse peso como um som logo além do limite de seu alcance auditivo, a vibração de um antigo transtorno. O som agora parecia mais insistente do que nunca: um zumbido grave e profundo, atavicamente conhecido, como se viesse ronronando dentro de todos os sons que Alex havia emitido e colecionado ao longo dos anos: sua pulsação oculta.

Rebecca apertou sua mão, e os dedos esguios estavam úmidos.

— Eu te amo, Alex — disse ela.

— Não fala isso assim. Como se alguma coisa ruim estivesse para acontecer.

— É que eu estou nervosa — disse ela. — Agora estou nervosa também.

— É por causa dos helicópteros — disse Alex.

— Excelente — murmurou Bennie. — Espere ali um instante, Alex, por favor. Bem ao lado daquela porta.

Alex tinha deixado Rebecca, Cara-Ann e os amigos no meio de uma multidão que agora reunia vários milhares de pessoas, todas esperando pacientes — e logo menos pacientes — à medida que a hora marcada para o início do show chegava e passava, vendo quatro roadies nervosos protegerem o tablado elevado em que Scotty Hausmann iria se apresentar. Depois de um T de Lulu dizendo que Bennie precisava de ajuda, Alex tinha conseguido passar por uma bateria de controles de segurança até chegar ao trailer de Scotty Hausmann.

Lá dentro, Bennie e um velho roadie estavam afundados em cadeiras pretas dobráveis. Não havia nenhum sinal de Scotty Hausmann. Alex sentiu a garganta muito seca. *Sou invisível*, pensou.

— Bennie, escuta aqui — disse o roadie. Suas mãos tremiam sob os punhos da camisa quadriculada de flanela.

— Você consegue — disse Bennie. — Estou dizendo que consegue.

— Me escuta, Bennie.

— Fica aí perto da porta, Alex — repetiu Bennie, e ele tinha razão: Alex estava prestes a chegar mais perto para perguntar que porra Bennie achava que estava tentando fazer. Iria mandar aquele roadie decrépito subir ao palco no lugar de Scotty Hausmann? Para se *fazer passar* por ele? Um cara de bochechas encovadas e mãos tão vermelhas e retorcidas que parecia que iria ter dificuldade até para segurar as cartas em uma partida de pôquer, que dirá tocar o instrumento estranho e sensual que tinha preso entre os joelhos? Porém, quando Alex pousou os olhos no instrumento, de repente entendeu, ao mesmo tempo que sentia um terrível espasmo na barriga: o roadie decrépito *era* Scotty Hausmann.

— As pessoas estão aqui — disse Bennie. — O negócio já começou. Não consigo mais fazer parar.

— É tarde demais. Eu estou velho. Eu... eu não consigo.

A voz de Scotty Hausmann soava como se ele tivesse acabado de chorar ou estivesse prestes a fazê-lo — possivelmente as duas coisas. Ele tinha os cabelos compridos na altura dos ombros penteados para trás e olhos vazios, muito vermelhos, e o conjunto dava uma impressão de ruína apesar do rosto recém-barbeado. Tudo o que Alex conseguiu reconhecer foram os dentes: brancos, cintilantes — e envergonhados, como se soubessem que não podiam fazer muita coisa por aquele rosto arruinado. E Alex entendeu então que Scotty Hausmann não existia. Ele era um invólucro de palavras em forma humana: uma casca cuja essência já havia desaparecido.

— Você *consegue*, Scotty... você tem que subir lá — disse Bennie com a calma habitual, mas por entre os cabelos grisalhos já ralos Alex pôde ver o suor brilhar no alto de sua cabeça. — O tempo é cruel, não é? Vai deixar ele intimidar você?

Scotty balançou a cabeça.

— O tempo venceu.

Benny respirou fundo, e uma olhada para o relógio foi o único indício de sua impaciência.

— Foi você quem me procurou, Scotty, lembra? — disse ele. — Uns vinte e tantos anos atrás... dá para acreditar que já tem tanto tempo? Você me levou um peixe.

— Foi.

— Pensei que você fosse me matar.

— E deveria — disse Scotty. Ele riu, um cacarejo apenas. — Queria ter matado.

— E quando eu cheguei ao fundo do poço... quando a Steph me botou para fora de casa e eu fui demitido da Sow's Ear... eu fui procurar você. E o que foi que eu disse? Lembra, quando encontrei você pescando no East River? Do nada? O que foi que eu disse?

Scotty balbuciou alguma coisa.

— Eu disse: "Está na hora de você virar um astro." E você me disse o quê? — Bennie chegou mais perto de Scotty e segurou os pulsos trêmulos com as mãos um tanto elegantes, encarando o outro de frente. — Você me disse: "Eu desafio você a conseguir fazer isso."

Houve uma longa pausa. Então, sem aviso, Scotty se levantou de um pulo, e fez a cadeira cair enquanto se esticava em direção à porta do trailer. Alex estava totalmente preparado para dar um passo de lado e deixá-lo passar, mas Scotty chegou primeiro e começou a tentar tirá-lo da frente à força. E, nesse momento, Alex entendeu que o seu trabalho — o único motivo pelo qual Bennie tinha lhe pedido para ficar ali — era bloquear a saída e impedir o cantor de fugir. Os dois se engalfinharam em um silêncio cheio de bufos, e o rosto ressecado de Scotty ficou tão próximo do de Alex que este pôde sentir seu hálito, que recendia a cerveja ou resquícios de cerveja. Então avaliou melhor: cerveja não, Jägermeister.

Bennie agarrou Scotty por trás, mas não o segurou direito — Alex constatou isso quando Scotty conseguiu recuar e lhe desferir uma cabeçada no plexo solar. Alex soltou um arquejo e dobrou o corpo. Ouviu Bennie murmurar alguma coisa para Scotty como quem tenta acalmar um cavalo.

Quando conseguiu respirar outra vez, Alex fez um esforço para falar com o patrão.

— Bennie, se ele não quiser...

Scotty tentou dar um soco na cara de Alex, mas este se esquivou e o punho do músico atingiu a porta frágil do trailer. Um cheiro de sangue inundou o ambiente com seu travo de tanino.

Alex tentou de novo:

— Bennie, isso está parecendo meio...

Scotty se desvencilhou de Bennie e deu uma joelhada no saco de Alex, que se encolheu no chão em posição fetal de tanta dor. Scotty o chutou para longe e abriu a porta.

— Oi — disse uma voz vinda de fora. Uma voz aguda, límpida, vagamente conhecida. — Meu nome é Lulu.

Em meio à dor lancinante, Alex conseguiu virar a cabeça para ver o que estava acontecendo do lado de fora do trailer. Scotty, ainda na soleira da porta, olhava para baixo. O sol enviesado de inverno iluminava os cabelos de Lulu, formando um halo em volta do seu rosto. Com um braço em cada uma das frágeis grades de metal, ela impedia Scotty de passar. Ele poderia tê-la derrubado, mas não o fez. E nesse hesitar, quando passou um segundo a mais olhando para aquela moça linda que o impedia de passar, Scotty perdeu.

— Posso ir andando com você até o palco? — perguntou Lulu.

Bennie tinha cambaleado para pegar o violão, que entregou a Scotty por cima do corpo de Alex, ainda de bruços no chão. Scotty pegou o instrumento, segurou-o junto ao peito e sorveu uma golfada de ar longa e entrecortada.

— Só se me der o braço, meu bem — retrucou ele, e uma versão fantasma de Scotty Hausmann, sensual e maliciosa, surgiu dos escombros que ainda restavam por um instante diante de Alex.

Lulu deu o braço a Scotty e os dois avançaram direto para o meio da multidão: o sujeito acabado segurando aquele instrumento comprido e estranho, e a moça que poderia ser sua filha. Bennie ajudou Alex a se levantar e os dois foram atrás; as pernas de Alex estavam bambas, sem força. O mar de gente se moveu de forma espontânea, abrindo um caminho até o tablado sobre o qual um banquinho e 12 imensos microfones tinham sido instalados.

— Lulu — disse Alex para Bennie, e balançou a cabeça.

— Ela vai dominar o mundo — disse Bennie.

Scotty subiu no tablado e sentou-se no banquinho. Sem olhar para o público ou pronunciar qualquer palavra de apresentação, começou a tocar "I Am a Little Lamb", "eu sou um cordeirinho", música cujo caráter infantil era desmentido pela barulhenta filigrana do violão, por seu jorro de complexidade metálica. Depois tocou "Goats Like Oats" e "A Little Tree Is Just Like Me". A amplificação estava boa e forte o suficiente para abafar o zum-zum dos helicópteros e fazer a música chegar até o final da multidão, onde esta desaparecia em meio aos prédios. Alex ficou ouvindo com o rosto contorcido em uma espécie de careta, esperando o rugido de rejeição daqueles milhares de pessoas que tinha conseguido reunir em segredo e cuja disposição já tinha sido testada pela longa espera. Mas nada disso aconteceu. Os apontadores, que já conheciam as músicas, demonstraram sua aprovação com aplausos e gritinhos, e os adultos pareciam intrigados, atentos aos duplos sentidos e camadas ocultas fáceis de identificar. E pode ser que, em momentos específicos da história, as multidões criem o objeto para justificar sua reunião, como haviam feito no primeiro Human Be-In, no Monterey Pop ou em Woodstock. Ou pode ser que duas gerações de guerra e vigilância tenham deixado as pessoas ávidas pela personificação do próprio incômodo na forma de um homem solitário e hesitante tocando *slide guitar*. Seja qual for o motivo, uma onda de aprovação palpável como a chuva se ergueu do centro da multidão e avançou em direção às bordas, onde foi estourar contra os prédios e o muro de contenção do rio e voltou para cima de Scotty com força redobrada, fazendo-o se levantar do banquinho, ficar em pé (os roadies arrumaram depressa os microfones), explodir a casca trêmula que Scotty dera a impressão de ser havia poucos instantes e liberar algo forte, carismático, selvagem. Qualquer um que tenha estado lá nesse dia lhe dirá que o show teve início mesmo quando Scotty se levantou. Foi aí que ele começou a tocar as músicas que passara anos escrevendo no submundo, músicas que ninguém jamais tinha escutado, nem nada parecido com elas — "Eyes in My Head"("Olhos na minha cabeça"), "X's and O's" ("Xis-Zero"), "Who's Watching Hardest" ("Quem olha mais") —, baladas de paranoia e desconexão arrancadas do peito de um homem para quem bastava olhar para ver que ele nunca tinha tido página pessoal, nem perfil, nem apelido, nem console, que não fazia parte do banco de dados de ninguém, um cara que tinha passado todos aqueles anos vivendo nas frestas, esquecido e dominado pela raiva, de uma forma que agora surgia como pura. Intocada. Mas é claro que hoje é difícil saber quem assistiu *mesmo* ao primeiro show de Scotty Hausmann — mais pessoas dizem ter estado lá do que teriam cabido no espaço, por mais amplo e lotado que estivesse. Agora que Scotty virou um mito, todo mundo o quer para si. E talvez todo mundo esteja certo. Um mito não pertence a todos?

Em pé ao lado de Bennie, que via Scotty tocar e, ao mesmo tempo, digitava freneticamente em seu console, Alex sentiu o que acontecia à sua volta como se aquilo já tivesse acontecido e ele estivesse olhando para trás. Desejou estar com Rebecca e Cara-Ann, primeiro um desejo difuso, depois intenso — doloroso. Seu console não teve qualquer dificuldade para localizar o da mulher, mas foi preciso passar vários minutos escaneando aquela parte da multidão com o zoom para ele conseguir visualizá-la. Ao fazer isso, pôde notar os semblantes vidrados e às vezes molhados de lágrimas dos adultos, e os sorrisos desdentados e enlevados das crianças e dos jovens como Lulu, agora de mãos dadas com um negro imponente, ambos olhando fixamente para Scotty Hausmann com a alegria exaltada de uma geração que finalmente encontrou alguém digno da sua veneração.

Por fim, ele viu Rebecca sorridente, segurando Cara-Ann no colo. Sua mulher estava dançando. As duas estavam longe demais para Alex conseguir alcançá-las, e essa distância lhe pareceu irrevogável, um abismo que o impediria para sempre de tocar a seda delicada das pálpebras de Rebecca ou de sentir, sob as costelas da filha, as batidas descompassadas de seu coração. Sem o zoom, ele sequer conseguia vê-las. Desesperado, mandou um T para Rebecca: *por favor m espera, minha linda mulher*, e então manteve o zoom centrado no rosto dela até vê-la sentir a vibração, parar de dançar por um instante e estender a mão para pegar o console.

— Uma coisa dessas acontece uma vez na vida, e isso se você for o cara mais sortudo do mundo — comentou Bennie.

— Você já viveu isso algumas vezes — disse Alex.

— Não vivi, não — retrucou Bennie. — Não, Alex, não... é isso que eu estou dizendo! Eu não cheguei nem perto! — Ele estava tomado por um estado prolongado de euforia, com o colarinho frouxo, balançando os braços. A celebração já tinha passado; o champanhe fora servido (Jägermeister para Scotty), os bolinhos de massa comidos em Chinatown, milhares de ligações da imprensa interceptadas e bloqueadas, as meninas levadas de táxi para casa pelas mães alegres e exultantes ("Você ouviu ele cantando?", Rebecca não parava de perguntar para Alex. "Já tinha ouvido alguma coisa parecida?" Para depois sussurrar junto ao seu ouvido: "Pergunta para o Bennie de novo sobre um emprego!"), uma conclusão alcançada em relação a Lulu com a apresentação de Joe, seu noivo, que era queniano e fazia doutorado em robótica na Universidade de Columbia. Agora já passava muito da meia-noite, e Bennie e Alex estavam andando juntos pelo Lower East Side porque Bennie queria andar. Alex se sentia estranhamente deprimido — e oprimido pela necessidade de esconder essa depressão de Bennie.

— Alex, você foi demais — disse Bennie, bagunçando seus cabelos. — Você leva jeito para isso, estou dizendo.

Jeito para quê?, Alex quase retrucou, mas se conteve. Em vez disso, depois de uma pausa, perguntou:

— Você algum dia teve uma funcionária chamada... Sasha?

Bennie estacou. O nome pareceu ficar flutuando no ar entre eles, incandescente. *Sasha*.

— Tive, sim — respondeu Bennie. — Ela foi minha assistente. Você a conheceu?

— Estive com ela uma vez, muito tempo atrás.

— Ela morava bem aqui perto — disse Bennie, recomeçando a andar. — Sasha. Faz tempo que não penso nela.

— Como ela era?

— Incrível — respondeu Bennie. — Eu era louco por ela. Mas acabei descobrindo que a Sasha tinha a mão leve. — Ele olhou de relance para Alex. — Ela roubava.

— Está de brincadeira.

Bennie fez que não com a cabeça.

— Era um tipo de doença, eu acho.

Uma conexão estava começando a se formar na mente de Alex, mas ele não conseguiu concluí-la. Será que ele sabia que Sasha roubava? Será que havia descoberto isso no decorrer daquela noite?

— Então... você mandou ela embora?

— Tive que mandar — disse Bennie. — Depois de 12 anos. Ela parecia a outra metade do meu cérebro. Na verdade, três quartos.

— Tem alguma ideia do que ela anda fazendo?

— Nenhuma. Acho que saberia se ela ainda trabalhasse no mesmo ramo. Mas talvez não... — Ele riu. — Eu próprio passei um tempo afastado.

Os dois passaram vários minutos caminhando em silêncio. As ruas do Lower East Side tinham um silêncio lunar. Bennie parecia preocupado com a lembrança de Sasha. Dobrou para pegar a Forsyth Street, andou mais um pouco e parou.

— Aqui — disse ele, erguendo os olhos para um prédio de apartamentos antigo cujo saguão fluorescente era visível por trás de um acrílico riscado. — Era aqui que a Sasha morava.

Alex também ergueu os olhos para o prédio encardido a se destacar contra o céu lilás e teve um fogacho de reconhecimento, um calafrio de *déjà-vu*, como se estivesse retornando a um lugar que não existisse mais.

— Você se lembra do número do apartamento? — perguntou.

— Acho que era 4F — respondeu Bennie. — Quer ver se ela está em casa? — completou ele depois de alguns segundos.

Estava sorrindo, e o sorriso lhe dava um aspecto jovem. Eram dois conspiradores, pensou Alex, ele e Bennie Salazar, vigiando o apartamento de uma garota.

— O sobrenome dela é Taylor? — perguntou Alex, olhando para a etiqueta manuscrita ao lado do interfone. Ele também estava sorrindo.

— Não, mas talvez seja uma colega de apartamento.

— Vou tocar — disse Alex.

Ele apertou a campainha do interfone e cada elétron de seu corpo subiu ansioso a escada angulosa e mal iluminada da qual ele agora se lembrava tão bem quanto se tivesse deixado o apartamento de Sasha naquele mesmo dia de manhã. Ele seguiu esses elétrons na própria mente até chegar a um apartamento pequeno e abafado — tons de roxo e verde —, úmido, recendendo a vapor e velas aromáticas. O silvo de um radiador. Pequenos objetos sobre o peitoril da janela. Uma banheira na cozinha — sim, Sasha tinha uma dessas banheiras! Era a única que ele tinha visto na vida.

Bennie ficou parado perto de Alex e os dois esperaram juntos, suspensos no mesmo estado de precária animação. Alex percebeu que estava prendendo a respiração. Será que Sasha iria abrir a porta para eles pelo interfone, e ele e Bennie subiriam a escada juntos até sua porta? Será que Alex iria reconhecê-la, e ela a ele? E, nesse instante, a saudade que ele sentia de Sasha finalmente tomou uma forma nítida: Alex se imaginou entrando no apartamento dela e descobrindo a si mesmo ainda ali — o seu eu mais jovem, cheio de planos e padrões exigentes, sem nenhuma decisão ainda tomada. Essa fantasia o encheu de uma esperança avassaladora. Ele tocou o interfone outra vez e, conforme os segundos foram passando, sentiu uma perda que minava sua energia de modo gradual. Toda aquela louca pantomima desabou e foi varrida para longe.

— Ela não está — disse Bennie. — Aposto que está bem longe daqui. — Ele ergueu os olhos para o céu. — Espero que tenha encontrado uma vida boa — disse, por fim. — Ela merece.

Os dois recomeçaram a andar. Alex sentia uma dor nos olhos e na garganta.

— Não sei o que aconteceu comigo — falou, balançando a cabeça. — Não sei mesmo.

Bennie virou os olhos na sua direção: um homem de meia-idade, cabelos grisalhos caóticos, olhar bondoso.

— Você cresceu, Alex — disse ele. — Igual a todo mundo.

Alex fechou os olhos e escutou: o portão de ferro de uma loja era abaixado. Os roucos latidos de um cão. Caminhões passavam nas pontes. A noite aveludada em seus ouvidos. E o zumbido, sempre aquele mesmo zumbido, que talvez, no final das contas, não fosse um eco, mas sim o barulho do tempo que passa.

a noite azul
estrelas q vc não vê
o zumbido q não se cala

Um barulho de saltos estalando na calçada pontuou o silêncio. Alex abriu os olhos de repente, e tanto ele quanto Bennie se viraram — na verdade, deram um giro com o corpo todo, esforçando-se para distinguir Sasha em meio à escuridão cinzenta. Mas era só outra garota, jovem e recém-chegada à cidade, tentando pôr a chave na fechadura.

Agradecimentos

Pela inspiração, pela motivação e por terem sido guias fantásticos, agradeço a Jordan Pavlin, Deborah Treisman e Amanda Urban.

Pelas contribuições e pelo apoio editorial, ou pela ideia certa no momento certo, agradeço a Adrienne Brodeur, John Freeman, Colin Harrison, David Herskovits, Manu e Raoul Herskovits, Barbara Jones, Graham Kimpton, Don Lee, Eva Mantell, Helen Schulman, Ilena Silverman, Rob Spillman, Kay Kimpton Walker, Monica Adler Werner e Thomas Yagoda.

Pela paciente atenção para produzir este livro, obrigada a Lydia Buechler, Leslie Levine e Marci Lewis.

Pelo conhecimento em áreas sobre as quais eu pouco ou nada sabia, obrigada a Alex Busansky, Alexandra Egan, Ken Goldberg, Jacob Slichter (por seu livro *So You Wanna Be a Rock & Roll Star*) e Chuck Zwicky.

Pela boa companhia em leituras ao longo de muitos anos, obrigada a Erika Belsey, David Herskovits (de novo e sempre), Alice Naude, Jamie Wolf e Alexi Worth.

Por fim, sou grata a um grupo de colegas escritores cujo talento e generosidade excepcionais me foram de grande auxílio, e sem os quais este livro não existiria (como eles sabem melhor do que ninguém): Ruth Danon, Lisa Fugard, Melissa Maxwell, David Rosenstock e Elizabeth Tippens.

2ª edição NOVEMBRO DE 2022
impressão IMPRENSA DA FÉ
papel de miolo PÓLEN NATURAL 70 G/M^2
papel de capa CARTÃO SUPREMO ALTA ALVURA 250 G/M^2
tipografia BEMBO